ANGE GUÉRO

Rune der Knechtschaft

Ange Guéro

Rune der Knechtschaft

Die Legende von Ayesha 1

Roman

Deutsch von
Maike Claußnitzer

PENHALIGON

Die Originalausgabe erschien unter dem Titel
»Ayesha. La Légende du Peuple turquoise« bei Bragelonne, Paris.

FSC
Mix
Produktgruppe aus vorbildlich
bewirtschafteten Wäldern und
anderen kontrollierten Herkünften

Zert.-Nr. SGS-COC-001940
www.fsc.org

Verlagsgruppe Random House FSC-DEU-0100
Das FSC-zertifizierte Papier *Super Snowbright* für dieses Buch
liefert Hellefoss AS, Hokksund, Norwegen.

1. Auflage

Redaktion: Alexander Groß
Lektorat: Holger Kappel
Herstellung: Sabine Müller
Satz: Vornehm Mediengestaltung GmbH, München
Druck und Einband: GGP Media GmbH, Pößneck
Printed in Germany
ISBN 978-3-7645-3033-4

www.penhaligon.de

Für Alain Nevant, Stéphane Marsan, Barbara Liano und Olivier Dombret, die mir alle im Zuge der Abfassung dieses Buches und danach sehr wichtig waren (manche von ihnen auch schon vorher). Ich möchte hinzufügen, dass einer der Gründe, weshalb Stéphane Marsan in dieser Widmung erscheint, darin besteht, dass er mir vor achtundvierzig Stunden gesagt hat: »Du hast achtundvierzig Stunden, dir eine Widmung einfallen zu lassen, und es wäre nett von dir, wenn du mich diesmal nicht vergessen würdest.« Und, nein, Stéphane, du wirst kein einziges Wort an diesem Blödsinn ändern!

Sie waren zu tausenden gekommen, hatten die zugefrorenen Meere zu Fuß überquert: die Männer, Frauen und Kinder des Türkisvolks, die auf ein neues Leben, eine neue Sonne hofften.

Wir versklavten sie.

Das ist über dreitausend Jahre her. Dreitausend Jahre der Gefangenschaft, dreitausend Jahre in Ketten unter dem Blick der Götter. Ohne es zu wissen, warteten sie ... Generation um Generation warteten sie auf die Legende, die ihnen verleihen würde, was ihnen fehlte: den Mut, den Funken, das Feuer ...

Dieses Buch ist die Geschichte der Befreiung des Türkisvolks.

Dieses Buch ist die Geschichte einer Revolution.

Alles begann mit einem Schiffbruch ...

Pier, Historiker des neuen Ayesha-Volks.
Geschrieben im Lampenschein jenseits des Ozeans,
im größten Turm der Neuen Stadt
in den Wiedergewonnenen Landen.
Jahr 15 des Neuen Kalenders.

Erstes Buch

Im Herzen der Welt

KAPITEL 1

Die Galeere sank langsam, als täte sie es nur widerwillig. Die Besatzungsmitglieder waren schon in den ersten Minuten getötet worden; dann hatte sich die Schlacht zum Südufer des Sees verlagert, und das Schiff und die Sträflinge blieben ihrem Schicksal überlassen.

Das Wasser war in kleinen Wellen in den Schiffsrumpf geschwappt, eine nach der anderen, und hatte ihn aus dem Gleichgewicht gebracht, bis die Galeere sich entschlossen hatte, mit dem Heck voran zu sinken. Das Erstaunlichste – so hatte Arekh mit Blick auf den See gedacht – war die Stille. Die Rufe der Offiziere der anderen Schiffe, die Schreie der sterbenden Seeleute und das Prasseln der Segel, die von Flammen verzehrt wurden, waren nun sehr fern. Die Schiffe des Emirs und seiner Feinde waren hinter einer felsigen Landzunge verschwunden.

Dort hinten ging das Massaker weiter, aber rings um die Galeere war das Wasser wieder friedlich. Der Leichnam des großen Meriniden, der den Rhythmus auf seiner Trommel vorgegeben hatte, trieb ein paar Meter von den vierzig Galeerensträflingen entfernt, die an ihre Ruderbänke gefesselt waren. Der Wasserspiegel stieg und hatte bereits den Brustkorb der Gefangenen in den letzten Reihen erreicht.

Sonnenstrahlen wärmten die Gesichter, verhießen flüsternd den nahenden Frühling.

Dann kenterte die Galeere, und Arekh fand sich unter Wasser wieder.

Er hatte reflexartig noch einmal Atem geholt, ohne es wirklich zu wollen. Wenn er schon sterben musste, dann doch besser schnell, mit dieser unwirklichen Ruhe im Herzen, die ihn von den anderen isolierte und vor der Panik seiner Mitsträflinge schützte. Seine Nachbarn hatten wohl geschrien und gezappelt. Er hatte nichts gehört.

Er behielt die Augen offen, um die letzten Bilder zu genießen, die das Leben ihm bot. Das Wasser war von einem ungewöhnlich durchsichtigen Blaugrün, als sei der Schiffbruch der Galeere ein zu lächerliches Ereignis, als dass es die Tiefen hätte trüben können.

Das Schiff sank mit träger Langsamkeit. Arekhs Lunge brannte noch nicht. Er stellte sich die Marmor- und Granitblöcke der Ruinen des antiken Nysis vor, der legendären Stadt, die, wie die Fischer erzählten, hier versunken war.

Über ihm schillerte die Oberfläche wie eine Grenze.

Dann sah er *sie*.

Zuerst glaubte er, es sei eine Vision, eine den *Kreislegenden* entsprungene Najade, ein Trugbild, das sein sterbender Geist heraufbeschwor, bevor er in die Abgründe überging. Die Silhouette schwamm auf die sinkenden Galeerensträflinge zu; ihre langen braunen Haare flossen wellenförmig hinter ihr her. Noch einige Schwimmzüge, dann war sie ganz nah. Keine Najade, sondern eine Sterbliche, greifbar, real, das Gesicht vor Anstrengung verzerrt.

Sie hielt einen Dolch in der Hand.

Indem sie sich mit einer Hand am Holz der Bank festklammerte, begann sie mit vom Druck des Wassers verlangsamten Bewegungen, die Fesseln des ersten Galeerensträflings in der Reihe zu bearbeiten.

Der Vorgang dauerte etwa zehn Sekunden. Die Gefangenen auf der Ruderbank, die begriffen, was vorging, gerieten in verzweifelte Bewegung. *Sie wird es nie und nimmer schaffen*, dachte er, aber einen Augenblick später begann der befreite Galeerensträfling unbeholfen zur Oberfläche aufzusteigen.

Arekh war der nächste auf der Ruderbank.

Er sah den Dolch an, der dabei war, den Strick um seine Handgelenke durchzutrennen; Stück für Stück schwand das Gefühl der Unwirklichkeit. Die Galeerensträflinge bewegten sich heftig und erschwerten so die Aufgabe der Unbekannten.

Das Schiff sank weiter, jetzt schneller, als hätte die Ankunft des Mädchens den Ablauf beschleunigt. Das Gesicht der Fremden war schmerzverzerrt.

Schwimm zurück, dachte Arekh, *lass es sein, und schwimm nach oben*, aber plötzlich gaben seine Fesseln nach, und er fand sich dabei wieder, verzweifelt zur Oberfläche emporzuschwimmen.

Sein Kopf durchbrach die Wasseroberfläche; er keuchte und versuchte, wieder Luft zu bekommen. Sein Gefühl der Losgelöstheit war mittlerweile völlig verflogen. Er hatte Schmerzen, in der Brust und in den Handgelenken; sein Körper war eiskalt. Außer Atem versuchte er, den Kopf über Wasser zu halten. Über ihm rief eine weibliche Stimme irgendetwas …

Ein Boot, da war ein Boot, und darin saß eine Frau mit grauem Kleid, die den See anstarrte und mit einer Stimme, die der Panik nahe war, nach irgendjemandem rief.

Arekh klammerte sich an das Boot und versuchte, seinen Herzschlag zu beruhigen. Der erste Galeerensträfling, den das braunhaarige Mädchen gerettet hatte, war bereits ins Boot gestiegen; seine zerlumpten Kleider standen in völligem Gegensatz zu dem eleganten Gewand der Frau in Grau.

Ein weiterer Kopf schoss aus dem Wasser – ein dritter Gefangener, Arekhs anderer Banknachbar, seinerseits befreit.

Sie ist ertrunken, dachte Arekh mit seltsamer Beklommenheit im Herzen. Doch dann tauchte die Unbekannte mit den braunen Haaren endlich auf, bleich wie der Tod, den Dolch immer noch in der Hand.

»Kommt an Bord!«, schrie die Frau im Boot und versuchte, sie am Arm zu packen.

»Da … da sind noch mehr«, stammelte das Mädchen.

Sie war nicht in der Verfassung, noch einmal zu tauchen. Bevor sie reagieren konnte, entriss Arekh ihr den Dolch, holte tief Luft und ließ sich hinabsinken.

Zu spät, dachte er, während er Schwimmzug an Schwimmzug reihte. Die Galeere war mittlerweile in der Tiefe kaum noch sichtbar. Wie lange konnte man durchhalten, ohne zu atmen? Und selbst, wenn er noch einen Gefangenen befreite – denn mehr als einer würde es nicht sein –, würde der es überhaupt schaffen, die Oberfläche zu erreichen?

Dann war keine Zeit mehr, sich Fragen zu stellen: Da war das Schiff, trieb geisterhaft zwischen zwei Strömungen. Es waren nur noch zwei Gefangene auf der Bank der Neuzugänge, der einzigen, auf der die Gefangenen nur mit Stricken gefesselt waren. Die anderen weiter hinten waren angekettet, und die Schlüssel waren mit dem Aufseher irgendwo im See verschwunden.

Arekhs Lunge brannte, als er sich auf die Fesseln des ersten Neuzugangs stürzte. Der Gefangene war sehr jung – ein Junge, der noch lebte … vielleicht nicht mehr lange. Arekh erhaschte einen kurzen Blick auf ein blasses Gesicht, helles Haar, das in der Strömung trieb, eingefallene Augen, die ihn anstarrten.

Die Fesseln gaben nach, und mit überraschender Kraft stieß sich der Junge nach oben ab. Sein Nachbar zappelte. Arekh wandte sich ihm zu und sah nur noch, wie er mit weit aufgerissenen Augen erstarrte; die Hände des Mannes zuckten, als sich seine Lunge mit Wasser füllte. Sein Todeskampf dauerte unendliche Sekunden, während derer Arekh sich nicht rührte. Er trieb zwischen zwei Strömungen, den Blick auf die gespenstischen Gesichter der Sträflinge in den hinteren Reihen gerichtet, die sich wanden, die Hände nach ihm ausstreckten und den Mund aufrissen, als wollten sie schreien. Ein schwarzer Schleier legte sich über seine Augen, und er fragte sich, ob er nicht doch hier sterben würde, mitgerissen von den Galeerensträflingen mit den toten Augen, die sich in seinem umwölkten Geist in grünliche Gespenster mit klebrigen Algenhänden verwandelten …

Als Arekh aufs Neue die Oberfläche des Sees durchbrach, war er erschöpft; alle seine Gliedmaßen schmerzten und waren steif. Das Blut pochte ihm in den Schläfen. Der Kopf tat ihm fürchterlich weh.

Er brauchte einige Augenblicke, um zu begreifen, dass die Schreie, die er hörte, echt waren und keiner Wahnvorstellung seines verwirrten Hirns entsprangen.

Auf dem Boot wurde gekämpft.

Mit zitternder Hand hielt sich Arekh an der Reling fest und zog sich an Bord. Er sah wieder klarer. Wider Erwarten war es dem Jungen, den er losgeschnitten hatte, gelungen, die Oberfläche zu erreichen. Die anderen hatten ihm wohl an Bord geholfen, denn er war auf dem Boden des Boots zusammengesackt und atmete mühsam. Ringsum herrschte Chaos. Das braunhaarige Mädchen hatte das Handgelenk des ersten befreiten Galeerensträflings gepackt, um ihn davon abzuhalten, die andere Frau – die im grauen Kleid – zu schlagen und die Ruder an sich zu reißen. Arekh erinnerte sich erst in dem Moment an den Namen des ersten Gefangenen – Kâl –, als dieser sich mit einem befriedigten Lächeln nach ihm umdrehte.

»Na, sieh da, das klärt die Frage«, sagte er, indem er auf Arekh deutete. »Hier ist nicht genug Platz für alle. Ab ins Wasser, Mädels!«

Er verdrehte der Frau das Handgelenk und hätte sie wohl in den See geworfen, wenn das braunhaarige Mädchen nicht dazwischengegangen wäre und ihm den Ellbogen gegen die Nase gerammt hätte. Kâl schrie vor Schmerz und wandte sich zornig der jungen Frau zu. Er hob gerade die Hand, um sie zu schlagen, als Arekh ihm den Dolch in den Solarplexus rammte.

Er riss die Klinge mit einer knappen Bewegung wieder heraus und bespritzte so alle an Bord des Bootes mit Blut. Kâl spie einen Strom von Galle aus, ruderte in nutzloser Anstrengung mit den Händen. Arekh verdrehte ihm die Schulter und warf ihn ins Wasser. Blut wallte im See auf; dann verschwand der noch immer zuckende Körper in den Fluten.

Arekh nahm die Ruder an sich, bevor er sich den beiden Frauen zuwandte. »Wohin wollt Ihr?«

Lange Zeit herrschte Schweigen. Das braunhaarige Mädchen musterte Arekh mit ebenso erschöpftem wie neugierigem Blick. Die Augen der Frau in Grau huschten von Arekh zu den beiden anderen Sträflingen. Der Jugendliche lag noch immer ausgestreckt auf dem Boden des Boots. Der andere behielt das Wasser im Auge, als hätte die Gefahr bestanden, dass Kål wieder auftauchte.

Arekh begann zu rudern; das riss die Braunhaarige aus ihrer Erstarrung.

»An den Strand dort hinten«, sagte sie. »Rasch! Je schneller wir uns in den Wäldern verstecken können, desto besser.«

Arekh ruderte weiter.

Im Westen, irgendwo jenseits der Felsen, erklang noch immer gedämpfter Schlachtenlärm. Der Wind hatte Emir Abilez' Flotte auf den Hafen von Rez zugetrieben. Dort würden seine Gegner, die beiden kiranyischen Schiffe, der Überzahl nicht länger standhalten können. Die kiranyische Galeere war kein Kriegsschiff gewesen, aber im Augenblick des Angriffs hatten sich zwei Offiziere an Bord befunden.

Arekh musterte die beiden Fremden. Er hatte auf dem Schiff keine Frauen gesehen. Sie mussten während eines Zwischenhalts an Bord gegangen und dann bei den Offizieren am Bug geblieben sein.

Die Ruder riefen ein regelmäßiges Geräusch hervor, und die fünf Insassen des Bootes schwiegen. Die Sonne brannte auf Arekhs Rücken, versuchte, sein Hemd zu trocknen.

Aufs Neue ein Gefühl der Unwirklichkeit. Es war nicht unangenehm, hier zu sein, sich dem Ufer zu nähern. Einen Blick darauf zu werfen, ohne schon dort zu sein, während eine Brise die Gesichter liebkoste. Am Ufer würden sie Entscheidungen fällen müssen. An die kiranyischen Soldaten denken müssen, die nach ihnen suchen würden, an die Truppen des Emirs, die die Umgebung durchkämmen würden, um Überlebende zu finden.

Aber für den Augenblick konnte Arekh einfach rudern. Die Sonne auf den Kleidern des braunhaarigen Mädchens betrachten.

Ja, die beiden Frauen mussten sich am Bug aufgehalten haben. Arekh konnte sich vorstellen, wie sie dort umherspaziert waren und sich mit dem Kapitän unterhalten hatten – dieser war sicher gleich zu Beginn des Angriffs getötet worden. Ohne Zweifel hatten die Frauen den ein oder anderen Blick auf die Gefangenen auf den Ruderbänken drei Meter unter ihnen geworfen.

Ihrer Kleidung nach waren sie Bürgerliche aus den Fürstentümern von Reynes.

Sie hatten sicher für die Überfahrt bezahlt. Die Galeere war nicht dazu geschaffen, Passagiere aufzunehmen, und …

Nein. Bürgerfrauen aus den Fürstentümern von Reynes sprachen nicht mit solch einem Akzent. Das Mädchen hatte kaum mehr als einen Satz gesagt, aber die Art, wie es die Vokale betonte, verriet eine Herkunft aus dem Süden. Außerdem reisten Frauen aus Reynes selten ohne männliche Begleitung.

Halt, flüsterte ihm eine innere Stimme zu. *Halt! Du wirst alles verderben. Lass dir von der Sonne das Hemd trocknen und warte, bis ihr am Ufer seid.*

Aber schon musterte er sie, analysierte, setzte die Einzelteile zusammen. Reflexartig. *Berufsbedingt*, dachte er, und sein Herz krampfte sich seltsam zusammen.

Zwei Frauen aus dem Süden, verkleidet mit Gewändern aus dem westlichen Reynes. Die Überfahrt auf einer Galeere. Der Angriff des Emirs Ans Abilez.

Harabec.

Arekh hatte die Gerüchte gehört. Die Geschichte wurde von Hafen zu Hafen weitergetragen: Die Soldaten, die ihn festgenommen hatten, hatten sogar im Wirtshaus davon gesprochen, als sie am Nebentisch getrunken hatten.

Und das Mädchen hatte die gleiche Kinnform wie *sie*. Arekh erinnerte sich an die Statue in der großen Galerie des Hohen Rates von Reynes. Die Statue, die den ersten König der Dynastie darstellte …

Harabec …

Das Gefühl der Unwirklichkeit war verschwunden, ganz wie die Sonne und dieser trügerische Eindruck, sich außerhalb der Zeit zu bewegen. Marikani aya Arrethas, Erbin der Dynastie der Magierkönige von Harabec, war auf dem Rückweg von einem diplomatischen Besuch beim König von Sleys gewesen, als ihr Gefolge von den Truppen des Emirs angegriffen worden war. Sie hatten Marikani gewollt, die aber den Gerüchten nach mit einer Hofdame geflohen war. Es hieß, dass sie nun versuchte, heimlich in ihr Land zurückzukehren.

Das Boot schrammte über erste Steine, und der andere Galeerensträfling sprang von Bord, um es ans Ufer zu ziehen.

Der Mann hatte sehr schwarze Haare und Augen. Arekh kannte seinen Namen nicht; er hatte nie den Klang seiner Stimme gehört. Sie waren gemeinsam an Bord der Galeere gekommen, das war alles.

Als er sich wieder aufrichtete, musterte der Mann die vier Insassen des Boots. Die beiden Frauen, Arekh und den ganz jungen Gefangenen, der sich mühsam aufsetzte, als sei er erstaunt, am Leben zu sein.

Der Blick des Sträflings am Ufer ruhte auf einer Kette aus Silber und Perlen, die durch einen Riss im hochgeschlossenen Hemd des braunhaarigen Mädchens zu sehen war.

»Ich werde nicht lange säumen«, sagte er schließlich.

Seine Stimme klang wohlerzogen, ohne irgendeine Besonderheit, die seine gesellschaftliche Stellung hätte verraten können. Er könnte so gut wie jeder sein: ein schreibkundiger Handwerker, der seinen Meister bestohlen hatte, ein für eine Unterschlagung verurteilter Bürger, ein Edelmann, der irgendeine Schandtat begangen hatte, nach der die Männer seines Standes es leid geworden waren, ihn weiter zu decken …

Die Frau in Grau stand auf, wie um ihre Herrin vor einem möglichen Angriff zu beschützen.

Aber der Galeerensträfling verneigte sich nur. »Danke. Und viel Glück!«

Er entfernte sich den Strand entlang und verschwand dann am Horizont.

Die Frauen stiegen aus dem Boot und sahen sich um.

Keine Menschenseele in Sicht.

Die kleine Bucht war von felsigen Hügeln umschlossen, so grau wie die Kiesel, auf denen sie standen; große Bäume wuchsen zwischen den Steinen.

Es war fast vollkommen still.

Arekh wusste, wie sehr dieser Eindruck von Einsamkeit täuschen konnte. Weiter im Westen gab es Dörfer – und Rez war auch nicht besonders weit entfernt.

Wenn er überleben wollte, gab es nur eine Lösung: fliehen, und zwar schnell. Die beiden Frauen und den Jungen hier zurücklassen. Einem Bauern die Kehle durchschneiden, seine Kleider stehlen, sich in die nächstbeste Stadt begeben, um den Dolch des Mädchens zu verkaufen … *nicht »des Mädchens«*, verbesserte er sich mit einem unerklärlichen Anflug von Abscheu, *der »Erbin der Magierkönige von Harabec«*, die tropfnass auf dem Kies stand und sich den breiten Gürtel ihrer Wickelhosen neu band.

In den Griff des Dolchs war ein Sonnenstein eingelassen. Die Waffe war weit davon entfernt, ein Vermögen wert zu sein, aber sie würde es Arekh gestatten, ein Maultier und etwas Proviant zu kaufen.

Und dann …

»Wohin gehen wir?«, fragte die Frau in Grau.

»Ich weiß es nicht«, sagte das Mädchen und wandte sich Arekh zu. »Kennt Ihr die Gegend?«

Arekh musterte sie. »Habt Ihr vor, nach Harabec zurückzukehren, Marikani?«

Das Gesicht der jungen Frau erstarrte einen Herzschlag lang. Fast sofort gewann sie die Beherrschung zurück. Die Hofdame wandte den Blick mit resignierter Miene ab.

Sie denkt, dass ihre Herrin uns lieber hätte krepieren lassen sollen, und hat damit nicht unrecht … Was ist ihr nur Törichtes durch den Sinn gegangen?

Das Mädchen ergriff wieder das Wort. »So ist es. Wenn Ihr uns einen Rat geben könnt, zögert nicht, Nde …?«

»Arekh.«

»Möge Lâ Euch gnädig sein, Arekh«, sagte Marikani zum Gruß.

Sie hob den Blick zu den Hügeln. Sie hatte noch nicht einmal zu leugnen versucht. Arekh musterte sie mit einem gewissen Hass, fast überrascht von seinem eigenen Scharfsinn. Also war sie es wirklich. Seltsamerweise hatte er daran nie gezweifelt. Er war felsenfest davon überzeugt gewesen. Hätte er überrascht sein müssen? Es hätte ihn wohl erstaunen sollen, mit einer der wichtigsten Persönlichkeiten der Königreiche am Strand zu stehen, mit einer Prinzessin von dunklem Blut, die von den Göttern abstammte und Erbin einer der wichtigsten politischen Mächte des Südens war.

Aber nein. Arekh spürte nichts als gewaltige Erschöpfung und eine Art innerlicher Mattigkeit. Alles war so schön gewesen, als er über den See gerudert war. Alles war möglich und neu gewesen.

Jetzt nicht mehr.

»Marikani?«, wiederholte der Junge, der auf einem Felsen saß.

Arekh hatte seine Existenz vergessen – und doch war der Jugendliche, den er gerettet hatte, da. Sein Gesicht war immer noch sehr blass. Die Sträflingskleider waren ihm zu groß. Er konnte nicht älter als dreizehn Jahre sein. Das flachsblonde Haar fiel ihm ins Gesicht.

»Gibt es nicht irgendeine Königin, die …?«, begann er. Mit offenem Mund hielt er inne. Dann starrte er reglos mit weit aufgerissenen Augen die beiden Frauen an.

Marikani würde nie in Harabec ankommen, dachte Arekh mit befriedigtem Zorn. Die beiden Frauen befanden sich mitten im Protektorat Rez; die Soldaten des Emirs waren auf der Suche nach ihnen. Ihre Geschichte hatte sich im ganzen Land herumgesprochen. Keine Dynastie war in der Feuergegend verhasster als die Kinder des Arrethas. Die Feindschaft zwischen den beiden Landstrichen dauerte schon jahrhundertelang an.

»Ihr wollt einen Rat, ich gebe Euch einen«, verkündete er. »Versucht nicht, die Wälder zu erreichen … Sucht Soldaten, und ergebt Euch ihnen. In den Kerkern des Emirs habt Ihr noch die besten Chancen. Die Straßen sind versperrt, und wenn die Bevölkerung Euch in die Finger bekommt, werdet ihr gesteinigt – oder noch Schlimmeres.«

Marikani sah ihn an, überrascht weniger über seine Worte an sich als angesichts der Angriffslust, die darin mitschwang. Arekh wusste selbst nicht, warum er so wütend war. Er war am Leben und frei, worauf er nicht mehr zu hoffen gewagt hatte, und das verdankte er der Frau, die vor ihm stand. Es war nicht sein Problem, dass die Erbin von Harabec so unbedacht und töricht war. Auch nicht, dass sie todgeweiht war. Er hatte keinen Grund, sich darüber aufzuregen. Dennoch hatte er Lust, jemandem wehzutun. Zuzuschlagen.

Wenigstens mit Worten.

»Die Dörfler machen sich nichts aus Politik«, fuhr er fort. »Sie haben archaischere Instinkte, Aya Marikani. Sie werden sich an den Sumpfkrieg erinnern, an die geplünderten und niedergebrannten Dörfer, an ihre niedergemetzelten Familien. Ich nehme an, dass sie Euch erst vergewaltigen und dann in einem Reinigungsritual opfern werden. Sie werden Euch Nase und Hände abschneiden, bevor sie Euch auf den Scheiterhaufen werfen.«

Marikani zuckte nicht mit der Wimper. »Reizende Aussichten. Aber seht, Nde Arekh, für mein Land ist es besser, wenn ich getötet werde, statt gefangen genommen zu werden. Die Wirtschaft Harabecs würde das Lösegeld nicht überleben, das der Emir fordern würde, und politische Unsicherheit ist für keine Regierung gut. Wenn ich tot bin, wird man mich ersetzen.« Sie lächelte. »Aber so weit ist es noch nicht. Ich werde mein Glück im Wald versuchen.«

Auf seinem Felsen riss der Junge noch immer die Augen auf. Ohne Zweifel hatte er das Gespräch nicht einmal zur Hälfte verstanden.

Arekh seinerseits brauchte keinen Dolmetscher. Er kannte die Einzelheiten aller Verträge, jeglichen Verrats, aller weltlichen Schliche der beiden Völker. Er kannte sie nur zu gut. Er hatte plötzlich die Vision eines *Nackh*, eines dieser Gräben voll grünem Schlamm, die die Sümpfe des Westens durchzogen und in denen sich manchmal ganze Familien von Schnabelschlangen einnisteten. Die Löcher waren tief: Wenn zwei Männer sich aneinanderhängten, reichten sie doch nicht bis zum Grund. Die Schlangen wuchsen dort heran und vermehrten sich, bis es keinen freien Platz mehr gab: Das Innere des Grabens wurde alsbald zu einer Masse aus klebrigen, kalten Körpern, die sich zusammenrollten, verknoteten und übereinander hinwegglitten. Manchmal warf man aufmüpfige Sklaven dort hinein, diejenigen Mitglieder des Türkisvolks, die sich nicht eifrig genug ihren Aufgaben widmeten.

Genau so war die Welt von Tanjor, die Welt der drei Monde. Es gab kaum noch freie Flächen auf dem Boden der Königreiche, und die Menschen fraßen sich gegenseitig auf. Könige, Königinnen und Ratgeber verknüpften Intrigen und Verbrechen, die anderen spien Hass und blutige Eifersucht aus, und all diese Leute wurden geboren, paarten sich, starben und verrotteten im Graben.

Arekhs Kleider waren tropfnass; die Sonne, die ihm im Boot so brennend erschienen war, vermochte ihn nicht zu wärmen.

Er sah auf die Kiesel hinab. »Ich werde Euch über die Landstraße bringen«, sagte er zu den beiden Frauen, die ihn musterten. »Der Wald liegt nur ein paar Meilen östlich von hier.«

Die Landstraße, die nach Rez führte, war verlassen. In der anderen Richtung, nach Süden, gelangte man darauf zum Delta des Hers und zu den fünf Freien Städten. Das lange Band aus Pflastersteinen führte an Schleusen vorbei und über Brücken, durch Festungen und Dörfer, bevor es jenseits der bläulichen Mar-hakh-Ebenen verschwand.

Und Harabec erreichte.

So weit war es dorthin nicht. Ein Fußmarsch von etwa fünfzehn Tagen, zu Pferde viel weniger. Die Landstraße war sicher: Die Banditen griffen keine Gruppen von Reisenden an, da sie schwere Strafen zu fürchten hatten. Die unterschiedlichen Länder wussten, wie wichtig das Kommen und Gehen der Händler war.

Aber auf der Straße gab es Grenzen, die man überqueren musste, Sperren und Patrouillen. Und die Soldaten des

Emirs würden – wenn er sie denn losschickte – nur der Straße folgen müssen, um die Flüchtigen zu finden.

Sie überquerten die Landstraße schnell und beeilten sich, die ersten Hügel zu erreichen. Die Blauen Berge waren im Südosten schwach als Linie zu erkennen, die sich im Nebel verlor. Weit näher, nur einige Wegstunden entfernt, bedeckten Wälder die ersten Anhöhen.

Heide, Pflanzen, Steine, Täler. Kein Lebenszeichen, keine Bewegung bis auf schwankende Zweige, die dann und wann in der Brise zitterten.

Die Frage nach der Nahrung stellte sich weniger als zwei Stunden später, als sie die Flanke eines weiteren Hügels erklommen. Die beiden Frauen gingen voran; Arekh und der Junge folgten ihnen. Trotz des leichten Windes und der Sonne, die jetzt zwischen fingergleich langgestreckten Wolkenfetzen hindurchdrang, waren die Kleider Marikanis und der Frau in Grau immer noch nicht trocken.

Der Jugendliche stolperte schon das dritte Mal an diesem Abhang.

»Ich habe Hunger«, erklärte er an Arekh gewandt.

Als sei er derjenige, den man ansprechen musste. Als sei er, ganz selbstverständlich, zum Anführer der kleinen Gruppe geworden.

Warum? Weil er einem Mitsträfling die Klinge in den Leib gerammt hatte?

Die beiden Frauen blieben stehen, und Marikani stieg die wenigen Fuß Erde, die sie voneinander trennten, wieder hinab. Arekh fand, dass ihre Züge angespannt wirkten, so als sei sie sich in den wenigen Stunden, die vergangen waren, stärker der Gefahr bewusst geworden, in der sie schwebte. Vielleicht wirkte sich aber auch nur die Erschöpfung aus?

»Ich habe Geld«, sagte sie zu Arekh. »Aber …«

Mit einer vagen Gebärde deutete sie auf die umliegende Landschaft. Stechginster und Dornenranken bedeckten die Hänge. Immer noch keine Spur von Leben.

Arekh schüttelte den Kopf. »Verlasst Euch nicht darauf! Die Gegend ist alles andere als verlassen. In den Hügeln gibt es Schäfer – und etwas weiter entfernt auch Steinbrüche, in der Richtung da drüben.«

»Dörfer?«

»Sicher, auch die.«

Marikani schob die Hand unter ihr Hemd und zog eine kleine Börse hervor, deren Inhalt sie auf ihre Handfläche schüttete. Es waren einige Gold- und Silberstücke darunter, die das Gesicht des Emirs oder das fünffältige Blatt der Fürstentümer von Reynes zeigten, daneben aber auch drei kostbare Perlen und ein violetter, hübsch geschliffener Stein. Dann noch ein Smaragd oder ein Astell, ein Stein aus der gleichen Familie, doch mit Silbereinschlüssen, die den Wert verzehnfachten.

Das änderte nichts an ihrem gegenwärtigen Problem. Arekh bedeutete ihr, die Steine wieder einzustecken.

»Lasst uns erst einmal nach einem Unterschlupf suchen. Der Himmel zieht sich zu, es wird kalt werden. Und Eure Zofe muss sich ausruhen.«

Bei dem Wort *Zofe* warf die Frau im grauen Kleid Arekh einen Blick zu, der hätte töten können, und ging dann zu Marikani hinüber. Die beiden wechselten mit gesenkter Stimme einige Worte.

Arekh ging weiter; er wollte den beiden nicht den Gefallen tun, sie zu belauschen. Außerdem musste er nicht erst hinhören, um zu wissen, was sie sagten. Die Frau im grauen Kleid würde ihre Herrin dafür schelten, enthüllt zu haben, was sie bei sich trug. *Wie könnt Ihr nur Galeerensträflingen den Inhalt Eures Geldbeutels zeigen? Das sind Mörder, Herrin, habt Ihr den Verstand verloren?*

Der Jugendliche holte Arekh ein und sah sich mehrfach um. Zumindest einer von ihnen hatte das Spektakel nicht verpasst. Hatte die Hofdame recht? Hätte der Anblick einiger Geldstücke und Edelsteine Arekh dazu bringen können, ihnen die Kehle durchzuschneiden?

Das kommt auf so einiges an, dachte er mit einer gewissen Ironie. *Auf die Umstände, auf das Risiko. Auf meine Bedürfnisse.*

Weniger als eine Stunde später stießen sie auf eine Scheune. Der Anblick war zugleich willkommen und beunruhigend. Willkommen, weil sie ein Dach über dem Kopf brauchten, beunruhigend, weil er bestätigte, was Arekh schon vermutet hatte. Die Gegend war alles andere als verlassen.

Das Innere des Gebäudes war dunkel; die Luft roch nach verfaultem Heu und trockener Erde. Vielleicht war die Scheune verlassen, wenigstens bis zum nächsten Jahr …

Die Hofdame ließ sich ins Heu fallen und massierte sich die Füße. Der Junge beobachtete sie dabei, fasziniert von den kunstvollen Tätowierungen, die ihre Knöchel zierten. Marikani blickte sich mit einer gewissen Neugier um.

»Gebt mir zwei *Res*. Ich werde etwas zu essen besorgen«, sagte Arekh, verärgert, ohne recht zu wissen, warum.

Er nahm die Münzen, ging, ohne sich noch einmal umzusehen, und schritt durchs hohe Gras. Er spürte das Geld in seiner Tasche und den Dolch an seiner Seite. Die Erinnerung an diesen Augenblick würde sich in sein Gedächtnis graben: an den stechenden Geruch des Grases, den sich bewölkenden Himmel, die langen Halme, die unter seinen Schritten brachen. Er musste nur weitergehen, den Hügel hinab, einen Landarbeiter töten und sich

Kleider verschaffen, wie er es am Strand beschlossen hatte. Die Münzen würden es ihm gestatten, sich Fladenbrot zu kaufen und einen Bauern dafür zu bezahlen, dass er ihn auf seinem Karren mitnahm, bis nach Meraïs, wo er dann den Dolch verkaufen würde.

Das war der Weg, den er einschlagen musste. Der einzige. Er hatte jetzt ein bisschen Geld bei sich und würde ungestört reisen können, solange die Truppen des Emirs die beiden Frauen suchten – natürlich nur, wenn bekannt war, dass sie überlebt hatten.

Marikani hatte ihm das Leben gerettet. Wie der Galeerensträfling, der sich am Strand von ihnen getrennt hatte, würde Arekh ihr danken, indem er sie nicht tötete und ihr auch nicht den Geldbeutel stahl. Er wünschte ihr sogar, dass es ihr gelingen würde, in ihr Land zurückzukehren.

Aber er musste fortgehen, jetzt, solange noch Zeit war.

Er kehrte zwei Stunden später in die Scheune zurück: mit Brot, getrocknetem Fleisch, Haferfladen und sogar einem kleinen Weinschlauch. Der Schäfer, dem er begegnet war, sprach einen unbekannten Dialekt und verstand nur einige Worte der alten Sprache des Südens. Doch es hatte keine Worte gebraucht. Der Schäfer hatte Arekhs Sträflingskleidung und den Dolch, den er in der Hand trug, gemustert. Arekh hatte auf seine Geldstücke gedeutet, dann auf die Nahrungsmittel in dem Beutel, den der Mann bei sich hatte.

Der Austausch war kurz gewesen. Beide hatten gewusst, dass sie ein kalkuliertes Risiko eingingen. Arekh hätte ihn töten können, aber wenn die Einwohner des nächstgelegenen Dorfes den Leichnam gefunden hätten, hätten sie eine Treibjagd organisiert. Was den Schäfer betraf, so würde er, wenn er das Geld annahm, bestimmt darüber schweigen, um sich nicht als Komplize verdächtig zu machen.

Bestimmt.

Sie begannen schweigend, das Brot und etwas von dem getrockneten Fleisch zu essen. Draußen wehte noch immer eine Brise, und Raben krächzten – Arekh hatte sie bei seiner Rückkehr um die Scheune kreisen sehen.

Das Holz der Balken knarrte seltsam.

Die Raben hörten auf zu schreien.

Ein lauteres Krachen. Das Dach explodierte, das Heu stob auf, und plötzlich war es Marikani, die einen erstickten Schrei ausstieß, während sie gegen irgendetwas kämpfte. Ein strenger, animalischer Geruch stieg Arekh in die Nase, aber er hatte nichts gesehen und auch überhaupt nicht die Zeit gehabt, irgendetwas zu sehen. Der Junge und die Hofdame waren näher bei ihr. Die Hofdame reagierte als Erste und warf sich schreiend ebenfalls auf das Tier – war es ein Tier? Sie packte irgendetwas und zerrte; der Junge eilte ihr zu Hilfe.

Arekh war aufgesprungen. Er sah einen Schnabel, hob den Dolch und stach zu.

Blut spritzte auf; Marikani verbarg ihr Gesicht. Arekh stach noch einmal zu und schnitt dem kleinen Tier dann die Kehle durch – so, wie er als Kind die Pächter am Wassergraben den Hühnern hatte die Kehle durchschneiden sehen.

Der Vogel richtete sich mit zerfetztem Hals auf; er versuchte zu fliegen, drehte den Kopf in alle Richtungen, während das Blut in ruckartigen Fontänen hervorsprudelte und das Kleid der Frau in Grau besudelte; der Staub und das Heu, die aufgewirbelt wurden, und die Schreie machten das Chaos perfekt.

Dann – nichts mehr. Der Vogel stürzte tot auf den Scheunenboden. Die Hofdame beruhigte sich und beschränkte sich darauf, sich mit starrem Blick das Blut aus dem Gesicht und von den Kleidern zu wischen. Der Junge wich zurück, und Marikani richtete sich wieder auf.

Sie hatte tiefe Kratzspuren auf den Armen und am Hals; ihre braune Tunika war blutbefleckt. *Vom Blut des Vogels*, begriff Arekh, als er sah, dass sie sich trotz der Flecken auf ihrer Brust anscheinend relativ schmerzfrei bewegte.

Ja, es war ein Vogel. Ein Raubvogel mit braunem Gefieder. Sogar im Tod ging noch ein strenger Geruch von ihm aus – nach Exkrementen, nach Hühnerstall, nach Viehhaltung.

Seine gelblichen Krallen waren scharf, als seien sie spitz zugefeilt worden. Ein zur Jagd abgerichteter Vogel. Er trug einen glänzenden Metallring am linken Bein. Das Symbol des Emirats war darin eingraviert.

»Gehen wir«, sagte Marikani, den Blick auf den Ring gerichtet.

Ihr Ton war ruhig, aber ihre Stimme zitterte. Sie war aufgestanden und rieb sich den Unterarm, verteilte dabei aber das Blut nur noch mehr. Die Kratzwunden waren tief; die längste unterhalb ihrer Schulter ging bis auf den Knochen.

»Das muss gewaschen werden«, sagte der Jugendliche. »Das ist gefährlich, wenn es sich entzündet.«

Man merkte, dass er ein Junge vom Lande war, der miterlebt hatte, wie Bauern gestorben und ganze Familien ins Abseits geraten waren, nur weil der Vater von einem Fuchs gebissen worden war.

Die Raben riefen noch immer nicht. Durch das Loch im Dach – der Vogel hatte das lehmverstärkte Stroh zerfetzt, um hindurchzugelangen und sich geradewegs auf Marikani zu stürzen – hörte Arekh, wie sie mit schwerem Flügelschlag davonflogen.

Er trat auf die Schwelle.

Der Himmel war mittlerweile dunkelgrün und nebelverhangen. Die Landstraße war jenseits des Nebels verschwunden. Die Soldaten des Trupps, der über den am östlichsten gelegenen Hügel heranrückte, waren in ihren braunen Uniformen im Gestrüpp fast unsichtbar. Sie gingen nicht auf die Scheune zu; wenn sie ihre Richtung beibehielten, würden sie weiter östlich, jenseits eines Wäldchens, daran vorbeiziehen, aber sie konnten jederzeit umkehren.

Soldaten. Fern der Landstraße, fern von Rez. Sie waren gewiss nicht hier, um Steuern bei den Schäfern einzutreiben.

Arekh kehrte in die Scheune zurück, sammelte den Proviant ein und begegnete Marikanis Blick. »Schnell!«

KAPITEL 2

Sie rannten stumm den Hügel hinunter, auf der Seite, die den ankommenden Soldaten abgewandt war. Die Abenddämmerung senkte sich herab, während ihre Füße Ranken und Büsche zertraten. Der Himmel war mittlerweile von einem tiefen Blau, großartig anzusehen, aber von gräulichen Nebelfetzen befleckt. Arekh konnte kaum zehn Meter weit sehen: die anderen Mitglieder der Gruppe, den Boden, den schwarzen Waldrand.

Stück für Stück wurde der Boden trockener. Die Grasflächen und Sträucher waren dünner gesät, die Erde war heller, mit Kalkstein durchsetzt ... zunächst mit Kieseln, dann mit Steinen – langen, glatten weißen Steinen, die ein breites weißes Band auf dem Boden bildeten.

Es handelte sich nicht um ein zufälliges Naturschauspiel, sondern um Menschenwerk ... mehrere tausend Jahre altes Menschenwerk, abgetreten und vergessen. Unter ihren Füßen zog sich in der Tat ein Abschnitt der Westmauer des Alten Kaiserreichs hin, das der Zorn des Gottes, dessen Namen man nicht nennt, vor langer, langer Zeit getroffen hatte, als die Monde noch jung und die Gottheiten hoffnungsvoll gewesen waren.

Von dieser hohen Befestigungsanlage waren heute nur noch die Grundmauern übrig. Die meisten weißen Steine waren längst herausgebrochen und verkauft worden, und nur aus dem Grund, weil dieser Platz alles andere als fruchtbar war, hatte sich dieses Zeugnis vergessener Zeiten erhalten können. In den Städten der Königreiche war jedes Fleckchen Erde schon längst bebaut, in den Ebenen jeder Morgen Land landwirtschaftlich genutzt.

Instinktiv folgten die Flüchtlinge den Spuren der alten Mauer, als sei sie eine Straße, die das Schicksal für sie gepflastert hatte. Am Himmel stieg das Sternzeichen des Rades auf, die sechs glänzenden Götter um den türkisfarbenen Stern, der zum Zeichen der Verdammnis des Türkisvolks erschienen war. Die Rune der Gefangenschaft. Sechs Sterne, sechs Götter, die Kinder der Drei Ersten, die über die Erschaffung der Reiche gewacht hatten, bevor sie sie verdammt hatten.

O Götter, beschirmt uns unter eurem Mantel und verschleiert unsere Gesichter vor den Augen eurer Feinde …

Schützt eure Tochter, das Kind des Arrethas …

Die Worte des Gebets huschten durch Arekhs Geist, eigenartig, geradezu fremd … Es waren Jahre vergangen, seit er sich zuletzt an die Götter gewandt hatte. Und er hatte es rein mechanisch getan, in der Hoffnung, irgendeinen persönlichen Vorteil daraus zu ziehen. Das war jetzt immer noch der Fall: Das Schicksal der Nachfahrin des Arrethas war Arekh vollkommen gleichgültig. Er war nur neugierig. Die Götter waren überall: Sie belohnten ihre Priester, wirkten Wunder, ließen die Toten wiederauferstehen und heilten die Kranken. Ihre Macht manifestierte sich auch durch das dunkle Blut: Ihre Erben, Könige oder Hexenmeister, bedienten sich der Macht, die ihnen verliehen war, um ihre Ländereien zu schützen, Segen oder Fluch herabzurufen, die Monster der Abgründe zu beschwören, ihre Feinde zu ermorden und ihre Seelen zu vernichten … Wie man sich erzählte, sogen manche sogar die Geschöpfe des Schattens in die Königreiche, um sie für ihre eigenen Zwecke zu benutzen.

Ja, die Götter waren überall, aber Arekh hatte seit langem die Bindung verloren, die, wie es hieß, das Herz jedes einzelnen Menschen an die Mutter aller, die Göttin Lâ, band, die an oberster Stelle des Rades mit goldenem, wohlwollendem Schein funkelte. Er hatte den Sinn für das Göttliche verloren und nicht mehr wie in seiner Kindheit den Eindruck, dass jeder seiner Schritte und jede seiner Bewegungen gesegnet war, einen Sinn hatte und unter dem Schutz eines der sechs lächelnden Sterne erfolgte.

Der Schmutz hat mich besudelt, und die Götter sehen mich nicht mehr. Arekh wusste, wann sie ihren Blick abgewandt hatten, und das war eine Erinnerung, die er seit langer Zeit zu verdrängen versuchte. Aber Marikani musste dank ihres fernen Vorfahren gesegnet sein … So dachte er zumindest, ohne wirklich daran zu glauben. Wenn ein Wunder geschehen sollte, wäre jetzt nicht genau der richtige Augenblick dafür?

Natürlich würde daraus nichts werden. Die Götter hatten Besseres zu tun, als all ihre Nachfahren zu beschützen; diese starben wie alle anderen auch, vergiftet, ermordet, spien sterbend Blut auf ihr Bettzeug …

In der Tat geschah kein Wunder. Die Sterne funkelten weiter, und die Luft ließ die Flüchtlinge frösteln. Bald knickte die Mauer des Alten Kaiserreichs nach Süden ab, und sie folgten ihr nicht weiter – der Süden war zu gefährlich, und der Waldrand war nicht mehr fern.

Das Gelände war abschüssig und bildete eine Falte. Die beiden Frauen setzten sich auf einen Stein, außer Atem und erschöpft. Der Junge blieb stehen; sein Atem ging stoßweise.

»Wir werden nicht viel weiter kommen«, sagte Marikani, als Arekh sich näherte. »Wir müssen schlafen und essen.«

Ganz wie der Junge es vor einigen Stunden in der Heide getan hatte, wandte sie sich an ihn … als trüge er die Verantwortung für die Gruppe, als müsse er die Entscheidungen treffen, er, der er noch nicht einmal wusste, was in einem halben Tag sein würde. Arekh verbiss sich eine gehässige Antwort. Es war nicht der rechte Augenblick dafür.

»Haben uns die Soldaten gesehen?«, fragte die Hofdame. »Wissen sie, dass wir in der Scheune waren?«

Marikani ergriff das Wort, bevor Arekh etwas äußern konnte. »Schwer zu sagen. Vielleicht lässt der Emir die Gegend aufs Geratewohl durchkämmen. Aber sie sind unseretwegen da – ich sehe keine andere Erklärung … Warum sollte ein Trupp Soldaten sonst in der Heide herumspazieren? Um mit den Schäfern zu plaudern?« Sie wandte sich Arekh zu. »Der Wald ist nah … Denkt Ihr, dass wir dort haltmachen können?«

Erneut hatte Arekh Lust, spitz zu antworten … Aber es war wirklich weder der rechte Zeitpunkt noch der rechte Ort dafür. Auch er war erschöpft und ausgehungert. Wie lange hatte er schon nicht geschlafen? Er sah sich wieder auf der Galeere beim Rudern. Sie hatten Bank nach Bank geschlafen, immer nur drei Stunden lang.

Die Galeerensträflinge … sie waren tot, alle tot, das wurde ihm erst jetzt so recht bewusst. Die Männer, mit denen er noch in der letzten Nacht im Sternenschein gerudert war. Diejenigen, die sich auf der Ruderbank hinter ihm abgemüht hatten und deren Atem er in seinen Arbeitspausen gehört hatte, diejenigen, die mit ihm während des ersten Halts an Bord gebracht worden waren. Alle tot, bis auf drei – ihn, den Jungen und den anderen, der sich von ihnen verabschiedet hatte, bevor er sie am Strand hatte stehen lassen.

Arekh nickte und deutete auf den Wald. Ja, sie mussten sich ausruhen. Weder Marikani noch die Hofdame noch der Junge hatten auch nur eine Andeutung über den Vogel und den Ring an seiner Klaue gemacht. Aber Arekh zweifelte nicht daran, dass sie das Tier im Sinn hatten, wann immer sie den Blick zum Himmel hoben.

Die Beine zitterten ihnen vor Erschöpfung. Sie wanderten im gleichgültigen Schein der drei Monde über den verkarsteten, trockenen Boden. Die ersten Bäume waren nicht mehr fern, bald würden die Steine Hügeln, Gebüschen und Hainen weichen … Aber noch nicht. Sie waren im offenen Land, und die Blicke der Nacht versengten ihnen den Rücken.

Sie erreichten die ersten Bäume, schwächliche Borkenakazien mit schmalen, windgebeugten Stämmen – zu schmal, um sich dahinter zu verbergen. Der Wind hatte aufgefrischt und blies böig; die toten Samenhülsen, die noch an den Zweigen hingen, knarrten. Von neuem stellte Arekh sich die Soldaten vor – und ihre Greifvögel, die am Himmel schwebten und nach ihnen suchten. Er bereute es sofort. Wenn man sich die Gefahr ausmalte, verärgerte man Fîr, den Herrn des Schicksals, der daraufhin das, was man fürchtete, heraufbeschwören würde.

Diese Vorsichtsmaßnahme hatte Arekh in den letzten Jahren vernachlässigt. Aber hier, im offenen Land, stand nichts zwischen ihnen und den Göttern …

Ein heiserer Schrei ließ den Himmel über ihnen vibrieren.

Arekh murmelte Flüche, drehte sich um und gab den anderen einen Wink, sich ruhig zu verhalten, nur für den Fall … für den Fall, dass die Soldaten sie noch nicht bemerkt hatten, trotz des Vogels, trotz aller Hinweise. Der Junge war nur einige Schritte entfernt, die Frauen hinter ihm. Arekh sah, wie sie sich reflexartig duckten, aber sie schauten sich nicht um und hoben auch nicht den Blick.

»Was machen wir jetzt?«, flüsterte der Jugendliche, als er neben Arekh stand.

Wider besseres Wissen hoffte Arekh, einen Rabenschwarm die Nacht durchflattern zu sehen, als er die Wolken absuchte. Doch leider war *er* da: ein gewaltiger Raubvogel, der über den Borkenakazien kreiste.

»Da hinten sind die Bäume zahlreicher und das Gelände fällt noch weiter ab«, antwortete er mit gesenkter Stimme – sowohl dem Jungen als auch den Frauen, die gerade eintrafen. »Da unten muss ein Fluss sein. Gehen wir auf den Wald zu. Wenn das Wasser …«

Der Lärm unterbrach seinen Satz, ließ Luft und Erde erzittern, und plötzlich herrschte rings um sie Chaos. Staubwolken, das Krachen junger, niedergetrampelter Stämme, das schreckliche Trommeln der Hufe auf dem Boden. Reiter. Mindestens zehn. Arekh rechnete mit Schreien, zumindest von den beiden Frauen: Er war das verzweifelte Heulen von Müttern im Krieg und im Zuge von Plünderungen gewohnt. Aber hier kam es zu keiner Reaktion. Einen Herzschlag lang blieben die vier Flüchtlinge reglos und schweigend stehen, sahen die Reiter auf sich zustürmen. Ihre Pferde waren im Dunkeln genauso gewaltig und furchterregend wie die Tiere der Abgründe, die auf Basreliefs Um-Erochs Karren zogen …

…und zumindest einen Moment lang sahen die Reitpferde auch so aus, wie steinerne Tiere, die in einem ewigen Lauf erstarrt waren …

»Zum Fluss!«

Wer hatte gerufen? Die Hofdame vielleicht. Die beiden

Frauen nahmen einander an die Hand und begannen zu laufen. Arekh riss sich aus seiner Trance los und folgte ihnen. Es hatte keinen Sinn mehr, zum Fluss zu rennen, ein bisschen Wasser würde keine Reiter aufhalten, aber es spielte keine Rolle, in welche Richtung sie liefen, solange sie nur flohen und nicht einfach stehen blieben wie am Boden festgewachsen …

Später musste Arekh sich noch einmal fragen, warum er diesen Moment nicht genutzt hatte, um in eine andere Richtung zu fliehen, während die Soldaten die beiden Frauen verfolgten. Sich seiner Heldenhaftigkeit zu rühmen, wäre eine Lüge gewesen … In Wahrheit hatte er einfach nicht die Zeit gehabt nachzudenken, hatte keinen zusammenhängenden Gedanken gehabt. Er war der Gruppe aus einem Instinkt heraus gefolgt, der jedem vernünftigen Überlebensdrang zuwiderlief.

Sie rannten einen Abhang hinab und blieben mit Beinen und Füßen in den Dornenranken hängen. Eine der Frauen – in der Dunkelheit war es unmöglich zu erkennen, welche – stürzte und kam mit einem leisen Wimmern wieder auf die Beine. Der Lärm des Reitertrupps näherte sich, und sie hörten Schreie und Befehle. Dann fanden sie sich im Wasser wieder, überquerten den Fluss, der nur einige Fuß tief war. Nein, dieser Bachlauf würde weder die Reiter noch sonst irgendjemanden aufhalten! Sie liefen einen weiteren Abhang hinab, der noch mehr Dornenranken und Steine aufwies. Sie folgten dem Fluss nicht. Sie hatten sich nicht miteinander abgestimmt, niemand hatte die Initiative ergriffen, und dennoch fanden sie sich dabei wieder, die einzige Chance zu ergreifen, die sie hatten, wie Arekh aufging. Das Einzige, was die Pferde ins Stolpern bringen und ihre Verfolger aufhalten konnte, waren der Hang und die Dornen.

»Weiter! Da lang!«, rief der Junge, als sei ihnen beiden der Gedanke im selben Augenblick gekommen.

Diesmal war es nicht nur ein Abhang, sondern eine Schlucht, eine Kluft von etwa zehn Metern Breite, voller Brombeergestrüpp und Sträucher, mit gezackten, auseinanderklaffenden Felsen. Die Schreie und der Hufschlag waren nicht mehr weit entfernt, obwohl es unmöglich war zu sagen, woher sie kamen – sie schienen mittlerweile Teil der Landschaft und der umgebenden Luft zu sein.

Arekh zögerte. Nicht so seine Gefährten. Sie warfen sich den Abhang hinab, wie man in einen Fluss springt; ihre Füße glitten auf Steinen aus, die sich lösten, während ihnen Dornen und Zweige die Kleider aufrissen …

Und plötzlich warf auch Arekh sich voran, ohne zu wissen, wann er seinen Entschluss gefasst hatte. Er hatte gerade noch Zeit zu spüren, wie der Boden unter ihm nachgab, wie er sich die Haut seiner Arme aufschürfte und mit dem Knöchel umknickte – dann fand er sich auch schon unten bei den anderen wieder.

Der Waldrand war jetzt ganz nah. Arekh hörte, wie Marikani aufstand – *hörte* es, weil sie bei jedem Schritt wimmerte. Vielleicht hatte sie sich bei ihrem Sturz etwas verrenkt.

»Zum Wald!«, krächzte er und deutete auf die Bäume.

Erschöpfung übermannte ihn: Der Hals tat ihm weh, obwohl er nicht geschrien hatte, und dunkle Flecken tanzten ihm vor den Augen. Er versuchte, sie wie Fliegen zu verscheuchen, und verlor dann für einen Augenblick jegliches Zeitgefühl. Schließlich wurde ihm bewusst, dass er rannte, dass die Bäume nur noch ein paar Schritte entfernt waren … als plötzlich ein schwarzer Schatten zu Pferde dicht an ihnen vorüberkam und sich dann umdrehte.

Ein Reiter. Warum nur einer? Vielleicht war er der erste,

der einen Weg gefunden hatte, auf dem er die Schlucht umgehen konnte, oder vielleicht hatte er den Mut aufgebracht, sein Reittier über die Kluft setzen zu lassen. Würden die anderen zu ihm aufschließen?

Arekhs Gedanken überschlugen sich. Ja, der Waldrand war nahe, aber die Bäume standen am Anfang zu weit voneinander entfernt und würden den Reiter nicht aufhalten. Er würde den anderen den Weg zu ihrer Fährte weisen: den Fußsoldaten, die nachfolgen würden …

Das Tier wieherte, und der Reiter kam im Galopp auf ihn zu. Ohne nachzudenken hielt Arekh Ausschau nach dem Sporn, sprang, packte den Mann am Bein und zerrte. Wenn der Soldat sein Schwert gezogen gehabt hätte, hätte Arekh damit sein Todesurteil unterzeichnet, aber das war nicht der Fall. Der Mann hatte sicher nicht damit gerechnet, dass die Flüchtigen bereit waren, sich zu verteidigen. Vielleicht hatte er nur ihre Fährte nicht verlieren wollen, vielleicht hatte er darauf gehofft, dass sein Hauptmann ihn dafür loben würde, die Initiative ergriffen zu haben …

Das Pferd hätte fast das Gleichgewicht verloren, setzte seinen Lauf dann aber fort, während sein Reiter sich mit Arekh im Staub wälzte. Arekh wartete nicht ab, bis der Mann eine Waffe ziehen konnte, bevor er mit seiner zustach – Marikanis Dolch, der mit dem Sonnenstein verziert und von einem Goldschmied in den Vorstädten von Harabec ohne Zweifel zu dekorativen Zwecken angefertigt worden war. Ein Kettenhemd schützte den Leib des Soldaten, aber eine seiner Beinschienen war verrutscht. Arekh stach ihm in den Schenkel und zielte dabei auf die Arterie; dann stach er erneut zu, wo er nur konnte, in den anderen Schenkel, den Arm, die Hand. Es war ein wahres Gemetzel, während der Soldat brüllte und sich wehrte. Schließlich erspähte Arekh den entblößten Hals seines

Gegners, aber er war zu erschöpft, und so war der erste Stich nicht tödlich … Er musste ein zweites Mal mit der Klinge zustoßen, diesmal ins Kinn des Soldaten, so dass er ihm die Zähne ausschlug und sicher auch die Zunge und die Stimmbänder durchschnitt, bevor sein Gegner endlich still war.

Arekh stand schwankend auf. Die dunklen Flecken wurden immer zahlreicher und trübten ihm den Blick. Alle Muskeln taten ihm weh. Seine Beine zitterten. Dennoch gelang es ihm, die Bäume zu erreichen, zwischen denen die anderen auf ihn warteten – *auf ihn warteten*? Waren sie denn verrückt? Und sie wanderten, wanderten weiter, einfach geradeaus und auf das Herz des Waldes zu, quer durchs Unterholz, zerbrachen Zweige und gingen dorthin, wo die Blätter am dichtesten und schwärzesten waren. Arekh sah und hörte kaum noch etwas; seine Erschöpfung und seine Schmerzen waren so schlimm, dass er sich fragte, ob er vielleicht träumte, ob er etwa gefangen genommen worden oder auf der Galeere ertrunken war, so dass alles, was er durchlebte, nur ein verwirrtes Delirium war.

Sie stiegen aufs Neue in eine Schlucht hinab, in der hohe Pflanzen mit weißlichen Blättern den Himmel vor ihnen verbargen, und ließen sich – wieder einmal, ohne sich abzusprechen – auf den Boden fallen, um zu schlafen.

Auf dem Boden waren die toten Blätter nicht mehr weiß, ihre Konturen undeutlich im nächtlichen Dunkel. Ein bittersüßer Geruch ging von ihnen aus. Arekh spürte, dass ihm die Augen zufielen. Er zwang sich, die Hand tastend in den Beutel, den er dem Schäfer abgekauft hatte, zu schieben und das Erstbeste zu packen, was er fand. Trockenfrüchte inmitten zerbröckelter Fladen.

Er kaute, während er schon spürte, wie sein Geist abschweifte, in Albträume oder in Wahnsinn. Sie hätten eine Wache aufstellen sollen, aber dazu waren sie nicht mehr fähig, und selbst, wenn einer von ihnen bemerkt hätte, dass die Soldaten sich näherten – was hätten sie schon tun können?

Das war Schicksal. Im Laufe der Nacht würden die Soldaten sie aufspüren – oder nicht. Am Morgen würden sie im Laub aufwachen, oder nie mehr, oder in einem Kerker, und er konnte nichts dagegen tun, nur schlafen.

Die Sonne vergoldete die Baumstämme, als Arekh die Augen aufschlug. Der Junge war nirgends zu sehen, aber er kam einige Minuten später zurück, die Hemdschöße voller frisch gepflückter Beeren. Die Hofdame, die Wasser gefunden hatte – vielleicht setzte der Fluss seinen Lauf im Wald fort –, wusch Marikanis Armwunden aus. Die Szene wirkte so ruhig und friedlich, dass es schwer war, sich vorzustellen, dass im selben Moment Soldaten den Wald durchkämmen mussten. Einige Meilen entfernt – oder nur einige Meter? Arekh schloss die Augen und lauschte. Der Gesang der Wälder schien ungestört. Die Vögel, die Waldtiere und der Wind in den Zweigen spielten ihre gewohnte Melodie, die der Waldnymphen, der Töchter Ontilants – des Halbgottes, der über die Winde gebot – und der launischen Nichte eines längst verstorbenen Kaisers.

Arekh zwang sich aufzustehen, öffnete den Beutel und verteilte die Fladen, während er die Krümel auf einem der weißen Blätter sammelte, die sie in der Nacht beschützt hatten. Der Schinken, die Früchte und das altbackene Brot würden sich länger halten und ihnen später noch nützen.

Sie wanderten weiter, immer tiefer ins Herz des Waldes, auf die Berge zu, als wüssten sie, dass dies ihre einzige Chance war. Sie drangen nach Westen vor, obwohl Harabec im Süden lag. Sie mussten ihr Heil fern der Zivilisation suchen, fern der Landstraßen, der lichteren Wälder und der Männer des Emirs, die sicher schon auf sie lauerten.

An jenem Abend aßen sie wenig. Marikani und ihre Hofdame rieben sich ihre Wunden mit Flachsrinde ein, bevor sie einschliefen. Manche Rinden wurden von den Heilern genutzt, und auch Arekh hatte sich ihrer schon bedient.

Es handelte sich nicht um Hexerei ... zumindest diesmal nicht. Dennoch floss in Marikanis Adern Magie, wie in denen sämtlicher Erben der Königsdynastie von Harabec. Aber wie alle göttlichen Gaben war diese hier nicht einfach zu handhaben. Nur in Legenden gab es Träger des dunklen Blutes, die Wunden einfach heilten, indem sie sie berührten, und Milch und Silber in Flüssen strömen lassen konnten. In Wirklichkeit erforderte Magie lange, komplexe Rituale an gesegneten Orten, an denen der Kontakt zwischen der Gottheit und ihren fernen Nachfahren sich bevorzugt abspielte.

Die Könige trugen aber noch für weit mehr die Verantwortung. Das Königreich Harabec war aus göttlichem Willen geboren und lebte von der Magie seiner Herrscher. Wenn der König mächtig war und das dunkle Blut seiner Ahnen kräftig in ihm floss, war auch das Königreich stark, seine Einwohner vom Glück begünstigt; wenn der König schwach war, wurden die Ernten schlecht, und Kriege endeten rasch in Niederlagen.

So zeigten sich göttlicher Segen und Fluch. Das Schicksal des Volkes und das seines Herrschers waren aufs Engste miteinander verbunden.

Am folgenden Morgen beobachtete Arekh Marikani dabei, wie sie ihre Kleider richtete. Die Silhouette der jungen Frau war zerbrechlich; sie hatte schmale Hände. Es war kaum zu glauben, dass sich in ihr ein Königreich und der Abglanz der fernen Macht ihres Vorfahren, des Gottes, spiegelten.

Arekh kannte Harabec nicht gut; er musste in seinen Erinnerungen graben, was die Ratsherren von Reynes über die Regentschaft der jungen Frau gesagt hatten. Der Handel mit Öl … und Salz … Salz, ja. Der Verlauf der Salzstraße war zwischen den Ratsherren der Fürstentümer oft diskutiert worden, ohne konkretes Ergebnis, aber Harabec war mehrfach in diesen Gesprächen aufgetaucht.

Die politische Macht Harabecs wuchs langsam, aber stetig, wie es hieß. Die dortigen Kaufleute handelten mittlerweile in allen Häfen der Freien Städte mit Öl und Wein, und die Landesgrenzen hatten sich nach Westen ausgedehnt. All das war geschehen, seit Marikani die Zügel in die Hand genommen hatte.

Und wenn Arekh sich nicht irrte, war die junge Frau noch nicht einmal volljährig. Sie konnte erst mit vierundzwanzig Jahren die göttliche Salbung und damit den Segen ihres Ahnen, des Gottes Arrethas, empfangen. Marikani würde dann nicht mehr Erbin, sondern Königin sein. Zu ihrer Macht würde die des wohlwollenden Blickes des Gottes hinzukommen, und ihre Feinde würden erzittern … So drückten es zumindest die kriegerischen Gesänge aus Harabec aus.

Sie waren nicht weniger anmaßend und gewalttätig als die des Emirats oder der Fürstentümer. Die Königreiche waren eine blutrünstige Gegend: Jedes Dorf, das auch nur über zwei Männer verfügte, die alt genug waren, eine Sense zu schwingen, hatte eine Hymne, die von der Tapferkeit und Wildheit seiner Krieger erzählte.

Am Nachmittag fiel der Boden, der zu steigen begonnen hatte, abrupt ab, um einen eisigen Strom zu enthüllen, der von den Gipfeln des Nordens herabkam. Es war nicht schwer, ihn zu überqueren, und sobald sie am anderen Ufer waren, fühlte Arekh sich sicherer. Dieses Gefühl war alles andere als logisch, aber dennoch erschien es ihm, als hätten sie mit dem Fluss auch eine Grenze überquert und seien in ein anderes Gebiet gelangt, das der Gipfel, fern von den Blicken und der Wachsamkeit der Menschen. Von Hügel zu Hügel kletterten sie weiter hinauf; der Boden war hier rötlicher, die Bäume seltener. Sie wuchsen in kleinen Wäldchen um gewaltige Kiefern herum.

Auch unter seinen Begleitern hatte sich eine gewisse Entspannung breitgemacht. Die Schritte der beiden Frauen waren leichter geworden; der Jugendliche schnupperte manchmal an der duftenden Luft, als nehme er sich die Zeit, die Landschaft zu genießen.

Sie waren nun schon drei Tage zusammen unterwegs und hatten doch keine zehn Sätze gewechselt, wenn man das kurze Gespräch am Strand nicht mitzählte.

Umso besser, dachte Arekh. Er hatte keine Lust, nähere Bekanntschaft mit den anderen zu schließen. Ein seltsames Schicksal hatte sie für einen Moment zusammengeführt, aber ganz gleich, wie wichtig Marikani war, es würde zu gefährlich sein, länger in ihrer Gesellschaft zu bleiben.

Sie hatten ganz einfach nichts miteinander zu tun.

Sobald wir die Berge erreicht haben, werde ich die anderen allein nach Süden gehen lassen. Ich werde stattdessen einen Pass überqueren, um in die Grauen Lande zu fliehen.

Das Klima dort war regnerisch, und das Hauptnahrungsmittel war getrockneter Fisch, aber man würde ihn dort in Ruhe lassen – und das war alles, was er im Augenblick wollte.

Nein, er hatte überhaupt keine Lust zu reden. Doch der Wald war einladend und licht; die Sonne spielte auf den Kiefernnadeln und tauchte die Wege bald in grünliches, bald in bläuliches Licht. Abgefallenes Laub und ein seltsames, golden schimmerndes Moos verschluckten den Klang ihrer Schritte.

Arekhs Herz zog sich zusammen. Wie alle Kinder hatte er einst im Wald gespielt; wie alle anderen hatte er die durchscheinenden Blätter betrachtet und den feuchten Duft des Mooses eingesogen; wie alle anderen hatte er sich gefragt, was wohl geschehen würde, wenn er nicht nach Hause zurückkehrte.

Wenn er einfach geradeaus weiterging, tief in den Wald hinein, zwischen den schwarzen Baumstämmen hindurch, ins Unbekannte.

In den Tod.

Vielleicht war es das, was alle Kinder suchten, ohne es zu wissen. Sie glaubten, von Abenteuern zu träumen, und sehnten sich doch nur nach dem Tod.

Arekh warf einen Blick auf die anderen. Der Junge und Marikani schritten voran, den Blick auf den Boden gerichtet, um nicht über die grauen Felsen zu stolpern, die aus dem Hang hervorragten. Nur die Hofdame bewunderte die Landschaft ringsum; auf ihrem Gesicht lag ein seltsames Staunen, wie ein Hauch von Kindheit. Einen Moment lang war Arekh gerührt; dann begegneten sich ihre Blicke. Die Augen der Hofdame waren graugrün. Arekhs Rührung verflog sofort.

Zu helle Iriden beunruhigten ihn immer. Die Angehörigen des Türkisvolks – die Sklaven – waren die Einzigen, die blaue Augen hatten. Es war eine schändliche Farbe, die ihnen die Götter zum Zeichen der Verachtung und der ewigen Verdammnis aufgedrückt hatten.

Dennoch hatten – so seltsam das auch scheinen mochte – nicht alle freien Menschen braune Augen. Selbst in den besten Familien kamen graue, grüne oder gesprenkelte Augen vor … In Reynes, in den nördlichen Fürstentümern, war man der Ansicht, dass ein solches Merkmal einen verderbten, doppelzüngigen oder feigen Charakter verriet – wie den der Sklaven. Arekh wusste mittlerweile, dass es sich dabei nur um Vorurteile handelte, aber seine Erziehung hatte seine Instinkte geprägt. Männer und Frauen mit hellen Augen beunruhigten ihn, als ob die Transparenz ihrer Iris ein Beweis für die Unzulänglichkeiten und die Ambivalenz aller menschlichen Wesen sei, so, als hätte die Verfluchung der Sklaven auch alle anderen mit befleckt …

Jenseits der Baumkronen sank bereits die Sonne, als sie haltmachten, um zu essen.

Zum ersten Mal ließen sie sich Zeit, setzten sich auf einen großen, flachen Felsen und nutzten ihn als Tisch. Arekh verteilte die Reste des Brotes und den Schinken und zog aus dem Beutel den Weinschlauch hervor, den er ganz unten gefunden hatte.

»Wir sind im Herzen der Welt«, sagte Marikani leise.

Die Hofdame lächelte. »Am Fuße des Um-Eroch.«

In den Baumkronen kam Wind auf, wie um ihre Worte zu unterstreichen. Ja, die Wälder östlich der Berggipfel waren eine der wenigen naturbelassenen Gegenden der Königreiche – dank des Wechselspiels der Kriege und des Handels. Die Gipfel gehörten zu einem häufig umkämpften Landstrich, der politisch zu oft durch verschiedene Hände gegangen war, als dass irgendein Volk die Zeit gehabt hätte, sich dauerhaft dort niederzulassen. Der Boden war ohnehin zu steinig, um ernsthaftes Interesse zu erregen. Die Wälder und Berge waren daher unbewohnt – oder doch fast. Nur die Nomadenstämme, die keinen Herrscher anerkannten, kamen gelegentlich auf ihren Streifzügen hier vorbei.

Am Fuße des Um-Eroch … ein langes Band aus Bäumen, Steinen, Bergen und Stille. Ein Quell der Ruhe in Ländern, in denen es keinen Stein gab, der nicht von einem Hammer berührt worden war, kein Feld, auf dem nie etwas gesät worden war, keinen Baum, der nicht Generationen von Bauern oder Städtern hatte leben und sterben sehen.

Sie aßen die letzten Fladen auf und widmeten sich dann dem Schinken, bevor sie sich den Weinschlauch teilten, den Arekh dem Schäfer abgekauft hatte.

Ein kleiner Zweig fiel auf Marikanis Schulter; sie hob den Kopf und sah, wie ein Tier mit grauem Fell den Stamm hinaufflitzte. Sie folgte dem Geschöpf mit Blicken, lächelte und sah dann ohne erkennbaren Grund Arekh an. Sie hatte goldbraune Augen – wie es sich für eine Person ihres Standes geziemte, dachte er mit derselben aggressiven und bitteren Ironie, die ihn schon auf dem Boot gepackt hatte.

Dann wandte sie sich dem Jungen zu. »Wie heißt du?«, fragte sie.

Der Junge zuckte zusammen. Er hatte noch ein Stück Fladenbrot in der Hand und hatte bisher weder das Fleisch noch den Wein angerührt. Wahrscheinlich war er beides nicht gewohnt.

»Mîn«, antwortete er. »Eigentlich … A-Mîn. Vom Hof in Perkenez.«

»Mîn … Das ist hübsch«, sagte die Hofdame. »Wo liegt Perkenez?«

Der Junge sah sie angstvoll an.

»In der Nähe von Faez?«, fragte Marikani mit sanfter Stimme. Als das Kind immer noch nicht antwortete, fügte sie hinzu: »Gehört dein Bauernhof Seiner Mächtigkeit, dem dreifach von den Göttern gesegneten Emir, dessen Lächeln ewig währt?«

Keine Spur von Sarkasmus in ihrer Stimme, obwohl sie von ihrem ärgsten Feind sprach. Arekh wusste die Leistung zu würdigen.

»Unser Herr ist Lord Hannist untertan«, erklärte Mîn. »Ihm zahlt der Hof den Zehnten.«

»Hannist«, wiederholte die Hofdame und sah Marikani an. »Kinshara.«

»Ja, Hannists Vater hat in den Salzkriegen gekämpft«, sagte Marikani. »Seine Männer haben damals die Brücke nördlich von Sleys zerstört.... Der dortige König musste verhandeln, weißt du noch?«

Mîn lauschte mit weit aufgerissenen, erschrockenen Augen.

Marikani lächelte ihm noch einmal zu. »Kinshara ist ein großartiges Land. Es heißt, dass die Böden dort sehr fruchtbar sind. Was ... warum bist du ...«

Warum bist du zur Galeerenstrafe verurteilt worden? Der Satz hing einen Moment lang in der Luft, aber Marikani vollendete ihn nicht. Sie schien nachzudenken und begegnete Arekhs Blick; er fragte sich, ob sie ihm die gleiche Frage stellen würde.

Nichts. Arekh streckte die Hand nach dem Weinschlauch aus und bemerkte, dass die Hofdame ihn mit einem Hauch von Verärgerung musterte. Dann wandte sie den Blick ab.

Arekh lächelte. Manche Seelenleserinnen verlangten ein Vermögen dafür, Gedanken zu lesen; hier waren dazu keine besonderen Fähigkeiten nötig.

»Nur zu«, sagte er zu der Hofdame, »fragt mich aus. Warum bin ich verurteilt worden? Ihr wartet doch nur auf meine Antwort, um Eurer Herrin ihre Torheit vorwerfen zu können. Was ist über sie gekommen, dass sie sich ins Wasser gestürzt hat, um Galeerensträflinge zu retten – Verbrecher?« Er schwenkte Marikanis Dolch, den er ihr noch nicht zurückgegeben hatte. Er hatte ihn benutzt, um den Schinken zu schneiden. »Verbrecher, die sich Eures eigenen Dolchs bedienen könnten, um Euch beide zu töten.«

»Sie ist nicht meine Herrin«, sagte die junge Frau.

»Sie ist eine Königin, und Ihr seid in ihrem Gefolge. Macht sie das nicht zu Eurer Herrin?«

Marikani und Mîn hörten zu: Mîn entsetzt, beunruhigt, dass der Streit ausarten könnte, Marikani mit einem amüsierten Funkeln in den Augen, als hätte sie das Gefühl, dass ihre Hofdame das Gespräch ganz gut im Griff hatte.

»Ich bin ihre Freundin, nicht ihre Gesellschafterin«, erklärte die Frau in stolzem Tonfall. »Mein Name ist Lionor. Was das Übrige betrifft … Ihr habt tatsächlich ganz hervorragend zusammengefasst, was ich denke. Ihr seid ein zur Galeerenstrafe verurteilter Verbrecher und habt Euch des Narren auf dem Boot … nun, sagen wir, mit offensichtlichem Talent entledigt. Es ist nur natürlich, dass ich mir Sorgen mache.«

»Ihr wünscht mich weit fort«, fügte Arekh sanft hinzu. »Ihr wünscht, ich würde das Gleiche tun wie der andere … Euch danken und dann meiner Wege gehen. Täusche ich mich?«

»Keineswegs«, erwiderte die Frau mit einem eisigen Lächeln, das zu perfektionieren sie am Hof von Harabec gewiss reichlich Gelegenheit gehabt hatte. »An meiner Stelle würdet Ihr genauso denken.«

»Sicher«, sagte Arekh und verneigte sich. Neuerliches Schweigen. Marikani trank einen Schluck Wein, als ginge das Gespräch sie nichts an. »Also?«, fuhr er fort, als sie zu zögern schien, die Frage zu beantworten, die nicht gestellt worden war. »Warum seid Ihr ein solches Risiko eingegangen?«

Marikani sah ihn amüsiert an. »Welches Risiko?«

»Das, uns zu retten.«

»Ich sehe nicht gern gefesselte Leute sterben«, sagte sie schlicht.

Arekh musterte sie einen Moment lang. Ihr Gesicht war ruhig; ihre Augen leuchteten. »Das ist ja sehr edel von Euch, aber es sterben täglich gefesselte Leute unter fürchterlichen Qualen, überall in den Königreichen. Sogar in Harabec, davon bin ich überzeugt.«

»Ohne Zweifel«, sagte Marikani. »Aber sie tun es nicht vor meinen Augen. Was in unserem Blickfeld geschieht, fällt in unsere Verantwortung, habt Ihr das vergessen?«

Die Worte stammten aus klassischen philosophischen Handbüchern, aber Arekh sah neuerlich ein Aufblitzen von Humor in den braunen Augen, ganz so, als fände Marikani Gefallen an Diskussionen oder als sei es solch eine absurde Situation, mitten in der Wildnis mit einem ausgewiesenen Verbrecher über Verantwortung zu sprechen, während ihnen die Truppen des Emirs auf den Fersen waren, dass sie es einfach genießen musste.

»Es reicht nicht aus, Euch auf die *Prinzipien* zurückzuziehen, *aya* Marikani. Wir haben alle unsere eigene Art, sie anzuwenden. In Eurer Situation hätte jeder andere sich selbst in Sicherheit gebracht – und das wisst Ihr. Ihr seid gesuchte Flüchtlinge, und die Tatsache, dass in der Nähe Gefangene sterben, während eine Schlacht tobt – und hunderte von Todesfällen verursacht, die Euch, wie ich weiß, nicht das Herz gebrochen haben –, betrifft Euch nicht. Wenn Ihr empfindsam seid, verschwendet Ihr vielleicht einen Gedanken an die Sträflinge … aber die Logik gebietet Euch, nicht einzugreifen.«

Das amüsierte Funkeln war noch immer da. Rief sie sich ähnliche Diskussionen mit ihren Ministern ins Gedächtnis?

»Logik und Menschlichkeit gehen nicht immer Hand in Hand, Nde Arekh. Habt Ihr immer logisch gehandelt?«

»Meine Handlungen sind kaum von Bedeutung. Ich trage nicht die Verantwortung für ein ganzes Land. In Eurem Fall ist es ein Verbrechen, unnötige Risiken einzugehen. Ein König darf sein Leben nicht ohne triftigen Grund in Gefahr bringen.«

Marikani schüttelte den Kopf, und Arekh wurde sich aufs Neue bewusst, wie absurd die Situation war ... der Wald, der Geruch der feuchten Pflanzen, die Erschöpfung, die Gefahr. Und er war dabei, über Philosophie zu debattieren.

Dennoch stellte er sich die Frage wirklich. Warum hatte sie so gehandelt? Ihm ging plötzlich auf, dass dieses Rätsel schon während ihrer ganzen Flucht in einer unbeachteten Ecke seines Geistes an ihm genagt hatte. Marikanis Handlungsweise war verblüffend unlogisch, wenn man die Umstände, ihren Rang und den Zeitpunkt in Betracht zog ... Nein, er konnte sich nicht erinnern, jemals etwas Derartiges erlebt oder auch nur davon gehört zu haben.

War er deshalb geblieben? Um es herauszufinden? Er hatte geglaubt, tot zu sein, war aber noch am Leben ... und verstand nicht, warum.

»Ihr habt recht«, verkündete Marikani ruhig. »Ihr habt recht ... Zumindest theoretisch sollten all meine Handlungen sich von der Logik leiten lassen. Aber ich glaube, dass uns manchmal die Intuition leitet. – Ich habe bestimmte Moralvorstellungen«, fuhr sie fort, nachdem sie kurz nachdenklich geschwiegen hatte, »und ich versuche, ihnen zu folgen. Und diese Vorstellungen sind nicht an meine politische Funktion gebunden.«

Arekh runzelte die Stirn. »Alle persönlichen Moralvorstellungen stehen gezwungenermaßen im Gegensatz dazu. Ihr dürftet eigentlich nur an das Wohl Eures Landes denken – und das erfordert, dass Ihr am Leben bleibt.«

»Aber versteht Ihr denn nicht? Die Frage hat sich gar nicht gestellt, weil *ich* sie mir nicht gestellt habe. Ich habe die Galeere sinken sehen und habe reagiert ... instinktiv.«

Sie stand plötzlich auf, während Lionor begann, den Proviant einzusammeln. Mîn erhob sich ebenfalls. Er musterte Arekh und Marikani mit großen, staunenden Augen und schien nichts von ihrem Gespräch verstanden zu haben.

»Instinktiv? Aus einer Gefühlsaufwallung heraus, wollt Ihr sagen. Und Ihr habt kein Recht auf Gefühle.«

»Vielleicht nicht ... Aber hatte ich unrecht? Wir wären auf diesem Boot gestorben, wenn ich Eure Fesseln nicht durchschnitten hätte.«

»Ihr wärt gar nicht in Gefahr gewesen, wenn Ihr keinen von uns befreit hättet.«

Marikani schüttelte den Kopf. »Aber Ihr seid uns nicht nur das eine Mal nützlich gewesen. Erinnert Euch! Ihr habt mir diesen Vogel vom Hals geschafft. Ihr habt uns bis hierher geführt. Ihr habt gegen den Soldaten gekämpft. Binnen eines Tages habt Ihr uns gleich drei Mal gerettet. Meine ›Gefühlsaufwallung‹, wie Ihr es nennt, hat mir recht gute Dienste geleistet.«

Ihre Worte hätten vielleicht größere Wirkung gehabt, wenn sie nicht von einem Windstoß unterstrichen worden wären – einem eisigen, feuchten Windstoß, der die Wärme und Lieblichkeit der Landschaft mit sich fortriss. Man hätte annehmen können, es sei eine Winternymphe vorbeigehuscht, um den Lebenssaft der Bäume gefrieren zu lassen und den Farben ihr Leuchten zu nehmen.

»Ihr wisst nicht, wer ich bin«, sagte Arekh langsam. »Ihr

wisst nicht, wozu ich fähig bin und was ich mit Euch vorhabe. Triumphiert nicht voreilig!«

Die Nymphe huschte noch einmal vorbei, und mit ihr kam ein Kälteschauer. Mîn, der den letzten Satz nicht gehört hatte, zitterte dennoch und hob die Augen zum Himmel, als hielte er Ausschau nach Vorzeichen.

»Wir werden sehen«, sagte Marikani.

Sie hatte keine Angst … Mut oder Sorglosigkeit? Arekh konnte sich nicht entscheiden. Lionor warf ihm einen finsteren Seitenblick zu und wandte dann die Augen ab, als sei sie sich selbst böse dafür, recht zu haben.

»Wir müssen aufbrechen«, sagte sie schließlich, und sie packten die mageren Reste ihrer Vorräte wieder ein, bevor sie vom Felsen herunterkletterten.

KAPITEL 3

Am Himmel erschien zwar kein Vorzeichen, aber ein weiterer Greifvogel. Lionor erspähte ihn eine Stunde später, als sie den Hang hinaufstiegen. Dem Sonnenstand nach zu urteilen gingen sie nach Südwesten, was dadurch bestätigt wurde, dass sie die bleiche Mondkugel E-Fîrs am klaren Himmel sahen.

E-Fîr. Gott des Wandels, an den sich nur noch wenige erinnerten, denn nach dem Sturz des Gottes, dessen Namen man nicht ausspricht, hatte das Volk aufgehört, die Monde zu verehren, und sich stattdessen den Sternen zugewandt. Die alten Herrscher des Himmels waren vergessen. Jetzt erinnerten sich nur noch einige Gelehrte an E-Fîr – oder die Kinder aus gutem Hause, die sie erzogen. Für das einfache Volk dienten die Monde lediglich dazu, den Ablauf der Jahreszeiten zu markieren. Ja, der Gott, der E-Fîr ersetzt hatte, trug denselben Namen, und sein Stern funkelte im Osten des Sternzeichens des Rades in leicht bläulichem Weiß … Und am Tag sah man ihn nicht mehr.

Als Kind hatte Arekh sich gefragt, ob der Mond nicht eine Spur der Gegenwart des Gottes zurückbehalten hatte, ob den Gebeten, die man an ihn richtete, nicht noch irgendeine Kraft innewohnte.

Er erinnerte sich nicht mehr, worum er damals gebetet hatte.

Mit Liebe und Glauben beten … das hatte er nicht mehr getan, seit … seit er sich verändert hatte, so einfach war das. War E-Fîr derjenige gewesen, der damals seine Gebete erhört hatte?

Eine Welle der Übelkeit stieg angesichts dieses Gedankens in ihm auf, eine schwarze, unaufhaltsame Welle, und deshalb hob er, um seine Gedanken abzulenken – rasch, bevor die Springflut ihn verschlang –, den Blick zu den Baumkronen. Doch Lionor hatte den Vogel bereits vor ihm gesehen.

»Da!«, sagte sie; in einem Anflug von Panik sprach sie mit einem ausgeprägteren Südakzent als gewöhnlich. »Da, ein Vogel!«

Sie hatten viele Vögel gesehen, aber jetzt verstanden alle, was gemeint war, und wichen zurück. Sie waren nur einen kurzen Moment lang auf der freien Fläche gewesen, und Arekh glaubte nicht, dass der Raubvogel Zeit gehabt hatte, sie zu bemerken – zumindest hoffte er das. Der Vogel unterbrach seinen Flug jedenfalls nicht; sie beobachteten, wie er unter den Wolken weite Kreise zog.

Mîn suchte unter einem großen Baum Schutz, und die anderen schlossen sich ihm an.

Arekh senkte die Stimme, als er sprach. »Wo gehen wir hin?«, fragte er. »Ihr könnt nicht einfach so planlos weiterlaufen.«

Falls Marikani und Lionor bemerkt hatten, dass er innerhalb seiner Rede vom »wir« zum »ihr« gewechselt war, so ließen sie es sich nicht anmerken.

»Wir hatten geplant, an den Bergen entlang nach Süden zu reisen«, erklärte Marikani. »Aber damit rechnen sicher auch die Herren dieses Vogels.«

Lionor nickte. »Es sind bestimmt Patrouillen unterwegs. Sie werden den Wald aufs Genaueste durchkämmen. Zumindest südlich des Nasseri.«

»Ihr sprecht von tausenden Meilen Wald«, erklärte Arekh brüsk. »Keine Armee der Königreiche könnte sie ›aufs Genaueste durchkämmen‹, wie Ihr es ausdrückt …«

Er protestierte aus Prinzip. Manche Gebiete waren gangbarer als andere, und es gab nur wenige Furten im Fluss: Man konnte sie durchaus beobachten. Die beiden Frauen mussten den Nasseri heimlich überqueren, etwa auf einem Floß …

»Aber ich spiele mit dem Gedanken, unsere Pläne zu ändern«, fuhr Marikani mit klarer, ruhiger Stimme fort.

Arekh hatte schon während ihrer Diskussion bemerkt, dass Marikani redegewandt war. Ihre klare Stimme war von trügerischer Sanftheit; sie vermittelte so eine Illusion von Jugendlichkeit, die von ihrem immer ruhigen Tonfall Lügen gestraft wurde, ganz gleich, um welchen Zusammenhang es ging oder wie hitzig die Debatte war. *Sie ist Ratssitzungen, endlose Treffen und Diplomatie gewohnt*, dachte Arekh erneut.

Jung – ja, sie war sehr jung für eine solche Verantwortung. Er erinnerte sich, dass es eine Seuche gegeben hatte, eine gelbe Pest, die sich von den Häfen aus die Flüsse hinauf ausgebreitet und die Einwohner der kleinen Küstenstädte dezimiert hatte. Harabec grenzte nicht ans Meer; dennoch war ein Teil des Landes von der Pest erfasst worden, und viele Mitglieder der königlichen Familie waren gestorben. Marikani musste damals ihr Erbe angetreten haben.

Die junge Frau erläuterte gerade irgendetwas; Arekh wurde sich bewusst, dass er den Gesprächsfaden verloren hatte.

»Verzeihung?«, murmelte er, um zu zeigen, dass er nicht zugehört hatte. »Ich wäre Euch sehr verbunden …«

Lionor warf ihm einen scharfen Blick zu. Seine Ausdrucksweise verriet eine gewisse Erziehung und eine Herkunft von Rang, ebenso wie der eisige, aber förmliche Ton, in dem er gesprochen hatte.

Arekh sprach nicht wie Mîn; sie verfügten weder über das gleiche Vokabular noch über die gleiche Welterfahrung … Das hatten die beiden Frauen sicher sehr schnell bemerkt. Genau, wie Arekh seinerseits ihren Akzent bemerkt hatte.

»Wir werden versuchen müssen, über den Bergkamm zu gelangen«, wiederholte Marikani. »Die Berge überqueren, ganz gleich, wo wir dann ankommen. Jede Wildnis wird gastlicher sein als die Dörfer des Emirs … Ich weiß«, fuhr sie fort, bevor Arekh auch nur den Mund öffnen konnte, »unsere Überlebenschancen sind nicht groß. Aber … es ist besser so.«

Besser. Für Harabec war es besser, wenn sie starb, als wenn sie gefangen genommen wurde, das hatte sie ihm schon am Strand erklärt.

»Warum seht Ihr mich so an?«, fragte Arekh nach einigen Sekunden; die beiden Frauen musterten ihn erwartungsvoll. »Wollt Ihr etwa, dass ich Euch hintrage?«

»Um die Wahrheit zu sagen«, erklärte Marikani, »habe ich gehofft, dass Ihr etwas Ahnung von Geografie habt. Ich kenne die Gegend nicht.«

»Was hättet Ihr denn ohne mich getan, um zu überleben, Tochter des Arrethas?«

»Vielleicht hätten wir gar nicht überlebt. Was Euch unrecht und mir recht gibt, was unsere Diskussion von vorhin betrifft«, sagte Marikani und verneigte sich mit einem Lächeln auf den Lippen.

Arekh musterte sie stumm und verspürte den unwiderstehlichen Drang, Mîn den Proviantsack aus der Hand zu reißen und aufzubrechen, einfach geradeaus, während er die anderen zurückließ.

Er warf einen Blick zum Himmel. Der Vogel war verschwunden. Das war ein gutes Zeichen. Der letzte Vogel, der sie erspäht hatte, hatte sich sofort auf sie gestürzt.

»Er ist weg«, bestätigte Lionor.

»Der einzige Pass, den ich kenne, liegt südlich des Aschegipfels«, sagte Arekh kühl. »Wir sollten den Gipfel ohne Schwierigkeiten ausmachen können, seine Form ist sehr charakteristisch. Vielleicht gibt es andere, näher gelegene Übergänge. Zögert nicht, sie zu suchen, wenn Ihr hofft, etwas Besseres zu finden.«

Die drei folgenden Tage waren trist und feucht. Dennoch war der Wald rings um sie schön. Das schwache Sonnenlicht züngelte am Goldbraun der toten Blätter; zarter Nieselregen ließ aus dem Boden den Geruch von Humus, Tieren, Pflanzen, Holz und Moos aufsteigen. Es war kühl, aber nicht so unangenehm, dass man wirklich litt. Arekh zog es vor, sich nicht auszumalen, was sie durchmachen würden, wenn sie erst in höhere Regionen gelangt waren.

Bald stellte sich die Frage nach Nahrungsmitteln. Die Fleischreserven waren schon am zweiten Tag aufgebraucht, so auch die Haferfladen. Der Wein hatte nur noch für eine weitere Mahlzeit ausgereicht. Es blieb noch etwas altbackenes Brot, aber nicht genug, um den Pass zu erreichen.

Sie mussten einen langen Zwischenhalt einlegen, um Fallen aufzustellen; Mîn und Arekh vereinten ihre Talente, taten ihr Bestes und fingen einige Nagetiere, während die Frauen Maranien sammelten, trockene und kaum genießbare Früchte, die einige Gemeinsamkeiten mit Kastanien aufwiesen. Mîn musste ihnen beibringen, wie man daraus Mehl und daraus wiederum eine Brühe machen konnte.

Bis sie sich entschließen konnten, ein Feuer zu entzünden, gab es eine neuerliche endlose Diskussion. Durften sie ein solches Risiko eingehen? Mîn hatte ihnen schließlich die Entscheidung abgenommen, als er stolz eine *Sneghj* angeschleppt hatte, eine große Schlange, die sich in einer seiner Fallen erdrosselt hatte. Er hatte erläutert, dass sich ihr Fleisch gegart in Scheiben schneiden ließ und dann wochenlang haltbar war. Das Reptil wog gut dreißig Pfund.

Der Gesichtsausdruck der beiden Frauen angesichts des Fleisches der weißlichen Schlange hätte Arekh unter anderen Umständen zum Lachen gebracht. Sie hatten es allerdings mutig probiert und waren dann stoischer als er damit umgegangen; er hatte sich nämlich nach dem ersten Bissen nicht davon abhalten können, einen Schwall von Flüchen auszustoßen.

Nachdem sie so zwei Tage verloren und ihren Feinden jede Gelegenheit, sie einzuholen, geboten hatten, waren sie wieder aufgebrochen.

Der Übergang in die Berge erfolgte abrupter, als sie erwartet hatten. Am Morgen schritten sie noch einen sanften Abhang hinauf, unter dichten Zweigen, die ihnen den Blick auf den Aschegipfel nahmen, so dass Mîn auf Bäume klettern musste, damit sie weiter auf ihr Ziel zuhalten konnten ... Am Nachmittag waren einzelne Kiefern an die Stelle des Waldes getreten; Felsbrocken machten den Aufstieg schwierig.

Eine weitere Nacht, ein Wandermorgen, an dem das letzte altbackene Brot verschwand – dann senkte sich Kälte auf sie wie der zornige Blick der Eisgeister. Diese waren die Kinder Murufers und seiner Zwillingsschwester, der

Jägerin Lena. Die Kinder der Kälte hausten in den Nordgebieten und ließen die Ozeane durch die Berührung ihrer Krallen gefrieren. Man sagte, dass das Türkisvolk einst Murufers Missfallen auf sich gezogen hatte und deshalb verflucht worden war, aber man erzählte sich viele Dinge, die die Priester nicht guthießen.

Zwischen den Kiefern erschienen erste Flecken schmutzigen Schnees und gefrorenen Schlamms. Dann und wann kam böiger Wind auf, und die vier Reisenden gingen unter Qualen weiter; sie pressten die Lippen zusammen, um sie zu schützen, und kämpften gegen starke Schmerzen an, die so heftig waren, als hätte man sie geschlagen. Und dennoch war das noch gar nichts: Die beiden folgenden Tage waren wie ein kurzer Ausflug in die Abgründe, nachdem die Kiefern verschwunden waren und der Schnee die Landschaft so dick bedeckte, dass ihnen die Füße in ihren Sandalen fast erfroren. Marikani und Lionor zerrissen die Säume ihrer Gewänder, um Stoffstreifen zu gewinnen, die sie sich um die Zehen wickelten, um sie zumindest etwas vor der Kälte zu schützen. Nachts ein Feuer zu entzünden, war zur Notwendigkeit geworden; jetzt spielten Blicke von außen keine Rolle mehr. Sie konnten nur durchhalten, wenn sie sich aufwärmen und vor allem etwas Heißes trinken konnten.

Und dann wandelte sich die Situation noch einmal abrupt. Sie stiegen gerade in eine Bodenfalte hinab, in der rötliche Felsen aus dem Schnee hervorragten, als ihnen auffiel, dass kein Wind mehr blies. Ohne es zu bemerken, waren sie unter den Schutz des Aschegipfels gelangt, der den Nordwind abhielt. Nun, da der Wind fehlte, wurde alles von neuem möglich; die Kälte war fast erträglich.

Eine gewaltige Hochebene erstreckte sich vor ihnen, übersät mit Matten einer bläulich grünen Wiese, die wie

Miniaturoasen inmitten der Schneewüste lagen und ihr eine seltsame Schönheit verliehen. Im Westen, am Südhang des Berges, führte ein steiniger Pfad zum Pass empor.

Plötzlich waren sie nicht länger allein.

Ein Berebeï-Stamm hatte sein Lager in der Nähe des Berges aufgeschlagen, als ob das Gebirge Geborgenheit verlieh. Der Rauch von etwa dreißig Feuern stieg in den eisigen Himmel auf. Die Nomaden gingen als kleine, ferne Gestalten rings um die Lagerfeuer ihren Tätigkeiten nach. Kinder liefen umher; manchmal war helles, fröhliches Kreischen von ihnen zu hören.

Aus größerer Nähe war zu sehen, dass die dunklen Gewänder der Nomaden in warmen Farbtönen gehalten waren und aus verschiedenen Materialien bestanden: aus Samt, Pelzen, dicker Baumwolle in Tiefrot, Erdtönen oder Rindenfarben. Die Kinder, die den vier Reisenden entgegenliefen, tanzten einen Moment lang – einen echten Tanz mit seltsamem, heiterem Rhythmus – um die beiden Frauen herum, was Mîn zum Lachen brachte; dann eilten die Kinder zu ihrem Stamm zurück.

Arekh fragte sich, wie sie sich würden verständigen können, und versuchte sich an einige Bruchstücke der westlichen Dialekte zu erinnern, die sich angeblich aus den Nomadensprachen entwickelt hatten – aber die Frage stellte sich gar nicht. Lionor sprach einige Worte Berebeï, und manche Berebeï konnten Bruchstücke der Verkehrssprache. Ein paar Minuten später fanden sich die Reisenden am Lagerfeuer wieder, aßen gebratenen Yams und ein gut gewürztes Ragout. Marikani tauschte einige Geldstücke gegen Pelze, neuen Proviant und die seltsamen Pelzfüßlinge ein, die die Nomaden über ihren Sandalen trugen.

Arekh beobachtete sie beim Handeln, während er heiße,

stark gezuckerte Dickmilch trank, ein nicht unangenehmes Getränk, das ihn so schnell aufwärmte, dass er vermutete, dass es Alkohol enthielt.

Er stellte seine Tasse ab; er musste vorsichtig sein, aber ein bisschen Entspannung war durchaus willkommen. Die Nomaden wirkten nicht gewalttätig, und wenn sie es gewesen wären, hätten sie die vier Reisenden wohl gleich bei ihrer Ankunft ausgeplündert, statt sie zum Essen einzuladen.

Mîn, der neben einem der großen Zelte stand, verständigte sich mit Handzeichen mit anderen Jugendlichen. Die Zeltbahnen waren in den gleichen Farbtönen gehalten wie die Gewänder der Berebeï: hell- und dunkelbraun oder purpurrot. Schwere Teppiche waren auf dem Boden ausgebreitet; daneben standen Kohlebecken, um die herum die Frauen bei der Arbeit waren. Arekh folgte einer von ihnen mit Blicken – sie war von kräftiger Gestalt und groben Zügen, hatte aber ein strahlendes Lächeln. Ihre dunkelbraunen Iriden waren von einer zarten goldenen Linie umgeben. Um selbst solche Augen zu haben, hätten manche Frauen adliger Abstammung wohl getötet …

Das Leben war auf der Hochebene wahrscheinlich nicht unangenehm. Anstrengend, ja, aber weniger als auf den Bauernhöfen weiter unten, auf den kargen Böden, die Mîns Familie bebaute. Wenn man die Wahl hatte, war es besser, Nomade zu sein, als härter als ein Sklave immer auf dem selben Fleckchen Erde arbeiten zu müssen, bis einem die Zähne ausfielen und die Knochen nicht mehr gehorchen wollten.

Wenigstens gab es hier das Gebirge, das Reisen, den Wind.

»Habt Ihr alles, was wir brauchen?«, fragte er, als Marikani von ihrem Gespräch zurückkehrte.

»Dörrfleisch, trockenes Brot, Dörrobst – und geräucherte Schlange«, fügte sie hinzu und schnitt eine Grimasse. »Damit werden wir wohl fünfzehn Tage lang auskommen. Und das sollte uns erlauben, den Abstieg auf der anderen Seite der Berge zu schaffen.«

Arekh musterte sie schweigend.

»Was?«, fragte Marikani.

»Wir müssen reden«, sagte er schließlich. »Ruft die anderen zusammen; ich werde einen Einkauf tätigen und komme gleich wieder.«

Marikani folgte ihm einen Moment lang mit den Blicken, sicher über das Wort »Einkauf« erstaunt, das unter diesen Umständen vielleicht ein wenig seltsam klang. Arekh ignorierte sie und ging von Zelt zu Zelt, bis er am Rande des Lagers jemanden wiederfand, den er schon bemerkt hatte, als er sein Ragout gegessen hatte.

Der Nomade war hochgewachsen, und sein Alter war schwer zu schätzen. Seine Haut war faltig, aber vielleicht lag das nur an der Kälte und dem Wind. Er blieb stehen, als er Arekh sah und in ihm einen der Fremden erkannte, deren Ankunft er miterlebt hatte.

Neben ihm aßen einige Frauen und alte Männer Hühnchen; sie hockten auf einem dicken, silberbestickten Teppich, der in seinem Luxus auf dem Schnee deplatziert wirkte. Sie unterbrachen ihr Gespräch, als sie Arekh sahen, nahmen es aber einige Sekunden später wieder auf.

Sie klangen eher amüsiert als schockiert. Die Flüchtlinge waren sicher nicht die ersten Fremden, denen die Berebeï begegnet waren; vielleicht wurde der Pass häufiger benutzt, als Arekh angenommen hatte.

Der Gegenstand, der sein Interesse erregt hatte, war mit Lederriemen auf den Rücken des Mannes geschnürt. Arekh verneigte sich leicht zum Gruß.

»Euer Schwert«, sagte er in der Verkehrssprache und ohne unnötiges Vorgeplänkel. »Ich möchte es kaufen.«

Der Mann antwortete genauso direkt – Arekh hatte gewiss richtig vermutet, dass Handel und Austausch mit Nicht-Berebeï für ihn nichts Neues waren. »Was Ihr bieten? Metall an Griff abgenutzt«, antwortete der Nomade, »aber Klinge gut. Ein bisschen schwer.«

Arekh nickte. Er mochte schwere Klingen gern – oder aber sehr leichte, geschmeidige wie Dolche, die sich dazu eigneten, jemandem nachts die Kehle durchzuschneiden. Aber wenn er beim Abstieg vom Gebirge wilden Tieren begegnete, würde Marikanis Dolch nicht ausreichen. Er würde in Höhlen schlafen müssen, und dorthin zogen sich oft auch die großen Bergbären zurück. Gegen sie würde nur eine schwere Klinge helfen.

»Ich nehme sie dennoch. Das Mädchen hat eine Perle«, sagte er und deutete auf den Ostteil des Lagers. »Die Braunhaarige. Sie wird für mich bezahlen.«

Marikani und Lionor waren von den Zelten verdeckt, aber der Berebeï nickte, als verstünde er, von wem Arekh sprach.

»Deine Frau?«, fragte er.

»Natürlich«, sagte Arekh, ohne ein leicht bitteres Lächeln verbergen zu können. »Meine Frau. Sie wird bezahlen.«

Warum nicht? Sie könnte doch meine Frau sein, dachte er, während der Mann das Schwert abnahm, damit er es in der Hand wiegen konnte. *Sie könnte es binnen einer Stunde werden: Ich müsste sie nur ein Stück weit wegschleppen, von der Hochebene hinab, sie schlagen und vergewaltigen. Das hätte ich schon zu jedem beliebigen Zeitpunkt tun können.*

Seine Frau in diesem sehr archaischen Sinn, ja. Aber seine Gattin? Arekh amüsierte sich einen Augenblick lang damit, sich auszumalen, was für einen Brautpreis eine

Gemahlin wie Marikani ihn den Gebräuchen von Reynes nach gekostet hätte. Keine Königin, natürlich, nur eine Adlige oder sogar eine Frau aus der Mittelschicht, von nicht gerade abstoßendem Äußeren und ihrem Stand entsprechend erzogen. Geistreich, kultiviert, bei so guter Gesundheit, dass sie Kinder gebären konnte. Ein Vermögen – so lautete die Antwort … Die Heirat ihrer Söhne kostete gute Familien ein wahres Vermögen. Aber so war es nun einmal Sitte.

Natürlich stellte sich für Arekh die Frage nicht mehr. Er hatte seit langem seinen Stand und jeglichen Rang verloren. Wenn er eine Frau wollte, dann nur für eine Nacht – und selbst dafür musste er bezahlen. *Oder sie vergewaltigen,* dachte er erneut. Das war eine Möglichkeit. Er hatte so etwas zwar noch nie versucht, aber warum nicht? Er hatte schon Schlimmeres getan, und irgendwann musste man schließlich mit allem anfangen.

»Ja, ich nehme es«, sagte er, nachdem er mit dem Schwert einige Bewegungen in der Luft ausgeführt hatte. Das Kupfer am Griff war in der Tat fast verschwunden, aber die Klinge schien von guter Qualität zu sein und war noch immer gerade. Er musste nur die Schneide schärfen.

»Gut«, sagte der Mann und bedeutete ihm, die Waffe zu behalten. »Ich deine Frau gleich aufsuchen. Ihr gehen zu den Bergwerken? Da unten?«

»Den Bergwerken?«

»Der weiße Stein«, erklärte der Mann. »Die Brunnen. Ihr gehen suchen?«

Arekh verstand noch immer nicht. Der Nomade bedeutete ihm mitzukommen, und sie gingen hintereinander durch das Lager und stiegen über die Feuerstellen hinweg. Unterwegs nickten ihnen die Männer zum Gruß zu; die Frauen riefen zuweilen neckische Worte, die ihre Begleiterinnen zum Kichern brachten. Eine der Frauen zwinkerte Arekh zu und machte ihm in der Verkehrssprache ein Kompliment zu seinen Beinmuskeln. Arekh antwortete mit förmlichen, einstudierten Dankesworten, und die Frauen gluckstn noch mehr.

Am Nordende des letzten Lagerplatzes lag, umgeben von Teppichen und Zelten, ein Brunnen. Arekh betrachtete staunend das runde Loch im Boden und die weiße, fein behauene Umrandung. Die Nomaden hatten Fackelhalter aufgestellt, obwohl noch Tageslicht herrschte. Arekh nahm eine der Fackeln und ging näher heran.

Der Brunnen bildete einen vollkommenen Kreis und führte direkt in den Felsen hinab; er schien keinen Boden zu haben. Sprossen aus behauenem Stein führten an der Wand entlang und verloren sich schließlich in der Dunkelheit.

Der Stein der Umrandung erinnerte an die leuchtenden Steine des Alten Kaiserreichs – es war wohl sogar wirklich der gleiche Stein, wie Arekh aufging, als er mit der Hand über die feine, ganz leicht körnige Oberfläche strich. Er würde es erst in der Nacht wissen, wenn er sah, ob dieser Stein in der Dunkelheit leuchtete oder nicht. Der weiße Stein, der das Sonnenlicht des Tages schluckte, um es in der Nacht abzugeben, war so alt, dass niemand sich mehr an seinen Ursprung erinnerte. Manche Priester sagten, dass er den Widerschein des Lichts des toten Mondes in sich trüge – des Mondes des Gottes, dessen Namen man nicht aussprach.

Das Alte Kaiserreich. Warum ein Brunnen genau hier? Der Pass hatte früher vielleicht eine gewisse Bedeutung gehabt. Vielleicht entsprach er der verlorenen Grenze eines vergessenen Gebiets. Die Bilder, die einst in die Steine der Umrandung gehauen gewesen waren, waren mit der Zeit erodiert, aber Arekh konnte ihre kunstvollen Wölbungen noch unter seiner Hand spüren.

In welche Tiefe führte dieser Brunnen hinab? Arekh hob einen Zweig vom Boden auf und zündete ihn an; er wollte ihn schon hinunterwerfen, als der Nomade ihn aufhielt. Dann deutete er auf Arekhs Ohr, bevor er auf das Loch zeigte. In der Tat hallten darin Stimmen wider und kamen zu ihnen empor. Männer, die Berebeï sprachen. Plaudernd und lachend gelangten sie bald an die Oberfläche, bevor sie den Frauen freundschaftlich zuwinkten, die zusammenströmten, um ihnen zu lauschen.

Der letzte Mann trug ein zum Bündel geknüpftes Seidentuch, dessen Inhalt er unter den erwartungsvollen Blicken auf den nächsten Teppich schüttete. Es waren nur einige Splitter weißen Steins, von weit größerer Reinheit und Leuchtkraft als die des Randes. Die Frauen griffen lachend danach, und die Männer zuckten die Achseln. Arekh verstand ihre Reaktion. Obwohl es sich ohne jeden Zweifel um den Stein des Kaiserreichs handelte, waren so kleine Splitter nicht viel wert. Die Goldschmiede würden daraus hübsche Schmuckstücke für die Aussteuer machen – wenn es bei den Berebeï überhaupt Ehen und etwas wie eine Aussteuer gab –, aber es lohnte sich nicht, in die Ebenen hinabzusteigen und dies hier zu verkaufen. Die Reise hätte viel mehr gekostet als die paar Kupferstücke, die die Steine hätten einbringen können.

»Ich verstehe«, sagte er zu dem Nomaden, der ihn musterte. »Es kommen also Fremde hierher … Und sie suchen Adern reinen Steins?«

Der Mann nickte.

»Nun, wir wollen nur den Pass überqueren«, erklärte Arekh, bevor er sich wieder dem Brunnen zuwandte und sich fasziniert hinhockte.

Hinter ihm entfernte sich der Mann, ohne Zweifel, um »Arekhs Frau« und die Perle zu suchen. Arekh starrte noch immer ins Dunkel hinab. Es gab dort unten sicher keine Ader reinen weißen Steins: Die gab es nirgendwo. Das Beste, was man finden konnte, war durchscheinender Stein wie der der Brunnenumrandung oder der Mauerreste, auf denen sie entlanggelaufen waren, um den Soldaten zu entkommen. Der reine Stein war eine Legende, eine mehr, wie der Schatz im fließenden Wasser oder die Geschichten vom heilenden Regen. Legenden waren wie Prophezeiungen: Es gab sie wie Sand am Meer. Keine Siedlung, unter deren Hügeln sich kein verlorener Tempel verbarg, kein See ohne versunkene Stadt. Wie Nysis, wo er beinahe gestorben wäre und wohin die Galeere versunken war. Oft handelte es sich nicht ausschließlich um Legenden. Städte und Tempel waren auf anderen Städten und Tempeln errichtet, Ruinen bröckelten unter weiteren Ruinen, Tote fielen auf andere Tote.

Nein, es gab sicher keine kostbare Gesteinsader, keinen Schatz am Grunde dieses Brunnens … Aber der Nomade hatte im Plural gesprochen. *Mehrere* Brunnen? Ein Netz von Gängen? Arekh stand auf, drehte sich um und ging ins Lager zurück.

Hier waren Löcher gegraben und Bergwerke ausgebeutet worden, hier hatten Menschen geliebt, gelitten und sicher auch getötet. Und heute war von all diesen Hoffnungen, diesem Hass, diesen Toten nichts mehr übrig als Nomadenstämme, die Steinsplitter sammelten, um daraus Schmuckstücke zu machen.

Marikani wartete auf ihn. Mîn und Lionor, die auf einem Felsen saßen, ebenfalls. Ja, sie warteten auf ihn, begriff Arekh. Sie hatten sich sicher schon gefragt, was er ihnen zu sagen hatte.

Er entfernte sich ein bisschen von den Stammesangehörigen und setzte sich auf einen verlassenen Teppich. Marikani ließ sich gegenüber von ihm nieder, Mîn und Lionor zu beiden Seiten.

»Der Mann ist wegen der Perle gekommen«, begann Marikani. Ihr Blick ruhte auf der Waffe, als wolle sie ihren Wert einschätzen.

»Ja, es war teuer. Seltenes hat seinen Preis«, sagte Arekh, um die Frage zu beantworten, die sie nicht gestellt hatte. »Vielleicht ist das hier das einzige ordentliche Schwert im Umkreis von fünfzig Meilen. Und jetzt gehört es mir.«

»Es ist gut, dass Ihr ein Schwert habt«, sagte Mîn lächelnd. »Wenn wir Wölfen begegnen, wird uns das viel nützen.«

»Genau über dieses ›*uns*‹ möchte ich sprechen«, sagte Arekh ruhig. Die Blicke der beiden Frauen lasteten schwer und abwartend auf ihm. »Es gibt kein ›wir‹ mehr. Ich werde zwei Tage bei diesem Stamm bleiben, lange genug, um den hiesigen Ragouts die nötige Ehre zu erweisen; dann breche ich auf. Meine Pläne gehen Euch nichts an.«

Seine Pläne unterschieden sich in Wirklichkeit gar nicht von denen der beiden Frauen: Er wollte ins Tal hinabsteigen, dort heil ankommen und sich dann in den Grauen Landen verlieren. Er hatte nur einfach keinen Grund mehr, sich mit Begleitern zu belasten, die weder zu wandern noch zu kämpfen verstanden, dafür aber seine Nahrung aufzehren würden und vielleicht – gewiss! – immer noch verfolgt wurden. Er hatte es lange genug hinausgezögert – von jetzt an musste er sich von der Vernunft leiten lassen.

Sie sollten sich schon glücklich schätzen, dass ich sie nicht getötet habe, wiederholte er sich zum zwanzigsten Mal, um sich gegen die Beleidigungen und flehentlichen Bitten zu stählen, die bestimmt nicht lange auf sich warten lassen würden.

Sie kamen nicht.

»Sehr gut«, sagte Marikani langsam und sah ihn an. Ihr Gesichtsausdruck war undurchdringlich. »Sehr gut.«

Arekh stand auf und ging, um sich an einem anderen Feuer niederzulassen.

Langsam senkte sich zwischen den Bergen die Nacht herab. Die Abenddämmerung war wunderschön gewesen: blutrot und leuchtend, so dass ein Widerschein von Grausamkeit die verschneiten Abhänge hinabgeflossen war. In der Luft lag der Duft von Gewürzen und Pfefferminztee; das Lachen der Kinder und das Geschwätz der Frauen stiegen in die beginnende Dunkelheit auf.

Arekhs Mutter war an Sommerabenden oft unter das Vordach hinausgetreten. »Es gibt Nächte wie diese, die selbst den Hoffnungslosesten wieder Geschmack am Leben schenken«, hatte sie immer gesagt.

In dieser Höhe durchlöcherten die Sterne den Himmel wie feine Nadelstiche. Als der erste Mond unter der Rune der Gefangenschaft vorüberging, legte sich das Geschrei der Kinder. Die Stammesangehörigen machten sich bereit, zu Bett zu gehen.

Arekh schlief auf einem schweren Teppich ein, während er zusah, wie die Glut verglomm.

Der Schlaf kam sehr rasch.

Bewegungen rings um ihn weckten ihn. Er hatte Kopfschmerzen. Die Monde standen tief am Himmel, und es war beinahe vollkommen dunkel. Der Morgen war noch fern.

Nahe bei ihm diskutierten drei Männer in scharfem,

hastigem Tonfall. Dann schwiegen sie, als hätten sie etwas gehört. Arekh setzte sich auf und sah sich um. Etwa zwanzig Nomaden hatten sich ein Stück von den Zelten entfernt versammelt.

Da hörte Arekh es selbst: Im Nordosten erklang langgezogenes, heiseres Heulen – wie das von Wölfen. Aber es gab keine Wölfe in den Aschebergen. Sie kamen nur viel weiter nördlich vor.

Die Nomaden redeten weiter. Arekh stand auf und ging zu ihnen hinüber. Sie lauschten gemeinsam. Noch etwas Geheul, dann nichts mehr.

Am folgenden Tag ging Arekh Marikani und ihren Gefährten sorgfältig aus dem Weg. Er wusste, dass er die richtige Entscheidung getroffen hatte, aber er wollte Marikanis Blick nicht begegnen, nicht diese einstudierte Gleichgültigkeit in ihren braunen Augen sehen.

Der Abend war weniger schön und der Pfefferminztee weniger stark gezuckert. Arekh hatte Schwierigkeiten einzuschlafen; sein Unterbewusstsein wartete auf das Heulen. Er glaubte, in weiter Ferne eines zu hören, bevor er in unruhigen Schlaf fiel. Dann war er plötzlich wach; all seine Sinne waren alarmiert.

Ein Mann stand neben ihm. Ein Nomade. Der, der ihm das Schwert verkauft hatte.

»Du mit mir kommen«, sagte er. »Aufbrechen. Ihr aufbrechen müssen.«

Nicht ganz sicher, richtig verstanden zu haben, sammelte Arekh sein Schwert und sein Gepäck ein und folgte ihm aus dem von den Zelten umschlossenen Gebiet. Eine Gruppe Männer stand dort neben Marikani, Lionor und Mîn. Der Jugendliche rieb sich die vor Schlaf und Kälte steifen Gliedmaßen. Die beiden Frauen trugen Wollmäntel, die sie den Berebeï abgekauft hatten.

Auf dem Boden lag etwas Schwarzes ... ein Kadaver. Ein großer Hund mit dunklem Fell. Braunes Blut war im Schnee nahe bei seinem Hals geronnen.

Drei Berebeï-Frauen kamen hinzu; eine von ihnen hielt einen Säugling an sich gepresst.

»Ihr aufbrechen müssen«, wiederholte der Berebeï, der Arekh geholt hatte. »Das Hexenhunde. Jagdhunde für Flüchtlinge. Magisch.«

»Wartet, das ist doch dumm«, versuchte Marikani zu erklären. »Wir sind keine Flüchtlinge, nur Reisende. Wir können für Euren Schutz bezahlen, wenn Ihr es wünscht ...«

»Ihr auf der Flucht«, wiederholte der Berebeï. Er deutete auf einen hochgewachsenen, bärtigen Mann, der neben ihm stand. »Oleï hier war in Ebene, Decken verkaufen. Er Gerüchte gehört. Emir sucht euch.«

»Wenn Ihr uns zwingt aufzubrechen, haben wir keinerlei Überlebenschance«, erklärte Marikani. »Die Hunde werden uns bemerken und ...«

»Ich gehöre nicht zu ihnen«, unterbrach Arekh kalt. »Ich habe sie bis hierherbegleitet, das ist alles. Der Emir sucht mich nicht.«

Marikani wandte den Blick ab, und Lionor starrte Arekh voller Verachtung an.

»Mir egal«, sagte der Berebeï kühl. »Ihr alle abreisen.«

Der Bärtige – Oleï – maß Arekh mit Blicken. »Wir euch Kehle durchschneiden und Schwert wieder abnehmen können«, sagte er. »Ihr gehen. Ihr Glück haben – wir euch nicht haben getötet!«

Schweigend stiegen sie langsam zum Pass empor; die Kälte der Nacht machte ihnen trotz ihrer Mäntel und der Leder- und Pelzwickel, die ihre Füße schützten, zu schaffen. Ihr

Gepäck – Decken und Proviant – lastete schwer auf ihren Schultern. Arekh bezweifelte, dass es ihnen noch etwas nützen würde. Nicht, wenn Hunde auf ihrer Spur waren.

Er musste einfach über den Pass gelangen. Danach würde er sich schnell von den beiden Frauen entfernen. So schnell wie möglich.

Weder Marikani noch Lionor noch Mîn richteten das Wort an ihn. Arekh hatte ihnen seinerseits auch nichts zu sagen. Er atmete die eisige Luft tief ein. Hexenhunde. Arekh hatte sie noch nie gesehen, aber er hatte Geschichten gehört … Man sprach von ganzen Meuten ausgehungerter Geschöpfe mit gelb leuchtenden Augen. Die Hunde wurden von einem verzehrenden Hunger und schrecklichen Schmerzen in den Eingeweiden angetrieben – Schmerzen, die nur gelindert werden konnten, wenn sie die Person – Mann oder Frau – fanden, auf die sie ihr Magierherr mit einem Zauber geprägt hatte. Eine Erzhexerei, Purpurmagie, derer sich nur die Größten bedienten. Etwas Tödliches und Gewalttätiges, das unter dem ernsten Blick der Götter die Mächte der Abgründe anrief.

Wenn die Nomaden einen Hund getötet hatten, musste die Meute ganz nah sein. Wie viel Zeit würden die Bestien brauchen, um Marikani zu finden? Eine Stunde? Zwei? Vielleicht weniger?

Arekh hob den Blick und entdeckte, was er suchte: einen kleinen Pfad, der geradewegs zum Bergkamm führte. Gewiss war es ein Fallenstellerweg, der von der Passstraße abzweigte und in die Felsen hinaufführte. Genau das brauchte er: Er musste sich rasch entfernen, bevor die Hunde angriffen und keinen Unterschied mehr zwischen denen, die zu suchen ihnen befohlen war, und den übrigen Mitgliedern der Gruppe machten.

Sollte er Mîn sagen, dass er mitkommen sollte? Die

Hunde waren auch nicht auf ihn geprägt. Arekh zögerte einen Augenblick und entschied sich dann dagegen, etwas zu sagen. Der Junge war doch nicht dumm, er musste die Gefahr erkannt haben! Wenn er zu bleiben beschloss, war das seine Sache.

Ohne ein Wort oder eine Geste des Abschieds schlug Arekh den Pfad ein und begann den Aufstieg. Er drehte sich nicht um, sah nicht, ob die beiden Frauen stehen geblieben waren, um ihm nachzublicken, oder ob Mîn eine Bewegung gemacht hatte, ihn zurückzuhalten. Er beschränkte sich darauf, einen Schritt nach dem anderen zu machen, da er spürte, dass der Hang ihn mit jeder Sekunde weiter vom Herzen der Gefahr entfernte.

Es war höchste Zeit.

Eine seltsame Kälte breitete sich entlang seiner Wirbelsäule aus. Ein Eindruck, den er gut kannte, ein persönliches Signal, das ihm anzeigte, dass etwas nicht in Ordnung war. Seine Sinne hatten eine unmerkliche Veränderung in seiner Umgebung wahrgenommen, und sein Körper ließ ihn das wissen.

Vorwärts, sagte er sich, *geh weiter*, und er stieg noch eine gute Minute lang weiter den Pfad hinauf, der immer steiler am Hang emporführte.

Dann wurde das Alarmgefühl überwältigend, so dass er stehen blieb und den Blick auf die Straße richtete.

Die Gruppe, die nun noch aus Mîn und den beiden Frauen bestand, war etwa zwanzig Meter unter ihm; ein recht steiler Felsabhang trennte sie von Arekh.

Es waren sechs Hunde. Sie liefen den gegenüberliegenden Berghang hinab auf Marikani zu. Sie kamen von Süden, hinterließen eine lange Spur im Schnee und liefen in völliger, unwirklicher Stille. Es waren keine Wölfe, der Unterschied war gering, aber offensichtlich: Ihr Fell war heller, ihr Kopf wuchtiger, und sie bewegten sich anders voran.

Marikani und Lionor waren erstarrt. Mîn machte noch einige Schritte, bevor er die Gefahr bemerkte, stehen blieb und die Tiere schweigend beobachtete.

Arekh dachte, dass es dem Anblick nicht an einer gewissen Schönheit mangelte. Er hatte den Eindruck, als sei die Zeit stehen geblieben. Das Licht der drei Monde erhellte den Schnee und die Straße mit milchigem Leuchten. Die eisige Luft roch nach den Bergen, sprach von Kiefern, vom Wind, von eisigem, munterem Wasser, das über Felsen sprudelte. Und die Hunde kamen näher, wie eine wortlose Metapher.

Nur sechs, dachte Arekh, dessen Verstand fieberhaft zu arbeiten begann. *Letzte Nacht haben mehr als sechs geheult. Und es müssen Menschen bei ihnen sein – ja, Hundeführer, die die Meute begleiten. Diese Tiere hier sind die Vorhut, die wahre Meute kann nicht fern sein – und mit ihr die Jäger.*

Die Hunde hatten die Straße erreicht und waren stehen geblieben, als wollten sie den Flüchtlingen den Weg versperren. Jetzt sah Arekh ihre gelben Augen. Sie funkelten nicht wie Topase, wie es in den Legenden hieß, sondern waren einfach die Augen wilder Tiere. Die Hexerei zerfleischte ihnen die Eingeweide. Was hätte man nicht getan, um sich solcher Qual zu entledigen?

Mîn hob eine Art Stock vom Boden auf und stellte sich vor die beiden Frauen. Nach einem Augenblick des Zögerns traten diese ihrerseits vor, und Marikani bückte sich, um einen Stein aufzuheben. Wie auf ein unsichtbares Signal hin bewegten sich die Tiere langsam auf sie zu.

Geh weiter, sagte sich Arekh, *entferne dich … Du hast es nicht nötig, das mit anzusehen.*

Er hatte schon genug blutige Bilder im Kopf; noch

eines musste er der Liste nicht hinzufügen. Und außerdem wussten nur die Götter, was die Hunde tun würden, sobald sie ihre Opfer in Stücke gerissen hatten. Wenn sie dann noch Hunger hatten, würden sie sich vielleicht einer anderen Beute zuwenden …

Ja, Arekh musste sich entfernen. Dennoch rührte er sich noch immer nicht, als weigerten sich seine Füße, ihm zu gehorchen, oder als sei er eine inmitten des Schnees aufgestellte Statue. Instinktiv streckte er die Hand nach seinem Schwert aus.

Und fand den Dolch.

Er hatte vorgehabt, ihn Marikani vor seinem Aufbruch zurückzugeben; der Gedanke war ihm in der vorigen Nacht durch den Sinn gegangen. Dann hatte er es vergessen. Das Bild, wie die Klinge seine Fesseln durchschnitten hatte, unter Wasser, in der eisigen Strömung, stand wieder vor seinem inneren Auge.

Er schuldete ihr nichts. Das Einzige, was sie unter Beweis gestellt hatte, als sie an jenem Nachmittag hinabgetaucht war, war unglaubliche Torheit. Seine Reaktion darauf war unverständlich …

… und zehn Sekunden später war er bereits den Felsabhang heruntergeeilt und hatte sich auf die Hunde geworfen.

Der erste wandte sich von seiner Beute ab, als er Arekh kommen sah, und warf sich mit geiferndem Maul und entblößten Reißzähnen auf ihn. Arekh spaltete ihm mit einem wuchtigen Hieb den Schädel. Die Knochen der Bestie krachten, und ihr Gehirn spritzte hervor. *Guter Stahl*, dachte Arekh. Wenigstens hatte der Nomade ihn nicht über die Qualität getäuscht. Er musste den Kadaver des Hundes schütteln, um das Schwert freizubekommen, während zwei andere sich schon auf ihn stürzten. Einer biss ihn fast in den Arm, aber Arekh wirbelte gerade noch rechtzeitig herum und stieß ihm den Kadaver mit voller Kraft ins Gesicht, so dass er abrupt zusammenbrach. Mit einem Kriegsschrei griff Mîn den vierten Hund mit seinem Stock an. Aus dem Augenwinkel sah Arekh, dass die beiden Frauen zögerten; sie hatten die Finger um ihre Steine gekrampft und beobachteten die beiden weiteren Hunde, die sich nicht rührten. Die Hexerei, die sie antrieb, musste in ihnen gegen den Instinkt ankämpfen, der ihnen riet, sich auf den gefährlichsten Feind – den mit dem großen Schwert – zu werfen.

Der Kadaver des ersten Hundes war endlich von der Klinge geglitten; es gelang Arekh, den dritten Hund mit einem Fußtritt zurückzustoßen und dann aufzuspießen. Wenigstens *versuchte* er, ihn aufzuspießen, doch es gelang ihm nur, ihm eine große Wunde in der Flanke zu schlagen. Nicht genug, um ihn zu töten, aber genug, ihn zurückweichen und aufheulen zu lassen, bevor er Arekh erneut anzufallen versuchte. Aber das Blut und die Eingeweide des Tieres quollen in den Schnee und hinterließen eine lange, purpurrote Spur. Bald brach die Bestie zusammen. Arekh nutzte die Atempause, die sich ihm bot, um Marikani den Dolch zu reichen. Diese brauchte einen Sekundenbruchteil, um zu verstehen, was er tat – Arekh sah Erstaunen in ihren Augen aufscheinen. Dann blieb keine Zeit mehr zum Nachdenken: Die Hunde griffen noch einmal an.

Ihr Instinkt musste sich als stärker als die Magie erwiesen haben, denn die Tiere hatten sich entschlossen, Arekh zum hauptsächlichen Ziel ihres Angriffs zu machen. Es waren noch drei Tiere übrig, die beiden, die gezögert hatten, und der eine Hund, den Mîn angegriffen hatte – offensichtlich ohne großen Erfolg. Der Jugendliche war aus Arekhs Gesichtsfeld verschwunden.

Da er es mit drei Bestien auf einmal zu tun hatte, konnte Arekh nicht länger nachdenken: Er konnte nur blind zuschlagen und versuchen zu überleben, indem er verhinderte, dass eines der Monster ihn an der Kehle erwischte. Seine Klinge schnitt in eine Schnauze, prallte von einer Flanke ab. Die Fleischwunden und der Atem der Tiere strömten einen beißenden, erstickenden Geruch aus. Plötzlich spürte Arekh, dass der Druck nachließ: Lionor und Marikani hatten einen Hund angegriffen.

Er holte tief Atem und sah, wie eine der Bestien sich abermals auf ihn stürzte; Blut sickerte aus ihren zahlreichen Wunden. Das Schwert sauste herab und trennte beinahe den Kopf des Hundes vom Rumpf. Das zweite Tier flüchtete unter leisem Winseln.

Arekh tat alles weh. Er spürte, dass ihm das Blut den Rücken, den Schenkel und den Arm hinablief. Der dritte Hund war ebenfalls tot. Marikani war es gelungen, ihm den Dolch ins Auge zu stoßen.

Lionor half dem blassen Mîn, der in den Schnee gestürzt war, aufzustehen. Seine rechte Schulter blutete.

»Es müssen noch weitere da sein«, sagte Marikani mit tonloser Stimme.

Sie begannen auf den Pass zuzulaufen; der Schnee, der ihnen an den Füßen klebte, verlangsamte ihre Schritte, ebenso der aufkommende Wind, der ihnen entgegenblies. Sie hatten noch keine dreißig Meter überwunden, als weitere Silhouetten auf einer Anhöhe hinter ihnen auftauchten. Lionor, die sich just in diesem Augenblick umsah, stieß einen Warnruf aus.

Trotz der Entfernung war im Mondlicht alles nur zu gut zu sehen. Der Hauptteil der Meute kam näher, mindestens dreißig Hunde. Hinter ihnen zeichneten sich menschliche Umrisse ab. Männer, zwei, vielleicht auch drei.

Die Flüchtlinge unterbrachen ihren Lauf nicht und waren bald außer Atem. Jeder Schritt brachte sie näher an den Pass heran, der nur symbolischen Wert hatte. Die einstige Grenze des Alten Kaiserreichs – wenn sie das denn überhaupt war – würde weder die Tiere noch ihre Hundeführer aufhalten. Dennoch mussten sie laufen – was hätten sie angesichts des Unausweichlichen sonst tun können?

Arekh sah sich noch einmal um und bemerkte, dass die Meute vom Hügel herabgekommen war, immer noch in dieser Stille, die entsetzlicher war als selbst das wildeste Geheul. Kein Mensch konnte hoffen, einen Wettlauf mit einem Hund zu gewinnen – besonders nicht unter diesen Bedingungen.

Plötzlich hatten sie die Passhöhe erreicht, und die Landschaft öffnete sich vor ihnen wie ein Abgrund. Zehn Schritte später waren sie jenseits des Passes. Unter ihren Füßen lag der Weg, der in die Grauen Lande hinabführte, rings um sie ragten neue Gipfel auf, noch mehr gewaltige Berge – und vor ihnen fiel der Boden schwindelerregend in Schluchten und Wälder ab. Das milchige Licht schenkte der Umgebung seinen ganzen Glanz. Ein weiteres Mal musste Arekh an seine Mutter und an ihre Ansicht denken, dass die Schönheit einem zu neuer Lebenslust verhelfen könne … und an die Ironie, die dieser Maxime unter solchen Bedingungen innewohnte.

»He«, sagte Mîn mit seltsam heiserer Stimme. »Da leuchtet etwas.«

Der Junge, der noch immer von Lionor gestützt wurde, hatte die Augen nach Süden gerichtet. Arekh folgte seinem Blick – und erstarrte.

Eine Viertelmeile entfernt funkelte ein leuchtender Kreis: ein vollkommener Kreis, glänzend, nichtmenschlich, fehl am Platze in dieser Berglandschaft.

Ich habe Visionen. Arekh fuhr sich mit der Hand über die Augen, ohne dass es ihm gelungen wäre, das seltsame Trugbild zu verscheuchen. Da waren noch mehr … weitere Kreise, kleinere, die sich in regelmäßigen Abständen weiter von ihnen entfernt über den Bergkamm zogen.

Dann begriff er und verfluchte sich für seine eigene Dummheit. Die Erschöpfung und die Gefahr hatten ihm das Gehirn vernebelt. Das Blut strömte ihm immer noch den Rücken hinab, mittlerweile aber schwächer.

»Da lang!«, rief er und deutete auf den Kreis. »Schnell!«

Die beiden Frauen, die schon begonnen hatten, den Hang hinabzusteigen, hielten inne, zögerten und bogen dann nach Süden ab, um seinem Befehl zu folgen. Der Wind frischte immer mehr auf, und der Schnee lag immer höher, je weiter sie sich von der Straße entfernten. Sie hatten einige wertvolle Sekunden verloren, um ihren Entschluss zu fassen; der Kreis kam näher, war aber immer noch zu weit entfernt, als die Meute ihrerseits den Pass überschritt.

Nun wurde die seltsame Stille durchbrochen: Auf Befehl ihrer Herren begannen die Hunde auf sie zuzulaufen, mit lautem, wütendem Gebell, das den trügerischen Frieden der Umgebung verscheuchte. Die Flüchtlinge verdoppelten ihre Anstrengungen; die eisige Luft brannte in ihren Kehlen wie eine heiße Flüssigkeit. Die Herzen hämmerten ihnen in der Brust.

Einen Moment lang fürchtete Arekh, die Hunde würden sie einholen, bevor sie den Brunnen erreicht hatten – aber er täuschte sich. Er wurde langsamer, so dass auch die anderen Mitglieder der Gruppe stehen blieben: Die Umrandung aus phosphoreszierendem Stein lag direkt vor ihnen.

»Steigt hinab!«, sagte Marikani und ließ Lionor vorgehen, die noch immer den Jungen stützte.

Arekh hätte sie verflucht, wenn er nicht schon genug andere Schwierigkeiten gehabt hätte. Diese Idiotin war viel wichtiger als tausend Hofdamen und tausend Bauern zusammengenommen. Er ging unsinnige Risiken ein, um Marikani zu retten, sie war diejenige, die die Hunde verfolgten, und was tat sie? Sie ließ dennoch die anderen zuerst hinabsteigen.

Bist du wahnsinnig?, hätte er am liebsten geschrien, aber seine Atemluft war kostbar, und die ersten Hunde der Meute hatten sie mittlerweile erreicht.

Der erste stürzte sich direkt auf Marikanis Kehle. Endlich einmal reagierte sie intelligent: Sie duckte sich und ließ sich in den Brunnen fallen, eine Hand an den Rand und die andere an die Leitersprossen geklammert. Arekh hatte keine Zeit, nachzusehen, ob sie schon hinabzusteigen begonnen hatte, bevor die Hunde alle gemeinsam angriffen. Er versetzte dem ersten einen Schlag mit der flachen Seite der Schwertklinge, bevor er sich in der Hoffnung, dass er sich die Lage der Sprossen gut eingeprägt hatte, seinerseits in die Dunkelheit fallen ließ.

KAPITEL 4

Arekhs Körper schrammte über den Stein; er stieß mit dem Rücken gegen die Wand und hörte ein ersticktes weibliches Fluchen unter sich. Seine Hände griffen nach einer Sprosse und glitten ab; er packte die darunterliegende und stieß dabei unabsichtlich gegen irgendetwas – irgendjemanden – weiter unten. Er gewann ein gewisses Gleichgewicht zurück und begann, in die Tiefe zu steigen. Wie durch ein Wunder war Marikani – wenn sie es war, die er versehentlich angestoßen hatten – ihm weit genug voraus, um ihn nicht aufzuhalten.

Oder vielleicht war es auch kein Wunder, sondern er war nur langsam. Langsam, weil seine Schulter entsetzlich schmerzte, weil sich in seinem Kopf alles drehte, weil er viel Blut verlor.

Arekh konzentrierte sich auf die Sprossen und stieg einen Fuß nach dem anderen herab, so schnell es ihm seine schmerzenden Handgelenke und Arme gestatteten.

Der Abstieg schien unendlich lange zu dauern. Arekh hörte stoßweise Atemzüge unter sich, die ruhigen, aber erschöpften der beiden Frauen und die rauen, abgehackten von Mîn. Über ihm war rings um den Brunnen das Gebell ohrenbetäubend. Die Hundeführer mussten mittlerweile eingetroffen sein; sie sahen sicher in den Brunnen hinab.

Arekh hob nicht den Kopf. Irgendetwas zischte an ihm vorbei. Ein Pfeil? Dann hörte er männliche Stimmen, die miteinander stritten, konnte aber aufgrund des Bellens die Worte nicht verstehen.

Die Stimmen … In Arekhs benebeltem Verstand erwachte irgendetwas. Ein Eindruck, eine Bemerkung, die in seiner Erinnerung hängen blieb, ohne dass er sich den Inhalt bewusst machte.

Dann vergaß er alles, bis auf den Schmerz und die Müdigkeit.

Der Abstieg war wirklich unendlich. Eine Sprosse, dann noch eine. Würde er durchhalten?

Eine weibliche Stimme rief ihm irgendetwas zu, das Arekh nicht verstand, und etwas Gewaltiges prallte mit ohrenbetäubendem Lärm von den Wänden des Brunnens ab und verfehlte ihn nur knapp. *Ein Felsbrocken*, begriff er. *Sie versuchen, uns zu Fall zu bringen.* Er stellte sich vor, wie ein Stein ihn traf, sah sich die Sprosse loslassen und unendlich tief in die Dunkelheit stürzen … Und da berührte sein Fuß plötzlich die Erde. Er stolperte fast auf dem feuchten Boden, und eine Frauenhand zog ihn in den Tunnel, in Deckung.

Sie entfernten sich einige Meter von dem Loch und blieben dort alle vier gegen die Wand gepresst stehen. Arekh hatte nicht die Kraft, sich zu rühren. Er stand an die Mauer gelehnt, zu der ihn Marikani hinübergezogen hatte, und schöpfte wieder Atem. Einen kurzen Moment lang war sein Gesicht dem der jungen Frau sehr nah.

Das Gebell der Hunde draußen klang weit entfernt. Der Wind hatte weiter aufgefrischt; Böen fegten in den Brunnen.

»Jetzt können sie uns nichts mehr tun, oder?«, fragte Mîn mit zitternder Stimme. »Die Hunde können doch nicht herunter, nicht wahr?«

Ein langgezogenes, schrilles Bellen ertönte. Lionor schrie auf, und Arekh zuckte zusammen, als etwas Schweres, Weiches mit einem herzzerreißenden Wimmern auf dem Boden des Brunnens zerschmettert wurde. Ein Hund. Marikani trat einen Schritt vor, um die tote Bestie entsetzt zu betrachten. Der Sturz hätte jedes beliebige Wesen getötet.

»Was tun sie nur?«, murmelte Lionor. »Werfen sie sie jetzt zu uns herunter?«

Der Hund war vielleicht versehentlich in den Schacht gestürzt. Es sei denn, Lionor hatte recht, und die Hundeführer hatten ihn hinabgeworfen, um zu sehen, ob die Tiere den Sturz überleben würden.

Und das war nicht der Fall.

»Da hast du die Antwort auf deine Frage, Mîn«, flüsterte Arekh.

Sie gingen etwa zehn Meter weit in den Tunnel hinein, bevor sie sich hinsetzten und nachdachten. Es wäre klüger gewesen, sich weiter zu entfernen, aber sie waren erschöpft. Außerdem würden sie es von hier aus hören, falls die beiden Hundeführer sich entschlossen, die Leiter hinabzusteigen.

Arekh bezweifelte, dass sie es tun würden. Mit ihren Hunden waren die Männer unbesiegbar, aber sie waren wohl nur zu zweit. Sie würden Angst haben, dass etwas schiefgehen könnte, wenn sie allein und von ihren Tieren getrennt waren.

»Vielleicht werden sie die Hunde an Stricken herablassen«, begann Mîn erneut.

Arekh schüttelte den Kopf. »Wenn sie überhaupt Stricke haben. Warum hätten sie welche mitbringen sollen?«

»Sie können sie jederzeit von den Nomaden kaufen.«

Kurzes Schweigen senkte sich über die Gruppe.

»Jedenfalls können wir nicht ewig hierbleiben«, sagte Marikani schließlich. »Wir müssen so schnell wie möglich von hier weg.« Die Haare klebten ihr im Gesicht, und sie hatte Blut auf der rechten Wange. »Aber in diesem Zustand würden wir nicht weit kommen.«

Sie zog Brot und Trockenfrüchte hervor, die sie bei den Nomaden gekauft hatte, und reichte dann eine Feldflasche herum. Arekh trank, bevor er sich umsah. Vom Brunnen führten zwei lange Tunnel weg, deren glatte Wände aus dem gleichen Stein gehauen waren. Einer der Tunnel musste zum Brunnen der Nomaden zurückführen. Der andere folgte ohne Zweifel der Richtung des Bergkamms nach Süden.

Lionor entblößte Mîns Schulter und wusch seine Wunde mit Wasser aus der Feldflasche; dann legte sie einen provisorischen Verband aus einem Leinenstreifen an.

Oben war das Gebell verstummt.

»Nach Süden«, sagte Marikani, die Arekhs Blick gefolgt war.

Der Tunnel war so breit, dass sie zu zweit nebeneinander gehen konnten. Eine Ader weißen Steins lief links entlang und erhellte den Gang mit schwachem Licht. Mîn fuhr mit den Händen darüber; seine Augen leuchteten. Aber in Wirklichkeit hatte der Stein, der sehr unrein war, keinen großen Wert.

Eine Stunde verging. Arekh war schwindlig. Er wartete darauf, dass Marikani und Lionor ihn fragen würden, warum er zurückgekommen sei, aber die beiden Frauen stellten keine einzige Frage.

Bald erreichten sie einen zweiten Brunnen. Arekh ging voran und hob den Blick zur Erdoberfläche.

Nichts. Oben sah man nur einen kleinen, runden Ausschnitt des Nachthimmels. Es begann zu schneien, und einige Flocken tanzten langsam über Arekh hinweg, bevor sie auf den Boden trafen.

Keine Spur von den Hunden. Kein Ruf, kein Gebell.

Arekh war alles andere als beruhigt; er spürte eine schreckliche Vorahnung in sich aufsteigen. Irgendetwas ging da vor … Vielleicht hatte Mîn ja recht, und die Männer waren wirklich umgekehrt, um Stricke von den Nomaden zu kaufen.

Die Flüchtlinge gingen weiter. Arekh fand sich an der Spitze neben Marikani wieder und erläuterte ihr seine Befürchtungen.

»Ich fühle mich so hilflos!«, erklärte sie. »Ich habe nie gelernt zu kämpfen … Ich weiß nur ein bisschen etwas über den rituellen Kampf zu Ehren des Arrethas.«

Arekh musterte sie erstaunt. Marikani hatte ganz natürlich das Wort ergriffen, als spräche sie mit einem altvertrauten Freund, nicht mit einem gefährlichen Galeerensträfling, der den anderen vor kaum zwei Tagen verkündet hatte, dass er sie ihrem Schicksal überlassen würde.

Er schüttelte den Kopf – aber sogar diese Bewegung tat weh. »Das ist auch nicht Euer Beruf, Aya Marikani. Ihr habt andere Begabungen. Kampfgeschick ist nicht das, was Euer Volk von Euch erwartet. Es will, dass Ihr Handelsverträge abschließt, dass Ihr vor den Nachbarländern Eindruck macht, dass Ihr im Falle einer Überschwemmung schnell reagiert …«

»Ich weiß.« Marikani lachte leise. »Wisst Ihr, was mir durch den Kopf gegangen ist, als wir den Pass überquert haben? Als wir die andere Seite der Berge zum ersten Mal gesehen haben?«

Arekh warf ihr einen fragenden Blick zu, und Marikani fuhr fort: »Ich habe an die Karawanen gedacht, mit denen die Kaufleute aus Harabec Seide und Leinen die

Südstraße entlangbefördern. Die Freien Städte verlangen einen hohen Wegzoll dafür, dass wir ihre Grenzen überqueren … Und mit den Schleusen ist es noch schlimmer. Wenn der Pass gangbar wäre, wäre es vielleicht interessant, dort entlangzureisen. Der Umweg ist gewaltig – mindestens drei Wochen –, aber wenn unsere Kaufleute dafür den Wegzoll sparen …«

»Es gibt keine Straße«, sagte Arekh mit gerunzelter Stirn. »Und ich bezweifle, dass der Emir Euch gestattet, eine zu bauen. Das wäre ein Bruch des Neutralitätsvertrags mit den Zwischenterritorien.«

»In der Tat, Arekh Enh Aliz«, sagte Marikani mit einer Verneigung. »Aber als ich mit einer Hundemeute auf den Fersen durch den Schnee rannte, ist der Neutralitätsvertrag mit den Zwischenterritorien mir vorübergehend entfallen. Außerdem spielt es ohnehin kaum eine Rolle. Ich wollte Euch nur beweisen, dass Menschen nicht immer logisch reagieren, das ist alles.«

Enh Aliz war der Ehrentitel der Ratgeber des Emirs, die für ihre Gerissenheit und ihre politische Begabung bekannt waren. Durch seinen Gebrauch deutete Marikani an, dass sie Arekhs politische Kenntnisse bemerkt hatte.

Plötzlich überkam ihn eine Welle der Erschöpfung; er stützte sich an der Wand ab. Es war im Tunnel weniger kalt als im Freien, aber er hatte viel Blut verloren.

»Geht es Euch gut?«, fragte Marikani.

Hinter ihnen war Mîn sehr blass; Lionor hielt ihn fest.

»Geht schon«, sagte Arekh.

Er suchte nach einem Argument, das er Marikani entgegenhalten konnte – und unterbrach sich selbst, als er einen Nebengang bemerkte, der nach links abzweigte. Er blieb stehen, während Lionor die Holzbalken betastete, die den Eingang stützten.

»*Yashi*«, murmelte die Hofdame einen beliebten Fluch des Südens. »Ich dachte, es gäbe nur einen Tunnel, der am Bergkamm entlangführt. Das hier macht die Sache nicht leichter.«

»Die Nomaden sagen, dieses Netz von Gängen sei ein altes Bergwerk«, erklärte Arekh. »Es ist nur logisch, dass es mehrere Gänge gibt.«

Marikani blickte den neuen Gang hinab. Er war kleiner, und in seinem Innern verlor sich die Ader weißen Steins rasch. Es war völlig dunkel.

»Wir brauchen eine Fackel, wenn wir da entlangwollen.« Sie zögerte. »Wir stehen vor einer einfachen Wahl«, fuhr sie dann flüsternd fort, als ob der Klang ihrer eigenen Stimme ihr Angst machte. »Wenn wir im Haupttunnel bleiben und den Brunnen folgen, laufen wir nicht Gefahr, uns zu verirren, und können jederzeit wieder ins Freie. Aber es wird leicht sein, uns auf der Spur zu bleiben ...«

Instinktiv schwiegen die Mitglieder der Gruppe, als versuchten sie, mögliche Verfolger zu hören – Befehle, Gebell, den hechelnden Atem der Tiere.

Nichts. Da war nichts. Es war vollkommen still.

»Hier«, sagte Marikani, indem sie auf den Nebengang deutete, »geht es, nun ja, ins Bergwerk. Ins Unbekannte.«

»Wie Ihr schon sagtet: Die Entscheidung ist einfach«, brummte Arekh. »Wenn Ihr glaubt, dass wir weiter verfolgt werden, dann lasst uns ins Bergwerk abbiegen. Wenn Ihr glaubt, dass unsere Feinde aufgegeben haben, lasst uns geradeaus weitergehen.«

Ein weiteres Mal lauschten sie der Stille.

Arekh spürte wieder ein Ziehen in seiner Schulter. Er hätte seine Wunden auswaschen müssen, aber seltsamerweise widerstrebte es ihm, auch nur die geringste Schwäche zu zeigen.

Marikani trat einen Schritt auf den Eingang der Mine zu. Die anderen folgten ihr.

Sie schliefen einmal, einen schweren, traumlosen Schlaf, ohne auch nur eine Wache aufzustellen. Sie waren stundenlang im Licht einer behelfsmäßigen Fackel gewandert, die nur eine schwache Flamme bot. Der erste Gang hatte in eine von zahlreichen Gesteinsadern minderer Qualität erhellte Halle geführt, und die Flüchtlinge hatten mit einer Mischung aus Furcht und Erleichterung festgestellt, dass das Bergwerk sehr ausgedehnt war. Allein schon aus dieser ersten Halle hatten vier Gänge weggeführt. Sie hatten sich für einen entschieden, der nach Süden zu führen schien, aber er hatte oft die Richtung gewechselt, und Arekhs Orientierungssinn war auf eine harte Probe gestellt worden. Als sie an einer Treppe angelangt waren, die in eine Reihe von anscheinend natürlichen Höhlen führte, hatten sie schon längst jegliche Vorstellung davon verloren gehabt, in welche Richtung sie gingen.

Einige Stunden später, als sie in einem breiteren Gang gewesen waren, hatten sie ein seltsames, boshaftes Lachen zwischen den Wänden widerhallen hören. Arekh hatte sein Herz in der Brust zusammenzucken fühlen; Mîn hatte einen Schrei ausgestoßen, und die beiden Frauen waren sehr blass geworden. Unter solchen Umständen war es unmöglich gewesen, nicht an die Gespenster der Abgründe zu denken, die seelenverschlingenden Kreaturen der Westgebiete, die sich im Dunkeln in die Grenzdörfer schlichen und sich auf Frauen und Kinder stürzten, um nur zerfleischte, blutige Leichen zurückzulassen.

Aber der Lärm war in Wirklichkeit von einer jungen Berebeï ausgegangen, die sich mit einem jungen Mann ihres Stammes gewissen … erotischen Aktivitäten hingegeben hatte. Das hatten sie bemerkt, als sie eine weitere Höhle erreicht hatten. Das Lachen der jungen Frau hatte – vom Echo verzerrt und verstärkt – einen unmenschlichen Klang angenommen. Als sie die Reisenden hatten kommen sehen, waren die beiden Schuldigen – ebenso beschämt wie belustigt – in die Tunnel geflohen.

Zwei Nomaden, gewiss aus dem Stamm, der sie davongejagt hatte. Waren die beiden Liebenden etwa stundenlang gewandert, um ein Liebesnest zu finden? Vielleicht … Aber leider gab es auch eine andere Erklärung: die nämlich, dass die Flüchtlinge so oft abgebogen waren, dass sie im Kreis gelaufen waren.

Bald darauf war ihre Furcht verflogen. Die Erschöpfung war zu stark gewesen, als dass sie noch länger hätten nachdenken können. Sie waren bis in eine Höhle gewandert, in der ein kleiner Wasserfall plätscherte. Dort waren sie hinter einer Reihe natürlicher Säulen in traumlosen Schlaf gesunken.

Das Erwachen war angenehm. Das Geräusch des Wassers hatte Arekh eingelullt, und als er die Augen wieder aufschlug, sah er als Erstes, wie Marikani und Lionor sich wuschen. Es war zu kalt, um ihre Kleider ganz abzulegen, also entblößten sie erst ein Bein, dann das andere, danach jeweils einen Arm, um sich mit einem feuchten Tuch abzureiben.

Arekh wusch endlich seine Schulterwunde. Sie tat ihm weh, aber die Schmerzen waren weit davon entfernt, unerträglich zu sein. Wovor er sich am meisten fürchtete, war natürlich, dass die Wunde sich entzünden könnte. Es war möglich, dieses Problem ebenso wie verschiedenste andere Krankheiten mit Mahhm zu beheben, einem Rindensud, der eine bräunliche, bittere Flüssigkeit bildete. Das Heilmittel war gängig, da der entsprechende Baum in den Ebenen südlich des Joar reichlich vorhanden war. In den meisten Städten gab es daher Mahhm – aber sie waren nicht in einer Stadt und hatten das Mittel nicht im Gepäck.

Vielleicht hatten die Berebeï welches. Vielleicht wären sie bereit gewesen, ihnen etwas davon zu verkaufen. Leider hatten sie daran nicht gedacht.

Marikani kam mit dem Proviantbeutel auf ihn zu; ihre langen, feuchten Haare fielen ihr über die Schultern. Sie lächelte. Sie war wunderschön, und Arekh spürte, wie neuerliche Aggression sich seiner bemächtigte.

»Ihr erweist Euch manchmal wirklich als unglaublich dumm«, sagte er brüsk. »Mîn und Eure Hofdame vor Euch in den Brunnen steigen zu lassen ... Zu tauchen, um Galeerensträflinge zu retten ... Wisst Ihr nicht, dass das Leben jeden zermalmt, der so naiv ist?«

Die junge Frau musterte ihn überrascht. »Na, Ihr habt ja lustige Gesprächsthemen so früh am Morgen!«

»Ich spreche aus, was ich denke, sobald es mir in den Sinn kommt.«

»Fahrt fort. Ich will Euch in Eurem Schwung nicht bremsen.«

»Warum seid Ihr nicht als Erste hinuntergestiegen? Wenn ein Bauer oder Bürger beschließt, sich zu opfern, ist das seine Sache, aber wie ich Euch schon beim letzten Mal sagte: Ihr seid Königin. Ihr seid für Euer Königreich verantwortlich – nicht für Euer Gefolge.«

»Dieses eine Mal denkt Ihr nicht sehr strategisch, Nde Arekh«, sagte Marikani, setzte sich hin und reichte ihm einen Fladen. »Wir sind auf Gnade und Ungnade von der Loyalität derjenigen abhängig, die uns dienen. Und eine der wichtigsten Arten, uns diese Loyalität zu sichern, ist, uns unsererseits loyal zu zeigen. Es gibt zahlreiche Diener, die ihre Herren erdolchen – das wisst Ihr sicherlich.

Was hindert Lionor daran, mich an den Emir zu verraten und sich so ein beträchtliches Kopfgeld zu sichern? Nur die Freundschaft – und Freundschaft ist niemals einseitig. Glaubt Ihr, dass sie ihr Leben für mich riskieren würde, wenn sie annehmen müsste, dass ich sie beim ersten Anzeichen von Gefahr im Stich lasse?«

Arekh dachte darüber nach. Marikani hatte durchaus nicht unrecht. »Aber die ertrinkenden Galeerensklaven waren nicht Eure Getreuen.«

»Das war ein spontaner Entschluss – das habe ich Euch doch schon erklärt. Unvernünftig vielleicht … Aber bisher musste ich ihn nicht bereuen. Ein selbstloser Akt ruft oft wiederum einen von demjenigen hervor, dem er gilt.«

»Ihr täuscht Euch.«

»Ihr seid hier.«

Schweigen senkte sich zwischen ihnen herab. Arekh spürte, wie ihn ohne rechten Grund ein Hauch von Zorn durchlief. Er schluckte ihn hinunter und bemühte sich, aufrichtig zu antworten. »Ich weiß nicht, warum. Aber Ihr würdet einen schweren Fehler begehen, wenn Ihr meinen Fall als die Regel betrachten würdet. Wenn Ihr auf diesem Weg weitermacht, werdet Ihr bald Schiffbruch erleiden.«

»Wir werden sehen.«

Gar nichts werdet Ihr sehen – denn Ihr werdet tot sein, hätte er gern gesagt, aber ein weiteres Mal schluckte er seine Worte herunter. »Wir haben ein Problem«, sagte er. »Die Orientierung.«

Marikani nickte. »Ich glaube, dass wir mehr oder minder der Linie des Bergkamms folgen … nach Süden.« Sie deutete auf den Gang, durch den das Liebespaar geflohen war. »Sie sind genau in die Gegenrichtung gelaufen. Wenn wir davon ausgehen, dass sie zu ihrem Stamm zurückgekehrt sind …«

Arekh seufzte. Er konnte nur hoffen, dass Marikani recht hatte. Im Freien hätten sie sich an den Sternen, den Monden und dem Moos an den Bäumen orientieren können. Hier gab es keine Anhaltspunkte.

»Es ist seltsam mild«, fügte Marikani hinzu. »Habt Ihr das bemerkt?«

Nein, das hatte Arekh nicht bemerkt. Aber es stimmte. Obwohl sie vor dem Wind geschützt waren, hätte die Luft hier eisig sein sollen. Doch das war nicht der Fall, und er erkannte keinen Grund dafür. Keine heiße Quelle – und auch keine bekannte vulkanische Aktivität in dieser Gegend.

Nur Kiefern, Schnee, Felsen und Wind.

Und Hunde.

Ein Schauer durchlief Arekh; er reckte sich und lauschte, konzentrierte sich auf die Geräusche. Nichts. Nur das Plätschern des Wasserfalls, das Rascheln von Lionors Kleidern, da sie immer noch damit beschäftigt war, sich flüchtig zu waschen, und der raue Atem des Jungen, der noch schlief. Mîn wimmerte und wälzte sich im Schlaf.

Nein, da war wirklich nichts. Aber Arekh hatte gelernt, seinen Vorahnungen zu vertrauen.

»Wir müssen weiter«, sagte er schlicht.

Marikani nickte und ging, um Mîn zu wecken.

Mîns Wunde hatte sich entzündet. Der Jugendliche glühte vor Fieber, was ihre Wanderung verlangsamte. Lionor stützte ihn, während Marikani neben Arekh ging. Eine neue Ordnung der Dinge, die seit ihrer Ankunft in den Tunneln andauerte. Im Wald waren die beiden Frauen einander nicht von der Seite gewichen und meist Arekh und Mîn gefolgt. Die Männer getrennt von den Frauen.

Jetzt nicht mehr.

Jetzt gingen Arekh und Marikani voran, gefolgt von Mîn und Lionor.

Arekh fragte sich, was zu dieser Veränderung geführt hatte. Wollte Marikani ihn im Auge behalten? Leichter mit ihm über Entscheidungen verhandeln können? Arekh wusste es nicht und war sich auch nicht sicher, ob die Situation ihm gefiel. Manchmal reichte schon die Gegenwart der jungen Frau aus, ihn zu verärgern.

»Ihr habt mir gesagt, dass Harabec unter Eurem Tod nicht zu leiden hätte«, verkündete er frei von der Leber weg, als sie gerade eine Treppenflucht hinaufstiegen. »Das kommt mir naiv vor. Der Tod eines Herrschers gilt immer als schlechtes Vorzeichen, besonders, wenn dieser Herrscher in Feindesland getötet wird. Natürlich würde Euch ein anderer König nachfolgen, aber der Emir hätte zumindest einen symbolischen Sieg errungen.«

Marikani starrte ihn an; in ihren Augen lag ein ungläubiges Leuchten. »Bei den Abgründen! Wollt Ihr Euch unbedingt darauf versteifen, über Politik zu reden?« Sie deutete mit ausladender Bewegung auf die Höhlen ringsum. »Ist Euch bewusst, wo wir uns befinden? Was wir heute entdecken? Meilen um Meilen eines jahrtausendealten Felslabyrinths. Dieser Ort reicht weit über uns hinaus, Arekh. Er geht über Eure Probleme, meine Probleme, die Harabecs und die des Emirats hinaus. Könnt Ihr Euch vorstellen, wie viele Arbeiter zwischen diesen Wänden geschuftet haben? Für wie lange Zeit? Zu welchem Zweck?«

»Um die Adern weißen Steins auszubeuten. Sucht nicht nach anderen Gründen, Aya Marikani. Die menschliche Gier war schon damals am Werk. Tausende von Sklaven sind gestorben, während sie Gänge in den Fels getrieben haben, um ein paar Kilo leuchtenden Steins abzubauen. Es gibt nichts Staunenswertes hier.«

»Sklaven? Im Alten Kaiserreich gab es keine Sklaverei!«

»Das Türkisvolk war vielleicht noch nicht hier, aber wer sagt Euch, dass es keine Sklaven gab? Kriegsgefangene, Sträflinge … Wesen mit freier Seele, aufs Äußerste erniedrigt. Vielleicht haben die Götter auf ihre Bittgebete hin beschlossen, uns *wahre* Sklaven zu schicken – die verfluchten Geschöpfe vom Türkisvolk, auf dass nie ein weiterer frei geborener Mensch derart gedemütigt werde …«

Nach dem Rat, der aus den Mitgliedern des Türkisvolks Sklaven nach göttlichem Gesetz gemacht hatte, war ein Edikt erlassen worden, das es den freien Menschen untersagte, andere freie Menschen zu versklaven. Dieser Stand war den hellhäutigen, blauäugigen Verdammten mit dem Schandmal auf dem Schulterblatt vorbehalten.

»Ihr habt in Fesseln eine Galeere gerudert«, sagte Marikani in eisigem Tonfall.

Hinter ihnen hatte Lionor, die mit Mîn gesprochen hatte, sich selbst unterbrochen. Sie lauschte, davon war Arekh überzeugt. Als ob dieses Gespräch für sie von besonderem Interesse gewesen wäre!

»Das war keine Sklaverei. Ich war ein gewöhnlicher Verurteilter, der seine Strafe abarbeiten musste. Glaubt Ihr denn nicht, dass ich mein Schicksal verdient hatte?«

»Ich glaube gar nichts«, sagte Marikani. »Ich beurteile Menschen nach ihren gegenwärtigen Handlungen.«

»Noch ein Fehler. Die Vergangenheit enthüllt die Natur eines Menschen, und seine Natur gestattet es, seine Handlungen vorherzusehen.«

»Es ist ja nicht so, dass …«

Marikani hielt inne, als Arekh die Hand hob, um sie zum Schweigen zu bringen. Sie waren an mehreren Tunneln zu ihrer Rechten vorbeigekommen und hatten sie ignoriert, um in der, wie sie hofften, richtigen Richtung weiterzugehen. Aber dort, im letzten Gang, glaubte Arekh ein Funkeln erspäht zu haben.

Und er hatte etwas gehört … Er lauschte erneut, das Herz von Furcht zusammengezogen, und hatte Angst, das Geräusch zu hören, das ihr Schicksal besiegeln würde: Gebell. Nur ein Bellen, und alles würde vorbei sein. Ein Labyrinth aus Tunneln wie die Mine hielt Menschen auf – keine Hunde. Die Verfolgung würde Stunden dauern, aber am Ende würde die Meute sie auf jeden Fall einholen.

Nein. Noch immer nichts. Kein Bellen, keine Schreie, kein Luftzug, kein unterdrücktes Lachen.

Nur das Plätschern von Wasser … Vielleicht noch ein Wasserfall?

»Wartet hier«, sagte er und zog sein Schwert.

Er wagte sich vorsichtig in den Gang hinein.

Als er zehn Minuten später zurückkehrte, leuchtete sein Blick seltsam. Marikani und Lionor musterten ihn erstaunt.

»Diese verdammten Tunnel gefallen Euch, Aya Marikani?«, fragte er. Sie sah ihn an, ohne zu antworten. »Dann habe ich ein Geschenk für Euch.«

Er bückte sich, um wieder umzukehren; die Gruppe folgte ihm ohne ein Wort.

Arekh hatte etwas funkeln sehen – und in der Tat funkelte etwas. Sonne auf einem Blatt, das in einer leichten Brise schwankte.

Indem sie diesen Gang betreten hatten, hatten die Flüchtlinge die Grenze zu einer anderen Welt überschritten …

Ja, zu einer anderen Welt, oder zumindest zu einer anderen Zivilisation. Und die Grenze wurde sehr deutlich von einem Band schwarzer Steine markiert, das mitten durch den Gang verlief. Dahinter wurde der Tunnel abrupt breiter, um einen Torbogen sichtbar werden zu lassen, der mit der Skulptur eines Löwenkopfes geschmückt war. Die wilden, edlen Züge waren fast perfekt erhalten.

Hinter dem Torbogen lag die Höhle.

Eine gewaltige Höhle, deren Decke so hoch war, dass die Tunnel, die doch eine achtbare Größe aufzuweisen hatten, dagegen winzig wirkten. Nach Stunden im unsicheren Licht der Fackeln und leuchtenden Gesteinsadern blendete die Helligkeit sie einen Augenblick: eine natürliche Helligkeit, die von oben durch einen gewaltigen Lichtschacht im Felsen fiel, durch den Himmel sichtbar war. Ein klarer blauer Himmel im Licht des Mittags oder frühen Nachmittags.

Gewaltige Rankpflanzen mit breiten, bläulichen Blättern klammerten sich an die Felsen, krochen über die hohen, glatten grauen Säulen des Tempels – wenn das Bauwerk in der Mitte der Höhle denn ein Tempel war. Ringsum standen gewaltige Steinbänke ... Tische vielleicht? Altäre? In die Wände waren kleine Höhlenwohnungen geschlagen, Löcher im Felsen, in denen hinter einer einzigen Öffnung vielleicht zwei Personen hausen konnten. Die Wohnungen waren übereinander angeordnet und reichten bis zur Decke hinauf, wie ein gewaltiger unterirdischer Bienenstock.

Aber am eindrucksvollsten waren die Basreliefs und Statuen. Denn bis auf die Säulen in ihrer glatten Schlichtheit war jeder Quadratmeter grauen Steins mit Tier- und Menschenköpfen verziert: Löwen und Tiger, fremdartige Tiere mit gequälten oder glücklichen Gesichtern, Männer-, Frauen- und Kindergesichter, die jeden menschlichen Ausdruck zeigten, von Freude bis zur Melancholie, von Verzweiflung bis zur Seligkeit. Münder weinten oder schrien, lächelten oder waren ernst. All das verband sich zu einer herausfordernden Mischung aus Mäulern und Lippen, Nasen und Schnauzen, Hörnern, Wangen, Haaren,

Schuppen, Haut, Nüstern, Kinnen, Leder ... grau wie der Stein und doch vor Leben überquellend. Marikani und Lionor traten langsam vor. Über ihren Köpfen bildete die Skulpturenhöhle eine Kuppel. Die ausdrucksvollen Basreliefs, das Tageslicht, die großblättrigen Pflanzen und die kleinen Häuser hauchten dem Ort wahrlich Leben ein. Und doch war jeder Stein, jede Säule vom Lauf der Zeit abgenutzt. Alles sprach dafür, dass es sich um einen alten, sehr alten Ort handelte. Die Blicke der Tiere sahen durch sie hindurch, ohne sie zu bemerken, als seien sie nur auf eine Vergangenheit gerichtet, die längst vergessen war.

Ja, dies war ein Ort des Vergessens. Ein Ort, an dem die Zeit langsamer verlief, und so verbrachten sie vielleicht eine Ewigkeit damit, stumm unter den Skulpturen umherzuwandeln oder einfach schweigend die Atmosphäre auf sich wirken zu lassen.

Stück für Stück bewölkte sich der Himmel oberhalb des Schachts. Ein leichter Schneeregen begann zu fallen, schmolz auf dem Höhlenboden und begann sich dann in den kleinen, zu diesem Zweck gedachten Rillen zu sammeln und in einen Korridor zu fließen, wo er sich in einer natürlichen Felsspalte verlor.

»Unglaublich«, sagte Marikani schließlich, als sie es sich ein wenig später auf einem der großen Steinaltäre bequem gemacht hatten, um gemeinsam zu essen. »Besonders die Basreliefs. Sie haben überhaupt nichts mit der Architektur des Emirats gemein.«

Lionor machte eine Bewegung. »Der Stein ist aber auch nicht der gleiche wie im Kaiserreich – auch der Stil nicht. Die Historiker haben keine einzige figürliche Statue in den Ruinen des Kaiserreichs gefunden ...«

Arekh hörte zu, wie sie über Architektur und Kunst diskutierten, während sie Brot und Dörrfleisch miteinander teilten. Mîn schwieg; er hatte dem Gespräch nichts hinzuzufügen und wirkte leidend. Der Junge war bleich und aß kaum.

Ohne sich abzusprechen, legten sie sich schlafen. Sogar Arekh fühlte sich friedlich, geborgen. Vielleicht war das nicht nur ein Eindruck – wer weiß? Wenn es sich um einen Tempel handelte, der einem vergessenen Gott geweiht war, vermochte seine fast verschwundene Macht sie vielleicht hier, an diesem Ort des Gebets, noch zu schützen.

Die Nacht senkte sich herab; die Sonne ging über ihren Köpfen unter und ließ goldene und violette Lichter erzittern, die neue Ausdrücke in den Basreliefs enthüllten. Arekh streckte sich auf einem Altar aus und ließ den Blick über die stummen Zeugen einer verlorenen Zivilisation schweifen. »Stumm« war vielleicht nicht das richtige Wort – diese Gesichter schrien und sangen. Sie sangen noch in seinem Schlaf und trugen ihn bis in die ersten Strahlen der Morgensonne.

»Mîn geht es schlecht«, erklärte Lionor über den Jugendlichen gebeugt.

Der Junge hatte hohes Fieber und zitterte. Seine Wunde eiterte; er antwortete kaum auf Fragen, die man ihm stellte.

Er wird nicht lange überleben, dachte Arekh. Er spürte nichts, keinerlei Mitgefühl. Und dennoch war er getaucht, um dieses Kind zu retten, hatte mit eigener Hand seine Fesseln durchschnitten. *Er wäre schneller gestorben, wenn er ertrunken wäre, und hätte weniger gelitten.*

Marikani hatte eine Torheit begangen, als sie Mîn hatte retten wollen – eine Torheit, die auch Arekh angesteckt hatte und deren verdorbene Früchte er nun erntete, verfault wie krankes Fleisch.

»Mîn ist noch nicht tot«, sagte Marikani trocken, als

Arekh ihr nicht sonderlich diplomatisch seine Überlegungen mitteilte.

»Das wird er bald sein. Wir können die Entzündung nicht behandeln.«

»Das würde Euch so passen, nicht wahr?«, zischte sie plötzlich. »Ihr wünscht Euch, dass er stirbt, nur um Eure verdrehten Ansichten über das Leben bestätigt zu finden!«

Arekh starrte sie mit offenem Mund an – unter anderem, weil Marikani nicht völlig unrecht hatte. Er wünschte sich natürlich, dass Mîn überlebte, er hatte keinen Grund, ihm etwas Böses zu wollen, aber es hatte ihm ein finsteres Vergnügen bereitet, sich die Wirkung auszumalen, die der Tod des Jugendlichen auf die ärgerlichen Überzeugungen der jungen Frau haben würde.

Arekh schwieg einige Sekunden; das reichte aus, um Marikani zu beweisen, dass sie richtig vermutet hatte. Sie wandte sich erzürnt ab und ging zu Mîn hinüber, der ihren Arm ergriff.

»Priester können heilen, Aya Marikani«, sagte der Junge mit heiserer Stimme. »Ihr … Arekh hat gesagt, Ihr wärt eine Zauberin. Aus der Dynastie der Magierkönige … Ihr könnt das Fieber senken …«

Marikanis Stimme brach, als sie antwortete. »Ganz so ist das nicht. Ich bin keine Priesterin, Mîn. Mein Leben ist mit dem meines Königreichs verbunden und meine Macht mit dem Schicksal Harabecs, weil … Das ist kompliziert. Aber die Rituale, die ich vollziehe, haben nichts mit …«

Doch die Hand des Jugendlichen packte Marikanis Arm nur noch fester. »Das ist Magie! Ihr könnt es versuchen! Ihr könnt die Magie der Götter nehmen und sie in meinen Körper leiten, um mich zu heilen.«

»Ich …«

Lionor unterbrach sie: »Die Hexenhunde spüren göttliche Veränderungen, Mîn, und ihre Herren ebenfalls. Wenn in diesen Tunneln auch nur ein einziger Zauber gewirkt wird, wird sich die Meute auf uns werfen, als hätten wir laut geschrien.«

Marikani öffnete den Mund, sah Lionor an und schwieg dann. Irgendetwas ging zwischen den beiden Frauen vor: Es folgte ein bedeutungsschwangerer Blickwechsel. Arekh hatte nicht gewusst, dass die Hunde auf magische Aktivitäten reagieren konnten, aber eigentlich erschien das nur logisch.

War Marikani etwa böse auf ihre Hofdame, weil diese die Wahrheit gesagt hatte? Weil sie Mîn hatte spüren lassen, dass sie – wenn sie vor der Wahl standen, ihr Leben oder seines zu retten – ihn lieber seinem Todeskampf überlassen würden, als das Risiko zu vervielfachen?

Marikani wandte sich wieder dem Verwundeten zu. Tränen standen in ihren Augen, als sie den Jungen zum Aufstehen zu bewegen versuchte.

»Du bist noch nicht tot, Mîn«, wiederholte sie mit zusammengebissenen Zähnen. »Du bist kräftig und mutig, du brauchst keinen Zauber, um durchzuhalten. Los, gehen wir!«

Mîn klammerte sich an ihren Arm und machte einige Schritte, bevor er sich außer Atem auf einem anderen Altar niederließ.

Übergangslos verkündete Lionor: »Vielleicht haben die Löwenköpfe etwas zu bedeuten.«

Ihre Stimme war kühl und beherrscht, schneidend im Vergleich zu der Gefühlsbewegung ihrer Herrin. Arekh und Marikani sahen Lionor verständnislos an.

»Die Löwen?«, wiederholte Arekh und fragte sich einen kurzen Moment lang, ob Lionor vielleicht den Verstand verloren hatte.

Das wäre ja hervorragend gewesen! In den Tunneln einen Sterbenden und eine Wahnsinnige dabeizuhaben …

Lionor warf ihm einen eisigen Blick zu, als hätte sie seine Gedanken gelesen. Arekh sagte sich zum hundertsten Mal auf dieser Reise, wie sehr er die kalten, bläulichen Augen der Hofdame hasste. Die alte Legende hatte vielleicht einen wahren Hintergrund. Blau in den Iriden einer freien Frau konnte einfach nur auf Böses hindeuten. Da waren Arekh ja noch Marikani und ihre unvernünftigen Reaktionen lieber …

Wie konnte eine derart leidenschaftliche Frau wie Marikani nur so vernarrt in eine Hofdame sein, die kalt wie ein Reptil war?

»Ja, *die Löwen*«, wiederholte Lionor langsam und fixierte Arekh. Er hatte den Eindruck, dass dieser einfache Austausch eine Kriegserklärung gewesen war.

Sie hatten sich gerade ihre gegenseitige Abneigung eingestanden.

Marikani hatte nichts bemerkt. Sie hatte sich einem der Eingänge genähert und musterte die Löwen.

»Fünf Gänge führen in dieser Höhle«, sagte Lionor, während sie neben Marikani trat und Arekh ignorierte. »Aber nur vier sind mit einem Torbogen und einem Löwenkopf geschmückt. Und der Ausdruck des Löwen ist jeweils unterschiedlich … Siehst du?«

»Glaubst du, dass sie für die vier Himmelsrichtungen stehen?«, fragte Marikani und blickte sich um, so dass sie die Gesichtsausdrücke miteinander vergleichen konnte. »Das wäre wohl zu einfach.«

»Warum zu einfach? Wenn Leute hier, in diesem Labyrinth, gelebt haben, mussten sie sich doch auch orientieren, meinst du nicht? Wenn …«

Und plötzlich hielt Lionor inne. Die beiden Frauen

erstarrten, und Arekh zuckte zusammen. Sogar Mîn hob den Kopf. Trotz seiner Erschöpfung und seiner Schmerzen hatte auch er es gehört.

Das Bellen.

Marikani und Lionor liefen zu Mîn und halfen ihm aufzustehen. Im mittlerweile fahlen Morgenlicht war der schützende Einfluss des Ortes verflogen, als hätte er nie existiert.

»Wenn wir uns nicht irren, muss das Maul des brüllenden Löwen dem Süden entsprechen«, sagte Lionor rasch.

Arekh nickte. Sie hatte vielleicht recht. *Vielleicht.* Wenn die Wesen, die hier einst gelebt hatten, so gedacht hatten wie sie selbst, wenn sie die Himmelsrichtungen gekannt hatten … *Wenn.* Es war nicht der rechte Augenblick, um zu diskutieren.

Sie gingen durch den Torbogen, ohne zu rennen, nur mit etwas beschleunigtem Schritt. Bald genug würden sie wirklich rennen, dachte Arekh und sah zu, wie die beiden Frauen Mîn stützten. Sie wussten alle, was dieses Bellen zu bedeuten hatte.

Im Gehen überlegte Arekh, ob sie vielleicht in der großen Höhle hätten bleiben und sich dort verbarrikadieren sollen. Nein … Er hätte besser daran getan, sie zu töten – alle drei, wie er bitter dachte. Die beiden jungen Frauen würden einen sanfteren Tod sterben, wenn er ihnen die Kehlen durchschnitt, als wenn sie bei lebendigem Leib von Hunden gefressen wurden.

Mit finsterer Ironie bemerkte Arekh, dass der Gedanke, die anderen zurückzulassen und allein sein Glück zu versuchen, ihm diesmal nicht gekommen war. In dem Moment, als er den Hang hinabgelaufen war, hatte er eine Entscheidung gefällt, und auch, wenn er weder das »Wie« noch das »Warum« dahinter verstand, blieb er dabei.

In diesem Abschnitt des Labyrinths waren die Gänge breit und rechtwinklig, mit großen, grauen Bodenfliesen. Keine beengenden Tunnel mehr, sondern echte Korridore, wie die eines Palasts.

Des Palasts der brüllenden Löwen.

Sie begannen alle vier gleichzeitig zu laufen, ohne sich abgesprochen oder neuerliches Gebell gehört zu haben. Aber es lag eine Anspannung in der Luft, die sie vorantrieb. Marikani hatte den Arm unter Mîns Achseln hindurchgeführt, und dieser kam trotz seines schlechten Zustands voran.

Sie passierten mehrere Abzweigungen – breite Gänge mit skulpturengeschmückten Eingängen –, bevor sie eine weitere Kreuzung erreichten, die ebenfalls mit vier Löwenköpfen versehen war. Der Kopf des brüllenden Löwen war über dem gegenüberliegenden Tor in Stein gehauen. Links befand sich ein lachender Löwe, dessen Maul zu einer unmenschlichen Grimasse verzerrt war. Die Flüchtlinge liefen weiter geradeaus.

Wenigstens hielten sie eine bestimmte Richtung ein.

Eine Richtung, an die sich die Hunde genauso halten würden wie sie …

Nur eines hätte ihnen helfen können, nämlich …

»Wasser«, sagte Marikani.

Die junge Frau war abrupt stehen geblieben, und Arekh starrte sie verblüfft an. Der gleiche Gedanke war ihm im selben Augenblick gekommen.

»Wasser«, wiederholte sie. »Nur Wasser könnte sie unsere Fährte verlieren lassen …«

Da ertönte Gebell, gleich einem abgehackten, fernen, aber ohrenbetäubenden Konzert. Mîn schrie auf. Lionor spannte sich an. Arekh sah, dass Marikani darum rang, Ruhe zu bewahren.

»Es gab Wasser dort, wo wir die beiden Liebenden – die Berebeï – getroffen haben«, erklärte sie. Sie sprach langsam, als wolle sie so der Aufregung entgegenwirken. »Und wir haben später wieder entsprechende Geräusche gehört, von einem Wasserfall, glaube ich. Ohne Zweifel entspringen hier noch weitere Quellen.«

»Wenn sie uns nicht mehr riechen sollen, brauchen wir keine Quelle«, knurrte Arekh, »sondern einen richtigen Fluss.«

Er dachte nach. Mîn hatte seine Wunde an einem Wasserfall ausgewaschen, das Wasser war zur Rechten verschwunden … Wie auch immer, was hatten sie schon zu verlieren?

Sie machten kehrt, um zur letzten Abzweigung zurückzugehen. Jeder Schritt bedeutete einen Kampf, so unnatürlich schien es, sich umzuwenden und den Hunden entgegenzugehen. Erst, als sie nach links abbogen, fanden sie ihre Energie wieder.

Und plötzlich überkam sie Panik – blinde, unvernünftige Panik. Sie begannen wieder zu rennen, diesmal so schnell sie konnten, mit aller Kraft, während die Angst an ihren Gedärmen nagte und ihre Lungen brannten. Geradeaus. Noch eine Weggabelung. Weiter geradeaus, immer dem weinenden Löwen nach. Dann, an der nächsten Kreuzung, drängte Arekh sie wieder nach »Süden«, dem brüllenden Löwen nach, ohne zu wissen, warum, abgesehen davon, dass es wahnsinnig zu sein schien, zu lange in dieselbe Richtung zu laufen.

»Da!«, schrie Mîn plötzlich.

Wasser? Nein, kein Wasser, sondern eine enge Treppe, die zu ihrer Linken noch tiefer in die unterirdische Dunkelheit hinabführte.

Sie blieben stehen, zögerten, obwohl sie wussten, dass

Zögern das Letzte war, was sie tun durften – sie mussten in Bewegung bleiben, spontane Entscheidungen fällen … Aber wie konnten sie sich *nicht* einen Moment lang Zeit lassen, wenn alle kommenden Momente auf dem Spiel standen?

»Schnell!«, rief Mîn, dessen erschöpftes Gesicht angstverzerrt war.

Er sah sich nach hinten um. Hatte er etwas gehört? Arekh hatte nicht den Mut, ihn danach zu fragen.

Lionor strich mit der Hand über die Wände der Treppe und betastete das Mauerwerk.

»Ist es feucht?«, fragte Marikani mit einem Anflug von Hysterie in der Stimme.

»Ich weiß nicht!«, schrie die Hofdame, und Arekh dachte, dass er sie gerade zum ersten Mal die Fassung verlieren hörte. »Ich glaube schon … vielleicht. Ach, ich weiß nicht!«

Marikani ergriff Lionors Hand, drückte sie zärtlich, und plötzlich lagen die beiden Frauen einander in den Armen. Sie umschlangen sich nur einen kurzen Moment lang, aber es geschah mit echter, tiefer Zuneigung. Arekh musste das Gesicht abwenden, da er spürte, wie etwas ihm zur Gewissheit wurde.

Wie lange schon hatte er keinen Freund mehr gehabt, keine Gefährtin, niemanden, dem gegenüber er sich so gehen lassen konnte – mit solcher Aufrichtigkeit und Begeisterung?

Schon seit Jahren nicht mehr. Seit seiner Kindheit nicht mehr. Seit … *nie. Das ist mir noch nie so gegangen.* Er packte Marikani gewaltsam am Arm, riss sie von Lionor fort und stieß sie auf die Treppe zu.

»Los, geht!«, rief er, und sie eilten die Stufen im Laufschritt hinab, einer nach dem anderen, Arekh als Letzter.

Als er seinen Abstieg begann, glaubte er, ein Bellen zu hören, aber die Vorstellung war zu fürchterlich, als dass er länger darüber hätte nachdenken wollen. Er beschloss, dass es nur das Blut war, das er in seinen Ohren pochen hörte. Seine Füße trommelten auf den Stein, und das schwache Tageslicht verschwand vollends, als senke sich eine dunkle Decke über sie.

Hinter der nächsten Biegung der Wendeltreppe sah Arekh nichts mehr. Er legte die Hand auf die innere Wand und hörte, dass die anderen vor ihm das Gleiche taten. Sie waren langsamer geworden; ihre Kleider strichen über den Stein.

»Geht!«, wiederholte er, und Lionor beschleunigte an der Spitze der Gruppe ihre Schritte.

»Man sieht hier nichts«, protestierte sie. »Achtung!«

Sie hatte wohl fast das Gleichgewicht verloren; Arekh hörte einen unterdrückten Fluch von ihr. Er tastete sich vorsichtig weiter voran. Drei Stufen später war die Treppe zu Ende.

Sie waren in einem schwarzen Ozean verloren. Es war eine greifbare Schwärze, beinahe gegenständlich, die ihnen die Augen verklebte und ihre Bewegungen träge machte. Kein Geräusch. Sie waren stehen geblieben.

Arekh hörte Marikanis keuchende Atemzüge neben sich.

»Hier ist es ja wie in den Abgründen!«, jammerte der Junge.

Als Marikani die Stimme hob, zuckte Arekh beinahe zusammen. »Fassen wir uns an den Händen!«

Gemeinsam schlichen sie auf Zehenspitzen voran und tasteten sich langsam wie ein Insekt durch die Dunkelheit. Sie hatten einen fürchterlichen Fehler begangen. Vielleicht war das hier eine Sackgasse, in der sie in die Enge getrieben werden würden …

»Die Luft wird feuchter«, sagte Lionor.

Sie hatte recht. Die Luft war schwer vor Wasser, wie in einer natürlichen Höhle. Sie roch nach Moos, Flechten und Feuchtigkeit.

Plötzlich geschahen zwei Dinge gleichzeitig. Arekh sah zur Rechten ein Licht – gelbrot und flackernd –, und Gebell ertönte auf der Treppe hinter ihnen.

Die Hunde hatten sie gefunden. Binnen weniger Sekunden hatte sich alles geändert: Die Gefahr war nicht mehr fern, sie war da. Nur einige Sekunden trennten sie jetzt noch vom Tod.

Mîn schrie, und sie hasteten mit bis zum Zerspringen klopfenden Herzen auf das Licht zu. Links von ihnen öffnete sich plötzlich ein großer, gewölbter Raum – ein Korridor aus runden, moosigen Steinen. Eine brennende Fackel steckte an der Wand.

Eine *Fackel*? Die jemand *angezündet* hatte?

Das Gebell hallte laut hinter ihnen wider, als sie die Stelle erreichten, an der der Gang in eine langgestreckte, natürliche Höhle überging. Der Boden fiel leicht ab, und die Flüchtlinge folgten dem Gefälle; Fackeln, die in regelmäßigen Abständen an der Wand angebracht waren, erhellten ihren Weg. Brunnen öffneten sich im Boden; tief unten funkelte Wasser … Wasser, ja. Aber, oh, wie nutzlos!

Jenseits der Wand dröhnte ein dumpfes, regelmäßiges Geräusch wie ferner Donner.

Die Hunde erreichten die Höhle weniger als eine Minute nach ihnen. Arekh sah sich um und bereute es sofort. Ihre menschlichen Verfolger waren doch zu dritt – drei Männer, die sich, umgeben von ihrer dämonischen, heulenden Hundemeute, verlangsamt zu bewegen schienen.

Ein kleiner, natürlicher Gang zur Linken … eine Höhle …

Und da waren sie: ein ganzer Stamm, etwa dreißig Personen, Männer, Frauen, Kinder und Greise, die ein behelfsmäßiges Lager aufgeschlagen hatten, das von Fackeln erleuchtet wurde. Keine Berebeï … Männer des Nordens, in Pelze gekleidete Barbaren mit sehr langen Haaren. Die Krieger waren, die Waffe in der Hand, aufgesprungen, sicher, weil sie das Gebell gehört hatten, aber die anderen saßen noch auf dem Boden; die Frauen wuschen sich die Füße im Fluss.

Im *Fluss.* Das Geräusch aus der Ferne. Das Wasser sprudelte aus der Wand am Ende der Höhle hervor und strömte nur für einige Sekunden offen hindurch, bevor es als reißender Strom durch eine breite Felsspalte in eine unbekannte Richtung stürzte, hinein ins Herz des rätselhaften Gebirges.

»Helft uns!«, schrie Marikani und eilte auf den Stamm zu. Doch Arekh hatte die Kräfte, die zur Verfügung standen, bereits abgeschätzt. Zu viele Frauen und Kinder, zu wenige Männer in waffenfähigem Alter.

Sie würden gegen eine Meute abgerichteter Hunde keine Chance haben.

Die Barbaren waren so gut wie tot.

Ein Löwenkopf. Ein lachender Löwenkopf war in den Felsen gemeißelt – direkt oberhalb der Öffnung, durch die das Wasser ins Herz des Steines floss …

Einer der Barbaren begann angesichts von Marikanis Schrei zu lachen, und antwortete irgendetwas mit heiserer, unverständlicher Stimme. Einer seiner Gefährten packte Lionor, als wolle er ihr die Kleider vom Leib reißen.

Eine Vergewaltigung? Das war nun wirklich nicht der rechte Moment dafür …

Denn gerade jetzt brandeten die Hunde wie eine Welle in die Höhle. Der Barbar stieß Lionor von sich und zog sein

Schwert. Ringsum kreischten Frauen und Kinder vor Entsetzen. Der erste Krieger hob seine Klinge, schlug zu und stürzte, von vier Hunden zu Boden gerissen. Die übrigen Bestien griffen alle an, die ihnen im Weg standen, bissen, zerfleischten und zerfetzten alles, während weitere Angstschreie ertönten. Ein Hund griff Arekh an; er schleuderte ihn von sich, packte Lionor, die sich schreiend wehrte, und stieß sie und Mîn in den Fluss. Die eisige Strömung erfasste sie und wirbelte sie herum. Lionor hatte gerade noch Zeit, noch einmal aufzuschreien und die Arme auszustrecken, bevor sie erst zwischen den Felsen und dann im Loch verschwand. Mîn wurde seinerseits unter Wasser gezogen; der Löwe lachte auf seinem Stein; ein Hund riss einer Frau gleich neben Marikani die Kehle auf; Marikani drehte sich um und sah Arekh an; er packte sie am Arm und stieß sie vorwärts, so dass sie gemeinsam ins eiskalte Wasser fielen, das sie umfing, um sie ins Dunkel der Abgründe zu reißen.

Schwärze.

Eine Ewigkeit verging.

Aufgeweichte Erde unter seinen Füßen.

Eine leichte Strömung an seinem Bauch.

Arekhs Gliedmaßen waren durchgefroren und schmerzten. Der Kopf tat ihm so weh, als hätte man ihm einen Schlag auf den Schädel versetzt.

Er hörte jemanden neben sich husten; dann wimmerte jemand unsichere Worte. Es war vollkommen dunkel.

Arekh wurde wieder ohnmächtig.

Als er aufs Neue erwachte, ging es ihm noch schlechter; neben ihm wurde immer noch geredet. Ein Delirium, von Klagen unterbrochen. Arekh fror so sehr, dass er fast nichts mehr spürte. Seine Beine waren schwer wie Stein, und einen Moment lang kam ihm der fürchterliche Gedanke, dass er gelähmt sei und deshalb hier – wo war »hier«? – vor Hunger und Erschöpfung sterben würde, während Schmerzwellen seinen Kopf wie Nadelstiche durchzuckten.

Die Hand. Er konnte die Hand heben. Er beugte den linken Arm, stützte sich auf den Stein, stemmte sich ein wenig hoch, bevor er wieder zusammensackte.

Der rechte Arm.

Sich regen, bewegen, nicht liegen bleiben.

Er robbte über den Steinboden wie ein Tier und bemerkte plötzlich, dass er noch immer die Augen geschlossen hatte.

Trotz seiner Schmerzen zwang er sich, die Lider zu öffnen.

Ein diffuses, weißliches Licht ging von einer Gesteinsader in der Felswand aus. Eine weibliche Gestalt saß mit angezogenen Knien darunter, den Blick starr auf Arekh gerichtet.

Lionor.

»Ich hatte einen Traum«, sagte sie; ihre Stimme hallte seltsam in der Felshöhle wider.

Ihr bläulicher Blick war noch immer starr. Ihre Lippen zitterten.

Arekh kehrte langsam in die Wirklichkeit zurück. Er sah Mîn, der ein Stückchen entfernt ausgestreckt auf dem Rücken lag. Der Jugendliche hatte die Augen geschlossen, wimmerte und redete im Schlaf. Eine weitere Gestalt lag neben Lionor. Marikani. Lionor hatte ihren Mantel zu einem kleinen Kissen gefaltet, auf dem Marikanis Kopf ruhte.

Aber sie hatte Arekh nicht aus dem kalten Teich gezogen, durch den er gekrochen war.

Der Zorn darüber wirkte wie ein Peitschenhieb auf ihn; es gelang ihm, auf die Beine zu kommen.

»Ich hatte einen Traum«, wiederholte Lionor und sah

ihn noch immer mit glasigen Augen an. »Ihr habt … Ihr habt sie getötet.«

»Wen?«

»Marikani. In meinem Traum … habt Ihr sie getötet.«

»Bei den vielen Feinden, die sie hat, wird irgendwer das schon vor mir tun, meint Ihr nicht?«, knurrte Arekh erbost. »Außerdem bringen in Geschichten immer Hofdamen ihre Herrinnen um – aus Eifersucht«, fügte er hinzu, während er sich neben Marikani hinkniete und sie sacht umdrehte.

Sie atmete. Sicher war sie im Wasser auf irgendetwas geprallt, denn ihr Gesicht war blutverschmiert, aber sie lebte, und die Verletzung wirkte ungefährlich.

Arekh stand auf, drehte sich um und nahm die Höhle in Augenschein. Das Wasser des Flusses quoll aus einer breiten Felsspalte in der Höhlenwand hervor und stürzte auf den Boden, bevor es sich in dessen Rissen wieder verlor; man hörte es unter ihren Füßen tosen, sicherlich in einem weiteren unterirdischen Saal.

Wenigstens war die Schwierigkeit mit den Hunden erledigt. Kein Tier konnte ihnen hier hinein folgen.

Das Wasser hatte sie auf eisigen Armen in sein Königreich getragen und sie abgelegt – die Götter allein wussten, wo. Irgendwo tief im Herzen der Erde …

Ein Kinderlied kam Arekh in den Sinn:

Im Herzen der Erde, im endlosen Reich,
da hausen im Dunkeln die Geister so bleich,
doch reicht die Vernunft auch der Wahrheit die Hand
wo Eisnymphen tanzen im Wassergewand …

Er drehte sich zu Lionor um. »Wo ist der Beutel mit dem Proviant?«

Lionor machte eine vage Bewegung. Sie hatte ihn wohl

in der Strömung verloren, und trotz seiner Wut musste Arekh zugeben, dass er ihr das schwerlich zum Vorwurf machen konnte.

Sie hatten zuletzt am Morgen gegessen, und für den Augenblick fehlte es ihnen nicht an Wasser. Aber spätestens in zwei Tagen, wenn nicht gar früher, würden sie schwächer zu werden beginnen.

Sie mussten weiter, und zwar schnell.

Arekh kniete sich wieder neben Marikani, legte ihr die Hand auf die Schulter und schüttelte sie sacht. Die junge Frau schlug die Augen auf, und Arekh sah beiseite, um ihrem Blick nicht begegnen zu müssen.

Lionor kam näher. Ihre Augen waren nicht mehr so glasig, und sie schien wieder bei Sinnen zu sein. »Also sind wir am Leben …«, flüsterte sie.

Sie machte einige Schritte durch die Höhle und erstarrte dann. Arekh folgte ihrem Blick. Ein lachender Löwenkopf war etwas weiter zur Linken in den Fels gemeißelt.

Marikani hatte sich aufgesetzt. Nach einer Weile stand sie auf, beugte sich über Mîn und legte ihm die Hand auf die Stirn. »Sein Fieber ist gesunken«, verkündete sie.

»Kein Wunder«, murmelte Arekh. »Das Wasser war ja kalt genug! Das heißt noch nicht, dass die Entzündung heilt.«

Marikani ignorierte ihn und rüttelte Mîn. »Wir müssen weiterwandern«, sagte sie sanft, als der Jugendliche aufwachte. »Einverstanden, Mîn? Ich weiß, dass es dir nicht gut geht, aber wir müssen weiter, um Mahhm zu finden und dich zu heilen. In Ordnung?«

Mîn starrte Marikani an. »Die Löwen …«, sagte er. »Ich habe von Löwen geträumt. Ihr wart ein Löwe. Ein blauer Löwe. Ihr seid über eine Ebene geschritten, und alle anderen … alle anderen folgten Euch.«

Lionor lachte leise, und Arekh zuckte mit den Schultern. »Genug geträumt«, verkündete er, packte Mîn am Arm und zwang ihn, auf die Beine zu kommen. »Los. Wir müssen weg von hier.«

Aber der Junge sah weiter Marikani an; ein seltsames Leuchten lag in seinem Blick. »Ein blauer Löwe. Ihr seid ein Löwe. Wie die aus Stein. Ihr erinnert Euch doch daran, oder?«, hakte er mit verwirrtem Blick nach. »Ihr erinnert Euch, ja? Wir müssen daran denken … Wir müssen den Löwen folgen …«

Marikani klopfte ihm sacht auf den Rücken. »Ich werde daran denken, Mîn. Aber jetzt müssen wir weiterwandern, einverstanden?«

»Die Löwen«, wiederholte Mîn.

»Die Löwen«, bestätigte Marikani. »Ja. Ich werde an sie denken.«

»Versprecht mir das«, sagte Mîn. »Versprecht es mir! Versprecht mir, dass Ihr an die Löwen denken werdet. Um meinetwillen. Zum Gedenken an mich.«

»Ich verspreche es«, sagte Marikani, während Arekh langsam Ungeduld in sich aufsteigen fühlte.

»Es tut mir ja sehr leid, Euch unterbrechen zu müssen«, sagte er in scharfem Tonfall, »aber wie wäre es, wenn wir in die Wirklichkeit zurückkehren würden? Nur für einen kurzen Augenblick? Ich schildere Euch die Lage: Die Hunde haben unsere Fährte verloren, aber wir haben keinen Proviant mehr. Wir haben keine Feldflaschen mehr für das Wasser, und es ist kalt. Sehr kalt. Wir haben keine Ahnung, wo genau wir uns befinden, und wissen auch nicht, in welche Richtung wir müssen. Einer von uns ist krank, beinahe dem Tode nahe …«

Mîn versteifte sich, und Marikani warf Arekh einen vorwurfsvollen Blick zu, als nehme sie es ihm übel, die Wahrheit so brutal auszusprechen. Er zuckte nur abermals mit den Schultern.

»Also?«, fragte er. »Was ist zu tun?«

Schweigen senkte sich über die Gruppe. Dann deutete Marikani auf die Skulptur am Ende der Höhle.

»Ganz einfach«, sagte sie. »Wir werden den Löwen folgen.«

Und drei Tage später fanden sie den Ausgang.

Kapitel 5

Sie waren drei Tage lang gewandert.

Zermürbt vom Hunger, manchmal gar vom Durst, wenn sie keine Quelle gefunden hatten.

Sie waren dem Lachen der Löwen gefolgt.

Dann waren die Gänge breiter geworden.

Und sie waren um eine Ecke gebogen, hinter der sich der Haupttunnel befand.

Der nächste Brunnen war nur eine Viertelmeile entfernt. Ein Eingangsbrunnen wie der, durch den sie auf der Flucht vor den Hunden im Schnee in die Gänge eingestiegen waren. Ein hoher Steinbrunnen, in dem Sprossen zum Ausgang und ins Leben führten.

Dort oben, über ihren Köpfen, leuchtete ein kreisrundes Stück blauen Himmels.

Sie stiegen hinauf.

Draußen erschien ihnen alles wunderbar. Der Geruch des Grases und des Waldes. Der strahlend blaue Himmel. Der kleinste Farnwedel, das Moos auf einem Felsen, der Vogelflug, die Brise, die ihre Gesichter streifte. Zur Feier ihrer Rückkehr an die Oberfläche und ins Leben schien die Natur all ihre Schönheiten aufzubieten.

Hunger, Erschöpfung, Fieber und alles andere waren

vergessen, sobald sie die reine Luft wie ein Heilmittel einsogen.

Mîn ließ sich auf einen Felsen fallen. Sein Gesicht war außergewöhnlich blass, und er zitterte, aber er war am Leben und nahm seine Umgebung wahr. Er begann zu lachen und konnte nicht mehr aufhören; Arekh beobachtete ihn und fragte sich, ob die unaufhörlichen Krämpfe seine Wunde nicht wieder aufreißen würden.

Marikani trat zwei Schritte auf einen Baum zu und musterte seine Äste, als hätte sie vor hinaufzuklettern.

»Was macht Ihr da?«, fragte Arekh.

Seine Stimme kam ihm in der unermesslich weiten Landschaft schwach vor, und er musste die Frage wiederholen.

»Ich will versuchen zu sehen, wo wir uns befinden«, krächzte die junge Frau und räusperte sich, bevor sie fortfuhr: »Damit ich mich orientieren kann.«

Sie setzte den Fuß auf einen der unteren Äste, schwankte dann vor Erschöpfung und klammerte sich am Stamm fest. Arekh unterdrückte den Impuls, ihr zu helfen. Marikani biss sich auf die Lippen und begann zu klettern.

Lionor sah sich um. Auch sie war sehr blass. In ihren Augen lag nicht der geringste Anflug von Furcht.

Auch Arekh hatte den Eindruck, in Sicherheit zu sein. Sie waren sehr, sehr weit von dem Ort entfernt, an dem sie in die Gänge aufgebrochen waren. Der Schnee war verschwunden, und der dichte Pflanzenwuchs bewies, dass sie weit unterhalb des Passes der Berebeï waren. Aber das war noch nicht alles. Die Berggipfel in der Ferne bildeten eine unbekannte Silhouette. Sogar die Farben waren anders: Bläuliches Farnkraut wucherte auf den Hängen; die Bäume hatten graugrüne Schattierungen.

»Wir müssen einen Umweg nach Westen gemacht haben«, sagte Arekh.

»Ja«, sagte Lionor. »Ich glaube …«

Sie unterbrach sich, als sie bemerkte, dass Arekh nahe hinter ihr stand, und ging nach einem kalten Blick auf ihn zu dem Baum hinüber, den Marikani immer noch emporkletterte.

»Ich glaube, ich sehe den Himmelsgipfel«, rief sie zu ihrer Herrin hinauf.

»Bist du sicher?«

»Ja, und der Anblick dieses Tals kommt mir bekannt vor. Sieh weiter nach Westen hinüber, da hinten hin … zum Fluss.«

Arekh wartete Marikanis Antwort nicht ab; er schlug sich in den Wald, um auf die Suche nach Nahrung zu gehen. Die Begeisterung, die der blaue Himmel hervorgerufen hatte, würde sie nur einen Moment lang aufrecht halten. Wenn die Sonne unterging, ohne dass sie etwas zu essen bekommen hatten, würden Kälte und Erschöpfung sie doch noch übermannen.

Er kehrte mit einem Eichhörnchen zurück, das er schon verletzt gefunden und dann getötet hatte, indem er es gegen einen Baumstamm geschlagen hatte. Er hatte auch einen Vorrat grauer Beeren, deren Namen er nicht kannte, von denen er aber wusste, dass sie essbar waren. Vor allem aber trug er über drei Kilo Maranien im Hemd.

Unter anderen Umständen hätte er ihren etwas strengen Geruch wohl Übelkeit erregend gefunden, aber jetzt konnte er es kaum abwarten, sie zu essen. Er hatte seine Ausbeute auch kaum neben Mîn fallen lassen, als Lionor schon begann, Holz zu sammeln, um ein Feuer zu entzünden. Arekh hielt sie nicht zurück. Es war ihm gleichgültig, ob sie Aufmerksamkeit auf sich ziehen würden. Wenn irgendwelche Hunde auftauchten, würde er sie einfach aufessen.

Angelockt von dem Geruch kletterte Mîn von seinem Felsen herab. Lionor und Arekh stürzten sich wortlos auf das Essen, schälten die gerösteten Maranien und schlangen sie fast ohne zu kauen hinunter. Arekh brauchte einen Augenblick, um zu bemerken, dass Marikani nicht aß. Ihr Blick war auf die Baumkronen gerichtet.

»*Aya* Marikani? Ist das Mahl nicht nach Eurem Geschmack?«

Seine Ironie sackte in sich zusammen. Er war zu erschöpft.

»Sie denkt nach«, sagte Lionor kalt.

»Das sehe ich.«

Marikani wandte sich Arekh zu. »Dort drüben ist der Himmelsgipfel«, sagte sie und deutete auf einen felsigen Berg im Süden. »Etwa zwanzig Meilen östlich davon liegt im Gebirge der Sommerpalast von Harabec ... Lionor und ich kennen die Gegend sehr gut«, fügte sie mit leuchtenden Augen hinzu. »Hier sind wir groß geworden.«

Arekh musterte die ferne Landschaft, ohne etwas anderes als Wald sehen zu können. Weiter unten, in einem Tal, verriet ein silbriges Aufblitzen, dass es dort einen Fluss gab.

»Im Gebirge?« Er versuchte, die Entfernung zu schätzen. Wenn dieser Fluss der Liam war, einer der Zuflüsse des Joar, dann ... »Wir sind nicht auf zu Harabec gehörigem Gebiet. Beanspruchen die Kiranyer diesen Landstrich nicht für sich?«

Marikani zuckte mit den Schultern. »Niemand lebt dort. Fünf Jahrhunderte lang stand die Gegend unter dem Schutz des Großen Tempels des Arrethas und damit unter dem von Harabec. Der Sommerpalast ist vor sechshundert Jahren gebaut worden und war rasch sehr beliebt. Einige Monate, nachdem ich von dort an den Hof gegangen bin, haben wir eine Schlacht gegen den Emir verloren, und diese Berggegend wurde offiziell seinem Herrschaftsgebiet zugeschlagen. Aber ich glaube kaum, dass auch nur einer seiner Soldaten je einen Fuß hierhergesetzt hat. Danach haben die Kiranyer das Gebiet gekauft … und wieder verloren. Der Sommerpalast ist mittlerweile verlassen; die Kinder und Diener sind zurück an den Hof geholt worden. Aber ich habe dort einen Trupp von fünfzig Mann stationiert«, schloss sie mit einem schwachen Lächeln. »Nur für den Fall …«

»Und Ihr wollt versuchen, zu ihnen zu gelangen?«, fragte Arekh. »Das würde Euch beträchtlich von Eurem Weg abbringen. Aber da Ihr ohnehin schon so viel Zeit verloren habt …«

Marikani begann, eine Maranie aus der Schale zu lösen. »Wir sind eigentlich nicht mehr in Eile, nicht wahr, Lionor?«

Die junge Frau nickte amüsiert. »Mit guten Pferden hätten wir auf der Straße nur sieben Tage gebraucht, um die Nordgrenze von Harabec zu erreichen. Ich glaube, wir haben den längsten Umweg der Geschichte gemacht.«

Arekh zuckte die Achseln. Warum nicht? »Mit fünfzig Soldaten an Eurer Seite sieht die Sache schon anders aus.«

»Ich denke vor allem ans Essen«, seufzte Marikani. »Und an die Betten. Könnt Ihr Euch das vorstellen – ein Bett? Mit Daunenkissen?«

Arekh sah Mîn an. Er hatte zwei Maranien gegessen; seine Hände zitterten. Er würde die Reise sicher nicht überleben – aber andererseits hatte Arekh ihn schon so oft für so gut wie tot gehalten, dass er sich jetzt weigerte, Voraussagen zu treffen. Aber es ging nicht nur um Mîn. Würden sie – sie alle – eine neuerliche endlose Wanderung überleben, wenn sie nur die Früchte des Waldes zu essen bekamen, Wurzeln und, wenn sie Glück hatten, Maranien?

Aber welche Wahl hatten sie schon? Arekh hatte wieder Kopfschmerzen; es fiel ihm schwer nachzudenken.

»Ihr kennt die Gegend«, sagte er. »Wie lange werden wir brauchen?«

Marikani nahm noch eine Maranie. »Keine drei Tage, hoffe ich.«

Neun Tage später stiegen sie zwischen hohen Büschen, die mit winzigen weißen und rosafarbenen Blüten übersät waren, einen kleinen, grasbewachsenen Weg hinab. Der Himmel war blau, die Luft frisch, ohne zu kalt zu sein. Dann und wann kam eine kleine Brise auf, die den süßlichen Geruch schwarzer Beeren mit sich trug. Der Kontrast zwischen der Verfassung der Flüchtlinge und der friedlichen Heiterkeit des Ortes, an dem vor Jahrhunderten der Sommerpalast von Harabec errichtet worden war, hätte kaum größer sein können. In den Tunneln hatten sie sich nicht bewusst gemacht, wie ungewaschen und abgemagert sie waren, dass ihre Kleider in Fetzen hingen und stanken, dass sie unbeschreiblich schmutzig waren. Hier, in den frischen Farben der Natur, im duftenden Lufthauch, hatten sie den Eindruck, die Landschaft förmlich zu verschandeln und fehl am Platz zu sein.

Mîn war kaum noch bei Bewusstsein; sie stützten ihn abwechselnd. Große Abgeschlagenheit hatte sich der drei Übrigen bemächtigt, die über den kleinsten Kiesel stolperten und vor Kälte zitterten, obwohl es recht mild war.

Der Weg machte einen Bogen und führte weiter hinab, bis an eine hohe Steinmauer, die von Efeu und anderen Rankpflanzen überwuchert war. Ein Stück weit führte der Pfad an der Mauer entlang, bevor er an einem kleinen, beschädigten Gittertor endete, das im Wind knarrte.

»Das ist einer der nordöstlichen Seiteneingänge«, erläuterte Marikani. »Ich habe hier im Gemüsegarten häufig Verstecken gespielt. Weißt du noch, Lionor? Die Bresche in der Mauer?«

Lionor war zu erschöpft, um mehr zu tun, als kurz zu nicken.

Das Gitter gab unter dem Stoß, den Arekh ihm versetzte, endgültig nach und stürzte in ein Brennnesselgestrüpp. Sie drangen in den alten Gemüsegarten ein, der von Unkraut überwuchert war. Manche Gemüsepflanzen hatten wacker durchgehalten und den Jahren und ihren Gegnern die Stirn geboten, um zu wachsen und sich zu vermehren: Hier und da sah man schwere, gelbe Knollen ebenso wie die runden, leuchtenden Formen von Kürbissen und *Sinatas.* Obstbäume, die im Augenblick kein Laub trugen, waren von kleinen Holzzäunen umgeben, deren ordentlicher Zustand darauf hindeutete, dass sich hier Menschen aufhielten.

Schließlich kam das Gebäude selbst in Sicht: der Sommerpalast oder zumindest das, was Marikani den Nordflügel nannte, ein großes Bauwerk aus hellem Stein, das nur über ein Stockwerk verfügte. Hohe, breite Fenster waren mit Holzläden verschlossen. Sie mussten etwa zehn Minuten lang gehen, während der abschüssige Pfad sich verbreiterte und in einen kiesbedeckten Weg überging, der sich mit Überresten längst vergessener Vornehmheit schmückte, bis sie den eigentlichen Garten erreichten.

Rings um sie war die Landschaft noch immer von berückender Schönheit. Warum musste die Natur gerade dann solchen Glanz entfalten, wenn der Zustand der Reisenden es ihnen kaum erlaubte, sie zu genießen?

Hinter ihnen lagen die fruchtbaren, grasbewachsenen Abhänge. Vor ihnen fiel das Plateau, auf dem der Palast errichtet worden war, abrupt ins Leere ab, während in der

Ferne die blauen Silhouetten der Berge aufragten und vom Fluss aufsteigende Nebelschwaden auf die westlichen Ebenen zutrieben.

Eine große Kiesfläche markierte den Eingang zum Nordflügel. Marikani blieb stehen und blickte sich um. »Wo sind die Soldaten? Wir hätten schon welche sehen müssen …«

»Die Armee von Harabec könnte wohl etwas an ihrer Wachsamkeit arbeiten«, spottete Arekh.

Lionor hielt dagegen: »Sie sind schon seit Jahren von der Welt abgeschnitten.« In ihre Wangen war rosige Farbe zurückgekehrt. Sie schnupperte an der feuchten Luft, durch die einige erste Regentropfen fielen. »Es ist so schön, wieder hier zu sein«, seufzte sie.

Marikani sah sich um und warf ihr einen beinahe zärtlichen Blick zu.

Die beiden Frauen tauschten ein Lächeln voll Melancholie, das eine gegenseitige Zuneigung verriet, auf die Arekh noch immer eifersüchtig war.

»Wer seid Ihr?«

Die Stimme hinter ihnen zitterte vor Furcht und Wut.

Ein Mann vorgerückten Alters, der einen Spaten in der Hand trug, starrte sie verängstigt an. Seine Kleider waren abgetragen und fadenscheinig, aber er wirkte nicht, als leide er Hunger.

Ein langes Schweigen trat ein. Marikani ging zögerlich Schritt für Schritt auf den Mann zu. Sogar Mîn hob den Blick, als sei diese Begegnung aus irgendeinem unbekannten Grund bedeutsam.

Arekh fiel auf, dass er Marikani bisher noch nie gemeinsam mit Bürgern ihres Königreichs erlebt hatte. Wie verhielten sie sich ihr gegenüber? Wie behandelte sie die Leute ihrerseits? Was, wenn der Mann sie nicht erkannte? Sie hatte keinerlei Möglichkeit, ihre Identität zu beweisen.

»Loher?«, sagte die junge Frau schließlich.

Das Gesicht des Fremden veränderte sich. Er wich einen Schritt zurück. »Ayashinata? Ayashinata Marikani?«

»Loher, bist du es wirklich?« Nur Schweigen antwortete ihr, und Marikani fuhr fort: »Bei den Göttern, du bist kaum gealtert … Ich sehe dich noch vor mir, wie du alle Kinder des Palasts zum Weinkeltern eingesetzt hast.«

»Ayashinata Marikani«, wiederholte der Mann, bevor er das Knie zur Erde beugte. Aber obwohl die Geste förmlich war, konnte er den Blick nicht von Marikani abwenden; er suchte nach einer Erklärung und kämpfte sichtlich gegen das an, was für ihn nur wie eine Illusion wirken konnte. »Was … was macht Ihr hier? Seid Ihr nicht in Harabec?«

»Ihr erhaltet selten Neuigkeiten von außerhalb, ich verstehe …«, sagte Marikani lächelnd. »Versorgen sich die Soldaten nicht dann und wann in den Freien Städten mit Proviant?«

Loher stand wieder auf. »Die Soldaten?«

Ein kurzes Schweigen folgte.

Arekh war noch nicht einmal überrascht. Der Palast war verlassen, das hatte er begriffen, sobald er einen Fuß auf den Kiesweg gesetzt hatte. Der Ort wirkte einfach nicht bewohnt. Man spürte die Stille durch die Fenster dringen; völlige Einsamkeit lastete in der Luft.

Marikani antwortete nicht sofort. Welchen Nutzen hätte es auch gehabt, Erstaunen zu äußern und zu protestieren? Wenn keine Soldaten hier waren, waren eben keine da. Unnötig, sich aufzuregen.

Plötzlich ging sie unter Lohers verwundertem Blick zu einer Bank hinüber und setzte sich. Lionor und Mîn ließen sich ins Gras fallen. Arekh rührte sich nicht; wenn er sich hingesetzt hätte, wäre es ihm bestimmt nicht gelungen, wieder aufzustehen.

»Die Soldaten sind vor vier Jahren abberufen worden«, erklärte Loher. »Durch einen Befehl von Banh, den Ihr unterzeichnet hattet. Der Offizier sagte, dass Ihr sie bestimmt an der Ostgrenze brauchen würdet. Erinnert Ihr Euch nicht daran, Ayashinata?«

»Nein«, seufzte Marikani. »Oder … ja. Vielleicht doch.« Sie lachte leise. »Das Scharmützel in den Hochebenen. Das war die richtige Entscheidung, wir brauchen dort sicher mehr Männer als hier … Wer ist noch im Palast, Loher?«

»Außer mir? Nun ja, meine Frau, Merue, die Ihr ja gut kennt … und Madam Rhyse.« Marikani runzelte die Stirn, und Loher fügte hinzu: »Eure Musiklehrerin, Ayashinata. Sie ist sehr alt und mittlerweile blind. Sie hat sich damals, als alle anderen evakuiert wurden, geweigert mitzugehen. Sie sagte, sie hätte keine Angst, und dass die Soldaten des Emirs doch ruhig kommen sollten, ihr wäre das gleichgültig. Natürlich sind sie nie hergekommen. Ich bin mir sicher, dass Ihr Euch an Madam Rhyse erinnert …«

Lionor stand plötzlich auf und trat näher an Arekh heran. Sie musterte ihn einen Moment lang mit finsterer Miene, als sei ihr gerade ein neuer, beunruhigender Gedanke gekommen. Arekh erwiderte ihren Blick verständnislos.

»Ja … ja, sehr gut. Und was brauche ich die Soldaten?«, sagte Marikani mit einem neuerlichen Lachen, das an Hysterie grenzte. »Habt Ihr etwas zu essen?«

»Nicht viel, mögen die Götter mir vergeben«, antwortete Loher erschrocken. »Ein bisschen Kaninchenragout mit Sinatas und Kräutern … Suppe … geräucherten Schinken, Würste, Äpfel … Eier, Käse, den allerdings meine Frau selbst macht, und dann natürlich noch Brot und allerlei Teigwaren … Nichts, was Eurer Majestät würdig wäre, fürchte ich.«

Marikani lachte erneut, und Arekh lächelte beinahe. »Macht Euch keine Gedanken«, sagte er, indem er auf den erstaunten Mann zutrat. »Euer Speisezettel mag karg sein, aber ich bin sicher, dass Ihre Majestät und ihr Gefolge sich dieses eine Mal damit zufriedengeben werden.«

Die folgenden Tage waren ruhig und lichtdurchflutet, umrahmt vom rauchigen Blau der Berge. Arekh verbrachte sie wie die anderen damit, durch die Gänge des Palastes zu spazieren, sich in gewaltigen Zimmern auszuruhen, in denen es Himmelbetten und große Fenster gab, die auf die ferne Bergkette hinausgingen, oder sich auf den Terrassen oberhalb der Steilwand auszustrecken, um den Himmel und die Greifvögel zu beobachten.

Es war ein großartiger Ort. Arekh hatte schon viele Paläste gesehen, durchaus auch luxuriösere, aber die Schlichtheit der Architektur, die Reinheit der Landschaft und ihre Weite verliehen diesem hier einen magischen, luftigen Charakter. Manchmal hatte er den Eindruck zu fliegen, wenn er durch Gänge schlenderte, in denen ihn nur die Fenster vom Abgrund trennten.

Natürlich wurde die Andersartigkeit durch die Verlassenheit des Anwesens noch gesteigert. Als vor fünfzehn Jahren die Korridore noch von fröhlichem Geschrei, Plaudereien und Flüchen widergehallt hatten, als der Duft von Parfüm sich im großen Saal noch mit Essensdünsten vermengt hatte, war der Sommerpalast des Herrscherhauses von Harabec sicher nichts Besonderes gewesen. Dennoch … Wie musste einem Kind diese Umgebung gefallen!

Arekh war auf dem Land aufgewachsen, in einer flachen, feuchten Gegend, die zwar fruchtbar, aber trist war; der Himmel war meistens grau. Wälder grenzten dort an Sümpfe, aus denen die Bauern, die sich aus dem Dorf dorthin vorwagten, mit Grünfieber zurückkehrten, an dem sie nach kaum einer Woche starben …

Arekh erinnerte sich daran, wie er einst ein Gespräch zwischen dem Hohepriester des Fîr-Tempels und einer seiner Geliebten, einem sinnlichen Mädchen aus den Braunen Landen, belauscht hatte. Der Hohepriester war sturzbetrunken gewesen. Arekh hatte den Auftrag gehabt, seinem damaligen Auftraggeber sämtliche Informationen über die Finanzen des Tempels zuzutragen. Er hatte daher dafür gesorgt, dass er zu einem Abendessen eingeladen wurde, bei dem auch der Hohepriester anwesend war, und hatte sehr vielen interessanten Unterhaltungen gelauscht, um doch nur unbedeutende Einzelheiten zu erfahren, die ihm später kein bisschen genützt hatten.

Aber da war dieser eine Wortwechsel gewesen … Seltsam, wie einen gelegentlich das, was ein Fremder sagte, beeinflussen konnte. Der Hohepriester hatte gesagt, dass einen die Landschaften, in denen man als Kind aufwuchs, für immer prägten. Dass die Farben dieser vergessenen Landschaften stets Charakter, Erinnerungen und Gefühle tönten: Sonnenuntergänge über dem Meer, grauer Regen in schmutzigen Stadtstraßen, die blendende Gewaltigkeit der roten Wüstenfelsen …

Meine Seele ist ein Sumpf, dachte Arekh, als er durch den Westflügel spazierte, während er das Kind, das er gewesen war, mit einem kleinen Mädchen mit langen, dunklen Zöpfen verglich, das durch den Marmorkorridor lief, den er gerade hinunterschritt.

Marikani war mit der reinen, würdevollen Schönheit der Berggipfel vor Augen aufgewachsen, mit der spiegelnden, zartvioletten Luft, die einem Trugbilder vorgaukelte. Was hätte der Hohepriester dazu gesagt? Welchen Charakter hatte die junge Frau entwickelt?

Loher und seine Frau, die gar nicht wussten, wie sie ihrem königlichen Gast angemessen gerecht werden sollten, hatten ihr den kompletten Palast angeboten: Alle Fenster waren aufgerissen worden, alle Vorhänge zurückgezogen, die Zimmertüren entriegelt. Das Licht flutete in große Räume, das Parkett der Ballsäle und Audienzräume glänzte, die alten Vergoldungen schimmerten bräunlich im Abendlicht: all das für vier Reisende, die in Lumpen eingetroffen waren. Der Palast war verblüffend sauber. Merue hatte Lionor, die eine bewundernde Bemerkung darüber gemacht hatte, erklärt, dass sie es als ihre Aufgabe ansah, das ganze Jahr über nach und nach jedes einzelne Zimmer zu putzen. Wenn sie nach ungefähr einem halben Jahr einmal ganz herumgekommen war, fing sie von vorne an.

Das war sicher ein so guter Weg wie jeder andere, sich nicht von der Einsamkeit verschlingen zu lassen.

Die vier Reisenden sprachen kaum miteinander und hatten sich ohne vorherige Absprache Zimmer an sehr verschiedenen Stellen des Palasts gesucht. In den Tunneln war das Zusammenleben drückend eng gewesen, und so benötigten sie sicher alle gleichermaßen Freiraum, Ruhe und Zeit zum Nachdenken. Nur Lionor und Marikani schwatzten manchmal munter miteinander; ihre Stimmen tönten dann wie Freudengesänge durch die verlassenen Höfe, während die beiden jungen Frauen sich Kindheitserinnerungen und diverse Anekdoten ins Gedächtnis riefen.

Die Soldaten hatten einige wertvolle Dinge zurückgelassen, unter anderem Mahhm. Mîn erholte sich langsam. Er hatte die ersten drei Tage im Bett verbracht, die Augen auf die Decke gerichtet und in beunruhigenden Delirien verloren. Dann war das Fieber gesunken. Nun begegnete

Arekh ihm manchmal in den Gemächern und sah ihn die Fresken betrachten oder mit dem Finger über die Gold- und Silberfäden irgendeines Wandteppichs fahren, der eine längst vergessene Schlacht zeigte. Er sprach kaum, sondern schaute nur, ganz wie ein Pilger im Tempel.

In seinem ganzen Leben hatte dieser Junge bisher sicher lediglich seinen Bauernhof, sein Dorf, den benachbarten Marktflecken und schließlich das Gefängnis und die Galeere gesehen. Dieser Ort war für ihn eine fremde Welt, und Arekh fragte sich, wie er damit zurechtkommen würde. Der Mensch war ein anpassungsfähiges Wesen, aber manche Veränderungen konnten für empfindliche Seelen schwierig sein.

Eines Abends begegneten sich Marikani und Arekh auf der Hauptterrasse, die – wie alle anderen – auf die Steilwand zu ihren Füßen hinausging. Marikani blickte träumerisch in die Landschaft; sie zuckte nicht zusammen, als Arekh sich neben sie auf die Bank setzte.

So als hätte sie ihn erwartet und diesen Sitz für ihn vorgesehen.

»Es ist so seltsam«, sagte sie auf die brüske Art, mit der sie gern mitten ins Gespräch sprang. »Die ganze Flucht über habe ich angenommen, am Ende zu sein.«

Arekh musterte sie verständnislos. Sie machte eine Bewegung. »Am Ende meines Lebens, meiner königlichen Laufbahn, nachdem ich kaum fünf Jahre echte Macht ausgeübt hatte und sogar noch vor meiner offiziellen Krönung … Das wäre nichts weiter Besonderes gewesen«, fügte sie nach kurzem Schweigen hinzu.

»Nein. Viele Könige bleiben nicht so lange auf dem Thron. Wisst Ihr, dass weniger als die Hälfte der Ratsherren von Reynes ihr erstes Amtsjahr überleben?«

»Warum das? Was stößt ihnen zu?«

»Sie werden ermordet«, erklärte Arekh mit einem kalten Lächeln. »Das hat bei uns so Tradition.«

Marikani sagte nichts zu dem *»bei uns«*, aber eine fast unmerkliche Bewegung ihres Kinns sagte Arekh, dass sie es durchaus gehört hatte. »Selbst, wenn ich morgen sterben würde, wäre ich also fünf Mal so lange im Amt gewesen wie die meisten Eurer Ratsherren«, sagte sie lächelnd. »Das ist ein Trost.«

»Seht Ihr, Aya Marikani? Das Leben hat seine guten Seiten.«

Die junge Frau nickte anmutig, bevor sie fortfuhr: »Also habe ich mich bemüht, mich auf das Ende vorzubereiten … Und doch stehe ich jetzt wieder am Anfang. Ich bin wieder dorthin geworfen, wo ich herkomme – aber die Schauspieler fehlen. Es ist wie die Kulisse eines Theaterstücks, das nicht mehr gespielt wird.«

»Seid Ihr hier geboren?«, fragte Arekh.

»Ja«, sagte Marikani nachdenklich. »Nein. Also … beinahe.« Sie zögerte und lächelte dann. »Meine … meine Mutter war die Nichte Vaarikhs I., der zu Beginn des Jahrhunderts über dreißig Jahre lang in Harabec geherrscht hat. Nach der Niederkunft hat sie mich mit meiner Amme hierher, in den Sommerpalast, geschickt, damit ich hier aufwachsen konnte.« Ihr Lächeln wurde breiter. »Das war so Tradition in Harabec – wie die Ermordung Eurer Ratsherren.«

Arekh nickte. »Die Kinder fortschicken … Ja, von diesem Brauch habe ich schon gehört. Wegen der Seuchen, nicht wahr?«

»Ja. Der Königspalast von Harabec liegt nahe bei der Hauptstadt; das Klima dort ist sehr heiß und gilt als ungesund. Seit mehreren Generationen wurden die Kinder der Königsfamilie in den Sommerpalast geschickt, um dort fern von ihren Eltern aufzuwachsen – um ihrer Gesundheit willen. Das ist sehr seltsam, wenn man bedenkt, was dann gekommen ist ...«

Arekh, der sich erinnerte, von einer Epidemie gehört zu haben, nickte erneut.

Marikani fuhr fort: »Da die großen Familien gern untereinander heiraten, sind die meisten Adligen bei Hofe königlicher Abstammung. Und diese Tradition war ganz nach ihrem Geschmack. Welch eine günstige Gelegenheit, sich ihrer kleinen Kinder zu entledigen, um sich ungestört den Vergnügungen des Hofes hingeben zu können – und das mit dem besten Gewissen der Welt! Kurz und gut, hier, im Sommerpalast, gab es Dutzende von Kindern, allesamt Sprösslinge adliger Familien. Und jedes von ihnen wurde von einem Schwarm von Ammen, Dienern und Hauslehrern begleitet.«

»Und Sklaven«, fügte Arekh hinzu.

Marikani schwieg einen Moment lang. »Und Sklaven, ja«, sagte sie dann. »Und all diese Leute lebten friedlich die kalte Jahreszeit über in den Bergen. Im Sommer stieß dann der Hofstaat dazu, um der drückenden Hitze der Ebenen zu entgehen.«

»Mit einem Wort – Ihr habt Eure Mutter nur einmal im Jahr gesehen?«

»Meine Mutter ist gestorben, als ich noch sehr klein war«, sagte Marikani leichthin. »Ich war, glaube ich, drei Jahre alt.«

Das schien sie nicht übermäßig zu bekümmern, wie Arekh amüsiert bemerkte. Das war nur natürlich. Marikani war ohne sie aufgewachsen.

Als hätte sie seine Gedanken gelesen, fuhr Marikani fort: »Meine Amme ist sehr schnell nach Harabec zurückgekehrt, und ich bin von Azarîn, unserem Hauslehrer, aufgezogen worden. Lionor und ich waren seine Lieblingsschülerinnen. Er war ein sehr gebildeter, ungewöhnlich geistvoller Mann.«

In Marikanis Stimme lagen so viel Bewunderung und Respekt, dass Arekh einen Funken Eifersucht verspürte. »Einer dieser ehrgeizigen Bürgerlichen, die glauben, durch Bildung aufsteigen zu können, nehme ich an«, sagte er in wenig freundlichem Tonfall.

»Oh, das ist aber ein vernichtendes Urteil! Glaubt Ihr so sehr an die Überlegenheit des Adels … Galeerensträfling?«

Es gab eindeutig kein Gespräch zwischen ihnen, das sich nicht irgendwann um Politik drehte. Arekh verneigte sich ein wenig, da ihm bewusst war, dass er diese Debatte schon im Voraus verloren hatte. »Damit ist es in Wirklichkeit nicht weit her, Aya Marikani. Ich habe lange genug gelebt, um bei den Adligen genauso viel Gewalt, Doppelzüngigkeit, Hass und Verwerflichkeit zu erleben wie bei den niederen Ständen. Vielleicht sogar mehr, denn der Lockruf des Geldes und der Macht korrumpiert einen umso schneller.«

»Und dennoch denkt Ihr, dass nur Adlige Kinder von hoher Geburt unterrichten sollten?«

Die Frage war nicht so harmlos, wie sie klang. Der Streit darüber tobte selbst innerhalb der Adelshäuser und der Geistlichkeit. Es gab nicht genügend verarmte Adlige, um den übergroßen Bedarf an Hauslehrern zu decken.

Arekh nickte. »Der Meinung bin ich in der Tat. Die Götter haben die Gesellschaft wie das Gestein in Schichten aufgeteilt und hatten ihre Gründe dafür. Die Stabilität der Gesellschaft wird durch diese Schichtung gewährleistet; es ist niemals gut, wenn die einzelnen Stände sich vermischen. Es kommt nie etwas Gutes dabei heraus, wenn die Ordnung der Dinge umgestürzt wird.«

»Wirklich?«, fragte Marikani langsam. »Aber Ihr sagt

doch, dass die Adligen ebenso verderbt sind wie die niederen Stände?«

»Das sind sie auch. Aber es ist der Wille der Götter, dass sie die Königreiche beherrschen, und diesem Willen muss man gehorchen.«

»Das sagt und denkt sich leicht, wenn man der einzigen Schicht angehört, die einen Platz an der Sonne hat, nicht wahr? Predigt Ihr im Namen Eures Standes, Nde Arekh?«

Mit anderen Worten: War er adlig? Das war die erste direkte Frage, die Marikani ihm je gestellt hatte. Arekh schüttelte matt den Kopf. »Ich habe keinen Stand mehr – und das wisst Ihr sehr gut. Ganz gleich, welcher Abstammung ich bin, meine Taten und meine Verurteilung haben sie längst ausgelöscht.«

Marikani wartete schweigend, als fordere sie ihn damit auf zu sprechen. Auf der Terrasse kam Wind auf und ließ die Blätter der Büsche ringsum erzittern. Arekh wandte sich wieder Marikani zu, um das Gespräch fortzusetzen und sich ihr vielleicht gar anzuvertrauen, als Lionor am Eingang der Terrasse erschien.

»Marikani, es geht Madam Rhyse inzwischen besser. Sie ist bereit, mit uns zu sprechen. Du solltest kommen …«

Im schwächer werdenden Mondlicht war Lionor nur eine dunkle, düstere Silhouette; Arekh wurde sich plötzlich bewusst, wie viel Hass er ihr entgegenbrachte. Der Mond erhellte Marikanis reines Gesicht, und Arekh hatte wieder einmal das Gefühl, dass von den beiden jungen Frauen Lionor der Schatten, Marikani aber das Licht war, ohne dass er dafür einen logischen Grund gehabt hätte, wenn man von seinem spontanen Misstrauen der Hofdame gegenüber und dem krankhaften Blau ihrer Augen absah.

Trotz aller Bemühungen ihrer früheren Schülerinnen war Madam Rhyse bis dahin nicht bereit gewesen, sie zu empfangen, und hatte ihre Tür, die von einem engen Gang im zweiten Stock des Südflügels abging, stets verriegelt gehalten.

Arekh folgte den beiden eher aus Langeweile denn aus Neugier. Als sie die Treppe hinaufstiegen, sah Lionor sich mehrfach nach ihm um, als sei sie erstaunt über seine Gegenwart und wolle ihm so mitteilen, sich zurückzuziehen. Aber Arekh legte es darauf an, die Botschaft nicht zu verstehen.

Er bereute es nicht. Die alte Dame bot ganz allein in ihrem überladenen Zimmern mit den erdrückenden, samtbespannten Möbeln einen merkwürdigen Anblick. Arekh hatte eine Vorliebe für bizarre Wesen und Situationen, die anders waren, als sie sein sollten; er hatte den Eindruck, dass die erbärmlichen Seltsamkeiten des Lebens seinen Argwohn dem Schicksal gegenüber rechtfertigten.

Das Zimmer roch nicht so schlecht, wie er erwartet hatte. Gewiss gelang es Merue von Zeit zu Zeit, hier einzudringen, zu putzen und die arme Frau zwangsweise zu waschen. Auch das ein bizarres Spektakel, wie das Bild eines geistig verwirrten Malers: zwei alte Damen im nutzlosen Luxus eines prächtigen, leeren Palastes, zwei alte Dienerinnen als einzige Seelen des Ortes …

»Wir sind es, Madam Rhyse, erkennt Ihr uns?«, fragte Marikani sanft und kauerte sich vor die alte Dame, um ihre Hand zu ergreifen. »Lionor und Marikani. Ihr habt uns Musikunterricht gegeben. Erinnert Ihr Euch? Im Silbernen Schreibzimmer … Wir sind immer abends in Eure Stunden gekommen, und Ihr habt uns Honigkuchen geschenkt.«

Der leere, blinde Blick der alten Hauslehrerin richtete sich nacheinander auf die beiden jungen Frauen, ohne dass auch nur ein Wort aus ihrem Mund gedrungen wäre.

»Kommt, Madam Rhyse, ich bin sicher, dass Ihr Euch erinnert«, wiederholte Marikani noch weitaus behutsamer. »Wir sind hier, um Euch zu besuchen … Es war eine lange Reise mit vielen unerwarteten Umwegen«, fügte sie mit einem an die beiden anderen gerichteten Lächeln hinzu. »Aber jetzt sind wir endlich hier. Wollt Ihr nicht mit uns sprechen?«

Wieder Schweigen. Allerdings erschien es Arekh diesmal, als sei die alte Dame aufmerksamer.

»Wie geht es Euch? Kümmert man sich hier gut um Euch? Gibt Merue Euch genug zu essen?«

»Merue ist ein gutes Mädchen«, sagte die alte Dame plötzlich mit schleppender Stimme. »Merue backt gute Kuchen.«

Lionor lächelte ihrerseits, und das auf eigenartige, langsame Weise; das Gespräch wandte sich der Küche und der Qualität der einzelnen Speisen zu. Marikani, die ein erstaunlich gutes Gedächtnis hatte, erinnerte sich noch an die Namen aller Köche ihrer Kindheit … Und Madam Rhyse und die beiden jungen Frauen sprachen von der Begabung dieses oder jenes Sklaven, Hühnchen mit Zitronengras und Kräutern zuzubereiten, von den unvergesslichen Mahlzeiten, die im Sommer auf den Terrassen serviert worden waren, wenn der Hof aus Harabec eingetroffen war, von Festessen, bei denen Kuchen und Fruchtmus zu Pyramiden auf den geschnitzten Holztischen aufgeschichtet worden waren – damals, als die Beziehungen zum Emirat noch so gut gewesen waren, dass der Verwalter von den Berggipfeln im Norden Massen von Eis hatte herunterschaffen lassen können, mit denen er fabelhafte Sorbets und Nachspeisen zubereitet hatte.

Arekh setzte sich aufs Bett, das mit einer Steppdecke in verblichenen Farben bedeckt war, und ließ seinen Geist treiben, eingelullt von den Beschreibungen, die einem Märchen zu entstammen schienen, oder vielleicht einer Scheltrede der Claesen, eines Volkes, das Askese predigte, ohne sich selbst allzu sehr daran zu halten. Die frische Luft, die durch das offene Fenster hereindrang, roch nach Wald. Arekh verlor den Faden dessen, was die Frauen sagten, und lächelte. Ja, er misstraute dem Schicksal, aber der Wille der Götter war schon seltsam: Er hatte ihn von der sinkenden Galeere im Wasser zwischen die Wandvertäfelungen dieses Zimmers geführt, in dem melodische weibliche Stimmen von Orangenlimonade und gezuckerten Rosen sprachen …

Plötzlich änderte sich die Musik des Gesprächs. Da war ein Bruch, ein abrupter Wandel des Tonfalls, etwas, das für ein gewöhnliches Ohr nicht wahrzunehmen gewesen wäre; aber Arekh wusste solche Dinge zu erkennen. Er rührte sich nicht, kein Muskel seines Gesichts zuckte; nichts an seinem Ausdruck verriet, dass er etwas bemerkt hatte. Seine Augen betrachteten weiterhin den Nachthimmel, seine Hand streichelte immer noch geistesabwesend die Steppdecke. Er nahm wahr, wie die beiden jungen Frauen einen Moment lang den Atem anhielten.

Lionor und Marikani befanden sich nicht in seinem Gesichtsfeld; dennoch spürte Arekh, dass sie ihn ansahen.

Er rührte sich nicht, und sie atmeten weiter, während die alte Dame mit heiserer, kindlicher Stimme von Abendessen und von Dienerinnen sprach, die längst begraben waren.

Arekhs Finger spielten mit der Steppdecke. Was hatte Madam Rhyse gesagt? Sie hatte einen Satz ausgesprochen, und die beiden jungen Frauen, die sonst fröhlich auf alles eingingen, hatten plötzlich innegehalten. Da war eine gewisse Anspannung gewesen, Verlegenheit und der

Blick, den sie, wie Arekh sicher wusste, auf ihn geworfen hatten.

Was hatte Rhyse gesagt? Arekh versuchte, sich zu erinnern. Unmöglich. Er hatte nicht aufgepasst.

»Leider ist er ja infolge der Revolte ums Leben gekommen«, sagte Madam Rhyse in diesem Augenblick. »Hingerichtet wie die anderen. Schade, trotz allem! Er war ein so guter Koch ...«

Aufs Neue spannten Lionor und Marikani sich an; Lionor stand auf und legte eine Hand auf Rhyses Unterarm, wie um sie zum Schweigen zu bringen.

Diesmal blickte Arekh auf.

Einen Moment lang herrschte Schweigen, dann zog Marikani sanft Lionors Hand fort.

»Wir haben nichts zu verbergen«, sagte sie, die Augen auf Arekh gerichtet. »Arekh weiß, dass es Sklavenaufstände gibt, und dieser hier wird ihn nicht mehr entsetzen als jeder andere.«

»Was ist geschehen?«, fragte Arekh.

Marikani machte eine Gebärde, die bitter wirkte. »Was soll Eurer Ansicht nach schon geschehen sein? Hier gab es gut hundert Sklaven. Mehr Leute vom Türkisvolk als freie Menschen ... Und die Palastbewohner waren größtenteils Frauen und Kinder. Also sind die Sklaven auf dumme Gedanken gekommen, obwohl sie Ketten trugen. Sie waren hier an einem abgeschiedenen Ort und sagten sich, dass es möglich sei zu siegen. Sie haben alles vorbereitet und hätten sicher Erfolg gehabt, wenn ...«

»Wenn?«

»Wenn sie nicht verraten worden wären. Einer von ihnen hat geredet. Der Verwalter hat Truppen kommen lassen. Sie haben die Rädelsführer in den Kerker geworfen und zu Tode gefoltert. Dann haben sie die fünfzig kräftigsten

Sklaven in den Hof geführt, sie dort angekettet und ihnen vor allen Palastbewohnern die Kehle durchgeschnitten. Sie lagen auf den Knien, die Hände auf dem Rücken …«

Arekh verspürte während der Erzählung keinerlei Emotion. Es waren Sklaven gewesen, die rebellieren wollten – sie hatten also gewusst, was sie erwartete. Es war normal, sich der Rädelsführer zu entledigen und an den anderen ein Exempel zu statuieren. Aber er war kein Kind mehr. Marikani musste noch ein kleines Mädchen gewesen sein, als sie dieses Schauspiel miterlebte.

Der Anblick hatte sie sicher tief geprägt.

Arekh hatte plötzlich den Eindruck, einen Teil von Marikani zu verstehen, zu dem er bisher keinen Zugang gehabt hatte. Ja, es hatte sie geprägt … Auf der empfindsamen Seite ihrer Seele musste diese Erinnerung ein Brandmal hinterlassen haben.

»War das vor der Seuche?«, fragte er. »Wie alt wart Ihr?«

»Fünf Jahre. Das Blut floss in Strömen über den Hof, während sie einen nach dem anderen töteten. Angekettete Sklaven. Ich kann es nicht ertragen, gefesselte Menschen sterben zu sehen.«

Sie sah ihn noch immer an, und Arekh hielt ihrem Blick stand, las in den braunen Augen der jungen Frau die Antwort, die sie ihm anbot, die Antwort auf all die Fragen, die er während der ersten Hälfte ihrer Reise gestellt hatte.

Sie ertrug es nicht, gefesselte Menschen sterben zu sehen.

»Die Seuche ist tatsächlich kurz danach ausgebrochen«, fuhr Marikani mit einem seltsamen Lächeln fort. »Neun von zehn Menschen im Palast sind gestorben, vielleicht noch mehr. Lionor und ich waren unter den wenigen Überlebenden. Dann hat man neue Diener aus Harabec kommen lassen …«

Lionor wich zurück und lehnte sich gegen die Wand. Arekh sah, dass sie kreidebleich war. So bleich, mit Augen, die solch einen bläulichen Schimmer hatten …

Warum? War es die Erinnerung an das Massaker? An die Seuche? Nein. Diese Blässe verriet Furcht.

Arekh erkannte Angst, wenn er sie vor sich hatte. Er roch sie.

Die Nacht verging, aber die Magie des Palasts war verflogen. Als spürten auch sie es, begannen Marikani und Lionor die Abreise vorzubereiten. Die einzige Lösung bestand nun darin, wieder vom Gebirge hinabzusteigen, um eine der Freien Städte zu erreichen und von dort aus nach Harabec zu gelangen.

Aber die Freien Städte lagen sehr nahe am Emirat. Die Versuchung, sie auszuliefern, würde für jeden Verräter groß sein.

Sie sprachen zu dritt lange darüber, während sie am Küchentisch, wo Merue sie bediente, Suppe aßen.

»Die besten Chancen haben wir in der Tränenstadt«, sagte Marikani. »Wir haben immer hervorragende Handelsbeziehungen mit der Stadt unterhalten.«

Sie wirkte nicht sehr überzeugt. Wenn die Handelsbeziehungen zwischen der Tränenstadt und Harabec gut waren, so waren sie zwischen der Stadt und dem Emirat noch besser …

Aber sie hatten keine Wahl. Alle Wege, alle Landstraßen, alle Pässe mussten mittlerweile unter Beobachtung stehen. Sie brauchten politischen Schutz.

Am Vorabend ihres Aufbruchs stellten Marikani und Lionor Proviant zusammen und zogen Reisekleider sowie feste Schuhe an. Merue und Loher brach es das Herz, sie gehen zu sehen; Arekh begriff, dass die Ankunft ihrer Prinzessin und der relativ vertrauliche Umgang, den sie mit ihr gehabt hatten, ohne Zweifel Höhepunkte ihres Lebens gewesen waren, an die sie sich noch lange erinnern würden. Sie füllten die Proviantsäcke und legten ein Stück ihrer Seele in jede Scheibe Dörrfleisch.

Als die Uhr Mitternacht schlug, hatte jeder sich in sein Zimmer zurückgezogen.

Arekh wartete, bis alles still war, verließ sein Zimmer dann wieder und stieg in den zweiten Stock hinauf, um Madam Rhyse zu befragen.

Da war etwas – und dieses etwas betraf Lionor, davon war er überzeugt.

Marikani hatte mit dem Sklavenaufstand gute Ablenkungsarbeit geleistet, aber so leicht war Arekh nicht zu täuschen. Lügen, Informationen und Geheimnisse waren sein Beruf.

Madam Rhyse war noch wach, und ihre blinden Augen starrten zum Fenster, als riefen die Monde sie durch ihre toten Pupillen. Sie antwortete Arekh, als er sie ansprach, doch sie redete irre … Es war ein absurdes, melancholisches Fantasieren, in dem es um verlorene, glanzvolle Tage, geliebte, entschwundene Kinder, Musikstunden, den Haushalt und Küchenintrigen ging. Arekh fand dabei nichts heraus und wollte schon aufgeben. Er hatte Lionors Namen fünf oder sechs Mal erwähnt, ohne eine Reaktion hervorzurufen.

Beim siebten Mal gelang es.

»Was haltet Ihr von Lionor?«, wiederholte er.

Und plötzlich richteten sich die weißen Augen der alten Frau auf ihn, und eine knochige Hand packte die seine. »Azarîn, mein Schatz, warum bist du gegangen?«

Ein unwillkürlicher Schauer durchlief Arekh, als die alte

Frau ihr Gesicht an seines heranführte. Ihre Haut duftete nach Zitronen und schwarzer Seife, doch auch der süßliche, ekelhafte Geruch des Alters haftete ihr an.

»Küss mich, ich brauche dich … Oh, nimm meine Lippen, mein Schatz. Warum bist du nur gegangen?«

Arekh wich ganz leicht zurück; dann streichelte er – gerührt, ohne zu wissen, warum – die Hand der alten Frau. »Ich bin hier.«

»Aber der Hof zieht dich an, du hast immer davon geträumt. Oh, warum hast du das nur getan? Es ist so gefährlich … Die Kleine ist tot. Sie ist tot, und die Sklavin ist gezeichnet.«

»Die Sklavin? Gebrandmarkt?«

»Sie sind tot. Erinnerst du dich nicht? Wie du vor Wut gezittert hast, als du sie unter deinen Schutz genommen hast … Aber die Familie wird sie erkennen … Sie werden herausfinden, was du getan hast … Du schreibst so schöne Gedichte, willst du keines für mich schreiben? Über Feuer und Wasser …«

»Sie werden herausfinden, was ich getan habe? Was befürchtest du, Rhyse? Sag mir …«

»Jede Sklavin ist von den Göttern gezeichnet. Der Austausch ist Blasphemie … Sie kann noch immer nicht Flöte spielen, trotz all deiner Bemühungen. Ich weiß, dass du sie liebst, mehr als mich, vielleicht …«

»Ich liebe sie?«, wiederholte Arekh. »Wen?«

»Die Familie wird herausfinden, was du getan hast. Sie wird keine Sklavin in ihrem Schoß aufnehmen. Sie ist intelligent, aber die Verfluchung leuchtet aus ihren Augen … Die Götter haben sie gezeichnet …«

»Gezeichnet?«

»Ich bin nicht gezeichnet«, sagte die alte Frau mit einem koketten Lachen. »Das sind nur Sommersprossen. Du hast sie so gern geküsst … Erinnerst du dich? Azarîn, mein Schatz, ich will deine Haut an meiner spüren … Wenn du mich nun küssen würdest, wie früher? Ich flehe dich an, mein Schatz, küss mich …«

Arekh stand abrupt auf – nicht aus Ekel, sondern vielleicht aus Mitgefühl. Melancholie überkam ihn, und er spürte derart tiefen Kummer, dass es ihn überraschte. Ja, er hatte sich nichts eingebildet, da war durchaus etwas, aber alle Intrigen und Geheimnisse waren plötzlich zweitrangig angesichts der unendlichen Traurigkeit dieser toten Liebe, die er mit seiner Stimme und seiner Berührung aufgestört und wiedererweckt hatte.

Er nahm sich seine Gefühlsduselei übel und stieg rasch die Treppe hinunter.

Die Reise begann unter sehr günstigen Vorzeichen. Es war schönes Wetter, und trotz der Gefahren, die ihrer harrten, flößte es ihnen aufrichtige Freude ein, trockene Kleider, bequeme Schuhe und Proviant im Gepäck zu haben.

Drei Tage später erreichten sie nach ereignisloser Wanderung die ersten Dörfer, die ihre Rückkehr in die Zivilisation belegten. Sie verbrachten eine Nacht bei einem Bauern, gingen dann weiter, überschritten den Pass, der sie zurück nach Osten und näher an die Gefahr brachte. Sie hatten befürchtet, dort Soldaten vorzufinden, aber es war niemand da – zumindest niemand, den sie hätten sehen können.

Arekhs Gefühl, in Sicherheit zu sein, wurde mit jedem Schritt nach Osten schwächer. Wenn er der Emir gewesen wäre, hätte er seine Feinde nicht einfach für tot gehalten, wenn sie in einem Labyrinth aus Fels und Wasser verschwunden wären. Ja, wenn er der Emir gewesen wäre, hätte er in jedem Dorf und auf jedem Pfad Spione postiert, er hätte dem Ersten, der ihm Informationen brachte, eine Belohnung versprochen …

Sie begriffen, dass der Emir in der Tat diese Strategie verfolgt hatte, als sie den Fuß ins nächste Dorf setzten, das zwei Tagesmärsche von der Südstraße, von der Tränenstadt und vom Joar – dem Fluss, der durch die Stadt floss – entfernt lag. Der erste Bauer, dem sie begegneten, erstarrte bei ihrem Anblick und wechselte dann nur wenige Worte mit ihnen, bevor er die Straße hinunter verschwand. Als sie die ersten Häuser erreichten, wandten sich Blicke ab, und Gespräche kamen abrupt zum Erliegen.

Sie planten ihr weiteres Vorgehen, ohne haltzumachen. Marikani wollte keine Minute verlieren, um möglichen Boten keinen Vorsprung zu verschaffen. Sie waren bemerkt worden, daran konnte kein Zweifel bestehen, aber was sollten sie jetzt tun? Einen anderen Weg einschlagen? Das hätte eine neue Flucht und neuerliche Verfolgung bedeutet, der sie diesmal vielleicht nicht entkommen würden.

Sie beschlossen, sich zu beeilen, und beteten darum, dass sie sich unter den Schutz des Bürgermeisters der Tränenstadt würden begeben können, bevor die Soldaten sie einholten.

Eine Meile vor der Stadtgrenze bemerkten sie eine Gruppe von Männern hinter sich. Bauern, die rasch wieder verschwanden, sich aber bewusst hatten sehen lassen, wie um zu zeigen, dass ihnen der Rückweg versperrt war.

Dann überquerten sie einen letzten Hügel und sahen die sprudelnden Fluten des Joar vor sich.

Sie waren nicht mehr allein.

Im Norden befand sich ein Trupp Reiter des Emirs und beobachtete sie. Auf einer Brücke wartete eine Delegation Adliger, die in die Farben der Tränenstadt gekleidet waren.

Daneben trieb ein Boot auf dem Wasser des Flusses.

Und alle Blicke waren auf sie gerichtet.

»Wer sind diese Leute?«, flüsterte Mîn.

Marikani nahm ihn sanft an die Hand. »Mach dir keine Sorgen. Alles wird gut werden.«

Sie stiegen langsam den Hügel hinab.

KAPITEL 6

Einige Schritte von der Straße zur Tränenstadt entfernt blieben sie, die Füße im Schlamm, stehen. Die Südstraße, die sie vor einer Ewigkeit überquert hatten, um in die Heide zu gelangen, setzte ihren Weg zur Stadt fort. Sie verlief weiter über eine breite Holzbrücke, die, wie Arekh wusste, mehrfach hatte wiederaufgebaut werden müssen, wenn sie vom Hochwasser oder den Launen des Flusses Joar zerstört worden war. Die Straße, auf der sie gekommen waren, führte weiter nach Osten, um sich dann in den Hügeln zu verlieren und sich in Feldwege aufzuspalten, die von den Bauern der Gegend genutzt wurden.

Aber an diesem Ort bildete sie die Grenze zwischen dem Emirat und der Tränenstadt.

Die Grenze. Es war eine seltsame Macht, die die Menschen ein paar Metern Erde und Kies verliehen hatten.

Und die die Menschen ihnen jederzeit wieder entziehen konnten.

Vor der Brücke wartete die Delegation. Zur Linken wiegte sich auf dem trägen Wasser des Flusses noch immer die rot und ockerfarben gestrichene Barke. An Bord waren etwa zwanzig Männer, die ebenfalls in rötliche, verwaschene Farben gekleidet waren. Nahe beim Mast war die Gestalt einen großen Mannes mit langem Haar auszumachen. Er war mit verschränkten Armen und arroganter Miene auf einige Kisten gestiegen, als hielte er sich für überlegen und losgelöst von der Situation.

Auch er wartete.

Die Reiter des Emirs hatten sich aufmerksam an der Grenze postiert. Nur ihre Pferde tänzelten; das ein oder andere kurze Wiehern durchbrach die Stille.

In die Delegation kam Bewegung. Der grauhaarige Sprecher, dessen orangefarbener Umhang schon von weitem zu sehen gewesen war, zog eine Schriftrolle hervor und entrollte sie. Er räusperte sich; in dem angespannten Schweigen war das Geräusch deutlich zu hören.

»Aya Eola Taryns Marikani, offizielle Thronprätendentin von Harabec, Tochter der Ayini Eloïne aus dem schwarzen Blute des mächtigen Arrethas, dessen Wohlwollen wir erflehen – ich grüße dich.«

Der Bürgermeister, begriff Arekh plötzlich. Nur er konnte Marikani als Gleichrangige begrüßen.

Eine kurze Pause trat ein, und Arekh fragte sich, ob der Bürgermeister erwartete, dass Marikani ihn ihrerseits begrüßte. Wenn das der Fall war, hatte er sich verschätzt. Marikani rührte sich nicht. Sehr aufrecht stand sie da und wartete, den Blick starr auf das Gesicht des Mannes gerichtet.

»Die Tränenstadt und Harabec haben immer fruchtbare und freundschaftliche Beziehungen miteinander unterhalten, und unter anderen Umständen hätten wir Harabecs würdigster Vertreterin mit dem größten Vergnügen unsere Gastfreundschaft angeboten …«

Neben Arekh verkrampfte Marikani sich unmerklich. Eine verständliche Reaktion. Sie musste nicht erst warten, bis der Bürgermeister seine Rede beendet hatte – die Formulierung *»unter anderen Umständen«* zerstörte all ihre Hoffnungen.

Diesmal machte der Bürgermeister keine Pause. »Wie Ihr wisst, zwingen uns leider uralte Traditionen, es den Mitgliedern fremder Dynastien zu verwehren, unseren Grund und Boden zu betreten, wenn sie nicht offiziell mit Brief und Siegel drei Mondumläufe vor ihrer Ankunft darum ersucht haben. Deshalb müssen wir Euch mit dem größten Bedauern verwehren, die Tränenstadt zu betreten. Seid aber versichert, dass wir Euch mit dem größten Respekt …«

»Zum Fluss!«, rief Marikani plötzlich und packte Lionor an der Hand. »Zum Fluss! Bleibt erst stehen, wenn ihr die Füße im Wasser habt!«

Und mit einer Art Wutschrei, der zugleich ein Zuruf war, begann sie zu rennen und zerrte Lionor hinter sich her. Arekh hatte gerade noch Zeit, das verblüffte Hüsteln des Bürgermeisters zu hören, bevor er ihr nachrannte. Der feuchte Wind peitschte um seine Ohren, und seine Füße ließen Schlamm aufspritzen.

Was tut sie denn nur? Der Gedanke huschte ihm durch den Sinn, ohne hängen zu bleiben; es war nicht der rechte Zeitpunkt für Grübeleien. Andere, wesentlich konkretere Sorgen gewannen die Oberhand.

Sie werden uns niedermetzeln! Die Soldaten des Emirs werden schießen; sie haben Armbrüste, und wir bieten ein allzu schönes Ziel!

Sein Rücken war angespannt, seine Muskeln verhärtet, bereit, den Bolzen zu empfangen, der ihn töten würde. Er hörte Schreie, Befehle, die in der melodischen Sprache des Emirats gegeben wurden … Aber kein Bolzen bohrte sich in seinen Rücken. Es hätte zu einem ernsten diplomatischen Zwischenfall geführt, wenn die Leute des Emirs ohne die Erlaubnis des Bürgermeisters vor so vielen Zeugen jemanden getötet hätten. Und vor allem konnten die Flüchtlinge ja nicht weit kommen; das wusste auch der Ahaman des Emirs, der die Soldaten befehligte. Marikani konnte nirgendwohin fliehen.

Aber was tut sie dann? Wollte sie lieber ertrinken, als sich gefangen nehmen zu lassen? Der Schlamm wurde immer flüssiger, wurde zu Wellen. Marikani wurde langsamer und drehte sich um, als ihr das Wasser bis zu den Knöcheln stand. Arekh blieb seinerseits stehen. Neben ihm ließ sich Mîn fallen und setzte sich in den Fluss. Er war noch weit davon entfernt, genesen zu sein, und der kurze Lauf hatte ihn erschöpft.

Also waren sie jetzt im Fluss, im Joar ... aber immer noch in Reichweite der Armbrüste. Aus einigen Dutzend Metern Entfernung beobachteten die Insassen des Bootes die vier erstaunt. Zu ihrer Rechten drängten die Mitglieder der Delegation ans Brückengeländer, um bessere Sicht zu haben.

»Aya Marikani, es hat keinen Sinn, davonzulaufen«, begann der Bürgermeister in unsicherem Ton, aber Marikani drehte ihm kalt den Rücken zu und wandte sich mit im Wind flatternden Haaren und nasser Hose, die ihr an der Haut klebte, an den Schiffer.

Dieser stand noch immer am Mast; er hatte sich nicht gerührt, sondern nur die Arme voneinander gelöst. Seine verächtliche Miene war einer gewissen Neugier gewichen.

»Herr der Verbannten«, rief Marikani mit lauter, klarer Stimme, die weiter trug, als die Worte des Bürgermeisters es getan hatten, »meine Füße und die meiner Freunde befinden sich im Wasser, das Euer Gebiet ist! Euer Volk ist aus Flüchtlingen wie uns entstanden. Und in ihrem Namen – im Namen Eurer Vorväter! – bitte ich Euch heute um Asyl. Der Joar ist Euer Lehensgebiet, und ich werde verfolgt. Wenn ich unter diesen Umständen gefangen genommen werden würde, wäre das eine Beleidigung Eurer Gesetze!«

Lionor biss sich auf die Lippen, und Arekh entfuhr ein kurzer Pfiff. Der Einfall war gerissen – und zugleich gefährlich und verzweifelt. Arekh hatte nicht sofort eine Verbindung zwischen den Insassen des Boots und dem Volk des Joar – den Verbannten – hergestellt, die bedeutende Händler der Tränenstadt waren.

Der Legende nach ging die Entstehung ihres Volks auf die Verurteilung eines jungen Kriegers vor sechshundert Jahren zurück. Der junge Mann, dessen Name weder in der Geschichtsschreibung noch in Sagen auftauchte, war ein Kriegsheld gewesen. Da er sich eines Verbrechens schuldig gemacht hatte, war er zur Verbannung verurteilt worden, aber seine Beliebtheit hatte den damaligen Bürgermeister zu dem Angebot bewogen, ihm einen letzten Wunsch zu erfüllen. Der junge Mann hatte darum gebeten, das Urteil nur auf den festen Boden der Stadt zu beziehen, aber nicht auf das Wasser, und hatte sich unter den Schutz der Göttin Verella gestellt. Der Bürgermeister war amüsiert darauf eingegangen und hatte zum Scherz hinzugefügt, dass von nun an alle Verurteilten, die aus der Stadt verbannt wurden, sich der gleichen Gnade erfreuen könnten.

Das war ihm zum Verhängnis geworden. Denn die Entscheidung des jungen Helden hatte sich als schlau erwiesen. Auf dem Kahn, den er zu seiner Wohnstatt gemacht hatte, hatten sich ihm seine Verlobte und alle kriminellen Elemente der Stadt angeschlossen – mitten auf dem Joar, direkt im Stadtzentrum, hatte er das Volk der Verbannten gegründet, das Wasser zu seinem Reich gemacht ... das Wasser aller Gewässer. Den Fluss, die übrigen Ströme, die Schleusen, die Deltas ... Der Joar war eine lebenswichtige

Handelsader – und von diesem Handel hing das Schicksal der Tränenstadt ab. Stück für Stück hatte das Wasservolk beträchtliche wirtschaftliche Bedeutung gewonnen und war eine Macht im Herzen der Macht geworden, eine einflussreiche Gruppe, mit der die wechselnden Bürgermeister im Laufe der Jahrhunderte politische Kompromisse hatten schließen müssen. Die Verbannten durften bei Todesstrafe – die sofort vollstreckt wurde – keinen Fuß an Land setzen, aber das war die einzige Einschränkung, der sie unterworfen waren. Auf dem Wasser waren sie frei … und reich.

Nein, Arekh hatte die Verbindung nicht gleich hergestellt. Marikani war aufmerksamer gewesen. Kein Wunder. Harabec und die Tränenstadt unterhielten enge Beziehungen, und die künftige Königin wusste sicher Bescheid über die inneren Querelen der nächstgelegenen Nachbarstaaten.

Auf dem Boot warf der Mann mit den langen, schwarzen Haaren den Kopf zurück und lachte. Rings um ihn diskutierten die Verbannten aufgeregt, während von der Brücke entsetztes Protestgeschrei ertönte.

Der Ahaman gab einige kurze Befehle, und die Armbrüste hoben sich. Arekh unterdrückte einen Fluch, während der Herr der Verbannten das Wort ergriff. »Ganz schön schlagfertig, Prinzessin von Harabec«, begann er, ohne sich mit offiziellen Titeln aufzuhalten. »Aber du gehörst nicht zu den unseren; dein Land ist nicht meines.«

»Ach, seit wann spielt die Herkunft der Verbannten bei deinem Volk eine Rolle?«, fragte Marikani, ohne sich einschüchtern zu lassen. Der Wind war stärker geworden; die Wellen rings um ihre Füße wurden bewegter. »Im Laufe der Jahrhunderte sind Verurteilte jeglicher Herkunft zu euch gestoßen! Diese Verschiedenheit ist eure Stärke – haben das die Deinen nicht schon immer betont?«

»Spiel da nicht mit, Sohn des Joar!«, rief der Bürgermeister. »Wir haben schon Übereinkünfte mit Seiner Mächtigkeit dem Emir getroffen. Ich warne euch alle, wenn ihr euch gegen uns stellt …«

»Herr der Verbannten, willst du dich etwa so bedrohen lassen, wenn wir euch um Asyl bitten?«, unterbrach Marikani sogleich. »Lässt der Schwur, der eurem Vorfahren geleistet wurde, Ausnahmen zu? Und wenn auf Wunsch des Bürgermeisters bei uns eine Ausnahme gemacht wird, was wird ihn dann hindern, eine weitere zu machen – dann zehn, dann hundert, schließlich tausend?«

»Das ist nicht der rechte Augenblick …«, flüsterte Arekh ihr ins Ohr. Sie hatten keine Zeit, lange zu reden. Sie mussten sich zurückziehen, außer Reichweite der Schusswaffen gelangen …

Marikani ignorierte ihn. »Wenn ihr jetzt nachgebt, wenn man euch drängt, uns kein Asyl zu gewähren«, fuhr sie fort, »wird er dann nicht später wieder versuchen, euch zum Nachgeben zu bewegen?«

Plötzlich landete ein Armbrustbolzen neben ihnen im Wasser, gefolgt von lauten Flüchen von jenseits der Grenze. Sicher ein Missgeschick; der Bolzen hatte sich wahrscheinlich von selbst gelöst. Aber es war ein Missgeschick, das die Dinge beschleunigte. Alle begannen gleichzeitig zu reden: die Verbannten auf dem Boot, die mit ausholenden Bewegungen diskutierten, obwohl die Barke in den Wellen schwankte, die immer weiter an Kraft gewannen; die Delegationsmitglieder auf der Brücke, von denen einige danach riefen, die Flüchtlinge festzunehmen und diesen Eklat zu beenden, während andere sich über den Schuss auf ihr Territorium erregten und wieder andere den Rückzug der Soldaten des Emirs forderten. Der Ahaman, dem bewusst sein musste, dass die Lage immer angespannter wurde, setzte seine Reiter in der Tat in Bewegung, ließ sie aber keineswegs den Rückzug antreten, sondern weiter nach Osten vorrücken, an der Straße entlang, und damit auch an der Grenze und am Flussufer, ganz wie ein Tier, das seine Beute nicht entkommen lassen wollte.

Arekh packte Marikani und Lionor an den Schultern, als wolle er sich leise mit ihnen beraten, und begann sie nach Osten zu ziehen, auf die Stadtmauern zu.

Der Wind fegte mittlerweile recht kräftig von einem schiefergrauen Himmel herab. Einige Regentropfen fielen und bohrten winzige Krater ins aufgewühlte Wasser.

»Das Territorium, das der Bürgermeister den Verbannten zur Verfügung gestellt hat, umfasst theoretisch nur die Gewässer innerhalb der Stadt«, erklärte Arekh den beiden Frauen mit gesenkter Stimme. »Es hat sich zwar eingebürgert, sie hinrudern zu lassen, wo sie wollen, aber der Kerl da« – er machte eine Kinnbewegung zum Boot der Verbannten hin – »sucht doch nur nach einer Ausrede, um uns abweisen zu können. Es wäre genug, wenn jemand ihm sagen würde, dass wir noch nicht in den Gewässern sind, in denen man um Asyl bitten darf.«

Marikani nickte und beschleunigte ihre Schritte, nachdem sie sich mit einem Blick vergewissert hatte, dass Mîn ihnen folgte. Das knöcheltiefe Wasser hielt sie kaum auf, aber der mittlerweile heftige Regen und der Wind machten ihnen die Sache schwer, als hätte der Emir die Luftgeister durch großzügige Opfer und Votivgaben dazu gebracht, für ihn zu arbeiten.

Der Herr der Verbannten machte eine Bewegung, und zwei Männer stakten das Boot langsam vom Ufer weg, nach Osten … noch weiter nach Osten. Als hätten alle begriffen, was auf dem Spiel stand und warum Marikani auf die Stadt zueilte – alle bis auf den Bürgermeister, der versuchte, die Ruhe in seiner Herde wiederherzustellen.

Sie waren zu weit entfernt, um zu sehen, was für ein Ausdruck in den Augen des Herrn der Verbannten lag, aber Arekh spürte, dass der Blick des Mannes auf sie gerichtet war. Der Mann hätte eine Bemerkung machen, reden, drohen können, aber er schwieg, beobachtete sie, sah zu, wie sie immer schneller durchs unruhige Wasser liefen. *Er wartet. Auf einen Vorschlag des Bürgermeisters – oder gar auf das Urteil der Götter?*, überlegte Arekh. *Darauf, zu erfahren, ob wir es schaffen werden, die Stadt zu erreichen?*

»Ich warne dich, Sohn des Joar! Das wird ernste Konsequenzen haben!«, schrie der Bürgermeister.

»Wenn ich mein Land lebendig erreiche, werde ich die Zügel wieder in die Hand nehmen«, rief Marikani und blieb stehen. Im strömenden Regen klebten die Kleider der Flüchtlinge eng an ihren Körpern. »Unsere Zusammenarbeit kann fruchtbar sein … Denkt an die Schleusenzölle!«

Lionor konnte sich eines kleinen Lachens angesichts der Absurdität der Situation nicht enthalten. Arekh packte Marikani an der Schulter und stieß sie vorwärts. »Das ist wirklich nicht der rechte Augenblick!«, wiederholte er in gereiztem Ton.

Das Boot setzte seinen Weg nach Osten fort, ebenso die Flüchtlinge und die Männer des Emirs. Jeder Satz, jeder Augenblick führte sie näher an ihr Ziel heran: die Stadtmauer, unter der der Joar hindurchströmte.

Der Herr der Verbannten hob einen Arm. »Siehst du, Bürgermeister?«, rief er der Delegation zu, die von der Brücke heruntergekommen war und nun zu Fuß der allgemeinen Bewegung folgte. »Das Mädchen macht mir einen

Vorschlag, der sich in klingender Münze auszahlen wird. Und du? Du drohst mir! Was glaubst du, was ich lieber höre? Und – ohne dich beleidigen zu wollen: Sie hat viel schönere Beine als du!«

Marikani konnte sich nicht davon abhalten, einen kleinen Blick nach unten zu werfen, um nachzusehen, was der zarte Stoff der Gewänder aus dem Sommerpalast enthüllte, ohne dass es ihr zuvor bewusst gewesen war. Sie hob wieder den Kopf, um eine bissige oder amüsierte Antwort zu geben – aber dann überschlugen sich die Ereignisse. Der Ahaman, der sah, dass die Stadtmauern gefährlich nahe waren, gab den Reitern des Emirs einen Befehl; sie trieben ihre Pferde zum Galopp, überschritten die Grenze und stürmten direkt auf den Fluss zu.

Die Delegationsmitglieder gerieten in große Aufregung, protestierten und schrien, während der Bürgermeister wie festgewachsen stehen blieb, als hätte die Hand der Götter ihn berührt. Ein Pfeilhagel flog von den Stadtmauern in Richtung der Reiter – aber einige verirrten sich auch zu den vier Reisenden, als seien sich die Soldaten der Tränenstadt noch nicht sicher, wer der Feind war. Marikani und Lionor rannten jetzt in dem Versuch, zur Mauer zu gelangen, diagonal immer tiefer in den Fluss hinein. Das Boot behielt seine Richtung bei; die Reiter des Emirs erreichten das Wasser … Und plötzlich wurde die Strömung stärker, riss die vier Flüchtlinge von den Füßen und wirbelte sie durch die Wellen, so dass ihnen stinkendes, schlammiges Wasser in Mund und Nase drang.

Für einige Augenblicke verlor Arekh völlig die Orientierung. Er sah und hörte nichts mehr, bis er wieder an die Oberfläche kam und der Regen ihm ins Gesicht peitschte. Er versuchte, wieder Luft zu bekommen. Sein Fuß traf auf irgendetwas – vielleicht das Flussbett? –, und er stieß sich ab, schwamm, hielt nach den anderen Ausschau, aber die Wellen schwappten ihm ins Gesicht, und er sah wieder nichts. Ein Schrei. Ja, er hatte einen Schrei gehört – oder war es ein Wiehern gewesen? Er wandte den Kopf und sah die Stadtmauer auf sich zurasen ... Eine Welle wirbelte ihn noch einmal herum, und da bemerkte er das Boot, ganz nah, nur ein paar Zentimeter entfernt, und ausgestreckte Hände. Er packte das Holz und wurde an Bord gezogen.

Im Boot kniend hustete er, spuckte Wasser und sah Lionor mit vollgesogenen Kleidern neben sich sitzen; sie musterte ihn mit ihren türkisfarben schimmernden Augen. Ihr hasserfüllter Blick verriet, dass es sie ärgerte, dass die Verbannten ihn gerettet hatten und er nicht ertrunken war.

Beim nächsten Mal vielleicht, meine Hübsche, dachte er. Der Schrei einer Frau ertönte, und eine Welle der Panik brach über Arekh herein. Marikani? Wo war Marikani? Obwohl ihm schwindlig war und alle seine Gliedmaßen vor Kälte zitterten, gelang es ihm, sich umzudrehen, und er sah sie im Wasser. Sie klammerte sich mit einem Arm ans Boot und hielt Mîn mit dem anderen. Der Jugendliche rührte sich nicht; er war sehr bleich und hielt den Kopf in einem seltsamen Winkel. Ein Pfeil ragte aus seinem Hals. Hinter Arekh keuchte Lionor entsetzt. Arekh wollte aufstehen, aber der Herr der Verbannten hockte bereits an der Reling und bemühte sich, die junge Frau aus dem Wasser zu zerren.

»Ihn zuerst – nehmt ihn zuerst!«, hustete Marikani, die von Mîns Gewicht fast unter Wasser gezogen wurde.

Eine Welle zwang sie beinahe, ihn loszulassen. Der Joar toste mittlerweile zwischen steinbefestigten Ufern dahin; sie hatten die Mauer fast erreicht.

»Ihn zuerst«, wiederholte Marikani, aber der Herr der Verbannten packte sie fest am Arm.

»Er ist tot«, sagte er und löste ihre Hand. Mîns Leichnam wurde weggeschwemmt, drehte sich einmal und verschwand in der Strömung, während der Herr der Verbannten Marikani gewaltsam ins Boot zog, das vom Wasser unter der Mauer hindurchgetragen wurde. So gelangten sie in die Tränenstadt.

Die Sterne bildeten funkelnde Knoten am Himmel, die auf die blaue Leinwand Runen schrieben, Buchstaben der Vorsehung und des Schicksals. Die Boote trieben sanft auf dem schwärzlichen Wasser, in dem sich das Licht der verzierten, bunten Papierlaternen spiegelte, die an den Masten hingen. Girlanden aus Kerzen, die mit kräftigen Fischschnüren befestigt waren, waren zwischen den Booten gespannt und bildeten Lichterketten. Bretter gestatteten den Verbannten, frei von einem Boot zum anderen zu gelangen. Sie spazierten ungehindert durch diese Siedlung aus Holz, Wasser und winzigen, züngelnden Flammen.

Ringsum ragte die Stadt auf. Die hohen Steinhäuser waren düster. Nur einige an Häuserecken brennende Laternen verrieten, dass es in den steinernen Gängen auch Leben gab. Doch es schliefen Leute dort, träumten unter den schweren Dächern, und Arekh fragte sich, wie viele Kinder und junge Mädchen wohl genau in diesem Augenblick am Fenster standen, das Wasservolk beobachteten, eifersüchtig auf das Leben und den Frohsinn waren, die die Boote ausstrahlten, und bitter den Geruch einer Freiheit einsogen, über die sie selbst nie verfügen würden.

Ja, wenn die Legende der Wahrheit entsprach, dann hatte der damalige Bürgermeister einen schrecklichen Fehler begangen. Er hatte nicht nur seinen Feinden eine Macht verliehen, die er falsch eingeschätzt hatte, sondern sie zudem noch im Herzen der Stadt behalten, wo sie ständig eine andere Lebensweise zur Schau stellten, die man nur durch Vergehen erreichen konnte.

Irgendwo mussten sich die schwarzen Vögel des Schicksals vor Lachen ausschütten.

Marikani hatte den ganzen Abend über nicht gesprochen. Stumm und undurchschaubar hatte sie mit angezogenen Knien in einem Winkel eines Boots gesessen. Lionor war bei ihr geblieben, und der Herr der Verbannten, der ihre Trauer respektierte – sicher nahm er an, Mîn sei ein Mitglied ihrer Familie gewesen –, hatte sie nicht angesprochen. Er hatte ohnehin viel zu tun: Erst waren Gesandte des Bürgermeisters, dann der Bürgermeister selbst ans Ufer dieses Wasserlaufs gekommen, um zu verhandeln, zu flehen und zu drohen. Arekh hatte die Gespräche nicht belauschen können; das Boot, auf das man sie inzwischen gebracht hatte, war zu weit vom Kai entfernt. Aber er hatte ärgerlich erhobene Stimmen gehört, und noch vor Sonnenuntergang waren Soldaten demonstrativ an beiden Ufer entlangpatrouilliert. Die Verbannten hatten sie lautstark verspottet und mit Obstschalen und Fischgräten beworfen, wann immer sie in Reichweite gewesen waren.

Dann hatte sich mit dem Abend langsam Ruhe über die Stadt gesenkt. Die Verbannten hatten ihre Laternen und Kerzen entzündet. Dem Bürgermeister stand eine unangenehme Nacht bevor. Der Ahaman hatte sicher einen Boten zum Emir geschickt, und dessen Reaktion würde nicht lange auf sich warten lassen. Würde es zu einer Invasion kommen? Das glaubte Arekh nicht – und der Herr der Verbannten auch nicht, sonst wäre er gewiss kein solches Risiko eingegangen. Nein, der Bund der Freien Städte war zu stark, und die neutralen Mächte wie die Fürstentümer von Reynes würden sich Sorgen machen, wenn das Emirat ein solches Übergewicht gewann.

Der Wind strich über die Wasseroberfläche und kräuselte sie wie einen Schleier. Der Joar floss weiter südlich, jenseits des Stadtzentrums, aber das Wasser, das durch eine Reihe von Kanälen zwischen den Häusern hindurchgeleitet wurde, bildete eine zweite Stadt zwischen ihnen. Durch zahlreiche Treppen, Brücken, Stege und Tunnel konnten Stein und Wasser friedlich nebeneinander leben, um sich dann majestätisch im Stadtzentrum am Marktplatz zu vereinigen, an dem am Ufer die Bürgerhäuser standen und auf der großen Wasserfläche das Herz der Gesellschaft der Verbannten lag.

Die Laternen flackerten und zeigten so an, dass jemand sich über die Stege bewegte. Der Herr der Verbannten – so geschmeidig, dass er mit seinem schmalen Gesicht, seinem langen, schwarzen Haar und seinen funkelnden Augen fast einem Wesen aus der Anderswelt glich – kam leichtfüßig ins Boot gesprungen.

»Kommt«, sagte er zu den drei Reisenden. »Wir haben etwas zu besprechen.«

Sie folgten ihm wortlos durch das hölzerne Labyrinth von Boot zu Boot. Die Verbannten waren zu einem Großteil noch wach und guter Laune; an vielen Stellen wurde Musik gespielt. Einige junge Leute tanzten stumm. Ein Säugling weinte, Kinder würfelten oder schnitzten aus Holz seltsame, gebogene Flöten.

Sie erreichten den Süden der Wasserfläche. Ein eigenartiger Geruch stieg dort auf und vermengte sich mit dem Rauch. Eine Droge oder Weihrauch? Der Duft war Arekh vertraut, obwohl er sich nicht mehr recht erinnerte, wo er ihn kennengelernt hatte. Der Geruch wurde stärker, als sie auf dem Schiff eintrafen – einem richtigen, seetauglichen Schiff, das direkt am Ufer, nur einige Schritte vom Land und damit von der Gefahr entfernt, vor Anker lag. Was es dort machte … schwer zu sagen. Durch welchen Zufall oder welche Torheit war es den Fluss hinauf bis ins Herz der Königreiche gelangt? Jetzt war es hier gestrandet und rührte sich nicht mehr, sondern war mit Teppichen, Laternen und Blumenkübeln geschmückt. Musikinstrumente lagen in den Ecken, und Verbannte – Männer wie Frauen – spielten leise auf der Krummflöte oder unterhielten sich mit gesenkten Stimmen.

Der Herr der Verbannten führte die drei zu einem schweren, roten Teppich, der im Schein der Laternen wie Feuer leuchtete, und bedeutete ihnen, Platz zu nehmen. Dann verschwand er aufs Neue.

Die drei Flüchtlinge setzten sich. Lionor hockte sich auf ein Fass und starrte zu den verlassenen Kais hinüber.

Arekh nutzte die Gelegenheit, zu Marikani hinüberzurücken. »Er hat nicht gelitten«, sagte er. »Ein Pfeil in der Kehle … Das geht schnell.«

Sie machte eine kleine Kopfbewegung. »Meine Hoffnung ist mir abhandengekommen«, flüsterte sie. »Ich dachte nicht, dass es so schnell gehen würde. Nach so vielen Bemühungen, ihn zu retten. Das ist so … absurd!«

Das ganze Leben ist absurd, Aya Marikani, hätte Arekh gern gesagt, *das Leben ist absurd und grausam, und allein die Götter wissen, was für ein Stoff aus den Fäden unseres Hasses gewoben wird.*

Aber er behielt seine Gedanken für sich. *Sie ist nicht im selben Lehm geboren*, wiederholte er sich eingedenk seiner Überlegungen im Korridor des Sommerpalasts. Sie war an einem Ort aufgewachsen, der von der Reinheit der Berge geschützt war.

Sie unterschieden sich voneinander.

»Ihr habt ihn … *Wir* haben ihn kaum gekannt«, erklärte Arekh. »Jeden Tag sterben Unbekannte zu tausenden –

und wir beweinen ihr Schicksal nicht. Auch Mîn war für uns fast ein Unbekannter. Er ist auf einem Bauernhof aufgewachsen … Was wussten wir abgesehen davon über sein Leben? Oder über seine Gedanken?«

Marikani drehte sich zu Arekh um und starrte ihn an. In ihren großen, braunen Augen spiegelte sich flüchtig der Laternenschein wider. »Ja. Er ist nur ein paar kurze Tage lang durch unser Leben gehuscht, und ich habe kaum mit ihm gesprochen. Und jede meiner Entscheidungen wird, wenn ich denn je nach Harabec zurückkehre« – sie lachte leise – »das Schicksal tausender Leute von seiner Art beeinflussen, manchmal gar ihren Tod verursachen, ohne dass ich ihnen auch nur eine einzige Träne nachweine. Aber was soll ich sagen? So etwas lässt sich nicht rational erklären. Und außerdem … außerdem ist meine Reaktion, wie ich Euch schon im Sommerpalast erklärt habe, teilweise egoistisch.«

Sie machte eine ausladende Geste, die alles Mögliche mit einzuschließen schien: die Stadt, die Verbannten, ihre Reise hierher …

»All diese Misserfolge, diese Vergeudung. Die verlorene Zeit, die ich besser in Harabec hätte verbringen sollen, um die Steuereinnahmen aus der Ernte und aus dem Seidenhandel zu verwalten. Die Ratssitzungen, die ich nicht abgehalten habe, die Grenzen, die ich nicht verteidigt habe … Wenn ich mir nur vorstelle, in was für einer Katastrophe die Sache mit der Lagune geendet haben muss, da Baresk freie Hand hatte …«

Arekh wusste beim besten Willen nicht, was sich hinter der »Sache mit der Lagune« verbarg; er wusste nur, dass Baresk ein kleines Gebirgsland südlich von Harabec war.

Das hinderte ihn nicht daran zu nicken.

»Nun ja«, fuhr Marikani fort, »ich wollte einfach, dass

sich aus diesem ganzen Desaster etwas Gutes, Sicheres, Greifbares ergibt. Das gerettete Leben eines Jungen von dreizehn Jahren – das wäre nicht von der Hand zu weisen gewesen. Ich hätte ihn im Palast erziehen lassen. Ich hätte ihm ein glückliches Leben geboten – mehr um meinetals um seinetwillen«, fügte sie mit einem leisen, bitteren Lachen hinzu. »Um mir sagen zu können, dass ich wenigstens in der einen Hinsicht Erfolg hatte.«

Arekh sah zu, wie Rauch aus dem Schornstein eines großen Bürgerhauses am Ufer aufstieg – kräftig und hoffnungsvoll, nur um sich all seinem Enthusiasmus und seiner wattegleichen Schönheit zum Trotz ein paar Fuß weiter aufzulösen.

»Ich habe unsere … Wette gewonnen«, sagte er sanft, »aber Ihr wisst, dass mir das keinerlei Befriedigung verschafft, nicht wahr?« Marikani nickte leicht, und Arekh fuhr fort: »Ich war derjenige, der seine Fesseln durchschnitten hat. Ich empfinde heute keinerlei Trauer … Wie gesagt, ich kannte ihn zu wenig. Aber ich verstehe, was Ihr empfindet. Ich bin zurück ins Wasser getaucht, um ihn zu befreien. Ihr und Eure Hofdame habt ihn durch die Berge und durch die Tunnel geschleppt … Es ist wirklich eine Verschwendung.«

Lionor, die dem Gespräch mit halbem Ohr gelauscht haben musste, warf Arekh bei dem Wort »Hofdame« einen spitzen Blick zu, bevor sie sich wieder abwandte.

»Aber so ist das Leben«, fuhr Arekh fort und ignorierte sie. »Warum wollt Ihr das Schicksal ändern? Wir haben alle unsere vorgezeichnete Rolle. Daran etwas ändern zu wollen, macht alles nur noch bitterer.«

Marikani schüttelte den Kopf, den Blick aufs Wasser gerichtet. »Ihr könnt das nicht verstehen. Mir ist ein … ein Wunder zuteilgeworden«, erklärte sie. »Mein Schicksal hat sich für immer verändert. Wenn Euer Leben sich auf die Weise gewandelt hätte, hättet Ihr dann keine Lust, dieses Wunder weiterzugeben, andere um Euch herum zu verändern? Eure Schulden zurückzuzahlen?«

Arekh runzelte die Stirn. »Welches Wunder?«

Marikani sah ihn einen Moment lang an, als sei sie überrascht oder angesichts einer plötzlichen Erkenntnis erstarrt, bevor sie den Kopf wegdrehte. »Nun ja … die Seuche. Ich bin einer fürchterlichen Epidemie entgangen, und man hat mir einen Thron angeboten. Es ist seltsam, Leute rings um sich fallen zu sehen, zu beobachten, wie sie sich vor Schmerzen krümmen und sterben, während bei einem selbst Tag für Tag … nichts geschieht. Man wartet auf das Fieber, sucht vor dem Spiegel nach Hautrötungen, rechnet mit Qualen, die einem die Eingeweide zerfetzen werden … nichts. Und eines Tages ist es dann vorbei, und man lebt noch.« Leise wiederholte sie: »Wenn Ihr ein solches Wunder erlebt hättet, hättet Ihr dann keine Lust, es weiterzugeben?«

»Mir ist nie ein Wunder zuteilgeworden«, begann Arekh und unterbrach sich dann, als er wie betäubt erkannte, dass das nicht stimmte – er hatte sein Wunder bekommen, deshalb lebte er heute noch, statt als grinsendes Skelett an die erste Ruderbank eines verrottenden Schiffes gefesselt zu sein.

Plötzlich bestürzt starrte er aufs Wasser hinaus.

Marikani hatte nichts bemerkt; sie fuhr fort: »Nun ja, mein Wunder ist in das Wasser zurückgekehrt, aus dem es hervorgekommen war … Nehmt Euch in Acht, Nde Arekh«, fügte sie mit fast schmerzlicher Ironie hinzu. »Ihr seid jetzt derjenige, auf dem all meine Hoffnungen ruhen. Ihr seid der Einzige, der diesem ganzen Debakel noch einen gewissen Sinn verleihen kann.«

Arekh hob verblüfft den Blick zu ihr – und plötzlich erschien der Herr der Verbannten neben ihnen. Er bewegte sich immer noch mit leichten Schritten und einer unwirklichen, tänzerischen Anmut. Er trug vier Tonpfeifen und einen kleinen Topf voller Kräuter. Der Geruch, der von ihnen ausging, war der, den Arekh bereits wahrgenommen hatte: Kräftig, aber angenehm erinnerte der Duft an den Weihrauch, den die Priester an den Höfen im Zuge bestimmter Zeremonien einsetzten.

Der Herr der Verbannten setzte sich hin und sah sie einen nach dem anderen an. Marikani richtete sich auf und verneigte sich. »Sohn des Joar, ich habe Euch noch nicht für Eure Gastfreundschaft und Euren Schutz gedankt«, sagte sie in stolzem Ton. »Euer Mut macht Euch Ehre, und ich wäre mit Freuden bereit, ihn zu belohnen, indem ich engere Beziehungen mit Eurem Volk knüpfe. Ihr seid, wie ich weiß, der Herr über alle Handelsrouten, die zwischen der Stadt und dem Süden der Fürstentümer verlaufen, und …«

Der Herr der Verbannten unterbrach sie. »Über Geld reden wir später, Prinzessin. Ich habe Euren Vorschlag bezüglich der Schleusen nicht vergessen, und ich bin mir sicher, dass wir uns auf etwas einigen können, das zum beiderseitigen Vorteil ist. Aber deswegen seid Ihr nicht hier …«

Marikani sah ihn überrascht an. Lionor stieg von ihrem Fass und ließ sich im Kreis nieder.

»Wir brauchen Verbündete«, sagte der Sohn des Joar in ruhigem Tonfall. »Ich spreche nicht von Handelspartnern, mit denen sich je nach finanzieller Situation Bündnisse ergeben und lösen. Ich spreche von politischen Freunden, von … militärischer Unterstützung, wenn sich die Notwendigkeit abzeichnet.«

»Gibt es Schwierigkeiten mit dem Bürgermeister?«, fragte Marikani. »Er wirkt nicht besonders gefährlich.«

»Dieser Bürgermeister hier? Nein. Aber der nächste?«, sagte der Mann, und Arekh bemerkte aufs Neue das Feuer, das in seinen schwarzen Augen glomm.

Diesem Mann wohnten Gewalttätigkeit und Leidenschaft inne und noch etwas anderes – so etwas wie ein Gewissen und die Last einer gewaltigen Verantwortung. Arekh hatte schon die Lenker vieler Gegenden und Völker gesehen und reden hören. Aber diesen Schatten hatte er leider nur in sehr wenigen Blicken wahrgenommen.

Arekh nickte. »Ich verstehe. Ihr seid angreifbar. Nur das Gewicht der Tradition schützt Euch, aber die Bürger der Stadt werden immer eifersüchtiger. Eines Tages kann alles umschlagen.«

Der Herr der Verbannten musterte Arekh. »Ihr seid nicht ihr Leibwächter – und Ihr stammt auch nicht aus Harabec. Wer seid Ihr? Ihr Geliebter?«

Marikani lachte nicht und schnappte auch nicht entsetzt nach Luft – und Arekh war ihr, ohne zu wissen, warum, unendlich dankbar. Er spürte nur, dass sie sich zu seiner Linken anspannte. Lionor wandte erzürnt das Gesicht ab.

»Die Ehre habe ich nicht«, sagte Arekh. »Ich bin ein wegen Mordes verurteilter Galeerensträfling. Recht ... komplexe Umstände haben dazu geführt, dass ich Aya Marikani auf ihrem Weg begleite.«

Der Herr der Verbannten nickte ohne größere Überraschung. Natürlich, er kannte sich mit Mördern und Galeerensträflingen auf der Flucht aus. »Was für ein Mord? Einer oder mehrere?«

»Ich bin für den Mord an einem Soldaten bei einer Kneipenschlägerei verurteilt worden«, antwortete Arekh. Obwohl Marikani und Lionor sich weder gerührt, noch ein Wort gesagt hatten, wusste Arekh, dass er ihre volle Aufmerksamkeit hatte; er hatte ihnen nie etwas darüber erzählt. »Aber obwohl dieser eine Mord dafür gesorgt hat, dass ich auf die Galeeren geschickt wurde, war es nicht der erste.«

»Gut«, sagte der Herr der Verbannten, als verstünde er. »Wisset, dass wir Euch unsere Gastfreundschaft anbieten, wenn Ihr sie eines Tages wünschen solltet … sofern Ihr Eure Taten danach nicht fortsetzt. Das Wasser des Joar wird Verbrechern nur dann zur Zuflucht, wenn sie ihre Verbrechen nicht an Mitgliedern unserer Gemeinschaft begehen.«

Arekh verneigte sich. »Ohne jede Frage, Sohn des Joar.«

Der Herr der Verbannten sah daraufhin Lionor an, die sich ihrerseits verneigte. »Mein Name ist Lionor Mar-Arajec, Tochter des Pagins Astour, der die Ehre hatte, den Herrschern von Harabec zwei Generationen lang als Kämmerer zu dienen. Ich begleitete Aya Marikani auf ihrer Reise, als unsere Karawane in einen Hinterhalt geriet.«

»Willkommen, Ehari Lionor«, sagte der Verbannte mit einer Verbeugung. »Euch biete ich nicht an, bei uns Asyl zu suchen – ich wünsche Euch, dass Ihr es nie benötigen werdet.«

»Danke für Eure guten Wünsche«, sagte Lionor schlicht.

Der Herr der Verbannten gab den drei Männern und der Frau, die Flöte spielten, ein Zeichen. Sie legten ihre Instrumente auf dem Teppich ab und stießen zum Kreis der dort Sitzenden hinzu.

Die Frau war ein zierliches Geschöpf mit langem, rotem Haar und zerfurchtem Gesicht. Sie begann, die Pfeifen mit dem gelblichen Kraut zu stopfen. Als sie Arekh die Pfeife reichte, stieg ihm der Geruch, den er schon zuvor wahrgenommen hatte, noch weitaus stärker, aber durchaus nicht unangenehm in die Nase.

Der Herr der Verbannten zündete sich die Pfeife am Feuer einer Laterne an. Marikani hob überrascht die Hand. »Haben wir nicht noch politische Einzelheiten zu besprechen? Ihr erwähntet die Notwendigkeit, Euch Verbündete zu schaffen.«

»In der Tat, Aya Marikani. Wir können den ehrgeizigen Vorhaben der Bürgermeister nur etwas entgegensetzen, wenn wir mächtige äußere Unterstützer haben. Die Freundschaft Harabecs wäre für uns ein kostbarer Trumpf.«

»Ihr kontrolliert eine bedeutende Achse der Handelsschifffahrt, Sohn des Joar«, sagte Marikani und schenkte ihm ein warmherziges Lächeln. »Ich bin sicher, dass wir uns einigen können, besonders, wenn Ihr etwas hinsichtlich der Zölle auf die Getreidefrachten unternehmt. Wie Ihr sicher wisst, müssen wir Getreide importieren, seit eine Überschwemmung …«

Sie verliert das Ziel nie aus den Augen, dachte Arekh, den es amüsierte, wie gut Marikani selbst in den sonderbarsten Augenblicken verhandeln konnte.

Aber der Herr der Verbannten unterbrach sie. »Prinzessin von Harabec, wir werden über die Getreidezölle und die Schleusenmaut sprechen und sicher zu einer Übereinkunft gelangen, das verspreche ich Euch. Aber das ist nicht der Zweck des heutigen Treffens. Wie ich schon sagte, suchen die Verbannten *Freunde*.«

Er sah sie abermals einen nach dem anderen an. »Wir haben ein Ritual. Wir werden unser Blut miteinander teilen und sehen, was es uns sagt. Dann werden wir in den Hathot-Nebeln aufsteigen und im Geiste eins miteinander werden …«

Arekh sah Marikani an und bemerkte das Aufblitzen von Unsicherheit in ihren Augen. Dennoch stand sie auf und verneigte sich förmlich vor dem Verbannten. »Sohn des Joar, wir verdanken Euch unsere Freiheit und unser Leben. Worin Euer Ritual auch bestehen mag, wir werden uns ihm unterwerfen.«

Der Herr der Verbannten stand seinerseits auf, nahm einen Dolch und brachte erst seiner Handfläche, dann der Marikanis einen langen Schnitt bei.

Arekh fand das Ritual nicht gerade originell; er hatte solche Freundschafts- und Loyalitätsbekundungen schon an den verschiedensten Orten der Königreiche erlebt. Der Wert des Rituals war natürlich nur der, den die beiden Bluts*brüder* ihm beimaßen.

Was dann folgte, war allerdings seltsamer. Nachdem er ihrer beider Handflächen zusammengeführt hatte, ließ der Verbannte sein und Marikanis Blut zu Boden fließen und beugte sich dann darüber, um es mit der anderen Hand zu verschmieren, bevor er das Ergebnis studierte.

»Das Wasser wird für unsere geistige Verbindung bestimmend bleiben«, sagte er schließlich. »Diese Begegnung findet im Zeichen Verellas statt. Ehari Lionor, wollt Ihr beginnen? Ihr werdet die erste Geschichte erzählen, sobald E-Fîr am Horizont aufsteigt.«

»Aber …«, protestierte Lionor. »Geistige Verbindung, ich? Ich bin nur … nur eine Freundin …«

»Ihr seid alle drei hier empfangen worden«, sagte der Verbannte und deutete dann auf Marikani. »Nicht allein sie. Die Verbindung zwischen dem Joar und den Verbannten steht unter dem Schutz des Arrethas, wusstet Ihr das, Prinzessin?«

Marikani nickte. Arrethas, der Gott der Zeit und des Schicksals, war der Gott, der auch Harabec beschirmte – Marikanis direkter Vorfahr durch eine lange Linie von Helden mit dunklem Blut.

»Alle, die unsere Gemeinschaft aufsuchen, sind von

Arrethas gesandt – alle, ohne Ausnahme. Wenn das Schicksal Euch alle drei zusammengeführt hat, glaubt Ihr da nicht, dass es seine Gründe hat?«

Kurzes Schweigen folgte seiner Erläuterung.

»Raucht«, schloss der Herr der Verbannten. Er deutete auf die rothaarige Frau. »Gut. Lahara wird die erste Geschichte erzählen, und danach werden wir die Euren hören.«

Arekh zündete sich unsicher die Pfeife an einer Laterne an. Sollten sie Einzelheiten über ihre Vergangenheit erzählen? *Das kommt nicht in Frage*, dachte er, während sie in der kalten Nachtluft rauchten. Selbst ihre Droge würde ihn nicht dazu bringen, das zu tun.

Die Dünste des Krauts stiegen als Rauch über ihnen auf wie irisierende Wellen. Der Geruch war streng, die Wirkung sonderbar. Arekh verlor jegliches Zeitgefühl.

Er hatte manchmal den Eindruck, dass er allein inmitten des Kreises stand, obwohl er sich nicht gerührt hatte. Alles bekam eine Bedeutung, einen Sinn, und wie bei den Sternen, in denen die Zauberer die Runen lasen, erschien es ihm, als ob jedes Ding auf der Welt sich mit einem anderen verband, um ein Alphabet zu bilden, mit dem er den Sinn aller Dinge hätte entschlüsseln können, wenn er nur in der Lage gewesen wäre, es zu lesen.

Die Monde zogen ihre Bahn über den Himmel, und der Herr der Verbannten wandte sich der rothaarigen Frau zu.

Diese schloss die Augen. »In einer Stadt unter dem Meer lebte das Volk der Saryger.«

Eine Laterne flackerte im Wind. Die Frau legte eine kleine Pause ein und fuhr dann fort: »Die Delfine waren ihre Brüder und Freunde. Inspiriert von ihren Gesängen und unterstützt und aufrecht gehalten von ihrer Kraft gründeten die Saryger eine Stadt mit hohen, aus Stein gehauenen Säulen, die bis in die kleinsten Einzelheiten ungeheuer verschnörkelt waren.

Eines Tages nahm ein Delfin, der auf ihre Begabung eifersüchtig war, die Gestalt eines Sarygers an und wollte selbst einen unberührten Felsen behauen. Die Schönheit seiner Skulpturen war ohnegleichen, aber als die Delfine in großer Zahl angeschwommen kamen, um sie zu bewundern, rief ihre Ankunft eine solch starke Strömung hervor, dass sie erst den Tempel und dann die gesamte Stadt erzittern ließ. Eine nach der anderen brachen die Säulen zusammen, zerquetschten die Saryger unter ihrem Gewicht und zerstörten die ganze Stadt, die nie wieder aufgebaut wurde.

So verschwand das Werk ganzer Generationen. So kam das Volk der Saryger um, während die Delfine, die aus ihrer Erfahrung gelernt hatten, in ferne Gewässer schwammen, um neue Gesänge zu erschaffen, von denen uns noch keine Kunde erreicht hat.«

Der Herr der Verbannten nickte. »Das also gibt dir die Verbindung des Geistes heute ein, Lahara? Dies ist die Geschichte, die für dich der Begegnung des heutigen Abends entspringt?«, fragte er, indem er auf die drei Reisenden wies. Die rothaarige Frau neigte den Kopf, und er fuhr fort: »Interessant … Ich frage mich, was wohl ein Seher dazu sagen würde. Ehari Lionor, Ihr seid an der Reihe. Wollt Ihr uns Eure Geschichte erzählen?«

Lionor schüttelte ungläubig den Kopf. »Das ist alles?«, fragte sie. »Die Stadt bricht zusammen und … das war's?«

»Dort endet ihr Teil der Geschichte«, erklärte der Verbannte. »Wollt Ihr uns erzählen, was die Vereinigung Euch eingibt? Ihr müsst nur die Augen schließen und die Worte strömen lassen. Es sei denn, die Prinzessin von Harabec möchte gern beginnen? Eure Freundin scheint noch nicht bereit zu sein.«

Marikani holte tief Atem. Ein kurzes Schweigen folgte. Es war offensichtlich, dass sie nicht wusste, was sie sagen oder wo sie beginnen sollte.

»Schließt die Augen«, wiederholte der Herr des Geistes.

Marikani schloss langsam die Lider. Dann begann sie ihre Geschichte.

KAPITEL 7

»In einer Hütte in den Bergen lebten ein Junge und seine Mutter. Eines Tages war ihnen die Milch ausgegangen, also schickte die Mutter den Jungen welche holen. ›Sei vorsichtig‹, sagte sie, ›und was auch geschieht, mach nicht den Mantel schmutzig, den ich dir geschenkt habe.‹

Der Mantel bestand aus grober Wolle. Er war überhaupt nicht hübsch, aber er war praktisch und noch dazu der einzige, den der Junge besaß. Seine Mutter hatte einen Hirtenstab darauf gestickt, denn sie hatte immer davon geträumt, eines Tages zu erleben, dass ihr Sohn Schäfer wurde.

Der Junge ging ins Dorf. Es war schönes Wetter, und der Tag wirkte verheißungsvoll. Das Gras war gelb, und die Hügel dufteten nach frischer Erde. Der Junge war voller Hoffnung, wie man es in dem Alter ist, also hüpfte er vor sich hin und fiel kopfüber in eine Matschpfütze.

Er stand wieder auf und bemerkte, dass die Luft nicht mehr so gut roch, dass das Gras trocken und spröde und es sehr kalt war. Zitternd sagte er sich, dass er nie mehr zurückkehren könnte und dass das Haus seiner Mutter ihm von nun an verschlossen sein würde.

Also zog er los, um nie mehr zurückzukehren.

Die Jahre vergingen, und aus dem Jungen wurde ein

berühmter Held. Unterwegs hatte er das dreiköpfige Ungeheuer besiegt, das alle erstgeborenen Knaben der Stadt Miranna im Gebirge gefressen hatte; er hatte der spinnenartigen Königin den Kopf abgeschlagen, die ihre Kinder langsam an sich geklebt hatte, bis sie eins mit ihr waren, und hatte eine Brücke gegen tausende und abertausende von Soldaten verteidigt, die ins Land der Hundert Flüsse eindringen wollten.

Verella, deren Blick liebevoll auf allen ruht, die ihr Wasserkönigreich lieben und beschützen, richtete ihre grünen Augen auf den jungen Helden und verliebte sich in ihn. Sie stieg aus dem Fluss, nackt wie am Tag ihrer Schöpfung, als sie aus dem Leib ihrer Mutter Lâ geflossen war, ohne dass ein Vater ihr seinen Samen geschenkt hätte. Ihre Haut war grün und blau, ihre Brüste rund wie dargebotene Früchte – Früchte, wie sie der junge Held noch nie berührt hatte. Sie gaben sich im Wasser ihren Liebesspielen hin, und später, sehr viel später, wurden Zwillinge geboren, von denen der Vater nie etwas erfuhr. Diese Zwillinge gründeten später das Land der Nebel, in dem ihre Nachkommen heute noch herrschen.

Aber als die Liebenden sich im Fluss umschlungen hielten, war noch nicht von Kindern oder Ländern die Rede, und Verella schenkte dem Menschen zum Dank für seine Küsse die Macht hinzugehen, wo er wollte, und zu handeln, wie er wollte, ohne je Tränen der Reue vergießen zu müssen.

›Meine Töchter, die Flüsse, werden dich beschützen und bei jedem Schritt salben. Das Wasser, das in deinem Blut und in deinen Tränen fließt, wird dich ebenfalls schützen. Menschen träumen‹, fügte sie lächelnd hinzu; es war das Lächeln einer Göttin, für die sich schon hunderte von Freiern in die Abgründe gestürzt hatten und um deretwillen ihr Bruder Um-Akr, wie man sich erzählt, einst all seinen Gerechtigkeitssinn verloren hatte. ›Menschen träumen‹, wiederholte sie, ›aber Kummer und Schuldgefühle halten sie auf ihrem Weg auf wie ein Klotz am Bein – und deshalb setzen sie ihre Träume nicht in die Tat um. Ohne Reue und Tränen, mein junger Liebhaber‹, fuhr sie fort und küsste ihn noch einmal, ›wirst du mehr erreichen als andere Menschen.‹

Und so kam es, dass der junge Held von da an ohne Reue und von den Wassern getragen der größte Pirat der Bekannten Lande wurde. Er tötete, kaperte und massakrierte auf den Ozeanen. Das Blut seiner Opfer floss in Strömen und besudelte die Gewänder der Eleïden, die am Meeresgrund tanzen. Das Blut floss, wie man sich erzählt, bis in die Stadt der Saryger, deren Steinsäulen damals noch nicht zusammengebrochen waren. Dann – als er so reich geworden war, dass seine Frachträume vor Schätzen überquollen – brach der junge Held zur Eroberung von Ländern auf, und das Blut strömte weiter und weiter, während er Land um Land, Stadt um Stadt eroberte. Die Flammen, die die Häuser verschlangen und den Nachthimmel golden färbten, spiegelten sich in seinen Augen, ohne dass er darunter gelitten oder seinen Vormarsch verlangsamt hätte, denn Verellas Geschenk schützte ihn vor Gewissensbissen.

So wurde das Kind aus dem Dorf, das seinen Mantel beschmutzt hatte, Kaiser. Könige und Zauberer beugten sich seiner eisernen Herrschaft. Der neue Kaiser ließ nicht die geringste Rebellion zu; er schlug auch jedem, der ihm widersprach, alle Gliedmaßen eine nach der anderen ab, bevor er ihn dann köpfte, damit die Schmerzenschreie all jene erzittern ließen, die Hoffnungen auf einen Aufstand hegten. Und das Blut floss in Strömen über den Boden des Kaiserreichs, wie es in die Ozeane und über den Weg, den er auf seinen Eroberungen beschritten hatte, geflossen war. Und in kleinen Bächlein erreichte es schließlich den Fluss, in dem Verella schlief, und besudelte ihr Kleid aus kunstvollen Algenspitzen.

Da öffnete Verella die Augen und begriff, was sie angerichtet hatte. Sie legte ihr Gewand ab und verließ den Fluss, um ihren einstigen Geliebten zu besuchen. Sie trat nackt in seinen Thronsaal, gefolgt von Eleïden mit wellenversilberten Dreizacken und von den Kriegern ihres Bruders, Um-Akr, der für die Gerechtigkeit zuständig ist. Denn sie fürchtete, dass der junge Kaiser sich auch gegen sie wenden könnte, und wollte sich schützen.

›Oh, du mein Geliebter‹, sagte sie mit sanfter Stimme, ›ich habe dir ein Geschenk gemacht, aber dieses Geschenk hat dich zu weit gehen lassen. Sogar mein Bruder kann dir deine Verbrechen nicht zum Vorwurf machen, denn wenn deine Verbrechen dein Herz nicht verwunden, wie kannst du da wissen, dass es sich um Verbrechen handelt? Aber du musst jetzt damit aufhören – du hast deine Träume in die Tat umgesetzt. Auf dieser Welt ist niemand mächtiger und gefürchteter als du. Erlaube mir, deine Stirn zu berühren, um dir die Sicht der Seele zurückzugeben.‹

Aber der junge Kaiser wollte die Sicht der Seele nicht zurückerhalten, er wollte nicht wieder schwach werden; so nahm er sein Schwert, bereit, in seinem Zorn sogar den Göttern selbst zu trotzen. Und er trat auf Verella zu, und die Eleïden hoben ihre Dreizacke, und die Krieger Um-Akrs hoben ihre Äxte – und der junge Kaiser ohne Furcht und Gewissen ließ sein Schwert auf den Kopf der Göttin niedersausen.

Aber das Schwert prallte von Holz ab, denn Verella war nur eine flache Figur aus bemaltem Holz, wie die, die man auf Tavernenschildern sieht – und die Silhouette fiel polternd auf den Marmorboden des Thronsaals. Daraufhin wandte sich der junge Kaiser den Eleïden zu, und die Eleïden stürzten ihrerseits mit leblosen, schwankenden Holzgesichtern zu Boden, und auch die Krieger Um-Akrs waren nichts als geschnitzte Holzbretter. Der junge Kaiser drehte sich um und bemerkte, dass er auf einer Theaterbühne stand. Er zerrte an dem Wandteppich, der als Kulisse diente, um ihn von den Balken zu reißen, an denen er hing, und als der Teppich fiel, brachen der Palast, seine Säulen und seine Basreliefs zusammen, um nicht mehr als einen staubigen, kleinen Haufen zu bilden.

Da wandte sich der junge Kaiser denjenigen zu, die ihm zusahen, und wusste, dass er eine Entscheidung fällen musste.«

Wieder senkte sich Schweigen über die kleine Versammlung, während der Rauch der Pfeifen in den Nachthimmel aufstieg. Das Wasser, das von den Fackeln und vom Sternenlicht erhellt wurde, plätscherte sanft gegen den Schiffsrumpf.

»Hier endet meine Geschichte«, sagte Marikani mit einem Kopfschütteln.

Dann wandte sie den Blick ab, als frage sie sich, warum so viele Worte aus ihrem Mund gedrungen waren, wohin sie sie geführt hatten und ob sie nicht zu viel gesagt hatte.

Die rothaarige Frau schnaufte, als erwache sie aus einem Traum, und der Herr der Verbannten stand auf, um eine Feldflasche zu holen, die er Marikani reichte. Diese trank einen großen Schluck, bevor sie die Flasche weiterreichte. Als sie bei Arekh ankam, löschte er seinerseits seinen Durst. Das Wasser war mit Orangenblüten und Honig aromatisiert.

»Ihr seid an der Reihe«, sagte der Herr der Verbannten zu Arekh.

Dieser rauchte einen weiteren Zug aus seiner Pfeife. Sein Geist war gedämpft und dickflüssig, wie der Honig im Wasser aus der Feldflasche. Bruchstücke der Geschichte hatten ihn geradewegs ins Herz getroffen, ohne dass er so recht wusste, warum, aber er zweifelte daran, dass er selbst eine Geschichte erzählen konnte, die in der Lage war, den Herrn der Verbannten zufriedenzustellen – oder Hathot, die Geschichten und religiöse Schriften inspirierte.

Dennoch hatte auch Marikani nicht so gewirkt, als sei sie bereit … Und sie hatte nur die Augen schließen müssen, damit Hathots Geist aus ihrem Munde sprach. Ohne Zweifel war das Kraut, das sie rauchten, demjenigen ähnlich, das die Priester verwendeten, um sich dem Göttlichen anzunähern. Vielleicht schuf der schillernde Rauch eine nicht weniger schillernde Brücke zwischen ihnen und den Göttern.

Arekh richtete den Blick aufs Wasser, versuchte, sich darin zu verlieren und sich vom göttlichen Geist wie von den Wellen des Ozeans verschlingen zu lassen.

Dann schloss er die Augen, und es schien ihm, als würde die Geschichte ganz von allein fließen, so wie das Blut in Verellas Flüsse geströmt war.

»Ein Affenhändler betrieb einen Laden«, sagte er, »und dieser Händler hatte drei Töchter. Sein Handel florierte, denn die Affen waren possierlich und geschickt, so dass zahlreiche Adlige, Priester und Könige sich Affen kauften, um sie kleine Arbeiten ausführen zu lassen und ihren Haushalt zu erheitern. Aber unter ihrem amüsanten Äußeren waren die Affen hinterhältig und durchtrieben. Ihre Seelen waren klebrig wie Schlamm, und anstelle des Herzens hatten sie ein Stück des schwarzen Steins, der die Reiche zerstört hatte, als Ô auf sie herabgestürzt war. Der Stein strahlte Bosheit aus, und die Affen wollten den Platz der

Menschen einnehmen und sich an denen, die sie doch bei sich aufgenommen und ernährt hatten, dafür rächen, dass ihnen die Freiheit geraubt worden war.

Die Affen warteten darauf, dass ihre Stunde kam, auf dem Markt ebenso wie auf dem Lande – die Stunde, in der sie Rache nehmen konnten. Und sie beobachteten die Sterne, denn der Affengott, vor dessen Gestank und Unrat selbst die Bewohner der Abgründe zittern, hatte ihnen gesagt, dass einst die Sterne Stunde und Ort ihrer Befreiung an den Himmel schreiben würden.

Aber ihr Gott hatte sie belogen – denn sogar ihr Gott hatte solch eine schwarze Seele, dass er die belog, die an ihn glaubten –, und Nacht für Nacht wollten die Sterne nichts schreiben. Da wurden die Affen des Marktes es leid zu warten und zerschlugen eines Nachts die Türen ihrer Käfige, um auszubrechen.

Das war eine traurige Nacht, denn sie stahlen die Schwerter und Dolche ihrer Herren und erstachen sie. So kamen der Affenhändler und seine jüngste Tochter ums Leben, ermordet von den kleinen Geschöpfen mit der schlammigen Seele. Die beiden anderen Mädchen bekamen Angst und flohen jeweils in eine andere Richtung. Sie versteckten sich, so gut sie konnten, im Haus ihres Vaters, das sich hinter dem Laden befand, den die Affen in ihre Gewalt gebracht hatten.

Zum Glück war der Markt bewacht, und die Wachen waren tapfer und mit glänzenden Schwertern bewaffnet. Vom Lärm und vom Weinen aufgeschreckt, riegelten sie den Markt ab, um die rebellischen Affen davon abzuhalten, die Saat des Aufstands weiterzutragen, und töteten die Tiere eines nach dem anderen, zur großen Freude der Menschen.

Die beiden Schwestern kamen wieder aus dem Haus

hervor, wo sie sich versteckt hatten, und fanden die Leichen ihres Vaters und ihrer Schwester. Sie trauerten lange, verkauften dann den Laden und führten von da an ein zurückgezogenes Leben in einem Steinhaus nahe beim Stadttor.

Die beiden Schwestern waren fromm und gingen jeden Tag in den Tempel, um zu Fîr zu beten.

Der Priester, der dort lebte – ein intelligenter und geschmeidiger Mann, dessen Herz aber von Ehrgeiz zerfressen war –, fasste die beiden Töchter des Ladenbesitzers ins Auge, besonders die ältere, die eine zierliche Figur und ein angenehmes Gesicht hatte. Eines Tages bat er sie nach dem Gebet, mit ihm zu kommen, um allein mit ihm zu sprechen.

Die ältere Tochter setzte sich an den Tisch und trank den Kräuteraufguss, den der Priester ihr anbot. Dieser musterte sie eine ganze Weile und sagte dann: ›Ich weiß, wer du bist, o Tochter des Affengottes. Du hast es verstanden, die Stadtbewohner und sogar deine Schwester zu täuschen, aber mich kannst du nicht hinters Licht führen.‹

Die Erstgeborene errötete und zitterte, denn der Priester hatte ihre Lüge durchschaut. Sie war gar nicht die Tochter des Ladenbesitzers – die war von den Affen getötet worden, wie ihr Vater und ihre Schwester, und ein Affenweibchen hatte ihren Platz eingenommen. Das Affenweibchen war so geschickt und intelligent, sein Gesicht so hübsch und seine Verkleidung so gelungen, dass niemand außer dem Priester den Austausch bemerkt hatte.

›Wenn Ihr mich verratet, wird man mich töten‹, sagte die Äffin, bereit, ihn anzuflehen. ›Ich habe niemandem etwas Böses getan; ich bin zufrieden damit, mit meiner Schwester zusammenzuleben, und sorge nicht für Aufsehen.‹

Aber der Priester hatte gar nicht vor, sie zu verraten. Er

wusste, dass Affen – vom Bösen getrieben, mit gespenstischer Intelligenz gesegnet – hervorragende Verbündete werden konnten. Es widerstrebte ihm nicht, seine Götter und das Wahrheitsgelübde, das er vor den Gläubigen abgelegt hatte, zu verraten. Er dachte nur an seine eigene Zukunft und die Macht, die ihm aus dieser Angelegenheit erwachsen konnte.

›Ich werde dich nicht verraten‹, sagte er. ›Du wirst jeden Tag in den Tempel kommen, und ich werde aus dir die gelehrteste, gewandteste Frau der ganzen Stadt machen. Du bist schön – du wirst den Sohn des Bürgermeisters verführen. Wie sein Vater ist er nicht besonders schlau, so dass du mit Leichtigkeit seinen Geist und damit die Stadt beherrschen wirst. Ich werde dein Geliebter und zugleich dein Berater sein; durch dich werde ich König werden.‹

So nahm er das Affenweibchen zur Geliebten, obwohl es noch jung war und wie ein Mädchen von dreizehn Jahren aussah. Und nur die Götter wussten, was die Kleine darüber dachte oder ob ihr die Treffen in den Geheimkammern des Tempels unter dem Blick der Fîr-Statue gefielen, zu denen der Priester sie jeden Morgen zwang.

Und nachdem er sie fleischlich erkannt hatte, unterwies der Priester sie in den Wissenschaften und in der Literatur, im Auftreten und Sprechen, so gut, dass die Äffin bald die kultivierteste Frau der Stadt war und, wie vorgesehen, den Sohn des Bürgermeisters heiratete. Und als der Bürgermeister starb, regierte der Sohn die Stadt – und durch ihn seine Frau und durch sie ihr Geliebter.

Aber das Affenweibchen strahlte das Böse aus, denn das Böse war seine Natur – und Stück für Stück begann das Böse auf die Stadt abzufärben. Die Einwohner fielen nach und nach vom Glauben ab, und ihre Handlungen und Gedanken wurden böse. Das Wasser war verseucht, das Brot verfaulte schneller in den Kellern, die Wände wurden von seltsamen Tieren zernagt, und das Dörrfleisch schmeckte nach Asche und Unglück.

Eines Tages erfuhren die Affen, die in anderen Städten und anderen Ländern lebten, dass der Bürgermeister der Stadt sein Ohr und seine Seele an eine der ihren verkauft hatte, die ihm Hass und Schlechtes einflüsterte und so seine Entscheidungen beeinflusste und sein Herz korrumpierte. So flohen sie aus ihren Käfigen oder aus den Häusern ihrer Besitzer und schlichen sich heimlich in die Stadt und ins Haus des Bürgermeisters ein, auch in die Häuser der Adligen und wohlhabenden Kaufleute. Sie töteten die Ehemänner, nahmen ihren Platz ein, lebten ihr Leben und saugten ihren Frauen und Freunden die Seelen aus. Und bald war die Stadt verflucht; die Götter wandten den Blick ab, und im Tempel weinte die Fîr-Statue bittere Tränen.

Da verließen die Kinder der Stadt die Häuser, in denen die Luft zu verpestet war. Sie traten auf die gepflasterten Straßen ins Sternenlicht hinaus, hoben ihre Gesichter der Nacht und der frischen Luft entgegen, beteten, ohne es zu wissen, beweinten ihr Leben und fürchteten die Zukunft.

Und Ô erhörte sie, Ô, der das Ende ist, der es herbeiführt und empfängt, und Ô beschloss, dass er genug gesehen hatte. So ließ Ô einen Stern fallen, und der Stern zog eine feurige Bahn über den Himmel, und die Kinder beschlossen, ihm zu folgen. Sie verließen die Stadt, dem Weinen und Schreien ihrer Mütter zum Trotz und unter dem Hohngelächter ihrer Väter, die Affen waren. Sie brachen auf und wanderten immer dem Sternenfeuer nach – und die Bahn des Sterns führte sie an einen Fluss, dann den Fluss entlang zu einem See, und der Stern stürzte dort ins Wasser und erlosch. Da weinten die Herzen der Kinder, denn sie hatten begriffen, dass das Licht ihnen nicht zugedacht war.

Eines nach dem anderen stiegen sie ins Wasser des Sees und gingen auf seinen Grund zu, ohne stehen zu bleiben, selbst, als das Wasser ihnen bis zu den Knien, zur Hüfte und schließlich bis zum Mund reichte. Sie gingen immer weiter, und so ertranken die Kinder der Stadt eines nach dem anderen.«

Arekh hörte auf zu sprechen, und es schien ihm, als glitten seine Worte über die Wasseroberfläche und kräuselten sie leicht, bevor sie verschwanden.

Er wusste nicht, woher die Geschichte gekommen war oder was sie bedeutete. Manche Priester hörten in Trance die Botschaften der Götter. Die Priesterinnen, die bei Orakeln Dienst taten, standen in direkter Verbindung mit dem Göttlichen; die nächtlichen Boten mit den ebenholzschwarzen Flügeln schlüpften unter ihre Lider und flüsterten ihnen im Traum etwas zu.

Aber die Priesterinnen stammten ja auch alle von der Halbgöttin An-Amira ab … Halb menschlich, halb göttlich hatte An-Amira das erste Orakel eingerichtet, zu dem die Bewohner der Gegend sich begeben hatten, um das Wort der Götter zu hören. An-Amira hatte zahlreiche Gatten gehabt, und nur ihre Töchter und dann deren weibliche Nachfahren, denen die Gabe der Vorsehung verliehen war, durften Orakel abhalten.

Um das Wort der Götter zu hören, musste man Priester sein oder von seinen Vorfahren ein paar Tropfen göttlichen Bluts geerbt haben. Und Arekh hatte keines in seiner Familie – allein schon die Vorstellung ließ ihn vor bitterer Erheiterung lächeln.

Aber die zarte junge Frau, die neben ihm saß und die großen, braunen Augen aufs Licht der Laterne gerichtet hatte, während sie ihre schlanken, goldenen Hände auf den Knien verschränkt hielt, trug das Blut des Arrethas in sich. Sie war die Nachkommin einer göttlichen Dynastie. Arekhs Erinnerungen regten sich. Er besann sich auf die Legende: Eine junge Prinzessin aus dem Emirat war von den Göttern entführt worden … Vor wie vielen Jahrhunderten?

Und kam es überhaupt darauf an, ob die Geschichte von der Prinzessin, die Arrethas in einer Nacht, in der alle drei Monde voll gewesen waren, entführt hatte, wahr war? Arrethas hatte die Dynastie geschaffen, das war das Wesentliche. Im Laufe der Zeit hatten die Götter es sich zur Gewohnheit gemacht, sich mit Menschen zu verheiraten. Warum? Das war eine Frage für Priester oder Weise, die sich während der Bankette der Großen Konzile unterhielten … Vielleicht, um eine Verbindung zwischen ihnen und den Menschen zu schaffen, um dem Schlamm ein wenig Licht zu verleihen, um Helden und Könige hervorzubringen, die angeblich das einfache Volk inspirierten. Aber der menschliche Geist war so verdorben, die Seelen so schwarz, dass sich die Nachkommen der Götter – wie in der Legende vom Affenweibchen, die in Arekhs Geist entstanden war – gelegentlich wie alle anderen korrumpieren ließen.

Nun – woher war die Geschichte zu ihm gekommen? Der Herr der Verbannten hatte von einer Gemeinschaft des Geistes gesprochen. Reichte Marikanis schwarzes Blut aus, um eine Verbindung zum Jenseits herzustellen? Nein … Es war nur ein Brauch, dem alle Neuankömmlinge sich beugen mussten, und es waren nicht alle von ihnen Nachkommen der Götter.

Arekh war so gedankenverloren, dass er kaum mitbekam, wie der Herr der Verbannten Lionor bat, mit ihrer Geschichte zu beginnen. Die junge Frau hatte eine melodiöse Stimme, aber Arekh hatte keine Lust, ihr zu lauschen.

Er sah zu, wie die Rauchkringel zum Himmel stiegen, schloss dann die Augen und lehnte den Nacken gegen das Holz hinter ihm. Ein angenehmes Gefühl hatte ihn überkommen – trotz der Gefahr, trotz der Umstände.

Ein Eindruck von Ruhe, von Heiterkeit, den er schon lange nicht mehr verspürt hatte, seit … seit Monaten? Seit Jahren? War es nicht seltsam, hier zu sein – an diesem Ort, genau in diesem Augenblick?

Er hatte überraschende Entscheidungen getroffen. Und zum ersten Mal bekannte er sich von ganzem Herzen dazu.

Vielleicht war es sein Schicksal, hier zu sein. Vielleicht hatte Marikani ihm die Augen geöffnet, als sie von Wundern gesprochen hatte. Vielleicht hatte er eine bestimmte Rolle zu spielen.

»… und der Priester hörte die Stimme, die nach ihm rief«, sagte Lionor. »Der Priester suchte und suchte, aber niemand war da – so groß die Gärten des Tempels auch waren, so viele Wege und Gebüsche es auch gab. Dann begriff er, dass die Stimme aus der Erde kam, unter dem Gras nahe bei einer großen Eiche hervor. Also nahm der junge Priester einen Spaten …«

Lionors Stimme war ein wenig heiser. Vielleicht aufgrund der Droge?

Ihre Stimme hob und senkte sich, wiegte ihn wie die Wellen.

Im Zeichen des Wassers …

Arekh verlor jegliches Zeitgefühl. Sein Geist schweifte ab, drehte sich wie der Rauch. Dann und wann erreichte Lionors Stimme sein Bewusstsein, und er schnappte einige Sätze der Geschichte auf.

»›Aber was soll ich mit einem solchen Geheimnis nur anfangen?‹, fragte der junge Priester seinen Gott. ›Es wiegt so schwer. Seit ich es gefunden habe, als es aus der

Erde unter dem Tempel hervorrief, lastet es auf meinen Schultern wie eine Halskette, sein Feuer wärmt mich in der Nacht – und es bringt eine solche Verantwortung mit sich …‹«

Eine leichte Brise kam auf und legte sich dann wieder. Obwohl Arekh die Augen noch immer geschlossen hatte, kam es ihm vor, als ob die Flamme in der Laterne aufloderte und als ob es plötzlich sehr heiß wäre …

Dann übermannte ihn der Schlaf.

Er erwachte am nächsten Morgen mit dem Gefühl, plötzlich in die Wirklichkeit zurückgekehrt zu sein. Fern von Geschichten, Träumen und Göttern war die Welt wieder greifbar und konkret geworden. Die Sonne schien, und die Tränenstadt war nur eine Stadt wie so viele andere, nachdem sie die Magie der Nacht verloren hatte. Die Wasserfläche roch nach Algen, in der Luft lag leichter Fisch- und Gemüsegeruch, der – weit davon entfernt, unangenehm zu sein – vom Markt, der auf dem Platz abgehalten wurde, herüberwehte.

Die Straßen waren erwacht, und die Stadtbewohner gingen ihren Tätigkeiten nach; schrill erhoben sich die Stimmen von Frauen und Kindern über die Menge.

Lionor war nirgends zu sehen. Arekh stieg von Boot zu Boot, froh, die frische Morgenluft zu atmen; sein Verstand war klar und scharf. Die rothaarige Frau, die gestern Abend die erste Geschichte erzählt hatte, lachte, als sie ihn sah, und reichte ihm frisches Brot und Trockenfrüchte; Arekh trank dazu kochend heißen Tee, der sehr kräftig schmeckte und besonders stark gezuckert war. Die Erwähnung der Schleusen war ihm wieder in den Sinn gekommen, als er aufgewacht war, und er hatte über die Handelsrouten und die Schwierigkeiten mit den Wegzöllen nachgedacht, die seit ewigen Zeiten die Beziehungen zwischen Sleys, den Freien Städten und Harabec vergifteten.

Er fand Marikani und den Herrn der Verbannten in angeregtem Gespräch auf Fässern sitzend. Arekh hörte sie den Vertrag abschließen, der als Dank für die Gastfreundschaft der Söhne des Joar gedacht war und die »Freundschaft« zwischen den Verbannten und Harabec besiegeln sollte. Der Herr der Verbannten wirkte im klaren Tageslicht sehr jung; vielleicht war er sogar einige Jahre jünger als Arekh. Dieser fragte sich, was dem Mann wohl so an den Geschichten des Vorabends gefallen hatte, die von der Nacht, der Droge und den Göttern hervorgebracht worden waren, dass er sich nun darauf einließ, das Bündnis zu schließen.

Arekh selbst hatte darin nicht viel Sinn erblickt. Ohne Zweifel hätte ein Seher sie genauestens entschlüsseln können.

Dennoch …

Dennoch gab es da etwas, dachte er, während Marikani vom Fluss und von den Gewürzkarawanen sprach, die über die Südstraße zogen und durch die Hauptstadt von Harabec kamen. Irgendetwas, das ihn nur in seinem seltsamen Verdacht bestärkt hatte, dem Gedanken, der ihm schon in den Sinn gekommen war, als er die Geschichten der alten Musiklehrerin im Sommerpalast gehört hatte. Wenn die Geschichten von den Göttern gesandt waren, dann bestand ihr Zweck doch wohl darin, ihn davor zu warnen, dass …

Wie um seinen Gedanken zu konkretisieren, erschien Lionor ihrerseits auf dem Boot und setzte sich wortlos neben ihre Herrin. Auch sie wirkte an diesem schönen Morgen heiter. Sie hatte ein beigefarbenes Kleid mit orangerotem Kragen angelegt, das sie sich sicher von einer der

Verbannten geliehen hatte. Die Farbe harmonierte besser mit ihrem Teint als die grauen und schwarzen Kleider, die sie gewöhnlich trug, und die Brise hatte ihre Wangen ein wenig gerötet. Ihr Haar war sehr schwarz, weitaus dunkler als das Marikanis, und der Kontrast mit ihren blauen Augen hätte denen, die sich von der Farbe Türkis nicht abgestoßen fühlten, wohl verführerisch erscheinen können.

Türkis … nein. Lionors Augen waren eigentlich grau mit blauen Sprenkeln, nicht türkisfarben – es war nicht der unmenschliche Blauton der Sklaven. Aber es hatte immer schon Mischlinge gegeben … Trotz aller göttlichen Verbote hatten die Herren sich mit Frauen vom Türkisvolk vergnügt. Die Seelen der Menschen waren schwarz, das waren sie schon immer gewesen. Im Laufe der Jahrtausende waren einige Sklaven mit dunklem Haar und braunen Augen zur Welt gekommen; ihre Haut hatte den Goldton der Freien angenommen. Manchmal verschwamm sogar das türkisfarbene Mal – das Symbol ihrer Gefangenschaft, seit Ayona ihr Schicksal in den Sternen gelesen hatte –, das sie zwischen den Schulterblättern hatten, oder fehlte völlig.

Es bestand große Gefahr, sie mit freien Menschen zu verwechseln. Zum Glück führten die Priester Register, wenigstens in den zivilisierteren Regionen.

Arekh fuhr fort, Lionor zu mustern. Er wusste noch nicht, was er mit seinem Verdacht anfangen sollte … Oder war es schon eine Gewissheit? Im Laufe der Jahre hatten viele seiner besten Gewissheiten nicht auf Fakten, sondern auf Intuition beruht.

Lionor spürte, dass sie beobachtet wurde, und sah ihn ihrerseits an. Arekh lass Argwohn in ihrem Blick – und etwas anderes, etwas, das am Vortag noch nicht da gewesen war.

»Was will er? Was weiß er?«

Oder vielleicht bildete er sich das auch nur ein.

Und selbst, wenn er recht hatte – was sollte er mit seinem Wissen anfangen? *»Aber was soll ich mit einem solchen Geheimnis nur anfangen?«, fragte der junge Priester seinen Gott. »Es wiegt so schwer.«*

Das Geheimnis – wenn es denn eines war – wog nicht schwer. Es war nur lästig.

»Könnt Ihr eine Botschaft an den Hof von Harabec schicken?«, fragte Marikani. »Ich muss Banh anweisen, Truppen zu schicken, um mich abzuholen. Die Soldaten müssen nur an der Südgrenze der Stadt Stellung beziehen – ohne es zum Eklat kommen zu lassen.«

Der Herr der Verbannten nickte. »Natürlich. Aber sie sollten eigentlich schon wissen, dass Ihr hier seid. Die Geschichte über Euer Abenteuer muss die Runde durch die Königreiche gemacht haben, nicht wahr? Die Prinzessin von Harabec auf dem Joar, bei den Verbannten … Neuigkeiten reisen schneller als der Wind.«

»Das stimmt. Aber Banh benötigt einen schriftlichen Befehl von mir, um eine Truppenabteilung herschicken zu können. Offiziell bräuchte er sogar mein Siegel. Er wird ohne es auskommen müssen«, seufzte Marikani. »Ich habe mein Reiseschreibzeug nicht mehr bei mir.«

Der Herr der Verbannten beugte sich näher zu ihr. Seine Stimme veränderte sich, und sowohl Arekh als auch Lionor hoben den Blick. »Wie schnell können Eure Truppen südlich des Flusses eintreffen?«

Marikani dachte nach. »Die Nachricht wird nur wenige Tage unterwegs sein. Aber sie werden etwas Zeit brauchen, um die Expedition vorzubereiten, besonders, wenn es … Widerstände gibt«, sagte sie, ohne ins Detail zu gehen. »Banh ist nicht der Schnellste, und in Harabec laufen die Dinge ohnehin langsam ab – zumindest, wenn ich nicht da bin, um sie zu beschleunigen. Sagen wir … vielleicht in fünfzehn Tagen.«

»Prinzessin Marikani, Ihr müsst eine andere Lösung finden. Wir werden nicht so lange durchhalten.«

Der aufkommende Wind ließ den See plätschern. Marikani schwieg.

»Der Bürgermeister kann nicht einfach … all das hier angreifen«, sagte Lionor, indem sie auf die Wasserfläche und die Boote wies.

Der Herr der Verbannten seufzte. »Das täte er nur zu gern, meine Dame, glaubt mir! Warum suchen wir Eurer Meinung nach wohl sonst Verbündete? Ich glaube nicht, dass es zu einem direkten Angriff kommen wird … nicht sofort, nicht unter ihm. Aber Ihr könntet … verunglücken. ›Unbekannte‹ Banditen könnten uns heute Abend angreifen, das Boot, auf dem Ihr Euch befindet, könnte kentern, und alle Insassen würden ertrinken. Der Bürgermeister würde uns am nächsten Morgen mit Ausreden abspeisen: ›Flusspiraten sind in die Stadt eingedrungen, unsere Männer haben nichts gesehen – wünscht Ihr vielleicht eine finanzielle Entschädigung angesichts der Verluste an Menschenleben?‹ Der politische Druck ist enorm, Lionor. Jetzt, in diesem Augenblick, befinden sich sicher Gesandte des Emirs im Handelsturm und sind dabei, Verhandlungen zu führen, Drohungen auszusprechen … Glaubt Ihr, dass dieser Bürgermeister einem solchen Druck standhalten wird?«

»Ich verstehe«, erwiderte Marikani. »Ich werde Banh sagen, dass er sich beeilen soll.«

Aber Arekh sah dem Blick des Herrn der Verbannten an, dass das nicht ausreichen würde.

KAPITEL 8

Zwei Tage vergingen. Der Herr der Verbannten sprach nicht mehr von den Geschichten oder der geistigen Gemeinschaft – auch nicht von der prekären Situation, in der sich seine Gäste befanden. Er erwies sich als diskret, ließ zu, dass seine drei Gäste sich ausruhten, auf den Booten oder auf dem großen Schiff träumten.

Sie träumten – und warteten. Die Botschaft an Banh – Marikanis engsten Ratgeber – war einige Stunden nach dem Gespräch abgeschickt worden; der Brief würde auf einem Fischerboot den Joar hinabgebracht werden, und der Herr der Verbannten hatte versprochen, dass er direkt in Banhs Hände gelangen würde. Er war sich seiner Verbündeten sicher genug, um das zu beschwören. Wenn diese Verbündeten Händler waren, die die Söhne des Joar durch Geld an sich banden, wollte Arekh ihm gern glauben. Geldgier war ein probates Mittel, sich eines Menschen zu versichern.

Leider blieben noch sehr viele Unsicherheiten. Würde Banh die Armee schicken können? Wie war die Lage in Harabec?

Und was, wenn Marikanis Botschaft unbeantwortet blieb?

Ja, man konnte nichts tun, als zu warten.

Das Königreich der Verbannten war ein angenehmer Ort. Das Plätschern des Wassers lullte einen Tag und Nacht ein. Das Essen war abwechslungsreich und schmackhaft, der Lärm der Stadt, die Rufe der Seeleute und die angeregten Gespräche mit den Händlern klangen wie Musik vor dem Hintergrund des Himmels, der Dächer und der Vögel.

Am vierten Tag verließ Arekh unauffällig das Holzlabyrinth und ging an Land.

Das war nicht besonders schwer. Kaufleute fuhren regelmäßig zwischen den Kais und den Booten hin und her, um Handel mit den Verbannten zu treiben; Boote aus dem Norden hielten im Westen der Wasserfläche, um Lieferungen vorzunehmen. Ihre Fracht, die von Seeleuten gelöscht wurde, wurde in großen Hallen auf Pfählen gelagert, die den Söhnen des Joar gehörten. Die Verbannten verkauften sodann die Handelsgüter einzeln an die Stadtbewohner und die Läden der Tränenstadt weiter.

Arekh, der ein zum Turban geschlungenes schwarzes Kopftuch trug, wie es in der Stadt üblich war, half, etwa zwanzig Fässer Wein und Öl abzuladen, und ging dann einfach mit einer Gruppe Bürger an Land, die gekommen waren, um Vorräte einzukaufen. Er überquerte den Steg und trat auf den Marktplatz, ohne dass irgendjemand ihn bemerkte. Als er in den Süden der Stadt aufbrach, warf er einen Blick zur Mitte des Marktplatzes. Zwei Soldatentrupps patrouillierten über das Pflaster, und ein Offizier beobachtete die Boote mit einem Fernrohr, sicher, um zu verfolgen, wohin Marikani jeweils ging.

Das muss eine langweilige Aufgabe sein, dachte Arekh. Marikani konnte nichts tun. Die Situation war festgefahren. Wie im *Yani*, einem kiranyischen Spiel. Marikani war in Sicherheit, konnte aber ihre Spielfigur nicht bewegen.

Die hatten der Emir und der Bürgermeister eingekreist, ohne sie schlagen zu können … zumindest für den Augenblick.

Was tat man im *Yani*, wenn solch eine Pattsituation bestand?

Man ließ einen neuen Spieler eingreifen.

Die wohlhabenden Viertel der Tränenstadt lagen weiter oben, auf einem kleinen Hügel, wo die schönen Häuser der Würdenträger vor der Feuchtigkeit geschützt waren. Große Villen verschwanden hinter hohen, in lebhaften Farbtönen gestrichenen Mauern, die Motive aus den Wappen der dort lebenden Familien aufgriffen. Die hohen, geschnitzten Holztüren waren bewacht oder verschlossen; es war unmöglich, dort einzudringen, ohne eine Verabredung oder ein Empfehlungsschreiben zu haben.

Arekh hatte weder das eine noch das andere. Als er die Westflanke des Hügels erreichte, verscheuchte ein kühler Wind die Wolken, und die Sonne strahlte am Himmel und ließ die Farben auf den Mauern funkeln.

Da.

Blaue und grüne Rauten, darauf ein Fries: ein großer, weißer Kreis, der zum Zeichen ewiger Trauer mit schwarzen Streifen versehen war. Arekh blickte sich um, holte Schwung, sprang und zog sich die Mauer empor.

Kein Gebell, keine Schreie von Wachen. Langsam ließ er sich auf die andere Seite gleiten.

Im Garten grünte und blühte es: Beete voll gut gestutzter Blumen umgaben Statuen und kleine Lauben. Nichts sonderlich Originelles: Der Eigentümer hatte nicht viel Platz. Die Stadt war nicht groß – die Villa auch nicht.

Schade. Wenn man schon Gefahr lief, sich zum Zeichen der Trauer für immer einschließen zu müssen, hätte man sich besser das größtmögliche Gebäude aussuchen sollen.

Aber die Frau, die hier lebte, hatte keine Wahl gehabt. Ihr Gatte war in diesem Haus gestorben – also musste sie nach der Tradition der Claesen dort bleiben. Wenn ihr Ehemann den dummen Einfall gehabt hätte, in einer Fischerhütte oder einer Poststation zu sterben, hätte seine untröstliche Gattin dort bis ans Ende ihrer Tage leben müssen.

Arekh tastete sich vorsichtig voran. Das Haus war zwar nicht das luxuriöseste im Viertel, aber es wurde sicher dennoch bewacht. Er warf sich gerade noch rechtzeitig hinter den Stamm einer großen Ulme, um einer alten Sklavin auszuweichen, die einen Früchtekorb trug und auf die große Tür zuging. Die Kette zwischen ihren Knöcheln erlaubte ihr gerade genug Spielraum, um sich vorwärtszubewegen.

Er ging zum linken Flügel des Hauses hinüber und erstarrte. Wachen … drei Männer, die gerade dabei waren, auf den Stufen vor der Türschwelle Karten zu spielen.

Ihr Lachen durchbrach die friedliche Stille. Arekh schlich ums Haus herum und entdeckte hinter der Villa einen gewaltigen Käfig aus kunstvoll geformtem Metall, der voller vielfarbiger Vögel und großer Blumen war und auf der anderen Seite auf eine Terrasse im Innenhof hinausging.

Ein kurzer Hieb reichte aus, die kleine Kette zu zerbrechen, die die Tür verschloss. Arekh betrat den Käfig und schloss die Gittertür sorgfältig wieder. Es wäre schade gewesen, wenn die Vögel entflogen wären, und ihr Geschrei hätte Aufmerksamkeit erregt. Zehn Schritte weiter, dann stand er auf der kleinen Terrasse hinter dem Haus.

Die Haustür war offen. Arekh trat in ein kleines, dunkles Zimmer – und fand sich von Angesicht zu Angesicht mit einer Frau mittleren Alters wieder, die ein Tablett mit Tee und Gebäck trug. Die Frau ließ das Tablett fallen und öffnete den Mund, um zu schreien, als Arekh sie gegen die Mauer drängte und ihr eine Hand auf die Lippen presste.

Ein Geräusch hinter ihm.

Arekh wandte den Kopf.

Eine Gestalt stand in der Tür des angrenzenden Schlafzimmers. Die Frau, die außergewöhnlich schön war, konnte noch keine dreißig Jahre alt sein. Ein langes schwarzes Tuch fiel ihr von der Stirn über den Nacken hinab und war um ihre Taille geknotet.

»Wer … wer seid Ihr?«, hauchte sie.

Arekh ließ die Dienerin los, die ein Wimmern unterdrückte.

Das Fenster des Schlafzimmers war geöffnet, und einige Sonnenstrahlen drangen durch die zugezogenen Vorhänge. Die junge Frau hätte nur schreien müssen, um die Wachen zu alarmieren. Eigentlich hätte ihre Religion sie sogar zwingen sollen zu schreien. Sobald sie eingeschlossen war, durfte eine Claesen-Witwe keinen Mann mehr ansehen. Dass einer in ihr Schlafzimmer eindrang, war ein Sakrileg.

Die Claesen waren nicht zahlreich, lebten aber in den meisten Städten. Ihre Sitten, die die meisten Einwohner der Königreiche für barbarisch hielten, waren sehr streng.

Dass die junge Frau nicht aufschrie, war die Bestätigung, auf die Arekh gewartet hatte. Die Bestätigung eines alten Gerüchts, des Klatsches, der einst von Senatoren und Sekretären in den Marmorkorridoren des Rats der Fürstentümer weitergetragen worden war. Wenn sie nicht schrie, dann nur, weil Arekh nicht der einzige Mann war, der heimlich die Schwelle ihres Hauses überschritt. Wenn sie nicht schrie, dann vielleicht, weil sie annahm, dass er eine Botschaft von demjenigen brachte, der das Recht hatte, nachts völlig unauffällig hierherzukommen.

»Meine Dame, mögen die Götter ihren Blick wohlwollend auf Euch ruhen lassen«, sagte Arekh und verneigte sich. »Ich komme im Auftrag des Ratsherrn Viennes. Darf ich Euer Schlafzimmer betreten?«

Die junge Frau zögerte, aber sie hatte keine Wahl. Sie musste entweder annehmen oder einen Skandal verursachen – und dafür war ihre Position zu prekär. Nach einem letzten Blick auf ihre Dienerin ließ sie Arekh eintreten und schloss dann die hölzernen Fensterläden.

Arekh schlug die Tür hinter sich zu.

»Ich habe gelogen, meine Dame«, begann er, und die junge Frau zuckte erschrocken zusammen. »Beruhigt Euch – ich habe es weder auf Eure Tugend noch auf Euer Leben abgesehen. Eure … freundschaftlichen Beziehungen zu dem Ratsherrn erlauben Euch sicherlich, ihm häufig Nachricht zu senden. Ich möchte, dass Ihr ihm einen besonders dringlichen Brief zukommen lasst.«

Die Claesen musterte ihn mit angstvollen Augen, wie ein Tier, das vom Blick eines Reptils gebannt ist. Arekh seufzte. »Meine Dame, es geht doch nur um einen Brief! Ich versichere Euch, dass er Euch dafür dankbar sein wird. Es handelt sich um eine dringende politische Angelegenheit, und wenn der Ratsherr die Gelegenheit ergreift, die ich ihm biete, könnten die Vorteile für seine weitere Laufbahn ungeheuer groß sein.«

»Oh.«

Etwas erhellte sich im Gesicht der Claesen. Arekh hatte die richtige Saite zum Klingen gebracht.

»Er ist nicht in der Stadt«, sagte die junge Frau schließlich. Sie warf einen Blick auf die Fensterläden, als hätte sie Angst, zu laut zu sprechen. »Er ist … auf dem Gut seiner Frau, in Laï.«

Laï lag nur dreißig Meilen von der Tränenstadt entfernt.

Arekh überlegte. Mit einem guten Pferd und wenn der Bote sich beeilte …

»Könnt Ihr ihm die Nachricht dennoch zukommen lassen? Ich glaube, er wird sich beeilen zurückzukehren, wenn er erfährt, was vorgeht.«

Die Frau holte kurz Atem und nickte dann. »Das kann ich tun. Gebt mir den Brief.«

»Gleich, meine Dame«, sagte Arekh und deutete auf einen Tisch. »Wenn Ihr mir gestattet, Euer Schreibzeug zu benutzen, wird er in weniger als drei Minuten fertig sein.«

Und in der Tat war die Botschaft schon geschrieben, getrocknet, aufgerollt und versiegelt, bevor auch nur die Dienerin beunruhigt den Kopf durch den Türrahmen steckte, um nachzusehen, ob alles in Ordnung war. Arekh legte der Claesen den Brief in die Hände und nahm sie beim Arm, was sie vor Entsetzen erschauern ließ.

Arekh ließ sie nicht los. »Diese Botschaft ist von höchster Wichtigkeit«, wiederholte er. »Für den Ratsherrn Viennes – und für andere Personen, deren Leben davon abhängt. Was Ihr in Euren Nächten treibt, berührt mich wenig, meine Dame, und Euer Ruf wird unbefleckt bleiben, wenn der Bote sich beeilt. Wenn dagegen die Botschaft nicht ankommt, werde ich vielleicht geschwätziger …«

Damit verabschiedete er sich, ignorierte den entsetzten Gesichtsausdruck der Dienerin und ging durch die Voliere wieder hinaus, durchquerte den Garten und stieg an derselben Stelle wieder über die Mauer.

Die Wachen spielten immer noch Karten; ihr träges Gespräch störte den Frieden des Ortes kaum. Man konnte nicht gerade sagen, dass sie sich durch übertriebene Wachsamkeit auszeichneten. Aber vielleicht waren sie ja gerade deshalb ausgewählt worden.

Ob Ratsherr Viennes wohl auch jeden Abend über die Mauer kletterte? Oder kam er vielleicht durch einen Seiteneingang? Das wäre unauffälliger und praktischer gewesen …

Arekh stieg den Hügel hinab und gelangte wieder in die belebteren Gassen der Stadt. Er spazierte an den Kanälen entlang, beobachtete das Kommen und Gehen der Frauen, Bürger und Schiffer. Schon wieder konnte er nur abwarten, aber er war zuversichtlich. Der Ratsherr würde zumindest herkommen, um die Lage in Augenschein zu nehmen.

Als Arekh seinerzeit für seinen damaligen Arbeitgeber große Umschläge mit kompromittierenden Dokumenten über die Mitglieder der Ratsversammlung der Fürstentümer gefüllt hatte, hatte er nicht geglaubt, dass er diese Informationen vier Jahre später in einer ganz anderen Situation noch einmal brauchen würde.

Er sah den großen Umschlag mit dem Namen »Viennes« noch geradezu vor sich. *»Betrügt seine Frau mit einer Claesen-Geliebten in der Tränenstadt«*, hatte Arekhs Arbeitgeber geschrieben. *»Vielleicht erpressbar; näher informieren.«* Arekh hatte sich näher informiert, aber im damaligen politischen Ränkespiel war Viennes keine besonders wichtige Figur gewesen, und so war keinerlei Erpressung ins Werk gesetzt worden.

Auf dem Hauptkanal glitten die Wasserfahrzeuge anmutig aneinander vorbei: Segelboote, kleine Fischerboote, Handelsschiffe.

Warum mischte er sich ein? Arekh schüttelte den Kopf, wie um die Frage zu verscheuchen.

Warum nicht?

Natürlich war das keine ausreichende Antwort, aber er hatte keine Lust, nachzudenken. Und überhaupt war die Stadt trotz der Gefahr schön, das Wetter sonnig und heiter. Er war in den vergangenen Wochen tausend Toden entgangen, und sein Leben hatte eine seltsame Wendung genommen. Und die Sonne strahlte …

Schließlich betrat er einen überdachten Basar, besah sich Früchte, Körbe, Girlanden aus Blumen und zu Ehren der Götter verknoteten Zinnbändern. Der Geruch der Gewürze vermengte sich mit dem nach Schlamm, nach frischem Fleisch, Kräutern, Schmutz und Parfüm. Holztreppen führten in ein gewaltiges Zwischengeschoss empor, wo ohne Zweifel ungewöhnlichere Waren verkauft wurden, aber Arekh war nicht neugierig. Sein Geist kehrte zu dem zurück, was jetzt auf dem Spiel stand. Ja, selbst wenn der Ratsherr nicht vorhatte, einen Vertrag auszuhandeln, würde er da sein wollen, um zu sehen, wie sich die Situation zwischen dem Emir, dem Bürgermeister und Marikani wieder auflöste. Und dann … dann musste man ihn vielleicht überzeugen … Arekh erinnerte sich an den Inhalt anderer Dokumente aus dem Umschlag, in denen es um einen Tempelbau ging, bei dem einiges an Schmiergeld den Besitzer gewechselt hatte.

Aber das war die letzte Karte, auf die er setzen würde, und sie würde ganz sicher nicht nötig sein. Er hatte die Claesen nicht belogen. Wenn Viennes seine Trümpfe richtig ausspielte, würde seine Laufbahn davon profitieren und …

»Arekh es Morales von Miras«, sagte eine Männerstimme hinter ihm. »Hiermit seid Ihr im Namen der Fürstentümer von Reynes festgenommen wegen Vatermord, Verrat und Meuchelmord!«

Arekh erstarrte; er hatte den Eindruck, alles Blut wiche plötzlich aus seinen Adern.

Langsam drehte er sich um.

Drei Männer standen vor ihm. Sie trugen die schwarzsilberne Uniform von Reynes. Er warf einen Blick hinter sich und wusste schon, was er sehen würde – das, was er bereits längst hätte sehen sollen, wenn er besser auf seine Umgebung geachtet hätte.

Zwei weitere Männer, die näher kamen.

Aber er war abgelenkt gewesen, abgelenkt von der Zukunft ausgerechnet in einem Moment, in dem die Vergangenheit ihn einholte.

Er zwang sich zu atmen und seine Gliedmaßen zu entspannen. Die Claesen? Nein, sie kannte seinen Namen nicht und hätte so schnell nichts in die Wege leiten können.

Jahrelang hatte er alles getan, um zu verhindern, dass dieser Moment eintrat. Er hatte Richter und wichtige Verwaltungsbeamte aus Reynes bestochen, Senatoren gewaltige Summen dafür geboten, seine Akte zu unterdrücken, um arbeiten und sich in den Fürstentümern frei bewegen zu können. Am Ende war er sich seiner selbst so sicher gewesen, dass er wieder begonnen hatte, seinen richtigen Namen zu verwenden.

Und als er in Kiranya verhaftet und verurteilt worden war, war es nur wegen einer Kneipenschlägerei gewesen – wegen eines zufälligen, unbedeutenden Mordes. Die Kiranyer hatten sich nicht in Reynes informiert, um herauszufinden, ob gegen ihn noch andere Anklagen bestanden. Warum hätten sie das auch tun sollen?

Der größte der Männer entrollte einen Haftbefehl.

»Ich bin nicht auf Reyneser Territorium«, verkündete Arekh, bevor sein Gegenüber auch nur den Mund öffnen konnte. »Das Urteil betrifft mich nicht.«

Er hatte noch nicht einmal versucht zu leugnen: weder seine Identität noch die Verurteilung. Die Schergen der Reyneser Justiz waren gründlich und unerbittlich. Sie waren sich bestimmt sicher, die richtigen Informationen erhalten zu haben.

Aber wie …?

Arekhs Verstand arbeitete mit Höchstgeschwindigkeit. Als er damals am Strand an Land gegangen war, war er nur ein anonymer Galeerensträfling gewesen. Niemand hatte einen Grund gehabt, sich für ihn zu interessieren.

Aber er hatte sich entschlossen, Marikani zu begleiten. Und von da an hatte sich die Situation geändert.

Seitdem hatte *jeder* einen Grund, sich für ihn zu interessieren, herauszufinden, wer er war, in Diensten welcher Macht er stand, welchen Einfluss man auf ihn gewinnen konnte …

Man hatte ihn im Dorf gesehen, bevor sie die Grenze überschritten hatten, dann, bevor sie den Joar erreicht hatten, und schließlich auf den Booten. »Man« hatte sicher seinen Namen in den Akten in Kiranya gefunden. »Man« hatte gesehen, dass er aus Reynes stammte, und daher …

Nein. Das wäre zu schnell gegangen. Er war erst seit vier Tagen in der Tränenstadt. So schnell arbeitete die Justiz der Fürstentümer – diese fürchterliche, zermalmende Maschine – nicht.

Man musste sich schon vorher gefragt haben, wer er war. Vor ihrem Aufbruch in die Berge, sicher gleich, nachdem sie die Galeere verlassen hatten.

Wie?

Der Offizier, der den Haftbefehl hielt, verneigte sich leicht; seine Augen funkelten. »Wie Ihr ohne jeden Zweifel wisst, *Eleni*«, sagte er mit sarkastischer Betonung auf dem Titel, der dem Hochadel vorbehalten war, »bestehen seit mehreren Jahrhunderten Justizverträge zwischen den Fürstentümern und der Tränenstadt. Wir sind berechtigt, auf verbündetem Gebiet Verhaftungen vorzunehmen, sobald das Siegel der Billigung erteilt worden ist. Wie Ihr seht, ist das Siegel auf diesen Befehl gedrückt. Folgt uns nun bitte.«

Die beiden anderen Männer waren näher herangekommen und warteten nun drei Schritte hinter Arekh, verstellten ihm den Fluchtweg, wie es in den Handbüchern empfohlen wurde.

In Handbüchern, die Arekh auswendig kannte.

Er spürte eine Welle des Ekels in sich aufsteigen. Das Entsetzen, das ihn gepackt hatte, als er die Anklagepunkte gehört hatte, war grundlos. Es waren nur fünf Männer; er hatte Schlimmeres überstanden.

Nein, es war nicht die Lage an sich. Es waren die Worte. Reynes. Seine Vergangenheit.

Das Ekelgefühl wuchs. Er wusste, was er tun musste. Es gab nur eine Lösung. Ja, er kannte die Handbücher; er wusste, dass die Schergen immer in Fünfergruppen ausgeschickt wurden, um wichtige Verhaftungen vorzunehmen. Wenn eine Gruppe verschwand, benötigte die Verwaltung von Reynes eine gewisse Zeit, um die nächste zu schicken. Es mussten erst die Gründe für das Verschwinden untersucht, Berichte verfasst und neue Männer freigestellt werden. Das konnte Monate dauern.

Monate, die leicht ausreichen würden, um die Tränenstadt zu verlassen.

Monate … Zeit. Und um diese Zeit zu gewinnen, musste er sie alle töten.

Alle.

»Es tut mir sehr leid«, sagte Arekh und log noch nicht einmal.

Er zog sein Schwert, das matte, abgenutzte Schwert, das er bei dem Nomaden gegen Marikanis Perle eingetauscht hatte, und nahm die einstudierte Pose ein, die in den Fürstentümern als Duelleröffnung diente.

Die Männer um ihn verstanden die Botschaft und zogen ihre Dolche. Lange, solide Dolche, beinahe schon Kurzschwerter. Der Offizier trat einen Schritt zurück und begann, den Haftbefehl wieder aufzurollen. Er schien keine Angst zu haben. Er vertraute sicher auf seine Schergen, kräftige Burschen, die es gewohnt waren, Straßenräuber, verräterische Offiziere und abgebrühte Kriminelle zu überwältigen.

Männer, die zu kämpfen verstanden.

Auf die Pose, in die Arekh sich geworfen hatte, folgte gewöhnlich ein Gruß, dann ein Schritt nach vorn auf den ersten Gegner zu. Angesichts seiner Geburt und des Ehrenkodex seines Standes erwarteten seine Feinde sicher, dass er sich an den traditionellen Ablauf der Dinge halten würde.

Aber Arekh hatte längst jeden Stand und jede Ehre verloren.

Er senkte den Kopf, wie um die Grußgeste einzuleiten – und machte dann einen plötzlichen Satz nach hinten, der seine Gegner überrumpelte. Er wirbelte herum und schnitt mit knapper Geste einem der beiden Männer, die hinter ihm gestanden hatten, die Kehle durch. Der Mann fiel auf die Knie, presste sich die Hand auf den Hals und versuchte vergeblich, den Geysir aus Blut aufzuhalten, während sein Kamerad einen hasserfüllten Schreckensschrei ausstieß. Bis jetzt hatten die Kunden des Basars ringsum der Gruppe kaum Aufmerksamkeit geschenkt, aber nun wichen sie schreiend vor ihr zurück.

Arekh wich dem wütenden, aber ungeschickten Hieb seines zornigen Gegners aus, warf sich zur Seite, drehte sich um und rammte seine Klinge dem Offizier in die Brust, der noch nicht einmal seinen Haftbefehl eingesteckt hatte. Der Offizier keuchte, während Arekh ihn an der Schulter packte und ihn auf seine Gefährten zustieß, die entsetzt zurückwichen. Innerhalb von zehn Herzschlägen waren schon zwei von ihnen gestorben.

Der Moment wäre ideal zur Flucht geeignet gewesen. Aber Arekh wollte nicht fliehen.

Er trat drei Schritte zurück, um sich den verbliebenen Schergen zum Kampf zu stellen. *Das ist zu einfach*, dachte er, als die drei Männer sich in blindem Zorn auf ihn stürzten, und er ließ sein Schwert einen raschen Halbkreis beschreiben, der dem Kühnsten die Stirn zerschmetterte. Dann wich er wieder zurück, sprang hinter einen Marktstand, während die Kunden flüchteten und der Besitzer zögerte, als sei er sich nicht sicher, ob er seine Waren verteidigen oder lieber die Beine in die Hand nehmen sollte.

Die beiden Überlebenden wurden langsamer, als sie ihn hinter dem Haufen aus Körben, Früchten und Fleisch stehen sahen. Sie tauschten einen Blick und trennten sich dann; jeder umrundete den Stand auf einer Seite, um Arekh den Fluchtweg abzuschneiden.

Aber Arekh wollte noch immer nicht fliehen. Er stürzte den Stand auf einen seiner Gegner, wandte sich dem anderen zu und schlug ihm mit dem Schwertgriff ins Gesicht. Die Nase brach. Blut spritzte ihm in die Augen, und der Mann brüllte – aber nur einige Augenblicke lang, bevor Arekh ihn für immer zum Schweigen brachte.

Der letzte Überlebende stand auf. Seinen Augen war die Furcht anzusehen, als Arekh langsam auf ihn zukam, aber er wich nicht zurück. Noch einmal war es zu leicht. Finte, Schwerthieb ins Gesicht. Die Klinge spaltete den Kopf.

Arekh hatte Schwierigkeiten, sein Schwert wieder herauszuziehen, da es im Knochen feststeckte. Als es ihm schließlich gelang, sah er den entsetzten Gesichtsausdruck des Händlers, der ihn mit weit aufgerissenem Mund anstarrte – dann den der Kunden des Basars, die zitternd zurückgewichen waren und die Leichen anstarrten.

Keine Schreie mehr. Alles war zu schnell gegangen, es wurde den Leuten erst jetzt richtig bewusst.

Arekh vergewisserte sich, dass es niemanden gab, dem er den Gnadenstoß versetzen musste, und säuberte dann seine Klinge an den Kleidern seines letzten Opfers. Er hob den Haftbefehl auf, hielt ihn in die Flamme einer Laterne, die auf einem Verkaufstisch stand, und sah zu, wie er verbrannte.

Dann verließ er unter den Blicken der Stadtbewohner den Basar und verlor sich in der Menge.

KAPITEL 9

Der Kampf war schnell und gut verlaufen, und Arekh hätte zufrieden sein sollen. Dennoch hatte er noch immer einen bitteren Geschmack im Mund, als er auf die Boote zurückkehrte, diesmal, indem er sich unter eine Gruppe von Bauern mischte, die Mehlsäcke lieferten. Ja, er fühlte sich unbehaglich und spürte noch immer dieses seltsame Ekelgefühl, als klebten ihm die Gerüche des Basars weiter an der Zunge. Vielleicht hatte irgendein besonderes Gewürz in der Luft gelegen, dessen Nachgeschmack er jetzt spürte …

Er bemerkte Marikani auf der anderen Seite der Wasserfläche; sie saß – den Rücken an eine Kiste gelehnt – mit abgewandtem Gesicht allein da. Sie blickte auf den See hinaus. Arekh machte einen Schritt auf den Steg zu, blieb dann aber stehen.

Er musste sie über das, was er in die Wege geleitet hatte, informieren. Wenn er recht hatte und Viennes interessiert war, dann konnte jederzeit eine Nachricht mit einem Vorschlag eintreffen.

Aber … er konnte nicht einfach so hingehen und mit ihr reden. Nicht sofort. Er musste seinen Geist von dieser Begegnung reinigen, von der Verlesung der Anklagepunkte, der Erinnerung an die schwarzsilbernen Uniformen. Zwei verschiedene Welten waren sich gerade begegnet, und deshalb empfand er … Übelkeit, wie ihm plötzlich bewusst wurde.

Lächerlich.

Er hatte viel Schlimmeres getan, und das schon oft, ohne dass ihn danach irgendein Schatten verfolgt hatte.

Er zuckte mit den Schultern und zwang sich, vorwärtszugehen und den Steg zu betreten. Sie mussten sich vorbereiten. Wenn er recht hatte und der Brief tatsächlich bereits unterwegs war, könnte der Ratsherr die Stadt am folgenden Tag in der Morgendämmerung erreichen.

Viennes Al del Marukh, Erbe dreier Adelshäuser, Oberhaupt der Provinz Rimes, Botschafter der Fürstentümer und – noch wichtiger! – Hoher Ratsherr von Reynes, ließ sich mit einem liebenswürdigen Lächeln am Konferenztisch nieder.

Die Botschaft von Reynes im Zentrum der Tränenstadt war ein zweistöckiges steinernes Gebäude, dessen Fenster am Westende des Marktplatzes und der Wasserfläche auf den Platz und den Joar hinausgingen.

Große, weiße Süßwasservögel kreisten am Himmel und stießen heisere Schreie aus. Die Luft war kühl; das Zimmer roch nach dem Fluss und lackiertem Holz.

»Also seid Ihr die derzeitige Erbin des Königreichs Harabec«, sagte Viennes ohne unnötige Förmlichkeiten zu Marikani. »Ein reizendes kleines Land – ich habe es mit einer Delegation besucht, als ich noch ein Kind war. Allerdings … ohne Euch beleidigen zu wollen, meine Liebe, man hielt Euch für tot. Der Rat von Reynes hat schon ein Glückwunschschreiben an Euren Cousin gesandt.«

Marikani sah ihn mit leicht geweiteten Augen an, bevor sie offen zu lachen begann. »Ihr habt recht, Harabec ist ein kleines Land … aber es ist *mein* kleines Land, daran halte ich fest! Und ohne Euch nun Eurerseits kränken zu wollen, Ratsherr Viennes: Der Handel floriert dort ein wenig mehr als in Rimes.«

»Ah, gut geantwortet, schöne Dame. Ich würde viel dafür geben, wenn meine Landstraßen genauso belebt wären wie die des Südens. Aber kommen wir auf das zurück, was jetzt von Interesse ist: Euren Fall. Ist es noch *Euer* kleines Land? Meinen Informationen nach hat Halios sich bereits zum Herrn im Hause gemacht. Wer könnte es ihm verdenken?«

Verärgerung blitzte in Marikanis Augen auf. Keine Furcht, wie Arekh mit einer gewissen Bewunderung feststellte, nur Gereiztheit. Als hätte sie sich schon viele, viele Male mit den Problemen befassen müssen, vor die der besagte Halios sie stellte, und sei es mittlerweile leid.

»Ich mache es ihm nicht zum Vorwurf – zumindest jetzt noch nicht, da ich fern von ihm bin«, sagte sie mit einem raubtierhaften Lächeln. »Wir werden weitersehen, wenn ich erst zurück bin.«

Ratsherr Viennes lachte ein wenig. »Wohl gesprochen, wohl gesprochen! Das zeigt Charakter! Ich wünsche Euch viel Glück. Aber für mich bleibt das Problem dasselbe, versteht Ihr? Ich repräsentiere die Fürstentümer von Reynes, und die Sympathie, die ich für ein hübsches Mädchen mit energischem Blick empfinden mag, spielt keine Rolle. Ihr seid in einer schwachen Position. Warum sollte ich mit Euch verhandeln und nicht mit Eurem Cousin?«

»Gerade, weil sie in einer schwachen Position ist«, sagte Arekh mit schneidender Stimme. »Wie lange versucht der Rat von Reynes nun schon, den Verlauf der Salzstraße zu ändern? Wenn Ihr abwartet, bis Halios erst gekrönt ist, um dann mit ihm zu verhandeln, mit wem werdet Ihr es dann zu tun haben? Mit einem anmaßenden jungen König, der nur zu froh über seine neue Macht ist und der sich beim Volk wird beliebt machen wollen, indem er den eitlen Gockel spielt. Er wird Bedingungen stellen und dafür sorgen, dass die Sache sich hinzieht – einfach nur, um zu zeigen, dass er die Kraft hat, die Fürstentümer hinzuhalten.«

»Arekh hat recht«, sagte Marikani mit Nachdruck. »Selbst, wenn ich die Prüfung noch nicht bestanden habe, regiere ich *de facto* seit fünf Jahren in Harabec, Ratsherr Viennes. Ihr wisst so gut wie ich, dass selbst die besten Ideen, die besten Bündnis- oder Handelspläne, zwischen den Schreibzimmern der Räte und Könige auf Irrwege geraten können, so dass es Jahre dauert, bis sie zur Vollendung gelangen … wenn sie das denn tun. Heute«, sagte sie und beugte sich mit ihrem schönsten Lächeln zu dem Ratsherrn hinüber, »gibt es hier nur Euch und mich. Keine Federfuchser, keine Zwischenträger. In einer Stunde können wir eine jahrzehntealte Angelegenheit regeln. Ihr könnt nach Reynes zurückkehren und derjenige sein, der allein mit unübertroffener Geschwindigkeit dafür gesorgt hat, dass Reynes die wichtigste Zwischenstation des Salzhandels wird.«

Ein flüchtiger Ausdruck auf dem Gesicht des Ratsherrn zeigte, dass Marikani ihn richtig angepackt hatte.

»Wir sind uns über die beiderseitigen Vorteile dieses möglichen Vertrags einig, Aya Marikani«, sagte er. »Das ist nicht das Problem. Nehmen wir einmal an, dass wir ihn unterzeichnen, dass Ihr dann aber innerhalb dieser Mauern getötet oder gefangen genommen werdet, bevor Ihr Harabec erreicht? Dann hätte ich nur ein wertloses Stück Papier in der Hand.«

»Gerade deshalb liegt es, sobald dieser Vertrag unterzeichnet ist, in Eurem Interesse, dass Marikani lebend aus der Stadt herauskommt«, erklärte Arekh. »Und aus genau dem Grunde sind wir hier. Damit unsere Interessen sich vereinigen.«

Die weißen Vögel kamen wieder krächzend am Fenster vorbei. Eine Gruppe von Kindern lief auf der Straße entlang; ihre Stimmen und ihr Gelächter drangen fröhlich bis ins obere Stockwerk hinauf.

Sie waren im Zimmer nur zu viert: der Ratsherr, Marikani, Lionor und Arekh. Niemand bis auf sie und den Herrn der Verbannten wusste, dass Marikani einen Fuß aufs Festland gesetzt hatte. Wenn diese Nachricht sich verbreitete, wäre das das Ende.

»Immer noch so durchtrieben, was, Morales?«, sagte der Ratsherr, indem er sich Arekh zuwandte. Er klopfte Marikani liebevoll auf die Schulter. »Also arbeitet er jetzt für Euch. Gute Erwerbung!«

Arekh sagte nichts, aber er spürte neben sich eine Art von Stille, die er gut kannte: Es hatte seinen Grund, dass Marikani und Lionor nichts sagten. Sie waren wieder einmal ganz Ohr.

»Er hat mich nicht sehr viel gekostet«, sagte Marikani am Ende mit einem dünnen Lächeln.

»Einige von uns haben sich schon gefragt, wo Ihr wohl abgeblieben seid, Morales«, sagte Viennes, ohne auf die Bemerkung einzugehen. »Ihr habt doch für diesen Kerl, diesen Senator, gearbeitet. Und dann – keine Nachricht mehr von Euch.«

»Mein Vertrag mit Im-Ahr ist vor sechs Monaten ausgelaufen«, erklärte Arekh. »Seitdem … war ich auf Reisen.«

»Gut, gut. Wie ich schon sagte, gute Erwerbung. Wenn es jemanden gibt, der Euch aus diesem Rattenloch herausholen kann, Aya Marikani, dann ist er es …«

Der Ratsherr erhob sich und holte Zigarren aus einem

kleinen Schränkchen hervor. Er bot seinen Gästen welche an; als sie ablehnten, rauchte er ausgiebig allein, ohne etwas zu sagen, und sah bald den Tisch an, bald zum Fenster hinaus.

»Wir werden die Landstraße in der Ebene verbreitern und in der Sumpfregion trockenlegen müssen. Wir werden Brücken bauen müssen. Wird Harabec einen Teil der Baukosten übernehmen?«

»Ganz gewiss nicht!«, sagte Marikani lachend. »Kommt, Ratsherr, Ihr wisst sehr gut, dass die Wegzölle mehr als ausreichen werden, Eure Kassen wieder zu füllen.«

Viennes beschränkte sich darauf zu nicken; dann stand er auf, klopfte an die Tür und gab einige Befehle. Schließlich erschien einer der Schreiber mit Papier und Feder, und sie begannen, den Vertrag aufzusetzen. Der Schreiber zuckte ein wenig zusammen und musterte Marikani verstohlen, als er begriff, mit wem er es zu tun hatte, aber er war wohlerzogen, sagte nichts dazu, sondern schrieb einfach weiter.

Stunden vergingen. Viennes ließ eine Mahlzeit auftragen; er hielt auch eine kleine Rede vor seinen Angestellten und drohte, ohne weitere Umstände jeden aufzuhängen, der etwas über ihren »Gast« herumerzählte. Nach dem furchtsamen Blick der Frau zu urteilen, die ihnen das Essen servierte, wurde diese Drohung durchaus ernst genommen.

Zwanzig Seiten später war der Vertrag immer noch nicht fertig, aber der Wein und ein Hühnergericht mit Aprikosen und Mandeln hatten die Herzen erfreut und für eine entspannte Atmosphäre gesorgt. Viennes schien ständig neue künftige Vorteile der Situation zu erwägen; seine Augen leuchteten.

Sie verbrachten eine ganze Weile damit, über die Überquerung des Nasseri und die Frage der Stromschnellen zu sprechen. Eine neue Brücke war nötig: Wenn die Straße zu weit südlich verlief, würde sie Sleys zum Vorteil gereichen, was weder Harabec noch den Fürstentümern willkommen war. Aber Sleys war ein kleines, geschäftiges und sehr religiöses Land: Die Tempel besaßen etwa zwanzigtausend Sklaven, die man leicht würde mieten können, um das fehlende Straßenstück zu bauen.

»Wisst Ihr, dass hier der Rat abgehalten worden ist, der über das Schicksal des Türkisvolks entschieden hat?«, fragte Viennes, als sie sich über alles einig geworden waren. »Direkt hier, im Herzen der Stadt, vor ... dreitausendvierhundertunddreißig Jahren, wenn ich mich recht entsinne. Wir sind am Ort eines der wichtigsten historischen Ereignisse der Königreiche«, schloss er mit einem zufriedenen Lächeln.

Er schenkte Lionor ein Glas Wein ein; sie hatte den Blick abgewandt und betrachtete mit verdächtigem Interesse die Spiegelungen auf der Kristallkaraffe. Kurzes Schweigen trat ein, bevor Marikani in einem Tonfall, der Arekh übervorsichtig erschien, fragte: »Hier? Ich dachte, es wäre im Großen Tempel von Sleys gewesen ... Stammte Ayona nicht von dort?«

»Ayona wurde in der Tat in Sleys geboren – und dort hat ihm Um-Akr die Entdeckung der Rune eingegeben«, erklärte Viennes. »Aber das Konzil, das die Verurteilung anerkannt hat, ist hier abgehalten worden. Aus dem Grunde ist diese Stadt in ›Tränenstadt‹ umbenannt worden, Aya Marikani. Vor über drei Jahrtausenden hieß sie ›Stadt des Lachenden Wassers‹, was weitaus passender war, wie ich finde.«

»Die Rune«, wiederholte Lionor kalt. »Praktisch, nicht wahr?«

Der Ratsherr sah sie erstaunt an. »Praktisch, meine Dame?«

»Praktisch, ja. Es war doch praktisch, dass der Hohepriester Ayona entdeckte, dass das Sternbild die Rune der Gefangenschaft nachzeichnet, als wir jenen Leuten weder Land schenken noch Arbeit anbieten konnten ... Und siehe da – der Hohepriester entdeckt eine Rune, die er bis dahin noch nie gesehen hat. Ja, das finde ich praktisch.«

Marikani warf Lionor einen fast furchtsamen Blick zu, in dem Arekh all seine Vermutungen bestätigt fand. Er wandte sich dem Ratsherrn zu. Würde Viennes Lionor der Häresie bezichtigen?

Es waren schon Menschen für weniger als das hier verbrannt worden ... Natürlich nur, wenn sie bei den Mächtigen schlecht angesehen waren.

Aber nein. Der Ratsherr schüttelte amüsiert den Kopf. »Meine Liebe, da rührt Ihr an eine Kontroverse, die schon mehr als eine religiöse Debatte in Reynes angeheizt hat, das kann ich Euch versichern. War die Rune schon immer da, und Um-Akr hat seinem Jünger an jenem Abend nur die Augen dafür geöffnet? Oder ist ein neuer Stern zur selben Stunde erschienen, um die Rune zu vollenden? Das wird niemand je wissen, nehme ich an, aber wenn die Priester Vergnügen daran finden ...«

Viennes machte eine vage, abfällige Handbewegung. Arekh teilte seine Meinung über die nicht enden wollenden Diskussionen der Theologen. Die Götter webten den Stoff der Wirklichkeit in Übereinstimmung mit dem Schöpfungslied: Zukunft, Gegenwart und Vergangenheit waren in den Fasern miteinander verbunden, und die Fäden menschlichen Schicksals waren nur einige armselige Stickereien. Daher war es nutzlos – und unmöglich – zu versuchen, den Ratschluss der Götter oder ihre Gründe zu durchschauen, sich zu bemühen, ein Prinzip hinter ihren Handlungen zu entdecken. Ihre Gründe waren naturgemäß außerhalb der Reichweite des menschlichen Verstandes.

Und die Priester und Philosophen, die behaupteten, ihre Absichten zu durchschauen, waren Narren oder Ehrgeizlinge, die religiöse Bewegungen ins Leben rufen wollten, um ihre Feinde besser vernichten zu können.

Die Männer und Frauen des Türkisvolks waren, Stamm um Stamm, aus dem Osten gekommen, im Jahre zwanzig des ayonischen Kalenders. Den Aufzeichnungen nach war es in dieser Zeit, in der die Menschheit gerade erst aus den Dunklen Zeitaltern nach dem Sturz des Gottes, dessen Namen man nicht nennt, hervorgetreten war, kalt gewesen – sehr kalt. Sogar so kalt, dass die eisige, nordöstliche Meerenge zugefroren war … Und auf diesem Weg waren die Flüchtlinge gekommen, abgehärmt, frierend und hungrig, aus ihren geheimnisvollen Landen im fernen Osten verjagt, von der Kälte oder von irgendeiner anderen Naturkatastrophe.

Es war unmöglich, den genauen Grund für ihren Aufbruch in die Fremde zu erfahren, denn ihre Sprache war nichtmenschlich, und man konnte sich nicht mit ihnen verständigen. Während die Bewohner der Königreiche allesamt eine Verkehrssprache sprachen, die auf das Hâna, die Sprache des Alten Kaiserreichs, zurückging, mit dem selbst die sonderbarsten Dialekte eine gemeinsame Wurzel hatten, ergab die Sprache des Türkisvolks keinen Sinn und wies für die damalige Bevölkerung der Königreiche keine erkennbare Grammatik auf. Der raue Akzent der Türkisleute war fremd und erschreckend. Und ihr Aussehen … eine weißliche Haut, so dünn, dass man darunter gelegentlich zarte, blaue Adern aufschimmern sah, so blonde Haare, dass sie fast schon weiß waren, helle Augen, leuchtend blau, türkisfarben, eisig und unmenschlich.

Und der Zug nahm kein Ende: Sie kamen zu hunderten, ja zu tausenden. Die Tempel hatten nicht genug Nahrung für sie, auch nicht genug Platz, um sie alle unterzubringen.

Also hatte Ayona, der größte Kopf des Jahrhunderts, derselbe, der unter der Herrschaft eines Königs von Sleys, dessen Namen die Geschichte längst vergessen hat, einen Kalender erfunden hatte, der noch nach dreitausend Jahren gültig war … Nun, Ayona also hatte eine Erleuchtung gehabt. Von Um-Akr inspiriert hatte er im Sternbild des Rades die Linien der Rune der Gefangenschaft gesehen. Im Zentrum des Rades befand sich ein türkisfarbener Stern, der bisher in den religiösen Schriften noch nicht interpretiert worden war.

Die Wahrheit war eindeutig: Die Rune der Gefangenschaft umgab den türkisfarbenen Stern, umschloss ihn mit göttlicher Verdammnis.

Die Götter gaben das Türkisvolk in die Sklaverei.

Ein Beweis für Ayonas Interpretation hatte sich gefunden, als die Priester bemerkt hatten, dass die Mitglieder des Türkisvolks allesamt einen bläulichen Fleck zwischen den Schulterblättern hatten, ein Zeichen der Ehrlosigkeit und eines scheußlichen Verbrechens, das auf immer unbekannt bleiben würde, aber ihre ewige Verdammnis besiegelt hatte.

Nachdem sie zu Sklaven geworden waren, hatten die Mitglieder des Türkisvolks zunächst den Priestern und Tempeln gehört, bevor sie sich im Laufe der Jahrhunderte vermehrt hatten und an die Familien reicher Privatleute verkauft worden waren. Mit der Zeit waren die Sklaven zu einem festen Bestandteil der Gesellschaft geworden: In manchen Regionen besaßen sogar arme Bauern ein oder zwei, die ihnen den Pflug zogen.

Die Sklaven waren nach göttlichem Recht gefangen: Nichts – noch nicht einmal der Wunsch oder das Geld ihrer Herren – konnte sie befreien. Das unbekannte Verbrechen, das sie begangen hatten, hatte ihre Seele geschwärzt. Wenn man zugelassen hätte, dass sie frei herumliefen, welche zusätzlichen Abartigkeiten hätten sie dann in die Gesellschaft eingebracht?

Arekh musterte Lionor stumm. Sie hatte den Blick aus dem Fenster gerichtet.

Ein weiteres Mal fragte er sich, was er tun sollte. Lionor schien Marikani treu ergeben zu sein. Sie hätte im Laufe der Flucht viele Gelegenheiten gehabt, ihre Herrin zu verraten …

Natürlich hatte Marikani – wenn Arekh recht hatte, und dafür sprach der Blick, den sie vorhin Lionor zugeworfen hatte – sie aufgrund dieses entsetzlichen Geheimnisses in der Hand.

Ratsherr Viennes und Marikani waren schon wieder dabei, über den Brückenbau zu diskutieren. Arekh dachte weiter nach. Lionors wahre Natur war vielleicht nur ein Detail in den politischen Strömungen, die heute aufeinanderprallten – aber doch ein wichtiges Detail. Sie stand Marikani sehr nahe, und damit auch ihrem Ohr, wie es in Geschichten hieß. Welchen Einfluss mochte sie ausüben? Sie könnte so leicht Verrat begehen …

Wenn Marikani die Einzige war, die Lionors Geheimnis kannte, lag es dann nicht in Lionors Interesse, dass Marikani verschwand?

Doch nein, das allein war es nicht, was die zwei Frauen verband, das musste Arekh trotz der Feindseligkeit, die er

Lionor gegenüber empfand, zugeben. Zwischen den beiden schien echte Freundschaft zu bestehen.

Arekh versuchte, sich aufs Neue auf die Diskussion zu konzentrieren, aber bald schweifte sein Geist wieder ab. Die Erzählungen, die Warnung der Götter – denn wie konnte er sonst erklären, dass ihm die Geschichte so spontan über die Lippen gekommen war? – mussten doch einen Sinn, eine Existenzberechtigung haben …

Musste er handeln? In dem Fall hatten sich die Götter ein ziemlich niederträchtiges Geschöpf als Boten auserwählt. War er nicht selbst genauso verderbt wie Lionor? Vor den Göttern würde er immer als Verurteilter gelten – aber vielleicht musste man eine schwarze Seele haben, um eine andere erkennen zu können?

Marikanis glatte Stirn war über den Vertrag gebeugt. Eine frische Brise blies durchs Fenster herein und trug den fröhlichen Lärm der Stadt mit sich. Die Einwohner lebten unberührt von den düsteren Geheimnissen ihrer Besucher. Oder hatten sie vielleicht selbst düstere Geheimnisse?

»Hundert Männer sollen mich in etwa zehn Tagen von der Südgrenze der Stadt abholen«, erklärte Marikani. »Ich habe diesbezüglich an meinen Staatssekretär geschrieben.«

»Glaubt Ihr, dass Euer Cousin ihn gewähren lassen wird?«

»Er kann sich schwerlich dagegen sperren. Es wäre zu gefährlich für ihn, sich zu weigern, Truppen zu schicken, um mich abzuholen«, erläuterte Marikani. »Sein Verrat wäre zu offensichtlich. Solange er nur Erbe ist, ist seine Position noch schwach. Und Banh ist mir treu ergeben.«

»Das Problem«, warf Arekh ein, »besteht darin, dass die Verbannten nicht sicher sind, ob sie Aya Marikani noch zehn Tage lang beschützen können. Die Spannungen sind zu groß, und ihre Position ist prekär. Wenn sie dagegen unter dem Schutz von Reynes stünde … Glaubt Ihr, dass der Bürgermeister es wagen würde, die Fürstentümer anzugreifen?«

»Nun, das würde ich gern erleben!«, sagte Viennes. »Hervorragend, Aya Marikani – wir werden uns um die Sache kümmern. Aber damit ich Euch hier offiziell empfangen kann – denn, darüber sind wir uns doch einig, dieses Treffen hat offiziell nie stattgefunden –, benötige ich ein zweites Siegel. Die Zustimmung eines zweiten Ratsherrn ist notwenig, um eine Entscheidung von solcher Tragweite zu treffen … Macht Euch keine Sorgen«, fügte er sogleich hinzu, als er die Blicke rings um den Tisch sah, »das ist schnell getan. Ein Ritt hin und zurück zu einem Freund, der dreißig Meilen von hier wohnt … Das sind keine zwei Reisetage! Könnt Ihr zwei Tage durchhalten?«

Sie verließen das Haus, wie sie gekommen waren: durch die Hintertür, als Händler verkleidet. Lionor und Marikani trugen Kopftücher und hielten Fruchtkörbe auf dem Arm. Der Herr der Verbannten hatte sie nachts am Ufer eines abgelegenen Kanals von Bord gehen lassen, aber bei ihrer Rückkehr waren die Vorsichtsmaßnahmen geringer: Sie überquerten den großen Marktplatz, bis sie zur Wasserfläche gelangten, und winkten ein Boot heran.

Händler beobachteten sie neugierig, und sobald Lionor das Boot betrat, bildeten sich kleine Grüppchen, die Bemerkungen dazu machten.

Aber die Barke entfernte sich rasch vom Markt. Arekh blickte zu den Schaulustigen hinüber. Die Stadt war entschieden gefährlich. Noch ein Nest von Vipern im Schlamm, ganz wie alle Städte der Königreiche …

Arekh zuckte die Achseln und tat sein Bestes, seine schwarzen Gedanken zu verscheuchen. Wenn die argwöhnischen Blicke einiger Müßiggänger schon ausreichten, ihm den Tag zu verderben, dann konnte er sich an keinen guten Tag erinnern. Aber da war auch noch Lionor, deren Anwesenheit allein ihn mittlerweile schon verärgerte.

Seit dem kleinen Gespräch, das sie mit dem Ratsherrn über das Türkisvolk geführt hatte, schien sie Arekh zu beobachten. Er ertappte sie im Laufe des Nachmittags drei Mal dabei, dass ihr Blick auf ihm ruhte, was ihn wütend machte. Sie spürte sein Misstrauen.

Der Abend trug, so schön er auch war, nicht dazu bei, Arekhs Laune zu verbessern. Marikani hatte dem Herrn der Verbannten von dem Treffen erzählt; er hatte befriedigt gewirkt. Um die Neuigkeit zu feiern, hatte er ein spontanes Festmahl auf einem großen Boot organisiert. Der Wein war in Strömen geflossen, eine Musik, die für Arekhs Geschmack zu süßlich war, war in den Himmel aufgestiegen, und jetzt saß der Herr der Verbannten zu nahe neben Marikani, die allzu anmutig lächelte. Weihrauchschwaden vernebelten die Luft, und Marikani hatte getrunken. Als die beiden ersten Monde über dem Sternbild des Rades aufstiegen, versuchte der Herr der Verbannten, sie auf das Boot mitzuziehen, auf dem sein Zelt stand, aber obwohl Marikani weiter lächelte – und sogar lachte –, ließ sie sich nicht übertölpeln.

Arekh zögerte noch einzugreifen, als in der Nähe eines Pontons im Süden etwas klatschend im Wasser landete. Sofort kam das Gelächter zum Erliegen, und die Verbannten spannten sich an. Aber es war nur ein nach Reyneser Mode gekleideter Mann, den Arekh schon bei ihrem Aufbruch aus der Botschaft dort gesehen hatte.

Der Mann watete durch den Joar geradewegs auf sie zu; das Wasser reichte ihm bis zur Brust, als er das Boot erreichte.

Er gab Marikani ein Bambusröllchen und macht dann kehrt, um leicht lächerlich zurück zum Ponton zu stapfen.

»Wenn man in dieser Stadt den Boten spielt, muss man schwimmen können«, sagte die rothaarige Frau hinter ihnen.

Kurzes Schweigen trat ein, während Marikani den Zylinder öffnete, das Siegel des Ratsherrn Viennes brach und die Botschaft las.

Sie reichte sie an Arekh weiter.

Teuerste Freundin, schrieb der Ratsherr in dem blumigen Stil, der dazu diente, Informationen für den Fall zu verschleiern, dass Botschaften abgefangen wurden, *alles läuft in unserer Angelegenheit ganz wie vorgesehen ab. Ich wollte Euch nur wissen lassen, dass ein Mitglied unseres Personals im Anschluss an unser Gespräch verschwunden ist; daher rate ich Euch, Euch äußerst vorsichtig zu verhalten.*

Arekh sah sich um. Die Nacht wirkte noch immer unschuldig. Und dennoch konnte man, wenn ein Angestellter der Botschaft verschwunden war, davon ausgehen, dass die Repräsentanten des Emirs in der Stadt mittlerweile auf dem Laufenden über ihr Gespräch waren – und dass bald ein wenig Gold den Besitzer wechseln würde.

Der Herr der Verbannten bedeutete den Musikern, weiterzuspielen, und den Tänzern, nicht in ihrer Pantomime innezuhalten. Wenn irgendjemand sie vom Ufer aus beobachtete, sollte ihm nichts ungewöhnlich erscheinen.

Marikani trat mit der Botschaft an ihn heran, und sie führten ein langes Gespräch. Dann entfernte sie sich nachdenklich, während der Herr der Verbannten verkündete: »Eine Machtdemonstration vonseiten der Erbin der Magierkönige von Harabec! Und sei es auch nur, um alle zu beruhigen.«

Marikani nickte und begann mit dem Schutzritual.

Die Vorbereitungen dauerten Stunden, und die Söhne des Joar halfen bei der Zeremonie. Die Boote wurden zu einem gewaltigen Kreis gesammelt, in dessen Inneren vier von ihnen mit Tauen aneinandergebunden waren, um eine Art Plattform zu schaffen. Darauf wurde ein großes Feuer auf einer gewaltigen Steinplatte entzündet, auf der die Verbannten auch gewöhnlich Holzscheite verbrannten. Arekh fürchtete, dass die Flammen auf das Boot übergreifen könnten, aber nichts geschah.

Auf die hohen Flammen aufmerksam geworden, begannen die Stadtbewohner, sich am Ufer zu versammeln. Kerzen wurden in den Fenstern entzündet, während die Bürger auf dem Platz sich fragten, was wohl vorging.

Auf den Booten spürte Arekh, wie die Aufregung bei den Verbannten stieg. Da sie es gewohnt waren, sich nicht in die Angelegenheiten anderer einzumischen, schwiegen sie, aber sie beobachteten mit funkelnden Augen jede Bewegung der fremden Zauberin ... der Tochter der Götter, der Prinzessin, die ihr Königreich der Ausgestoßenen betreten hatte. Politische Schwierigkeiten und Handelsbeziehungen waren vergessen. Es gab nur die Magie, die Magie des Rituals, aber auch die der Verbindung der Menschen mit den Göttern, mit den Königen, mit der Anderswelt und dem Unbekannten, das sie wie ein Flügel streifte.

Marikani hatte keine Ritualtoga; sie war in eine große, orangefarbene Stoffbahn gehüllt, als sie die Konturen der Schutzrune mit zerstoßenem Kalk nachzog, der mit Öl zu geweihter Farbe vermengt war. Das Muster erstreckte sich in komplizierten Verschränkungen über alle vier Boote, und auf Marikanis Zeichen hin begann eine schwarzhaarige Frau zu singen: keinen heiligen Gesang, sondern eine einfache Liebesballade, deren Melodie alle kannten. Und als die Verbannten mit einstimmten, hätten ihre Stimmen die der Gläubigen im Großen Tempel von Reynes am Sonnwendtag sein können, und Arekh hatte den Eindruck, dass die Macht der Rune greifbar Form annahm.

Marikani musste etwas Ähnliches empfinden, denn sie baute sich hoch aufgerichtet in der Mitte der Rune auf und führte mit erhobenen Armen die langsamen, wohlberechneten Gesten der Anrufung aus, einen reptilienhaften Tanz, den sie an die Melodie anpasste und der an Kraft und Macht gewann, während sie jede Bewegung beschleunigte und das Lied mitzog: Die Verbannten beschleunigten ebenfalls ihren Rhythmus, bis der Gesang und der Tanz ein Ganzes bildeten.

Schließlich hielt Marikani schweißüberströmt inne. Ihre braunen Haare hingen aufgelöst herab; der Stoff glitt ihr von der Schulter. Die Verbannten stellten Laternen überall dort auf, wo sich die Linien der Rune kreuzten.

Die Luft war ruhig, lastend und still, als Marikani sich im Zentrum der Rune niederließ und sich konzentrierte.

Dann stand sie wieder auf und überstieg die Linie vorsichtig, bis sie außerhalb der Rune stand. »Möge niemand die Linien der Rune durchbrechen!«

Arekh hatte den Eindruck, dass die Luft oberhalb der Zeichnung leicht zitterte: Ein Leuchten schien von den Linien auszugehen.

»Und jetzt«, fuhr Marikani fort, »tanzt, singt, bewegt euch! Die Macht des Rituals ist aus euch geboren, aus eurem Gesang – euer Wille wird sie stärken! Je fröhlicher ihr seid und je mehr Lärm und Licht ihr macht, desto stärker wird der Zauber die Verbannten vor den Feinden und den Mächten der Nacht beschützen!«

Freudenschreie begleiteten ihre Worte, und die Verbannten nahmen ihr Fest wieder auf: Sie tanzten und spielten nun auf allen Booten, und die Wasseroberfläche war ein lebendiges, bewegtes Bild, in dem Farben und Licht sich mit den kalten Spiegelungen der Nacht vermengten.

Die Ufer waren mittlerweile schwarz vor Menschen: Zahlreiche Stadtbewohner waren hinzugeeilt und fragten sich, was wohl über die Verbannten gekommen sein mochte, ein solches Fest abzuhalten, obwohl kein Sonnwendtag war. Manche versuchten, Marikani zu erspähen, die Prinzessin von Harabec, deren Gegenwart so viele Schwierigkeiten verursachte. Sie schwenkten Laternen und Kerzen, und Arekh fragte sich, ob ihr Licht und ihre Neugier ebenfalls dazu beitragen würden, den Schutzzauber zu verstärken.

Das Fest dauerte die ganze Nacht und einen Teil des Morgens; das Feuer wurde in Gang gehalten und loderte weiter hoch in den Himmel. Kein Gesandter des Emirs oder des Bürgermeisters ließ sich blicken. Sogar ohne die Schutzrune hätten sie sicher nicht nahe herankommen können: Es waren zu viele Menschen und damit zu viele aufmerksame Ohren da – und auch zu viel Licht.

Der folgende Abend brach ohne Neuigkeiten vom Ratsherrn an. Er hatte von zwei Tagen gesprochen, und die waren noch nicht um, also gab es eigentlich keinen Anlass zur Sorge. Aber Marikanis Anspannung stieg und belastete auch Lionor und Arekh.

Ohnehin war die Besorgnis nicht ganz unbegründet. Arekh wusste, was Marikani sich ausrechnen musste. Sie hatten Viennes am späten Nachmittag des Vortags verlassen. Wenn einer seiner Angestellten das Geheimnis von Reynes verraten hatte und zum Bürgermeister geeilt war, hatte er sicher einige Stunden benötigt, um vorgelassen zu werden und dann die Gesandten des Emirs vom Wahrheitsgehalt seiner Informationen zu überzeugen, während diese ihrerseits seine Identität überprüften …

Danach hatten der Bürgermeister und die Gesandten des Emirs vermutlich darüber nachgedacht, was dieses Bündnis zwischen Marikani und Viennes bedeutete. Sie mussten herausgefunden haben, wohin Viennes jemanden geschickt hatte und warum … Und all diese verlorenen Stunden führten ohne Zweifel auf diesen Tag, auf diesen Abend zu. Auf den Moment, in dem Marikanis Feinde, wenn sie gut unterrichtet waren, schließlich begreifen würden, dass sie keine Gelegenheit mehr haben würden, ihr zu schaden, wenn sie sich erst unter den Schutz der Fürstentümer begeben hatte.

Auf den Moment, in dem sie begreifen würden, dass sie rasch und entschieden handeln mussten.

Heute Nacht.

Am Abend wiederholte Marikani das Ritual. Die Flammen loderten wieder unter dem Nachthimmel, die Tänze und Gesänge begannen aufs Neue. Aber die Verbannten waren müde; die durchfeierte Nacht hatte Spuren hinterlassen. Die Freude war nicht mehr so spontan, der Jubel nicht mehr so lebhaft. Die Stadtbewohner, die weniger neugierig als am Vorabend waren, hatten nach und nach die Kais verlassen; die Ufer lagen beinahe völlig leer da, als die Nacht hereinbrach.

Die Monde waren hinter schwarzen Wolken verborgen, aber abgesehen davon deutete nichts auf ein Gewitter hin.

Magie, dachte Arekh sofort.

Marikani war nicht die Einzige, die mit den Schatten der Götter spielte; irgendeine Hexerei war am Werke.

Die Verbannten tanzten weiter, aber um sie herum wurde die Luft seltsam, zugleich eisig und von ungewöhnlicher Klarheit. Der Herr der Verbannten schauderte, holte eine Flasche Alkohol und ließ sie unter den Tänzern herumgehen, als wolle er ihre Leidenschaft anheizen.

Die Laternen leuchteten auf den überkreuzten Linien.

Der Himmel wurde noch schwärzer. Die Sterne waren verschwunden, und ein kalter Wind blies gegen die Laternen.

Eine von ihnen erlosch.

Der Herr der Verbannten stellte die Flasche ab, ging in sein Zelt und nahm ein Kurzschwert aus einer kleinen Holztruhe.

Lionor zündete die Laterne wieder an. Marikani beobachtete den Himmel, ohne etwas zu sagen.

Die Stunden vergingen. Die Erschöpfung hatte die Tänzer übermannt. Die meisten waren zusammengesackt und schliefen; auf den angrenzenden Booten unterhielten sich andere mit gesenkter Stimme. Keine einzige Kerze leuchtete in den Fenstern der Stadt.

Lionor saß an der Reling des Boots und ließ die Füße ins Wasser baumeln.

Arekh fühlte sich aufrecht stehend wohler, da er so die Umgebung im Auge behalten konnte, aber auch er hatte in der vergangenen Nacht nicht geschlafen, und seine Beine waren müde. Er setzte sich hin und lehnte sich mit dem Rücken an eine Taurolle.

Ja, irgendeine Hexerei war am Werk. Er spürte es in der Luft, im seltsamen Licht des Himmels.

In seinem Geist, in den sie wie eine tintenschwarze Welle eindrang …

Arekh versuchte, sich zu bewegen, aber seine Gliedmaßen waren so schwer wie die einer steinernen Statue. Die Kerzen flackerten, sein Geist wurde schwarz …

Der Schrei einer Frau entriss ihn den Abgründen.

Arekh sprang auf die Füße. Er hatte geschlafen. Wie lange? Es war mittlerweile sehr kalt, und das Feuer war fast erloschen; drei Laternen waren umgefallen, und etwas … irgendetwas kroch über das Boot.

Dann brach das Chaos los. Zur Linken wurde gekämpft, Menschen rannten über den Ponton: mindestens zwanzig Männer mit Fackeln, bereit, die Boote zu stürmen. Andere schwammen auf sie zu, aber da war noch etwas anderes; ein Ding, das über das Holz kroch …

Das Boot schwankte, und Arekh reagierte endlich, bekam einen Umhang zu fassen, entzündete ihn am Feuer einer Laterne und warf ihn auf die schwarze Form zu, die er entdeckt hatte. Das Licht loderte auf, Schreie ertönten hinter ihm, und sogar Arekh selbst zuckte zurück. Das Tier war gelb und schuppig mit schlammfarbenen Augen. Dick wie ein Schenkel und zwei Beine lang, kroch es auf die Rune zu …

Das Boot schwankte erneut, und Arekh sah, dass noch weitere solche Geschöpfe in dem schwarzen Wasser schwammen. Zu seiner Linken stand ein Boot in Flammen, und die Verbannten kämpften erbittert. Zwei Männer sprangen vom Ponton auf das Nachbarboot, und plötzlich schwappte der Kampf auf die Ritualfläche hinüber wie eine Springflut. Die Kreaturen setzten ihren Vormarsch fort; sie glitten aufs Holz hinauf wie Würmer. Arekh suchte Marikani mit Blicken und entdeckte sie: Sie stand mit dem Dolch in der Hand nicht weit vom Herrn der Verbannten entfernt, bereit, sich zu verteidigen. Mit drei Schritten war Arekh bei ihr, packte sie um die Hüfte und warf sie, ohne auf ihre Proteste zu achten, ins Innere der Rune.

Aber die Kerzen waren umgefallen, und das Wasser, das kam und ging, begann, die Zeichnung fortzuwaschen. Plötzlich kenterte das Boot, das Feuer gefangen hatte; die Flammen verschwanden und mit ihnen die hauptsächliche Lichtquelle.

Die Wasserfläche lag nun praktisch im Dunkeln. Schreie ertönten, während Schatten auf Marikani zusprangen und so das Boot noch mehr zum Schwanken brachten, so dass auch noch die letzten Laternen umstürzten. Arekh zog sein Schwert und wollte zum Angriff übergehen, verlor dann aber das Gleichgewicht und rollte ins schwarze Wasser.

Jemand packte ihn am Hals, zerrte ihn nach unten; aus einer unvernünftigen Regung heraus öffnete er den Mund und erstickte fast. Die Kreaturen hatten ihn in ihrer Gewalt. Es war zwecklos, gegen die Geschöpfe der Abgründe zu kämpfen … Finger gruben sich in seine Kehle, und nun reagierte Arekh.

Finger. Es waren nicht die schuppigen Geschöpfe, die durch Hexerei – die Götter wussten, was für eine! – auf ihre Boote gelockt worden waren, die ihn zu ertränken versuchten. Dies war ein Mensch, ohne Zweifel ein Soldat des Emirs. Arekhs Füße berührten den schlammigen Grund, er sah nichts, seine Lunge brannte wie beim ersten Mal, auf der Galeere, aber sein Gegner war ein Mensch – er konnte kämpfen. Mit aus der Wut geborenem Schwung verdrehte Arekh den Arm, der ihn zu erwürgen drohte, und es gelang ihm, sich freizukämpfen. Er stieß sich vom Boden ab, um zur Oberfläche zu gelangen, und bemerkte, dass er im Wasser stehen konnte.

Er fand sich aufrecht in der Dunkelheit wieder, in der Nähe des Bootes, keuchend und mit getrübtem Blick. Hinter ihm tobte der Kampf weiter; verschwommene Silhouetten rangen schreiend miteinander. Das Wasser reichte ihm nur bis zur Brust. Irgendjemand warf sich in den See, und ein gewaltiges Schuppentier glitt ihm nach. Ein abscheulicher Geruch ging von ihm aus, und Arekh unterdrückte das Bedürfnis, sich zu übergeben.

Sein Gegner? Wo war …

Irgendetwas traf ihn am Kopf – ein sehr schweres Holzstück. Arekh brach im Wasser zusammen, bekam keine Luft mehr und bemerkte, dass er sein Schwert nicht mehr hatte. Ohne auf den nächsten Schlag zu warten, warf er sich mit einem wenig eleganten Sprung zurück: Er hatte vor, den Mann, der ihn gerade geschlagen hatte, irgendwie zu erwischen ... am Arm, an einem Kleiderzipfel, an irgendetwas, das ihm gestatten würde, ihn unter Wasser zu ziehen. Er sah immer noch nichts, aber es gelang ihm, ein Gesicht zu berühren und zuzuschlagen.

Der Unbekannte stieß einen Schrei aus.

Einen weiblichen.

Arekh packte die Frau, stieß sie gegen die Bootswand, starrte seine Gegnerin zornig an. Und fand sich von Angesicht zu Angesicht mit Lionor wieder.

Sie starrten sich einige Sekundenbruchteile lang an. Schlick tropfte über das Gesicht der jungen Frau; sie blutete dort, wo Arekh sie geschlagen hatte, an der Lippe. Hass leuchtete aus ihren Augen.

Also hielt sie ihn für so gefährlich, dass sie zu allem imstande war, um sich seiner zu entledigen – sogar dazu, zu versuchen, ihn im Dunkeln zu erdrosseln, indem sie einen feindlichen Angriff ausnutzte.

Sehr gut. Dieses Spiel konnte man auch zu zweit spielen.

Arekh packte sie am Hals und zerrte sie unter Wasser. Es würde ausreichen, sie zu ertränken – dann würde es keine Lionor mehr geben, kein Affenweibchen von unreinem, verfluchtem Blut, das Marikani wer-weiß-was ins Ohr raunte, keine Feindin, die zu allem bereit war, um ihre Herrin davon zu überzeugen, sich seiner zu entledigen. Ohne sie würde er befreit sein ...

Wovon genau?

Lionor bekam keine Luft mehr, er spürte, wie sie im Wasser um sich schlug. Aber sie war kräftiger, als er angenommen hatte, und mit verzweifelter Anstrengung packte sie ihn an der Innenseite des Schenkels und verdrehte ihm das Bein, so dass Arekh einen Schmerzensschrei ausstieß. Er verlor das Gleichgewicht. Jetzt war Lionor in der günstigeren Position; sie zerkratzte ihm das Gesicht, rammte ihm die Nägel ins Auge. Arekh ließ sie los und schrie. Er wich ins Wasser zurück, hielt die Hand aufs Auge gepresst, um den Schmerz zu lindern, und hörte, wie Lionor aufs Boot zurückkletterte. Indem er die Lider trotz seiner Schmerzen wieder öffnete, glaubte er zu sehen, wie sie irgendetwas aufhob – eine Waffe – und zum Schlag ausholte.

»*Nein* …!«

Marikani. Ein halb erstickter Schrei, auf der Barke hinter ihnen, nahe beim Ponton. Nicht das Boot, auf dem sie sie zurückgelassen hatten, nicht das, auf dem sie das Ritual durchgeführt hatte. Arekh und Lionor versuchten beide gleichzeitig, trotz der Dunkelheit etwas zu sehen.

Der Herr der Verbannten verteidigte sich gegen drei Männer, andere zerrten Marikani aufs Land zu. *Sie wollen sie nicht töten, sondern gefangen nehmen*, dachte Arekh, während er auf den Ponton zueilte, so schnell er im Wasser, das ihm bis zur Brust reichte, gehen konnte.

Ein Geräusch neben ihm – Lionor war ebenfalls ins Wasser gesprungen.

Auf der Barke verteidigte sich Marikani wie eine Tigerin. Arekh sah, wie sie einem der Angreifer den Dolch in den Bauch stieß und einen zweiten biss, der versuchte, sie an den Haaren zu packen. Ihre Hiebe waren gewiss nicht sehr gekonnt, aber immerhin wirkungsvoll. Der erste Mann stürzte und hielt sich den Bauch, während der zweite Marikani losließ. Sie nutzte die Atempause, indem sie sich ebenfalls ins Wasser warf.

Und dann fanden sich alle im Joar wieder. Marikani versuchte, ein Boot – egal welches – zu erreichen, während die Männer des Emirs sich abmühten, sie einzuholen. Lionor schlug aufs Geratewohl mit einer zerbrochenen Stake zu – sicher der gleichen, die sie schon gegen Arekh eingesetzt hatte. Dieser schlug einen Unbekannten nieder, der sich ihm näherte, und griff dann einen zweiten an, der aber entkam. Überhaupt sah man hier nichts. Der Schlamm besudelte Gesichter und Haare, und als die Verbannten sich auch noch einmischten, wurde es unmöglich, Freund und Feind zu unterscheiden.

Arekh verlor Marikani aus den Augen. Er entdeckte sie schließlich auf einem Boot, wo sie inmitten dessen, was von der Schutzrune übrig war, eine Fackel schwenkte.

»Vereinigung des Geists!«, schrie sie, und die Flammen schienen auf ihre Stimme überzugreifen, als sei sie die einzige Lichtquelle in einem Universum aus Schlamm und Dunkelheit. »Kommt zur Rune! Lasst uns den Schutz wiederherstellen!«

Nach kurzem Zögern begannen die Verbannten auf das Boot zuzuströmen. Die Männer des Emirs hielten inne; sie fragten sich sicher, was vorging und was folgen würde. Marikani nutzte das aus, indem sie Fackeln und Laternen verteilte.

»Stellt die Rune wieder her!«, rief sie, während sie eine Person auf jede Kreuzung der Linien stellte. »Nehmt die Waffe in eine Hand und ein Licht in die andere!«

Fünf Männer kletterten daraufhin mit langen Dolchen in der Hand aufs Boot, und neue Schreie stiegen in die Nacht auf, während das fürchterliche Geräusch von Stahl ertönte, der sich in Fleisch grub, und Menschen in Todesqual röchelten. Kinder begannen auf einem fernen Boot zu weinen, und getötete Verbannte trieben im Wasser, wo das

Blut einen noch schwärzeren Fleck bildete, der sich langsam ausbreitete. Arekh stieß den Leichnam einer Frau von sich, deren lange, schwarze Haare wie Algen aus dem See von Faez hinter ihr trieben, und wollte aufs Boot klettern. Dieses begann jedoch zu schwanken; er musste zurückweichen.

Die Soldaten des Emirs hatten sich in dem Versuch, Marikani zu erreichen, durch die Menge der Verbannten gehackt, wurden nun aber von der Überzahl aufgehalten. Blut floss die Linien der Rune entlang, das Blut der Ausgestoßenen ebenso wie das ihrer Feinde, und Arekh sah, wie der Herr der Verbannten einem Soldaten das Genick brach, der zu nahe an ihn herangekommen war, bevor er mit Fußtritten die Leichen – und zwar sämtliche Leichen – ins Wasser beförderte.

Marikani nahm eine Fackel in die Hände, platzierte Überlebende neu auf der Rune und rief mit lauter, klarer Stimme: »Bei Feuer, Wasser und Blut – hebt den Stahl, lasst das Licht erstrahlen! Fîrs Macht beschützt uns!«

Und sie begann zu singen, während ihr das Wasser aus den durchnässten Haaren tropfte; mit ihrer schlammbefleckten Kleidung wirkte sie wie eine Steinstatue. Die Verbannten fielen in das Lied mit ein, erst langsam, dann aus voller Brust.

Den Stadtbewohnern, die, vom Lärm aufgeschreckt, an den Fenstern zu erscheinen begannen, bot sich ein ziemlich seltsames Bild. Auf den vier verbundenen Booten hatte sich eine menschliche Rune aus Feuer und Stahl gebildet, während überall auf der Wasserfläche Verbannte Laternen und Kerzen entzündeten und Lichter und Schwerter schwenkten.

Die Männer des Emirs zögerten, berieten sich und traten dann langsam den Rückzug in die Dunkelheit an.

Kapitel 10

Lionor und Arekh erwähnten das, was am Vorabend geschehen war, zunächst nicht. Erst am Abend, als die Blutspuren beseitigt waren und die Verbannten begannen, seltsame Melodien zu spielen, um ihre Toten zu ehren, trafen sie sich zum Teetrinken auf dem Schiff, auf dem vor einigen Tagen die Vereinigung des Geists stattgefunden hatte.

»Ich sollte Euch die Kehle durchschneiden und Euch den Krebsen vorwerfen«, sagte Arekh leise. Er schloss seinen Satz mit einem höflichen Lächeln, damit mögliche Beobachter glaubten, dass es sich um ein freundschaftliches Gespräch handelte.

»Ich habe keine Angst vor Euch«, sagte Lionor im selben Ton, auch sie mit einem breiten Lächeln.

Arekh schüttelte den Kopf. Trotz ihrer Worte war die Aggression zwischen ihnen beinahe verschwunden. So, als hätte sich ihr Hass im Kampf erschöpft oder als hätte ihre gemeinsame Reaktion, Marikani zu Hilfe zu eilen, einen Teil des Problems gelöst. Oder – so dachte Arekh – sie zumindest überzeugt, den Moment, in dem sie es ein für alle Mal lösten, etwas hinauszuzögern.

»Sie braucht Euch«, sagte er mit einer Kopfbewegung zum Boot hinüber. »Ich verstehe nicht, warum, aber es ist so.«

Lionor neigte höflich den Kopf. »Ihr nehmt mir die Worte aus dem Mund.«

Arekh hob sein Teeglas, als trinke er ihr zu, um ihr ein langes, glückliches Leben zu wünschen, und Lionor entfernte sich; sie hatten einen stummen Waffenstillstand geschlossen.

Am folgenden Tag erschien im Laufe des Nachmittags Ratsherr Viennes mit einer Delegation aus Reynes auf dem Platz. Der Bürgermeister war bei ihm, und Arekh hatte ein grausames Vergnügen daran, ihn völlig aufgelöst Viennes' Rede lauschen zu sehen. Der Ratsherr erläuterte, dass Marikani, von der Götter Gnaden Erbin von Harabec, nun unter dem Schutz der Fürstentümer stand. Der arme Bürgermeister musste sich wie ein Stück Obstschale fühlen, das langsam zwischen zwei Felsbrocken zerrieben wird. Auf der einen Seite der Emir, sein Nachbar, dessen militärische Schlagkraft und legendären Jähzorn er nur zu gut kannte – der Emir, der es ihm persönlich übel nehmen würde, wenn Marikani ihm zwischen den Fingern hindurchschlüpfte. Auf der anderen Seite die Fürstentümer von Reynes, die seit dreitausend Jahren die wichtigste Macht der Königreiche darstellten.

Man erregte einfach nicht das Missfallen der Fürstentümer. Nicht, wenn man Handel treiben wollte, nicht, wenn man politisch überleben wollte – und auch nicht, wenn man einfach nur überleben wollte.

Und die Kaufleute, die alle mit Faez Handel trieben, würden dem Bürgermeister die Pest dafür an den Hals wünschen, dass er sich nicht besser aus der Affäre gezogen hatte. Die Wahlen zum Stadtrat fanden in einigen Monaten statt …

Die Tränenstadt würde bald ein neues Oberhaupt haben.

Mit einstudierter Förmlichkeit setzte Marikani einen

Fuß auf den Ponton und schritt dann unter dem Blick der Stadtbewohner, der Würdenträger und der beiden Delegationen bis zum Platz, den sie überquerte, um zur Botschaft von Reynes zu gelangen. Die Menge wich zurück, um ihr den Weg frei zu machen. Offiziell war dies das erste Mal, dass sie einen Fuß auf festen Boden setzte, seit sie in die Stadt gekommen war. Arekh fragte sich, wie viele Anwesende wussten, dass sie es in Wahrheit schon längst getan hatte.

Lionor, die an Arekhs Seite einige Schritte hinter Marikani ging, beobachtete die Menge. Fürchtete sie einen Pfeil, einen Mordversuch? Natürlich war alles möglich, aber Arekh war nicht beunruhigt. Nicht jetzt. Nein, denn dem Bürgermeister war ohne Zweifel klar: Man erregte einfach nicht das Missfallen der Fürstentümer.

Die folgenden paar Tage in der Botschaft von Reynes verliefen entspannter. Marikani wurde dort wie eine Herrscherin auf Reisen behandelt – was sie schließlich ja auch war –, und obwohl sie aus Vorsicht keinen Fuß vor die Tür setzte, suchten Mitglieder der großen Familien aus der Umgebung und Repräsentanten der Regierungen der übrigen Städte der Region sie auf, um Höflichkeitsbesuche abzustatten oder Audienzen zu erbitten.

Bald trafen auch Nachrichten aus Harabec ein, darunter ein Brief von Banh, Marikanis innenpolitischem Berater. Marikani war von seiner Loyalität überzeugt, aber Arekh, der ihr den Brief brachte, bemerkte sofort, dass das Siegel schon gelöst war.

Der berühmte »Cousin« konnte eben keine Botschaft an seine Rivalin durchlassen, ohne sich vorher vom Inhalt überzeugt zu haben.

Der Brief enthielt ohnehin nichts Interessantes: nur Komplimente zu Marikanis Rückkehr und die Versicherung, die Truppen seien unterwegs. Banh musste gewusst haben, dass seine Botschaft gelesen werden würde. Um die wahre politische Situation in Harabec einschätzen zu können, würden sie abwarten müssen.

Marikani kehrte noch einmal auf die Boote zurück, um sich ein letztes Mal mit dem Herrn der Verbannten zu treffen. Arekh beobachtete sie vom Ufer aus. Der erste Teil des Gesprächs verlief ernst und konzentriert: Sicher handelten sie die letzten Abmachungen über die Schleusenzölle aus. Dann legte der Herr der Verbannten seine Handfläche gegen die Marikanis und sprach lange mit ihr. Als Marikani an Land zurückkehrte, wirkte sie verstört und nachdenklich. Arekh fragte sich, ob der Herr der Verbannten sie auf die Geschichten am Abend der Verbindung des Geistes angesprochen hatte.

Es gab so vieles in diesen Geschichten, was Arekh nicht verstand. Mit geschlossenen Augen versuchte er, sich an die zentralen Themen zu erinnern und herauszufinden, was Hathot ihnen hatte sagen wollen.

Eine nach der anderen brachen die Säulen zusammen, zerquetschten die Saryger unter ihrem Gewicht und zerstörten die ganze Stadt, die nie wieder aufgebaut wurde … Alle drei Geschichten, an die er sich erinnerte, drehten sich um Zerstörung, Katastrophen … das Ende. War es das gewesen, was der Herr der Verbannten Marikani erläutert hatte, als er sie so fest an der Hand gehalten hatte? Dass sie aufpassen musste, weil die Götter ihren Tod vorhergesagt hatten?

Zwei Tage später erschien ein Bote, der verkündete, dass Truppen aus Harabec südlich des Joar warteten.

Das Gerücht war ihnen vorausgeeilt. In der Botschaft von Reynes wusste man schon, bevor die Nachricht des Leutnants eintraf, dass es zweihundert Mann waren, hundert Reiter und hundert Fußsoldaten, befehligt von zwei Offizieren, die Marikani treu ergeben waren. Obwohl sie nicht wissen konnten, was genau sich in Harabec abspielte, sah es nach einem Sieg für Banh und die Parteigänger der jungen Frau aus, da es gelungen war, eine Truppe von bedeutender Größe zu schicken. Es war auch eine Warnung.

Hundert Kavalleristen, hundert Fußsoldaten, bis an die Zähne bewaffnet.

Die Botschaft war eindeutig.

»Nehmt euch in Acht!«

Die Soldaten erhielten jedoch nicht das Recht, die Stadt zu betreten: Das war jedem »waffentragenden Mann« verboten, wie der Bürgermeister in einem kurzen, zornigen Brief an Marikani verkündete. Das war natürlich lächerlich, weil tagtäglich bewaffnete Männer in der Stadt ein und aus gingen – der Herr der Verbannten hatte Arekh sogar ein neues Schwert geschenkt, nachdem dieser seines im Schlick verloren hatte.

Aber Marikani musste mitspielen. Eine neue Reihe offizieller Verabschiedungen fand statt, darunter eine kleine Rede auf dem Marktplatz vor den Würdenträgern und Schaulustigen, in der sie dem Bürgermeister und der Tränenstadt unendlich für ihre großzügige Gastfreundschaft dankte. Dann kehrte sie in die Botschaft von Reynes zurück, um »einige letzte Gepäckstücke« zu holen, bevor sie in einer kleinen Sänfte, eskortiert vom Ratsherrn Viennes und drei Männern aus den Fürstentümern, aufbrechen wollte.

Die kleine Sänfte bewegte sich schon bald aufs Südtor zu.

Natürlich hatte Marikani kein »Gepäck«. In Wirklichkeit saß auch niemand in der Sänfte. Arekh und der Ratsherr waren beide der Meinung gewesen, dass es viel zu gefährlich gewesen wäre, die Tränenstadt vor aller Augen zu durchqueren.

Dies war die letzte Chance des Emirs: Danach würde Marikani von den Ihren beschützt werden.

Nachdem die Sänfte aufgebrochen war, drängte sich die Menge weiterhin vor der Botschaft von Reynes, um neugierig nachzusehen, wo die fremde Prinzessin gewohnt hatte. Ein »Fehler« der Wachen an der Tür gestattete es den Gaffern, bis in den Hof vorzudringen, und etwa hundert Stadtbewohner, darunter viele Frauen und Kinder, drängten sich auf dem Pflaster vor dem Gebäude. Als Viennes' Assistent sich laut über die Unordnung erregte und alle hinauswarf, ließen sich Lionor und Marikani, als Frauen aus dem Volk verkleidet, im Strom der Menge mittragen.

Arekh ging einige Schritte hinter ihnen, um sicherzustellen, dass niemand, der sich verdächtig verhielt, ihnen folgte. Er bemerkte zwei Neugierige, die auf Fässern gegenüber vom Haupttor hockten. Die beiden Männer wirkten ein wenig zu muskulös und hielten sich etwas zu aufrecht, als dass sie für arme Müßiggänger aus der Tränenstadt hätten durchgehen können. Aber sie bemerkten die beiden falschen Bäuerinnen nicht, die in eine Gasse einbogen und bald aus ihrem Gesichtsfeld verschwanden.

Arekh folgte ihnen weiter. Wie abgesprochen drehten sich die beiden Frauen kein einziges Mal um. Sie gingen in östlicher Richtung, überquerten die Kanäle auf kleinen Holzbrücken, unter denen hier und da Verbannte in Kähnen hielten, um Früchte, Gewürze und getrockneten Fisch zu verkaufen. Niemand bis auf Viennes und seinen Assistenten war in den Plan eingeweiht.

Anderthalb Stunden später trafen die beiden Frauen am

Osttor der Stadt ein, wo sie wie abgesprochen in der Torschenke haltmachten, um eine Erfrischung zu sich zu nehmen. In Wirklichkeit mussten sie dort auf das Eintreffen einer Botschaft von Viennes warten, dass alles in Ordnung war, bevor sie sich durchs Tor und aus der Stadt wagen konnten.

Die Torschenke war ungewöhnlich gelegen. Die Mauerabschnitte, die die Stadt umgaben, hatten unterschiedliche Ursprünge und stammten aus den verschiedensten Epochen: Manche, die schon mehrere Jahrhunderte alt waren, drohten seit langem einzustürzen, und Bürgermeister um Bürgermeister hatte den Zeitpunkt, sie zu reparieren, immer weiter aufgeschoben. Der Ostteil, der noch aus der Zeit der Steinkriege vor vierhundert Jahren stammte, war gigantisch. Die Mauer war über fünf Meter hoch und fünfzehn Meter breit; sie glich eher einem Haus. An der Innenseite war sie im Laufe der Jahre wie ein Bienenstock ausgehöhlt worden – so wie die Höhle des Tempels der Tausend Gesichter, die sie in den unterirdischen Gängen entdeckt hatten.

Das Tor führte wie ein Tunnel unter der Mauer hindurch; an beiden Ausgängen waren Wachen postiert, um Unerwünschte fernzuhalten, Handelsgüter zu kontrollieren und vor allem den berühmten Wegzoll einzutreiben, der so viele Begehrlichkeiten weckte. Während sie darauf warteten, an die Reihe zu kommen, machten die Händler und das einfache Volk in dem Wirtshaus halt, das zwischen den beiden Toren in die dicke Mauer eingebaut war.

Im Hof gab es Wasser und Heu für die Tiere, im Innern der Schenke Wasser, Wein, Bier und auch exotischere Getränke, die Händlern abgekauft worden waren, die aus allen vier Himmelsrichtungen der Königreiche kamen. Lohnschreiber verbrachten hier ihre Tage und ließen sich ein kleines Vermögen dafür bezahlen, Neuankömmlingen dabei zu helfen, Eingaben und Bittschriften an den Bürgermeister aufzusetzen, die oft notwendig waren, um bestimmte Genehmigungen zu erhalten oder ein Gewerbe anzumelden.

Kurz und gut: Die Schenke war der ideale Ort, um zu warten, ohne Aufmerksamkeit zu erregen, da hier fremde Gesichter niemanden störten und seltsames Verhalten keinerlei Fragen hervorrief.

Marikani und Lionor setzten sich auf eine der Bänke im Hof und bestellten bei einem überarbeiteten jungen Mädchen einen Krug frischen, mit Honigwasser verdünnten Würzwein und einen Laib Brot. Arekh setzte sich auf der anderen Seite des Hofs auf eine Kiste und tat so, als interessiere er sich für drei Bäuerinnen aus dem Norden, die einander gerade deftige Beleidigungen an den Kopf warfen. Ein Mann ließ dieweil seine Fracht aus Hühnern und Gemüse von einem Karren auf den anderen umladen. Die Hühner gackerten, ein Hund, der an den ersten Karren gebunden war, bellte laut, ein Adliger zu Pferde protestierte mit erhobener Stimme gegen diesen »unerträglichen Lärm«, was natürlich nur noch zum allgemeinen Radau beitrug …

Die Zeit verging.

Im Innern der Herberge hatten weinselige Reisende im Chor eine obszöne Parodie eines heiligen Liedes zu Ehren Um-Akrs angestimmt. Der Adlige entfernte sich, nachdem er dem Wirt, der Untröstlichkeit heuchelte, sein Missfallen über dieses skandalöse Verhalten in seinem Haus kundgetan hatte.

Noch mehr Zeit verging.

Viennes' Bote war noch immer nicht da.

Dem Sonnenstand nach war es schon längst Nachmittag.

Viennes hatte verkündet, dass er einen Reiter zur Schenke schicken würde, sobald er sicher war, dass die Truppen aus Harabec tatsächlich warteten und sich auf den Straßen östlich der Stadt nichts rührte.

Wie lange brauchte man, um in einer Sänfte die Stadt zu verlassen und den Joar zu überqueren? Doch wohl höchstens zwei Stunden?

Es waren bereits vier vergangen. Draußen brannte die Sonne, und selbst im Hof, der vom umgebenden Stein geschützt war, wurde es langsam warm und stickig. Eine Schlange aus Karren und Fußgängern hatte sich zwischen den beiden Toren gebildet, und der Geruch nach Tieren, Heu und Essen lag drückend in der Luft.

Arekh hätte sich gern etwas zu trinken bestellt, hatte aber kein Geld. Bis auf die paar Münzen, die er dem Schäfer für das Essen gegeben hatte, hatte er nie welches gehabt, seit er von der Galeere herunter war.

Ihm ging auf, dass es einem nicht gerade die Taschen füllte, die Erbin eines Königreichs zu beschützen, solange nichts Offizielles unterzeichnet worden war. Hatte Marikani an dieses Problem gedacht? Hatte sie sich etwa gesagt, dass Arekh alles Geld ablehnen würde, und hatte ihn nicht kränken wollen?

Hätte Arekh abgelehnt? Vielleicht. Das wäre von seiner Laune abhängig gewesen. Aber währenddessen hatte er keinen einzigen Heller und …

Marikani war auf eine Gruppe zugegangen, die gerade auf den Hof des Wirtshauses gekommen war. Es waren zwei Männer darunter, Bauern, daneben noch eine etwas übergewichtige Frau; sie hatten ihren Handkarren in einer Ecke abgestellt. Der Karren wurde von einem ins Geschirr gespannten Mädchen gezogen, einem Kind vom Türkisvolk, das acht oder neun Jahre alt sein mochte. Sein flachsblondes Haar war mit einer schmutzigen Schnur zurückgebunden. Die Kleine trug nur ein Lendentuch, und das blaue Mal zwischen ihren Schulterblättern war deutlich zu sehen, da es gegen ihre sonnengerötete Haut abstach.

Einer der Männer begann, mit den Fäusten auf das Kind einzuprügeln, und brüllte Vorwürfe. Arekh spitzte die Ohren, verstand aber nicht viel, nur, dass sie viel zu spät kämen ... Mittlerweile wären zu viele Leute hier, und sie würden noch mehr Zeit verlieren. Das Mädchen versuchte, sich vor den Schlägen zu schützen, die auf sein bereits geschwollenes Gesicht niederprasselten.

Aber was tut Marikani nur?, fragte sich Arekh plötzlich beunruhigt.

Marikani hatte dem Bauern die Hand auf die Schulter gelegt und sagte irgendetwas zu ihm. Arekh sprang auf, warf einen Blick ringsum, um zu sehen, ob sie beobachtet wurden, und überquerte den Hof so schnell er konnte, ohne Aufmerksamkeit auf sich zu ziehen.

Zu spät. Marikani und der Bauer stritten bereits miteinander.

»Was mischt Ihr Euch da ein, Weib?«, fragte er, während seine Frau ihm lauthals zustimmte. »Das ist meine Sklavin, und ich mache mit ihr, was ich will!«

»Ihr müsst sie aber doch nicht so behandeln«, sagte Marikani mit heiserer, leiser Stimme, als strenge sie sich an, ruhig zu bleiben. »Sie ist doch nur ein Kind! Sie musste schon diese fürchterliche Last ziehen. Ihr ... Ihr werdet sie zugrunde richten! Wenn Ihr ihr die Knochen brecht, wird sie Euch nicht länger nützlich sein!«

»Sie hat bereits ein krummes Bein!«, brüllte der Bauer. »Sie ist zu nichts nütze – oder zu fast nichts! Ich hätte besser ein Pferd kaufen sollen!«

»Ich habe dir ja gleich gesagt, dass du ein Pferd kaufen

sollst«, knurrte die Bäuerin hinter ihm. »Mittlerweile ist dieses faule Stück nichts mehr wert!«

»Marik«, hauchte eine angespannte Stimme.

Lionor. Sie war ebenfalls über den Hof gegangen und hatte ihre Herrin gerade bei der Schulter gepackt. »Komm. Jetzt sofort.«

Arekh hatte sie noch nie so herrisch sprechen hören – oder so besorgt. Man hätte sagen können, dass ihre Stimme von Entsetzen durchdrungen war.

Aber Marikani hörte nicht auf sie. »Sie hat ein krummes Bein, und Ihr lasst sie dennoch einen Karren ziehen?«, schrie sie. »Seid Ihr denn verrückt?«

Der Bauer musterte sie einen Moment lang, bevor sein Zorn sich Bahn brach. »Das ist meine Sklavin«, wiederholte er in gefährlichem Ton, »und wenn ich sie schlagen will, schlage ich sie. Nimm das!«, sagte er und versetzte der Kleinen einen Schlag ins Gesicht, der ihre Lippen aufplatzen und bluten ließ. »Das kommt von der Dame dort drüben. Was, ist sie immer noch nicht zufrieden?«

»Hört auf!«, sagte Marikani mit zitternder Stimme. Sie suchte in ihren Gewändern nach ihrem Geldbeutel. »Hört auf. Ich kaufe sie … ich kaufe sie Euch ab.«

Und plötzlich geriet der Mann in wütende Raserei, als hätte das Wort »abkaufen« ihn wahnsinnig gemacht, als hätte die Tatsache, dass jemand – und noch dazu eine Frau! – ihn davon abhalten wollte, etwas zu tun, in ihm einen Sturzbach des Hasses ausgelöst.

»Sie will noch mehr, die Dame, sie will noch mehr«, begann er zu brüllen und fing an, die kleine Sklavin mit Fußtritten zu traktieren, in die Seite, gegen die Beine, auf die Arme und schließlich ins Gesicht, als Marikani ihren Geldbeutel hervorzog.

»Hört auf, hört auf!«, rief sie, während die Kleine verzweifelte Schreie ausstieß und die Gäste der Schenke sich um sie drängten. »Ich kaufe sie Euch ab! Ich kaufe sie Euch ab!«

»Ich tue, was ich will!«, schrie der Mann; erste Gesichter wandten sich der Mauer und den Stadtwachen zu.

Arekh packte Marikani beim Arm und zerrte sie zornig zurück. »Ihr werdet jetzt gefälligst gehen – sofort!«, knurrte er.

»Ich habe dir ja gleich gesagt, dass du ein Pferd kaufen sollst«, sagte die Bäuerin, die gegenüber der steigenden Hysterie seltsam gleichgültig wirkte.

»Lasst mich los!«, schrie Marikani Arekh an.

Sie befreite sich zornig und warf sich genau in dem Augenblick auf den Bauern, als er dem Kind, das einen grausigen Schrei ausstieß, die Nase brach.

Aber der Mann drängte Marikani gewaltsam zurück und verkündete: »Ich *werde* ein Pferd kaufen … Du kannst dich bei der Dame da bedanken«, fuhr er mit einem Anflug von Wahnsinn in der Stimme fort, und mit einer geübten Bewegung und ekelerregender Schnelligkeit packte er die kleine Sklavin am Hals, zog das rostige Schlachtermesser, das er am Gürtel trug, und schnitt ihr die Kehle durch.

Sogar die Bäuerin schwieg jetzt. Ein kleines Aufseufzen der Bestürzung lief durch die Anwesenden – natürlich hatten die Herren das Recht, über Leben und Tod ihrer Sklaven zu entscheiden, aber die Gewalttätigkeit und Plötzlichkeit, mit der das hier geschehen war, hatten die Gaffer verblüfft. Marikani blieb stumm; ihr Gesicht war totenbleich, und ihr Atem ging schnell. Arekh wollte sie mitziehen, aber sie machte sich erneut los.

Lionor war fast genauso bleich wie ihre Herrin. »Du bist verrückt«, hörte Arekh sie flüstern. »Vollkommen verrückt.«

»Wollt Ihr mir jetzt ein Pferd bezahlen?«, fragte der Bauer mit einer Art Lachen.

Seine Augen waren blutunterlaufen. Die Bäuerin ging verlegen dazwischen. »Es tut mir sehr leid, meine liebe Dame. Er trinkt viel Met und … na ja, Ihr wisst ja, wie das ist. Manchmal muss er sich abreagieren, so sind die Männer eben, nicht wahr?«

Marikani wandte sich bleich ab; die Menge teilte sich vor ihr. Sie zitterte am ganzen Körper … vor Angst, vor Kummer, vor Zorn?

Leises Gemurmel zeigte an, dass ein Sergeant eingetroffen war.

»Da!«, sagte der Wirt und zeigte auf den Bauern, dann auf Marikani, als der Sergeant ihn befragte. »Nichts weiter Schlimmes. Er hat seine Sklavin getötet, und sie haben sich gestritten. Ich habe nicht genau zugehört; ich glaube, sie haben alle ein bisschen viel von meinem Bier getrunken.«

Der Sergeant trat auf Marikani zu, aber die ließ ihm gar keine Zeit, sie anzusprechen.

»Ihr wollt mich fragen, wer ich bin und warum ich solchen Aufruhr verursache, nicht wahr?«, rief sie. Die erstaunten Gespräche, die der Ankunft der Soldaten gefolgt waren, brachen ab. »Gut, dann sage ich es Euch«, verkündete sie; ihr standen Tränen in den Augen. »Ich muss mich schließlich nicht verbergen! Euer guter Bürgermeister steht für meine Sicherheit ein, nicht wahr? Nun, ich bin die berühmte Prinzessin von Harabec, die die letzten Wochen über Anlass zu so viel Gerede gegeben hat. Seid Ihr zufrieden? Gefalle ich Euch?«

»Das reicht jetzt«, sagte Arekh mit kaltem Zorn.

Er packte sie am Unterarm, und Marikani wehrte sich hasserfüllt; diesmal ließ Arekh sie jedoch nicht los, sondern begann, sie zum Ausgang zu ziehen. Er tobte innerlich vor

Wut. All diese Vorbereitungen – und dann machte diese kleine Idiotin all seine Bemühungen zunichte.

»Lasst mich los!«, schrie Marikani erneut und versuchte ohne Erfolg, ihm einen Schlag ins Gesicht zu versetzen.

Der Sergeant starrte ihnen mit offenem Mund nach.

»Es tut uns fürchterlich leid«, stammelte Lionor, indem sie auf ihn zutrat. »Sie … Versteht Ihr, der Wein und eine lange Reise in der Sonne …«

Aufgeregtes Gemurmel erklang ringsum. »Glaubt Ihr, dass sie es ist?« – »Ich habe sie auf den Booten gesehen! Sie ist es wirklich!« – »Nein, die Prinzessin hatte dunklere Haare …«

»Wir haben kein Verbrechen begangen«, fuhr Lionor fort und schob dem Sergeanten irgendetwas in die Hand. »Es war einfach nur ein Streit mit dem Bauern. Natürlich hat er jedes Recht, mit seiner Sklavin zu verfahren, wie er will, das zweifeln wir nicht an.«

Arekh, der Marikani immer noch hinter sich her zerrte, erreichte das Osttor an der Außenseite der Mauer. Sie verließen die Stadt gemeinsam mit einer Gruppe Bürger, um die eine ganze Schar Kinder herumtollte; die Wachen, die damit beschäftigt waren, eine Ladung Likör zu überprüfen, bemerkten sie nicht einmal.

»Ihr seid vollkommen verrückt!«, zischte Arekh und bemerkte mit bitterer Ironie, dass er die gleiche Formulierung wie Lionor gebrauchte. »Was ist nur in Euch gefahren, solch eine Szene zu machen?«

»Oh, Euch ist es gleichgültig!«, entgegnete Marikani und versuchte, stehen zu bleiben. Arekh schleifte sie gewaltsam weiter, an der Mauer entlang nach Süden. »Er hat sie vor Euren Augen getötet; sie war noch keine zehn Jahre alt … Und das berührt Euch nicht? Ihr habt Euch das alles angesehen, ohne dass etwas in Euch gebebt hätte?«

»Was in mir bebt, ist die Verzweiflung darüber, Euch so töricht handeln zu sehen!«, schrie Arekh, bevor ihm aufging, dass die Leute sie anstarrten. »Seid Ihr Euch bewusst, dass Ihr beinahe alles verdorben hättet? Tausende von Sklaven sterben tagtäglich unter der Peitsche, daran solltet Ihr Euch gewöhnen, Aya Marikani. Tausende freier Menschen und tausende freier Kinder überleben schließlich auch nicht …«

»Oh, so schweigt doch, schweigt!«, rief Marikani zornig; schwarzes Feuer funkelte in ihren Augen. »Schweigt und hört mit Euren dummen Lehrstunden über das Leben auf. Ihr seid doch gar nicht fähig, angesichts einer Tragödie eine menschliche Reaktion zu empfinden! Ich bin vielleicht töricht, aber Ihr … Ihr seid nur ein Schatten. Ihr habt kein Herz mehr, weil Euer eigenes Gift es aufgezehrt hat.«

»Es ist doch kein Kind, das heute getötet worden ist«, erklärte Arekh ruhig, »sondern nur ein Mädchen vom Türkisvolk – und die Angehörigen des Türkisvolks sind verdammt worden, weil …«

»Schweigt!«

Diesmal hatte Marikani so laut geschrien und solcher Hass hatte in ihrer Stimme gelegen, dass Arekh außer Atem mitten im Satz innehielt. Er wandte den Kopf und sah, dass Lionor neben ihnen stand und sie mit entsetztem Blick beobachtete.

Ein langes Schweigen folgte.

»Das ist nicht der richtige Augenblick«, sagte Lionor schließlich. »Auf dem Hof der Schenke wird wild diskutiert, und der Sergeant ist losgezogen, um mit seinem Vorgesetzten zu sprechen.«

»Wir haben uns nichts vorzuwerfen«, begann Marikani, aber Lionor packte sie an der Schulter und zog sie einfach mit sich.

Sie gingen nach Süden, folgten mit großen Schritten der Straße, die sie hätten nehmen müssen, wenn Viennes ihnen die Botschaft gesandt hätte – nur, dass es keine Botschaft gegeben hatte und dass sie keine Zeit mehr hatten, noch länger zu warten. Arekh verfluchte die Götter. Furcht machte ihm die Beine schwer, und dennoch war dies nicht der Moment, langsamer zu werden. Die Soldaten würden sie verfolgen und festnehmen: grundlos, nur zur Sicherheit, weil die Geschichte seltsam war und sie mehr darüber erfahren wollten. Sie würden vor den Bürgermeister geführt werden, der sein Glück kaum würde fassen können und sie dann an den Emir ausliefern würde. Nein, der sie viel eher heimlich ermorden lassen würde, um nicht den Zorn der Fürstentümer auf sich zu ziehen, und der ihre Köpfe und Hände dem Emir schicken würde, um ihm ihren Tod zu beweisen.

Marikani war ebenfalls sehr erzürnt, denn sie wandte sich plötzlich um und warf Arekh einen wütenden Blick zu. »Es ist ganz schön dreist von Euch, dass Ihr …«

Ein Ruf ertönte zu ihrer Linken. »Aya Marikani?«

Die junge Frau fuhr zusammen und wandte den Kopf zu dem ungepflasterten Weg, der neben der Hauptstraße entlangführte.

»Leutnant Eydoïc?«, fragte sie, als könne sie ihren Augen nicht trauen.

Der Offizier stieg vom Pferd und beugte ein Knie. »Aya Marikani … Es ehrt und freut mich, Euer Gesicht zu sehen. Ratsherr Viennes hat mich angewiesen, Euch zu eskortieren. Die Sänfte ist angegriffen worden, und er hat sich Sorgen um Eure Sicherheit gemacht.«

»Was ist mit Viennes? Ist er in Sicherheit?«

»Es ist alles gut gegangen, Ayashinata, es handelte sich nur um Banditen – nun, zumindest waren sie als Banditen verkleidet. Einem von ihnen ist es gelungen, in die Sänfte einzudringen. Sie sind geflüchtet, als sie gesehen haben, dass niemand darin war. Aber uns war es lieber …«

»Seid Ihr allein?«, unterbrach ihn Arekh. Er warf einen Blick zurück zum Osttor. »Habt Ihr Soldaten bei Euch?«

»Fünfzehn Mann, dort drüben im Dorf«, antwortete der Offizier, bevor er Arekh lange ansah. »Wer seid Ihr?«

Ein kurzes Schweigen trat ein. Lionor, die sich nach den Soldaten umgesehen hatte, richtete ihre Aufmerksamkeit wieder auf die anderen.

»Arekh es Morales ist jetzt Teil meines Geheimen Rats«, erklärte Marikani. »Er kümmert sich um die Beziehungen zu Reynes und um meinen Schutz.«

Arekh sah sie an, aber Marikani hatte den Blick abgewandt. Der Offizier musterte Arekh von Kopf bis Fuß, ohne sein Misstrauen zu verhehlen. »Gut«, sagte er schließlich. »Sehr gut. Folgt mir, Ayashinata, es stehen Pferde für Euch bereit.«

Und so gelangten sie zu den Truppen, die auf sie warteten, um dann, nachdem sie die letzten Vororte der Tränenstadt durchquert hatten, endlich die Landstraße zu nehmen, die sie zum Palast von Harabec bringen würde.

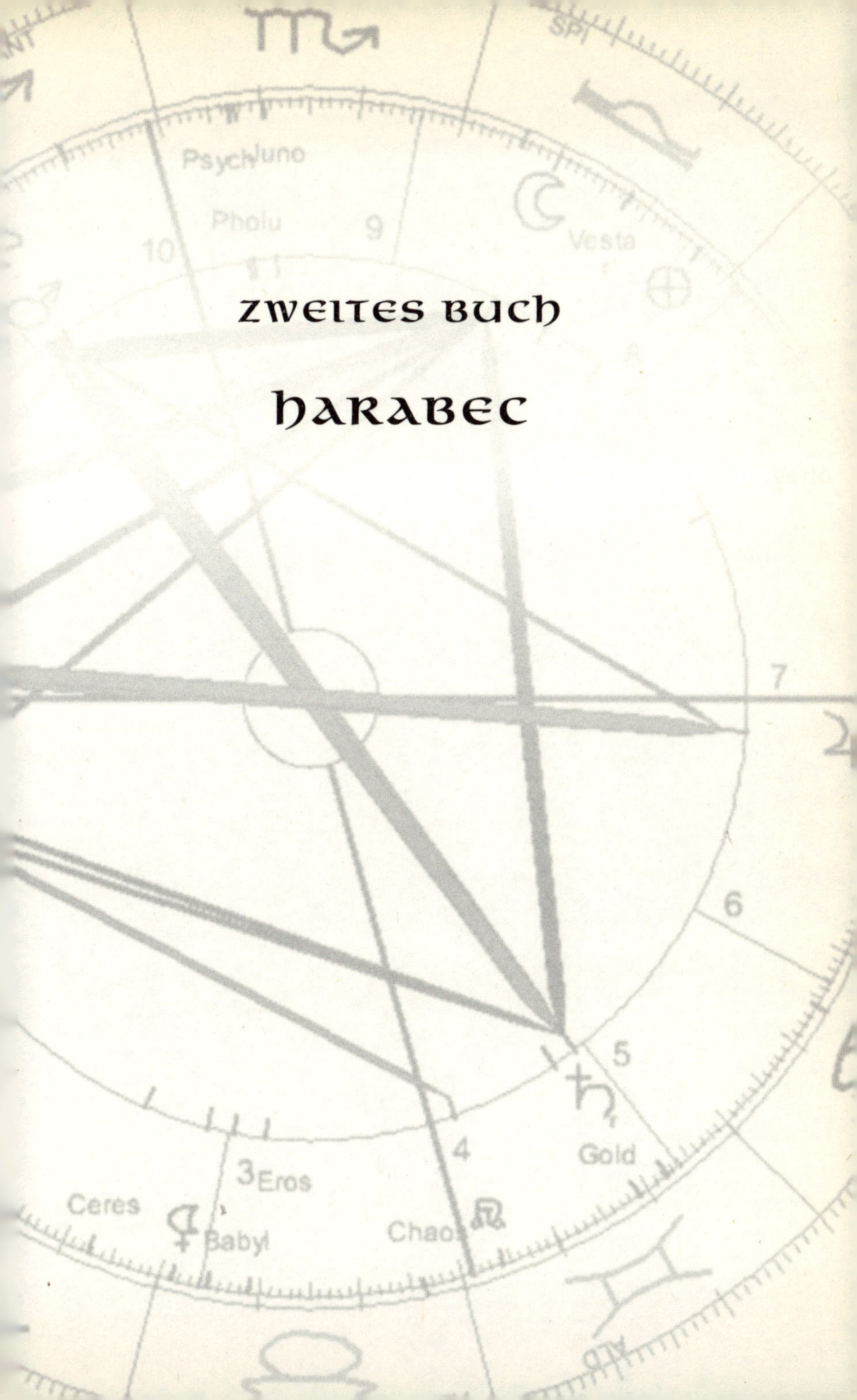

ZWEITES BUCH

HARABEC

Noch heute ist uns der Ursprung des Ayesha-Mythos beim Türkisvolk unbekannt. Für die Religion, die sich um eine damals eher unbedeutende Göttin herauskristallisierte und sie zum Symbol der Rebellion und der Freiheit machte, gibt es keinerlei offizielle Erklärung.

Ich habe diesem Werk als Anhang mehrere Berichte beigefügt, die alle Erklärungen für die Geburt dieses Mythos vorschlagen. Ich sage »Berichte«, sollte aber vielleicht lieber den Begriff »Legenden« verwenden, denn keine dieser Geschichten ist bewiesen, und alle wirken romantisiert.

Die beliebteste Legende – die Ihr sicher schon gehört habt, am Feuer erzählt von irgendjemandem, der steif und fest behauptet, selbst dabei gewesen zu sein – ist die von der jungen, schwangeren Sklavin des Großen Tempels von Kinshara. Auf der Flucht soll sie, verfolgt von Priestern, aufs Dach des Tempels gestiegen sein und auf wundersame Weise einen Pulvervorrat, der dort versteckt war, zur Explosion gebracht haben, so dass die Ayesha-Statue vom Dach des Tempels auf die Verfolger stürzte und sowohl sie als auch den Tempel, das Symbol der Unterdrückung, zerschmetterte. So soll der Mythos von Ayesha, der Befreierin, seinen Ursprung gefunden haben.

Die zweite Legende zu diesem Thema ist die vom Hauslehrer. Auch er war ein Sklave. Als man ihm befahl, die Kinder seines Herrn zu unterhalten, erzählte er ihnen heimlich in Anwesenheit aller Sklaven des Hauses die Sage von Anayasha, einem männlichen Sklaven, der rebellierte und grausame Herren tötete. In der Folgezeit soll im Geist des Türkisvolks eine Verwechslung und Vermischung zwischen »Ayasha« dem Rebellen und der Göttin Ayesha eingetreten sein.

Man erzählt auch, dass vor über dreitausend Jahren, zu dem Zeitpunkt, als die Rune der Gefangenschaft erschien, ein Schamane des Türkisvolks vorhergesagt haben soll, dass die Tochter des Gottes, dessen Namen man nicht nennt, sein Volk nach Jahrhunderten der Sklaverei in die Freiheit führen würde.

Das Schöne an dieser Geschichte ist, dass man sie in keiner Weise auf ihren Wahrheitsgehalt überprüfen kann, da die Sprache des Türkisvolks im Laufe der Jahrhunderte verloren gegangen ist. Und natürlich ist es in der Rückschau immer leicht, eine zutreffende Prophezeiung auszugraben.

Aber spielt der Ursprung des Mythos letztendlich eine Rolle? Was feststeht, ist, dass damals, als die ferne Stadt Salmyra im letzten goldenen Licht erstrahlte, als der Emir und die Königin von Harabec sich wie gewöhnlich ihren unbedeutenden weltlichen Querelen hingaben und die Sakâs, von denen noch niemand wusste, sich nahe der Westlande auf einen neuen Großen Zyklus vorbereiteten, eine dumpfe, heimliche Rebellion in den Herzen der Sklaven vom Türkisvolk schwelte.

Sie sprachen von Ayesha. Sie warteten auf Ayesha.

Aber Ayesha war noch nicht bereit.

Pier, Historiker des neuen Ayesha-Volks.
Geschrieben im Lampenschein jenseits des Ozeans,
im größten Turm der Neuen Stadt in den
Wiedergewonnenen Landen.
Jahr 15 des Neuen Kalenders.

Kapitel 11

Die ersten Schwierigkeiten stellten sich in Harabec selbst.

Der Zug hatte gerade eine Brücke überquert und war nur noch drei Meilen vom Palast entfernt. Arekh, der noch nie so weit in den Süden der Königreiche gereist war, hatte ursprünglich angenommen, dass der Palast sich in der Hauptstadt, die ebenfalls Harabec hieß, befinden müsse, aber das war nicht der Fall. Die Stadt Harabec – befestigt und ganz auf den Handel ausgerichtet – war auf einer Hochebene in den Hügeln von Laësa erbaut worden, während der Palast über fünf Meilen entfernt in den fruchtbaren, grünen Ebenen im Herzen des Landes lag.

Die Atmosphäre war entspannter geworden, seit sie das Territorium der Tränenstadt verlassen hatten. Sie hatten danach eine Reihe kleiner Hochebenen überquert, die, wenn die Krone auch offiziell Anspruch darauf erhob, in Wirklichkeit Niemandsland waren, in dem alles geschehen konnte. So war die Freude bei den Soldaten erst wirklich ausgebrochen, nachdem sie die Grenzposten passiert hatten, deren Wachen bei Marikanis Anblick Beifall geklatscht und gesungen hatten.

Die Grenze war nicht nur politischer, sondern auch natürlicher Art. Die zerklüftete Landschaft war beinahe sofort nach der Grenze lieblicher geworden; vor den

Ankommenden befand sich heiteres Bauernland: Haine, Felder und Flüsse, an denen wohlhabende Höfe und kleine Städte an gut instand gehaltenen Straßen lagen. Ja, Harabec war reich, der Boden fruchtbar – es war kein Wunder, dass der Handel hier blühte … und dass der Emir und andere mächtige Nachbarn begehrliche Blicke auf das Land warfen.

Doch trotz der allgemeinen Erleichterung war noch nicht alles geklärt. So stolz und glücklich Leutnant Eydoïc auch sein mochte, die Thronprätendentin in ihr Land zurückzubringen, er hatte keine Einzelheiten über das, was bei Hofe vorging, verraten können oder wollen.

Marikani hoffte, dass Banh und seine Sekretäre ihr entgegenreiten würden, aber sie wurde enttäuscht. Vor den beiden Statuen des Arrethas, die den Eingang zum Außenbezirk des Palasts markierten, wartete nämlich nicht Banh, sondern eine kleine Delegation, die aus einem Priester, einem Ratgeber und einem Dutzend wichtiger Adliger des Hofes bestand. Marikani, deren Pferd als erstes zwischen den beiden Statuen hindurchschreiten musste, hielt an, als sie sie sah.

Der Priester baute sich mitten auf dem Weg auf den großen Granitplatten auf und entrollte ein Pergament.

»O nein!«, verkündete Marikani, bevor er auch nur den Mund öffnen konnte. Die Adligen waren sofort still; der Priester hob verblüfft den Kopf. »Ich habe genug von Abordnungen und offiziellen Reden, Perin. Wenn Ihr etwas zu sagen habt, dann sprecht, aber lest nichts von dem Pergament ab! Ist das eine Willkommensrede? In dem Fall danke ich Euch. Oder wollt Ihr mir etwa verwehren, *meinen* Palast zu betreten?«

Hinter ihr lachten einige Leute leise, aber Arekh begriff, als er das entsetzte Gesicht des Priesters sah, dass Marikani nicht weit von der Wahrheit entfernt sein konnte. Ohnehin war der heitere Tonfall der jungen Frau nur gespielt. Das Funkeln in ihren Augen zeigte, dass sie mit allem rechnete.

Dann begann der Ärger.

»A… Ayashinata …«

»Oh, kommt, Perin, Ihr langweilt mich. Nun? Was geht hier vor?«

»Ich kann nicht … meine Worte … Ich bin nicht würdig zu sprechen, Ayashinata. Der Hohepriester selbst hat diese Erklärung verfasst und ich muss …«

»Ihr müsst tun, was er Euch befiehlt, Perin. Ich will keine ärgerlichen und beleidigenden Dinge von ihm zu hören bekommen, vielen Dank. Macht bitte weiter.«

Der Priester wurde blass und verneigte sich. »Aya Marikani … Euer … Vor Hohepriester Ilisia, dem Gesegneten des Arrethas, sind Zweifel an Eurer Identität angemeldet worden«, verkündete er schließlich. »Es heißt, dass Ihr nicht die wahre Marikani seid, sondern ein Geschöpf der Abgründe, dessen Gesicht durch die Purpurmagie der Hexer des Emirs verändert worden ist … um Euren Platz einzunehmen, Ayashinata.«

Kurzes Schweigen trat ein, bevor Marikani verwirrt wiederholte: »Ich soll ein Geschöpf der Abgründe sein?«

»Nun ja …«

Die Soldaten tauschten Blicke; Marikani schüttelte den Kopf. »Das meint Ihr doch wohl nicht ernst.«

»Herrin …«

»Und darf ich vielleicht erfahren, von wem diese Zweifel kommen? Wer auf diesen großartigen Gedanken gekommen ist?«

»Der Cousin der wahren Ay…« – Marikani warf dem armen Mann einen bösen Blick zu, und er wurde noch blasser – »Euer Cousin Halios, Herrin. Er erklärt, dass er unwiderlegbare Zeugnisse für den Austausch erhalten hat.«

»Mein Cousin. Ich bin starr vor Erstaunen«, verkündete Marikani mit erhobener Stimme, und die Adligen, die den Priester begleiteten, gestatteten sich ein Lächeln. »Ich, die ich glaubte, dass er vor Freude angesichts meiner Rückkehr übersprudeln würde. Wie mich das enttäuscht!« Alle Ironie schwand, als sie sich an Eydoïc wandte. »Wart Ihr darüber informiert?«

Der Leutnant schüttelte verstört den Kopf. »Nein, Herrin! Ich wusste ... nun ja, wir wussten alle, dass Euer Cousin ... nun, dass Euer Cousin ... etwas reserviert war ... was die Begeisterung anging, die er über Eure Rückkehr empfand«, sagte er und verlor fast den Faden. »Aber das hieß ja nicht ...«

»Schon gut, Eydoïc, ich glaube Euch«, sagte Marikani in gefährlichem Ton. »Und was macht es auch schon? Wenn mein Cousin beunruhigt ist, werde ich ihn beruhigen, das ist alles. Geht aus dem Weg, Perin.«

Der Priester zitterte, rührte sich aber nicht. »Dem Hohepriester ist es lieber, Euch den Zutritt zum Palast zu untersagen, bis dieses Missverständnis ...«

»Vorwärts!«, befahl Marikani, gab den Soldaten einen Wink und rammte ihrem Pferd die Fersen in die Flanken, so dass es einen Satz nach vorn machte. Mit einem kleinen, entsetzten Aufschrei warf sich der Priester gerade noch rechtzeitig beiseite, um nicht niedergetrampelt zu werden; die Adligen stoben wie eine aufgescheuchte Viehherde davon.

Marikani sagte kein Wort, während sie die gepflasterte Straße entlangritten, die durch die aufeinanderfolgenden Befestigungsringe des Parks führte. Zuerst kam der dritte

Ring, ein weitläufiges Gelände aus Brachflächen und Wäldern, in denen die Angehörigen des Hofstaats auf die Jagd gingen. Nach mehreren Meilen erreichten sie den zweiten Ring, einen Garten, in dem die Natur bereits gezähmt war: Große, grüne Rasenflächen wechselten sich mit Bosketten, blumenbepflanzten Hügeln, Torbögen und Statuen ab. Im ersten Ring, im Zentrum, befanden sich die Gärten der Hauptgebäude des Palastes, die Arekh erblickte, nachdem sie an einem letzten Hügel, einem kleinen Tempel und drei darum angeordneten Marmorpavillons vorbei waren.

Der Palast selbst war gewaltig. Er bildete eine wahre Stadt aus ein- oder zweistöckigen Gebäuden aus hellem Stein, ein echtes Labyrinth aus Höfen und Gängen, das zu betrachten Arekh kaum Zeit hatte, bevor sie auf der breiten Kiesfläche des Haupthofs eintrafen. Dort warteten natürlich der Hohepriester und sein Gefolge bereits auf sie – und ein Großteil der Höflinge, die ohne Zweifel erfahren hatten, dass Marikani nicht wie befohlen am Palasteingang haltgemacht hatte, und nun das Spektakel nicht versäumen wollten.

Zwei Adlige – beides Männer – standen rechts und links von Ilisia.

Arekh versuchte zu erraten, welcher wohl Halios war, und entschied sich für den hochgewachsenen, eleganten jungen Mann im purpurnen Wams, dem das rotbraune Haar bis auf die Schultern fiel. Er erinnerte Arekh an den Herrn der Verbannten, vielleicht ohne dessen Erfahrung oder Weisheit, aber mit noch mehr Hitzigkeit und der gleichen Unverbildetheit der Jugend.

Arekh biss sich auf die Lippen, als der junge Adlige Marikani ein strahlendes, ironisches Lächeln schenkte, bevor er sich verneigte. Schönheit, Jugend, Charisma. Wenn das

Halios war, war es nicht erstaunlich, dass es ihm gelungen war, den Hohepriester und einen Teil des Hofes auf seine Seite zu ziehen.

Der Hohepriester, ein hagerer Mann mittleren Alters mit schwarzen, intelligenten Augen, wirkte eher verärgert als angriffslustig. Die Situation gefiel ihm nicht.

»Ayashinata«, sagte er in kaltem Ton nach kurzem Gruß, »ich hatte gehofft, dass Ihr mehr Klugheit unter Beweis stellen würdet. Wenn ich Euch respektvoll gebeten habe, einige Tage zu warten, bevor Ihr hier einzieht, so geschah es nur, um Spannungen zu vermeiden, die« – er warf einen Blick auf die beiden Männer in seiner Begleitung – »unangenehm werden könnten. Es wäre mir lieber gewesen, das Missverständnis zu klären, bevor ich Euch gestattet hätte, Eure Rückkehr mit allen gebührenden Ehren in die Wege zu leiten.«

Marikani stieg vom Pferd. »Ich wollte Euch nicht warten lassen, o Gesegneter des Arrethas – weder Euch noch meine lieben Cousins. Ein Zweifel nagt an Euch, und ich bin hier, um ihn auszuräumen. Ihr kennt uns ja – uns Kreaturen der Abgründe«, sagte sie an ihre Höflinge gewandt. »Wir können einfach nicht abwarten.«

Lachen schüttelte die Menge der Adligen, und eine Frauenstimme rief: »Erschlag ihn mit einem Blitz, Marikani!« Damit spielte sie auf die Beherrschung des Feuers an, die angeblich den Gespenstern zu eigen war. Das Lachen ertönte noch lauter, und Arekh entdeckte die Frau, die gesprochen hatte: eine Schönheit mit sehr dunkler Haut und schelmischen Augen, deren langes, schwarzes Haar mit Perlen und Goldketten geschmückt war.

»Nun, Halios?«, fuhr Marikani fort. »Wessen genau bezichtigst du mich?«

Sie sah nicht den jungen Mann im purpurnen Wams an,

sondern den, der auf der anderen Seite stand, einen gut zehn Jahre älteren Mann.

Arekh hatte sich getäuscht. Halios war etwa dreißig bis fünfunddreißig Jahre alt, hatte kurzes Haar und einen stechenden, harten Blick.

Dann wandten sich Marikanis Augen dem jungen Adligen im Purpurwams zu, und irgendetwas ging zwischen den beiden vor. Herausforderung, Lachen, Begehren … gegenseitige Anerkennung, Rivalität. Der junge Adlige grüßte sie mit schalkhaft funkelnden Augen erneut.

Dieser Mann ist ihr Liebhaber, begriff Arekh plötzlich mit schmerzlicher Klarheit, und eine schwarze Welle unerwarteten Leids brach über ihn herein.

Einen Moment lang glaubte er sich auf das Boot zurückversetzt, als er begriffen hatte, mit wem er es zu tun hatte, und eine kaum geborene Hoffnung Hass gewichen war.

Er hielt sich nicht damit auf zu überlegen, was diese Gefühle zu bedeuten hatten. Er hatte schon vor langer Zeit begriffen, was es damit auf sich hatte. Oft war man zwar blind, wenn es um einen selbst ging, aber das war bei Arekh in dieser Hinsicht nicht der Fall.

»Wenn du wirklich meine Cousine bist, werfe ich dir nichts vor, schöne Marikani«, sagte Halios. »Dann werde ich dich mit Freuden und in Liebe wieder im Palast willkommen heißen.«

Einige Höflinge lachten aufs Neue, aber der Hohepriester brachte sie mit einem Blick zum Schweigen.

Halios fuhr fort: »Das Nachrichtennetz, das Harabec unterhält, ist dicht und schnell: Wenn du wirklich Marikani bist, weißt du das, denn du hast es aufgebaut. Und ich verkünde, dass ein Austausch stattgefunden hat!«

Diesmal lachte niemand. Arekh spürte, wie Lionor neben ihm erschauerte.

»Meine Karawane ist in dem Felsenengpass angegriffen worden, der nach Sleys führt«, erklärte Marikani ruhig. »Die anderen sind gefangen genommen worden, aber es ist Lionor und mir – Venar sei Dank! – gelungen zu fliehen. Wir sind zu Fuß durch den Wald bis nach Persis gelaufen, und nach zwei Tagen ist es mir gelungen, einen Platz auf einer Galeere aus Kiranya für uns zu finden. Aber der Schiffskonvoi wurde von Schiffen des Emirs verfolgt und …«

»Ich weiß, ich weiß«, schnitt Halios ihr das Wort ab. »Wir haben die Zeugenaussage eines überlebenden Galeerensträflings erhalten.«

Ein überlebender Galeerensträfling? Arekhs Gedanken flogen dem Mann zu, der sich an jenem Nachmittag am Strand von ihnen getrennt hatte. War er gefangen genommen worden? Gefoltert? War er heute noch am Leben?

»Ihr seid in Richtung Ascheberge geflohen«, fuhr Halios fort. »Dort, im Wald, haben die Soldaten des Emirs Euch eingeholt. Sie haben die echte Marikani getötet und sie durch eine Kreatur der Abgründe ersetzt, deren Gesicht sie durch Zauberei verändert hatten. Ich habe die schriftlichen Aussagen der Magier, die diese Missetat begangen haben, dem Hohepriester vorgelegt, und auch die des Offiziers, der der echten Marikani den Kopf abgeschlagen hat …«

Lionor lachte kurz auf, und Marikani stand einen Moment lang da wie vom Donner gerührt.

»Das ist wunderbar«, sagte sie schließlich. »Wunderbar natürlich nur deshalb, weil es sich nicht auf seinen Wahrheitsgehalt überprüfen lässt. Du behauptet, dass man mich an einem verlassenen Ort ohne Zeugen getötet hat … Aber warte, dort waren Nomaden …«

»Nomaden? In den Aussagen, die ich kenne, war von Nomaden nicht die Rede«, sagte Halios von oben herab.

»Nicht wahr, mein Bruder?« Er wandte sich an den jungen Mann im purpurroten Wams.

»Keine Nomaden«, bestätigte der.

Sein Blick begegnete dem der jungen Frau. Das amüsierte Funkeln war nicht verschwunden. Er nahm einen leicht bedauernden Ausdruck an, der vielleicht besagen sollte: *Tut mir ja sehr leid, aber du kennst meinen Bruder …*

Marikani hatte die Beherrschung zurückgewonnen. »Sehr gut. Herzlichen Glückwunsch, Cousin«, sagte sie mit so lauter Stimme, dass alle Adligen sie hören konnten. »Du erfindest eine Geschichte – natürlich eine ganz unglaubliche, die man aber unmöglich widerlegen kann, da sie in der Ferne an einem Ort in der Wildnis spielt, und die niemand an diesem Hof miterlebt hat, um sie bezeugen zu können. Du hoffst, mich mit diesem törichten Märchen hinter Gitter zu bringen … Alles, was die Prüfung aufhält, ist ein gewonnener Tag für dich, an dem du deinen Einfluss zu verstärken hoffst. Oh, das ist ein kluger Schachzug! Ich würde nur gern diesen Offizier sehen, der mir den Kopf abgeschlagen hat. Man spricht nicht oft im Nachhinein noch mit seinem Henker. Können wir ihn holen lassen?«

»Er ist tot«, sagte Halios mit einem feinen Lächeln.

»Oh, das ist ja sehr betrüblich.« Marikanis Wut wuchs. »Dein kleiner Plan funktioniert jedoch nur dann, Cousin, wenn ich dir die Zügel der Macht für die Zeit überlasse, die ich benötige, um zu beweisen, wer ich wirklich bin. Aber die Absicht habe ich nicht. Wo ist Banh?«

»Ich bin hier, Herrin«, sagte ein grauhaariger Mann von geringer Körpergröße. Er drängte sich durch die Menge und beugte vor Marikani das Knie.

»Erkennst du mich, Banh?«

»Ihr seid es wirklich, Ayashinata.« Ein Leuchten der Zuneigung funkelte in den Augen des Mannes. »Ich bin froh, Euch lebend wiederzusehen.«

»Auch ich bin froh, dich wiederzusehen, Banh. Ruf die Sekretäre zusammen, wir haben Arbeit vor uns. Such mir die wichtigsten Akten heraus, und bring sie in mein Schreibzimmer. Ich will, dass alles wie vor meiner Abreise weitergeht.«

Halios kochte vor Wut. Der Hohepriester zögerte. In ihm musste der Wunsch, alles wieder seinen geregelten Gang gehen zu sehen, mit der Befürchtung ringen, seine eigene Autorität zu untergraben.

»Das kommt nicht in Frage!«, rief Halios. »Das wäre eine Beleidigung der Würde der Götter, des Arrethas und all unserer Vorfahren!«

»Du berufst dich allzu rasch auf die Götter, wenn es dir gerade passt.«

»Ich berufe mich auf das Urteil Um-Akrs!«

Marikani, die einige Schritte auf den Palast zu gemacht hatte, drehte sich abrupt um. »Das will ich auch hoffen. Dein versuchter Staatsstreich ist eine Schande! Du hast Zeugenaussagen gefälscht, du lügst unter der Kuppel der Götter …« Mit theatralischer Geste wies sie zum Himmel. »Die Gerechtigkeit selbst wird mir Gerechtigkeit widerfahren lassen, und Um-Akr wird dich mit Schmach überhäufen. Möge der Hohepriester das Urteil vorbereiten, ich verlasse mich auf seine Weisheit und seinen Glauben.«

Der Hohepriester nickte befriedigt. »Die Ehre …«

Halios fiel ihm ins Wort: »Ich werde nicht zulassen, dass eine Kreatur der Abgründe auch nur einen Fuß in den geheiligten Palast meiner Ahnen setzt«, knurrte er.

Und als Marikani noch einen Schritt machte, packte

er sie am Arm und riss sie zurück: »Weiche, abscheuliches Gespenst! Dein fauliger Atem soll nichts beschmutzen …«

Einen Augenblick später stand Arekh neben ihm. »He, Halios!«

Ohne nachzudenken, drehte Halios sich um, und Arekh verpasste ihm mit der Rechten einen Fausthieb mitten ins Gesicht. Unter dem Aufprall stolperte Halios rückwärts, stürzte dann auf den Kies und blieb verstört liegen.

Entsetzen machte sich unter den Zuschauern breit. Der Hohepriester stieß einen Schreckensschrei aus, und die Menge wich zurück. Sogar Marikani starrte Arekh einen Moment lang mit offenem Mund an.

Dann begann sie nervös zu lachen. »Um-Akr hat viele Methoden, um sein Missfallen kundzutun«, sagte sie schließlich.

Dann bedeutete sie Lionor, ihr zu folgen, betrat den Palast und ließ Arekh und die Höflinge zurück.

Leider reichte Marikanis beherztes Durchgreifen nicht aus, die Lage zu klären – alles andere als das.

Arekh verbrachte den Tag in den Gängen des Palastes, da er nicht wusste, wohin er gehen oder was er tun sollte, während um ihn herum Höflinge, Boten und Gerüchte wie ein Bienenstock summten.

Man bereitete im Tempel das Urteil Um-Akrs vor. Man wollte Zeugen befragen. Man hatte Halios von den Priestern verlangen hören, einen Exorzismus durchzuführen. Man hatte Offiziere verkünden sehen, dass sie einem Gespenst nicht gehorchen würden. Man hatte Soldaten sagen hören, dass Halios als Verräter hingerichtet werden sollte. Es hieß, dass dieser oder jener Adlige (es gelang Arekh nicht, sich all die Namen zu merken, es waren zu viele) Halios Treue geschworen hätte. Man sagte, dass sich die Gunst der Höflinge Marikani zuneigte …

Bald quollen Arekh die Ohren davon über. Er hatte Kopfschmerzen und musste das Vorzimmer, in dem er viel zu lange in der Erwartung, dass man ihn rufen würde, geblieben war, verlassen, um sich an einen ruhigeren Ort zu begeben.

Er ging die breite Galerie wieder hinunter, durch die er hergekommen war. Kleine Grüppchen diskutierten und lachten in den Fensternischen und warteten – ohne selbst recht daran zu glauben – darauf, dass Marikani ihnen eine Audienz gewähren würde … Aber sie hatte sich mit Banh im Herbstschreibzimmer eingeschlossen; Arekh hatte gehört, wie ein Diener diesen Namen erwähnte. Seit Stunden war niemand hineingelangt oder daraus hervorgekommen, abgesehen von zwei braun gekleideten Sekretären, die schwere Akten geschleppt hatten.

Lionor war nirgends zu sehen. Sicher hatte sie sich in ihre Gemächer begeben – sie musste ja schließlich Gemächer bei Hofe haben, wie hätte es anders sein können?

Arekh stellte sich mit einer gewissen Eifersucht vor, wie sie sich nun wohl in einem heißen Bad entspannte, die Kleider wechselte und sich etwas zu essen bringen ließ.

Die Einlegearbeiten aus Halbedelsteinen in den Wänden rings um ihn waren ein Vermögen wert, die Teppiche unter seinen Füßen hätten genügt, den Brautpreis für jede beliebige Kaufmannstochter aufzubringen, die Schmuckstücke, die am Hals der lachenden Frauen glänzten, hätten ausgereicht, drei Häuser in der Tränenstadt zu kaufen … Aber er hatte noch immer keinen Heller in der Tasche und war hungrig, schmutzig und erschöpft.

Er sah, wie die Adligen ihn abschätzig musterten, und hörte, wie Gespräche sich veränderten, wenn er sich näherte. Zu seiner Rechten sah er eine kleine Tür; er öffnete sie und ging hindurch, wobei er versuchte, sich einen Anschein von Entschlossenheit zu geben.

In Wirklichkeit war er der Übelkeit nahe.

Die Tür führte in einen schmaleren Gang, dessen Wände holzgetäfelt und mit Intarsien verziert waren. Die Fenster gingen auf einen kleinen, verlassenen Hof hinaus. Der Gang war leer. Arekh bog um eine Ecke, dann um noch eine, fand eine Bank und setzte sich hin.

Er stützte den Kopf in die Hände und versuchte, seinen Geist zu leeren. Der Wechsel der Atmosphäre war zu abrupt, zu heftig. Bilder, Gesichter und Klänge wirbelten durch seinen Verstand und verstärkten seine Kopfschmerzen. Und außerdem … fühlte er sich seltsam verloren.

Seit Wochen hatte er ein Ziel gehabt: zu überleben und Marikani bis in ihren Palast zu begleiten. Jeder Tag war eng mit dem folgenden verbunden gewesen, jeder Morgen hatte eine neue Herausforderung bedeutet.

Sie waren angekommen.

Und jetzt?

Auf der Reise war alles so einfach gewesen. Er hatte seinen Platz gehabt.

Seinen Platz? Wo war sein Platz?

An Marikanis Seite, wie er plötzlich begriff, und ein Schmerz, dem nichts Körperliches innewohnte, durchzuckte seinen Bauch.

Er holte tief Luft. Das war lächerlich, er wusste es, aber wenigstens würde er sich nicht lange lächerlich machen. Marikani war in den Palast gelangt, und er hatte sie vielleicht zum letzten Mal gesehen. Sie war an *ihren* Platz zurückgekehrt, und wahrscheinlich würde er nie mehr Gelegenheit haben, mit ihr zu sprechen.

Sie würde ihm einen Beutel mit Geld zum Dank für

erwiesene Dienste bringen lassen, ihm im besten Fall einen Offiziersposten in der Armee von Harabec anbieten … Und schon ein solches Angebot war eigentlich mehr, als er in seiner Situation erwarten konnte. Er würde ablehnen, irgendwo anders hin reisen, ein neues Leben beginnen.

Nein … Da war noch dieser Titel, den sie ihm verliehen hatte: Er sollte ihr Ratgeber werden. Aber vielleicht war das nur zum Spaß gewesen oder um keine Erklärungen abgeben zu müssen, das wollte nichts heißen und …

Die Zeugenaussagen. Arekh richtete sich plötzlich auf. Sie würde ihn für das Urteil Um-Akrs brauchen: Er und Lionor waren die einzigen Zeugen dessen, was sich damals wirklich in den Bergen abgespielt hatte. Natürlich war auch noch Mîn bei ihnen gewesen, aber der arme Junge war nicht mehr da und konnte nicht aussagen.

Mîn. Wie fern das alles schon schien. Binnen weniger Stunden hatte sich alles geändert.

Ja, sie würde ihn als Zeugen brauchen, und natürlich würden Halios und die Seinen versuchen, seine Vergangenheit anzugreifen, um seine Glaubwürdigkeit in Zweifel zu ziehen. Das würde nicht besonders schwer sein. Wenn Halios wirklich die Zeugenaussage des letzten Überlebenden von der Galeere hatte einsehen können, hatte er sich sicher schon über Arekh informiert.

Und er *wusste* …

Arekh spürte, wie ihn eisige Kälte überkam. Natürlich. Halios *wusste* es …

Es war leicht, Arekhs Vergangenheit zu rekonstruieren, wenn man über die nötigen Mittel verfügte. Wenn Halios vorhin vor dem Hohepriester nichts gesagt hatte, dann sicher nur, weil er es sich für den Augenblick aufsparte, in dem Arekh im Tempel seine Aussage machen würde.

Arekh stand auf; er fror. Er musste Marikani warnen,

und zwar schnell. Er musste ihr erklären, dass er gegen seinen Willen zur Spielfigur der Gegenseite werden könnte. Sie würde entscheiden, was er tun musste, und wenn sie wollte, dass er den Hof verließ …

Er ging den Gang wieder hinauf und kehrte schnellen Schrittes in die Galerie zurück; der Hunger, der ihn peinigte, war vorerst vergessen. Die Blicke der Adligen waren ihm nun gleichgültig, und er stürmte ins Vorzimmer, so dass alle dort Anwesenden zusammenzuckten. Zwei Sekretäre, ein Pärchen, das sich schon dort befunden hatte, als er aufgebrochen war, ein Soldat. Arekh kannte niemanden von ihnen. Er murmelte einige Flüche. Sogar Lionor wäre ihm nun nützlich gewesen, oder Leutnant Eydoïc. Er hätte sie überzeugen können, Marikani eine Nachricht von ihm zu bringen. Aber diese Dummköpfe hier würden ihn nicht durchlassen.

Er dachte nach, wie er sich wohl gewaltsam würde Eintritt verschaffen können, als die Tür aufschwang und Banh mit einem Aktenstapel unter dem Arm erschien. Arekh sprang eilig auf ihn zu, bevor der Soldat reagieren konnte.

»Ich muss sie sehen«, sagte er, während der alte Mann zurückzuckte. »Ich muss mit Marikani sprechen … mit Ayashinata Marikani«, verbesserte er sich, als er den entsetzten Blick seines Gegenübers sah.

»Sie wird Euch zu gegebener Zeit empfangen …«, begann Banh.

Aber Arekh fuhr fort: »Nein! Es ist dringend! Es geht um die Zeugenaussagen und um Halios. Ich bin kein Bittsteller, aber ich muss vor dem Urteil Um-Akrs mit ihr sprechen.«

»Gut, gut«, sagte der alte Mann in beschwichtigendem Tonfall, während der Soldat sich bereit machte einzugreifen. »Wenn Ihr so freundlich wärt, einen Brief abzufassen, in dem Ihr das Motiv für Eure Bitte schildert …«

»Nein!«, schrie Arekh. »Ich muss ...«

Marikanis Stimme ertönte. »Banh, lass ihn eintreten.«

Arekh sah die Silhouette der jungen Frau in der Tür erscheinen. Die Erleichterung, die er darüber empfand, sie zu sehen, war intensiv und hatte nichts mit dem Urteil Um-Akrs zu tun.

Er trat ins Schreibzimmer, ohne ihr in die Augen zu blicken.

Im Innern war es dunkel und recht kühl. Das Wetter hatte sich geändert, während Arekh gewartet hatte. Durch die Fenstertür, die in die Gärten hinausführte, sah man ein menschenleeres Säulengebäude; Arekh war nicht in der Lage einzuschätzen, wozu es diente.

Der Himmel war grau, und Nieselregen kündigte sich an.

Marikani war im Zimmer allein mit einem Sekretär, der mit einer silbernen Feder schrieb. Sie trug noch die gleichen Kleider wie bei ihrer Ankunft, und die Haare fielen ihr ungekämmt ins Gesicht.

»Oh, Arekh, ich bin erschöpft«, murmelte sie und setzte sich wieder hin. »Sagt mir bitte, dass Ihr keine schlechten Nachrichten habt.«

Eine zweite Welle der Erleichterung durchflutete Arekh, noch stärker als die erste. Die Zukunft war von dem Satz abhängig, mit dem Marikani ihn empfing, das hatte er schon geahnt, als er hereingekommen war. Wenn es ein kalter, hochmütiger Satz gewesen wäre ...

Aber so war es nicht.

»Noch nicht«, erwiderte er. »Aber wir müssen uns besser vorsehen. Was hat der Hohepriester gesagt? Wie werden sie Eure Identität überprüfen?«

»Es wird einen Prozess geben«, sagte sie mit einem Schulterzucken.

»Einen Prozess?«

»Vor der Prüfung. Ich hatte gehofft, dass die Prüfung reichen würde«, seufzte sie. »Denn das ist schon ein ganz schöner Aufwand: Der Erbe muss eine lange Reihe von Ritualen durchführen und wird von Weisen befragt, bevor er sein Blut dem Arrethas opfert. Buchstäblich. Man muss sich eine Ader aufritzen und eine kleine Vase, die die Statue in den Händen hält, mit Blut volllaufen lassen …«

Ein gewisser Zynismus war Marikanis Stimme anzuhören, aber Arekh schob das auf die Situation. Arrethas war einer der am meisten verehrten Götter der Königreiche. Er stand für die Zukunft, lenkte die Blitze und besiegelte Schicksale. Die Tatsache, dass Harabec das Königreich des Arrethas war und dass die Königsdynastie aus seinen Nachkommen bestand, verlieh dem Land eine besondere liturgische Wichtigkeit. Unter den zahlreichen Prophezeiungen, die in den Königreichen im Umlauf waren, drehten sich viele um Arrethas. Der Legende nach würde ein Herrscher von Harabec eines Tages eine bedeutende Rolle für die Zukunft der Königreiche spielen.

Das war einer der Gründe für die Wichtigkeit der Prüfung. Jeder, der den Thron von Harabec bestieg, musste der Herrschaft würdig sein. Der Erbe oder die Erbin musste genug dunkles Blut in sich tragen – das Blut der Götter, das Blut des Arrethas –, um sicherzustellen, dass Harabecs enge Bindung an das Göttliche gewahrt blieb. Wenn der amtierende Erbe bei den Ritualen der Prüfung versagte, wurde er abgesetzt.

Der nächstfolgende Erbe musste dann seinerseits sein Glück versuchen.

»Vor drei Wochen bin ich vierundzwanzig Jahre alt geworden«, fuhr Marikani fort. »Ich sollte eigentlich rasch die Prüfung bestehen und den Thron besteigen ... Harabec braucht einen starken Herrscher, besonders jetzt! Der Emir wird keine Ruhe geben, das steht fest, und die Situation in der Tränenstadt ist instabil. Und wenn Merris hört, was bei Hofe vorgeht, wird er die Gelegenheit ergreifen, um die Opalgrenze anzuzweifeln.« Sie seufzte erneut. »Aber nein, ich muss erst einen dummen Prozess über mich ergehen lassen, um zu beweisen, dass mich kein Soldat aus dem Emirat geköpft hat!«

»Vielleicht ist es gut, dass der Prozess die Prüfung verzögert«, sagte Arekh. »Ihr braucht Zeit, um Euch auszuruhen ... Die Rituale sollen schwierig sein, und Ihr müsst dafür sorgen, dass Ihr die denkbar beste Ausgangsposition habt.« Dann ging ihm auf, was sie gerade gesagt hatte. »Vierundzwanzig Jahre alt, seit drei Wochen? Aber ...«

»Im Sommerpalast«, erklärte Marikani. »Während Mîns Genesung.«

Kurzes Schweigen folgte. Arekh fragte sich, ob es in ihr das gleiche Gefühl auslöste, den Namen des Jugendlichen auszusprechen, das er eben selbst empfunden hatte, als er allein auf der Bank gesessen hatte. Das Gefühl, dass eine Seite umgeblättert worden war, als sie den Palast erreicht hatten, so dass Mîn und ihre Reise schon sehr weit entfernt waren.

Marikani schüttelte den Kopf. »Was die Prüfung betrifft ... je eher, desto besser«, sagte sie. »Das wird kein Problem sein.«

Arekh blickte durch die Fenstertür, vor der nun schwere Regentropfen auf den Kies zu fallen begannen. Marikanis Einstellung mochte anmaßend erscheinen, aber sie gefiel Arekh. Es war gut, dass sie auf ihre Eignung vertraute. Besonders, wenn sie am Hofe selbst einen solchen Feind hatte ...

»Was den Prozess betrifft«, begann er. »Sie werden uns als Zeugen vernehmen, Lionor und mich …«

»Darum werdet Ihr, fürchte ich, nicht herumkommen.«

Arekh nickte. Er sah sie noch immer nicht an. »Ihr habt die besten Gründe der Welt zu wissen, dass meine Vergangenheit nicht gerade glänzend ist«, sagte er langsam. »Halios hat sicher Nachforschungen angestellt. Er wird sich dieses Wissens gegen mich bedienen – und gegen Euch.«

Marikani machte eine wegwerfende Bewegung. »Vielleicht, aber was soll ich tun? Ihr könnt Euch, soweit ich weiß, nicht in einen Mönch verwandeln. Und außerdem gibt es Schlimmeres. Was wart Ihr – Spion? Meuchelmörder? Na und? Alle Höfe bedienen sich solcher Leute! Harabec hat sein Netzwerk, und Halios hat es schamlos genutzt. Spione geben hervorragende Politiker ab! Was meint Ihr, warum Ihr mein neuer Ratgeber seid? Eure Kenntnisse können uns heute sehr nützlich sein.«

Arekh schwieg einen Moment lang. »Das ist nicht alles, Marikani.« Diesmal sah er auf, und ihre Blicke trafen sich. Er war so angespannt, dass es schmerzte, aber er musste weitersprechen. »Ich … muss Euch etwas sagen. Und ich bin nicht sicher, ob Ihr mich noch zum Ratgeber haben wollt, wenn ich fertig bin. Aber Halios darf Euch nicht überrumpeln. Ihr müsst informiert sein.«

Der Sekretär hob den Blick von seiner Arbeit.

Marikani musterte Arekh eine Weile schweigend, bevor sie nickte. »Gut. Gut … erzählt schon.« Sie wandte sich dem Sekretär zu. »Wenn Ihr uns bitte allein lassen wollt?«

Der junge Mann sammelte seine Sachen ein und ging.

Draußen rieselte der Regen auf den Kies.

Kapitel 12

»Mein Name ist Arekh es Morales vom Gut Miras«, begann Arekh leise. »Miras liegt im Osten der Fürstentümer von Reynes. Ein unbedeutender Ort, es würde Euch dort nicht gefallen. Das Land ist fruchtbar, aber feucht und kalt, und die Landschaft ist von Sümpfen verseucht.

Mein Vater hatte sein Schwert in den Dienst des Rates der Fürstentümer gestellt, wie sein Vater vor ihm und all unsere Vorfahren. Die Morales blicken auf eine lange kriegerische Tradition zurück. Meine beiden Brüder und ich wurden daher als Kinder einer adligen Kriegerfamilie erzogen und in Geschichte, in den schönen Künsten, im Fechten und in anderen Kampftechniken unterweisen. Mit vierzehn Jahren wurde mein älterer Bruder, wie so viele Kinder in der Gegend, vom Sumpffieber hinweggerafft. Die Zuneigung meiner Eltern verlagerte sich daraufhin auf Ires, den kleinen Letztgeborenen. Er war … er war so niedlich! Er war ein reizendes Kind mit langen braunen Locken und großen, schwarzen Augen. Heiter und liebenswert, der einzige Sonnenstrahl in einer Gegend, die keine Sonne kannte. Da unsere Hauslehrer verkündeten, er sei mit dem Schwert genauso begabt wie in den schönen Künsten und Wissenschaften, beschloss mein Vater, ihn zu seinem Erben zu machen.«

»Aber«, unterbrach Marikani ihn mit gerunzelter Stirn, »kommt diese Stellung nicht dem jeweils Ältesten zu? Und da Euer älterer Bruder tot war ...«

»In den Fürstentümern kann man sich seinen Erben aussuchen. Gewöhnlich ist es Brauch, dass die Väter sich für den erstgeborenen Sohn entscheiden, aber nichts zwingt sie dazu. Und Ires war so begabt und ... so bezaubernd. Die Entscheidung wurde einstimmig gefällt. Sofort verbreitete sich in der Umgebung das Gerücht, ich sei eifersüchtig. Man sah mich mitleidig und etwas misstrauisch an und fragte sich, wie ich wohl reagieren würde, wenn ich mit siebzehn Jahren als mittelloser Kadett in die Armee geschickt werden würde, obwohl ich doch vor Ires geboren war. Aber in Wirklichkeit hatte kein Hauch von Eifersucht meine Seele gestreift. Es ist schwer zu erklären, warum, aber wie alle anderen war ich in Ires vernarrt. Dennoch konnte ich niemanden davon überzeugen. Die Tatsache, dass ich nicht zum Jammern neige und nicht viel rede, wurde mir als Heuchelei ausgelegt. Ich war schon damals nicht geschwätzig, das war alles, aber man verdächtigte mich düsterer Gedanken. Und eines Tages ...«

Arekh schauderte; was nun kam, war schwer auszusprechen.

»Eines Tages«, fuhr er fort und hielt gleich wieder inne, um Atem zu holen, »eines Tages nahm ich meinen Bruder mit auf die Wildschweinjagd. Wir stellten den ganzen Nachmittag lang einem Keiler nach; es war sehr heiß. Als sich das Wildschwein endlich zeigte, war Ires müde. Das Tier stürmte geradewegs auf uns zu. Ires riss seinen Speer hoch, aber ich begriff, dass er nicht richtig treffen würde. Der Keiler hatte uns schon fast erreicht. Ich stieß als Erster zu, aber mein Spieß glitt von einem Knochen des Tieres ab, drang Ires in die Brust und … Kurz und gut, der Anblick verfolgt mich noch heute.

Als ich Ires' Leichnam nach Hause brachte, wurde ich mit großem Schweigen empfangen. Keine Tränen, keine Schreie. Ich dachte, dass meine Mutter in krampfhaftes Schluchzen ausbrechen würde, aber das geschah nicht. Sie nahm den Leichnam meines Bruders und schloss sich mit ihm in einem Zimmer ein. Ich blieb allein im großen Saal zurück; ich wartete auf Vorwürfe, auf Rufe … nichts. Meine Cousins, unsere Vasallen, unsere Diener, alle, die sich an dem Tag auf der Festung aufhielten, wandten sich ab, als ob sie mir nicht ins Gesicht sehen wollten.

Als die Nacht hereingebrochen war, rief mich mein Vater in sein Studierzimmer. Dort fragte er mich, was sich abgespielt hätte. Sein Gesicht war kalt wie Stein, als ich es ihm erzählte. Er sagte nichts dazu, sondern machte nur eine kleine Kopfbewegung, bevor er mich wieder hinausschickte. Und das war alles.«

»Das war alles? Kein weiteres Wort? Keine Fragen? Wie alt wart Ihr da?«

»Oh, ich war gerade dreizehn Jahre alt geworden. Ich war nicht alt genug, mich zu verteidigen, mit der Faust auf den Tisch zu hauen und darauf zu bestehen, die Dinge ans Tageslicht zu bringen, meine Unschuld herauszuschreien und das Geschwür aufzustechen. Aber ich war alt genug, um zu verstehen. Und in dieser Atmosphäre bin ich dann erwachsen geworden … Ich habe die folgenden vier Jahre meines Lebens in diesem grauen Gebäude verbracht, dessen Steine eisiger als das kälteste Packeis geworden waren. Man muss das durchlebt haben, um zu begreifen, wie es ist, als Kind Tag für Tag in einem Zuhause aufzuwachen, in dem alle, *alle*, vom Vater bis hinab zur geringsten Magd, glauben, dass man einen scheußlichen Mord begangen hat.

Kein Blick, in dem ich kein Entsetzen, keine Ablehnung las. Kein Wort, das natürlich klang und in dem ich nicht das schwarze Wasser des Abscheus oder, schlimmer noch, der Furcht hörte. Meine Mutter hatte Ires zwar immer bevorzugt, aber vor seinem Tod hatte sie mich zumindest so sehr wie meinen älteren Bruder geliebt. Danach war ich aus ihren Augen verschwunden. Sie hat mich nie mehr angesehen, kein einziges Mal in vier Jahren.

Ja, es ist schwer zu erklären: Man weiß, dass man unschuldig ist, und doch ist man von Schuldgefühlen zerfressen. Stück für Stück beginnt das Bild, das man in den Augen der anderen erkennt, zum Selbstbild zu werden. Man starrt die Decke an und fragt sich, ob sie nicht vielleicht recht haben … Monate vergingen, und die Schuldgefühle verwandelten sich in eine Art schwarzen Zorns, der ebenso sehr gegen mich wie gegen die anderen gerichtet war.

In Reynes wird am siebzehnten Geburtstag eines Jungen – dem Tag, an dem er volljährig wird – dem Brauch nach ein großes Fest abgehalten. Um den Schein zu wahren, musste man auch zu meinen Ehren eines geben. Es wurde wohl nie ein Empfang mit weniger Wärme und Freude vorbereitet – niemals habe ich solchen Schmerz auf dem Gesicht meines Vaters gesehen wie damals, als er die Gästeliste zusammenstellte. Man ließ Wein von einem nahen Gut kommen …

An jenem Abend saß meine Familie am Tisch, also meine Eltern und zwei meiner Cousins, daneben noch die Pächter aus dem Dorf und zwei Adlige aus der Umgebung und ihre Töchter. Die Adligen und die Pächter taten ihr Bestes, das Gespräch am Leben zu erhalten, sprachen über die Ernten, das Wetter, den Haferhandel, aber mein Vater sagte kein Wort. Meine Mutter tat wie gewöhnlich, als ob ich nicht existierte. Als das Fleisch aufgetragen wurde, begann mein

Vater zu trinken; ich auch. Schließlich war ich siebzehn Jahre alt, ich war zum Mann geworden. Und welch besseren Augenblick hätte es gegeben, Vergessen zu suchen …

Wir tranken viel – o ja, sehr viel. Die Atmosphäre war so drückend, dass ich das tun musste, um das Abendessen zu überstehen, und mein Vater dachte wohl das Gleiche. Dann wurde der Nachtisch serviert, und mein Vater stand auf, das Glas in der Hand.

›Auf meinen Sohn‹, sagte er. ›Auf meinen Sohn, der meinen Besitz, mein Vermögen, meine Ländereien, meine Felder und meine Kornspeicher erben wird. Auf meinen Sohn, der Euch alle‹ – er wies auf die Pächter – ›erben und Euer Schicksal bestimmen wird, das Eurer Frauen, das Eurer Kinder … An Eurer Stelle würde ich gut auf die Kinder aufpassen.‹

Totenstille senkte sich herab, und er fuhr fort: ›Was für ein Glück hat der Vater, der seinen Namen und sein Gut einem Erben hinterlassen kann, der dessen würdig ist. Und wer wäre dessen wohl würdiger als jemand, der im Schatten seit seiner zartesten Kindheit Ränke geschmiedet hat, um alles zu erhalten? Ich fordere Euch also auf, mit mir auf die Gesundheit der Schlangenseele zu trinken, die in diesen Mauern herumkriecht, auf den Fuchs, der hilflose Wesen erbeutet. Auf meinen Sohn Arekh!‹

Niemand trank. Die Gäste sahen einander an und zögerten; sie wussten nicht, was sie tun sollten. Mein Vater schwankte; seine Augen waren blutunterlaufen. Ich stand auf und ging um den Tisch herum zu ihm hinüber. Ich musste handeln, sonst wäre ich verrückt geworden. Ich ertrug diese Anspielungen nicht länger, diesen verhüllten Hass und dieses Schweigen. Er sollte es aussprechen, er sollte mich ein für alle Mal als Mörder bezeichnen. Er sollte dieses Wort aussprechen, das er noch nie ausgesprochen hatte. Und außerdem brachte der Alkohol mein Blut zum Kochen. Er sah mich kommen, und ich beleidigte ihn, ich warf ihm alle möglichen Schimpfwörter an den Kopf, ohne jedoch ausdrücken zu können, was mir das Herz zusammenzog. Dass ich unschuldig war, dass ich meinen Bruder nicht getötet hatte, dass es ein Unfall gewesen war … Ich wusste, dass meine Worte, wenn ich sie ausgesprochen hätte, falsch geklungen hätten, obwohl sie wahr waren, und es schien mir, als hätten all diese Jahre meine Seele geschwärzt und als spürten alle am Tisch das. Mein Vater schlug mich sehr heftig – zum ersten Mal –, und ich nannte ihn einen Lügner. Da spuckte er mir ins Gesicht … Ich packte sein Schwert, das auf dem Tisch lag, und tötete ihn.«

»Große Götter …«, hauchte Marikani, die sich nicht gerührt hatte.

»Meine Mutter warf sich mit einem hasserfüllten Schrei auf mich, und ich tötete auch sie: Ich führte instinktiv einen Schwerthieb, ohne es zu wollen, und sie fiel. Um den Tisch herum herrschte Chaos, die Gäste schrien oder flüchteten. Manche warfen sich auf mich, und ich schlug auch auf sie ein, während ein Schleier aus Blut und Alkohol sich über meine Augen senkte. Überall lagen Leichen. Die Überlebenden rannten ins Freie, und ich fand mich allein in dem Raum wieder, während die Diener in der ganzen Burg Alarm schlugen. Ich wusste, dass ich nicht viel Zeit hatte. Also ging ich in den ersten Stock hinauf, wo die Truhe stand, in der mein Vater sein Geld und die wenigen Kleinodien unserer Familie aufbewahrte. Ich stahl alles und brach dann auf.

Danach … danach irrte ich monatelang durch die westlichen Königreiche, fern der Fürstentümer, unter einem angenommenen Namen, als junger, adliger Müßiggänger auf Reisen. Ich wurde nicht von Gewissensbissen zerfressen. Das werde ich noch immer nicht. Die Erinnerung an diese Morde bedeutet mir nichts. Das Einzige, was mich noch immer berührt, ist der Anblick von Ires, dem Keiler, seinem Blut. Das Übrige … Ich sehe mich handeln, aber losgelöst, als würde ich eine Darstellung auf einem Buntglasfenster betrachten.

Nach einigen Monaten begann ich unter der Untätigkeit zu leiden. Ich hatte keinen Rang mehr, keinen Stand, keinen Namen, aber ich verstand mich aufs Kämpfen und hatte eine hervorragende Erziehung genossen. Ich führte einige Aufträge im Sold eines Ratsherrn von Reynes aus, der Botschafter in Kiranya war. Ich überbrachte Nachrichten, bedrohte seine Feinde, schrieb Briefe für ihn, tötete einige missliebige Personen. Ich war so wirkungsvoll, dass er mich mit zurück nach Reynes nahm – und so wurde ich ein Mann der Schatten, ein Spion, Handlanger und gelegentlicher Meuchelmörder, der von Dienstherr zu Dienstherr wechselte. Das ging jahrelang so. Ich nahm bedeutende Summen ein, gab sie aber sofort wieder aus. Und dann überkam mich im Laufe der Monde eine seltsame Mattigkeit. Die gleiche Losgelöstheit, die ich immer noch empfinde, wenn ich an den Mord an meinen Eltern denke. Ich wurde immer arroganter, immer unvorsichtiger – mir war alles gleichgültig. Eines Tages tötete ich in einer Taverne – ich hatte aber keinen Alkohol getrunken, ich trinke kaum noch etwas – einen Soldaten, einfach so, infolge eines lächerlichen Streits. Ich floh danach nicht einmal. Die Richter fragten nicht, wer ich war oder was ich in der Vergangenheit getan hatte … Sie verurteilten mich zur Galeerenstrafe.«

Langes Schweigen folgte, und Arekh bemerkte, dass das Regenwasser nun am Gebäude entlangströmte. Während seiner Erzählung hatte er es nicht gehört.

»So«, sagte er schließlich. »Das ist alles.«

Draußen hatte sich eine Katze unter den Umhang einer Statue geflüchtet. Ein Windstoß jagte sie wieder ins Freie, und sie flüchtete mit einem unheimlichen, herzzerreißenden Miauen.

»Große Götter«, wiederholte Marikani mit fast unhörbarer Stimme nach einer Ewigkeit.

Dann schwieg sie minutenlang; jede Sekunde, die verging, lastete wie ein Stein auf Arekh.

»Wir haben keinen Vertrag mit den Fürstentümern«, sagte sie schließlich. »Sie können Euch hier nicht festnehmen.«

»Nein.«

»Ich rate Euch dennoch, nicht nach Reynes zurückzukehren. Seid Ihr rechtskräftig verurteilt worden?«

»Ja«, sagte Arekh leise und dachte an die Ereignisse auf dem Basar in der Tränenstadt. »Ich kann nicht zurückkehren. Nicht, dass ich die Absicht hätte ... Aber die Fürstentümer sind mir verschlossen, ebenso alle Länder, mit denen der Rat einen Justizvertrag abgeschlossen hat.«

»War Viennes auf dem Laufenden?«

»Ich glaube nicht. Als ich noch in der Hauptstadt ... operiert habe, hatte ich genügend Geld und Beziehungen, um Ermittlungen über meinen Namen zu blockieren. Und außerdem wollten meine Arbeitgeber es gar nicht wissen. Ich war wirkungsvoll – das genügte ihnen.«

Erneut herrschte Schweigen im Zimmer. Was Marikani gesagt hatte, regelte noch nichts, das wusste Arekh. Sie sprach, um ihre Verlegenheit zu überspielen und ihren Verstand zu zwingen, sich auf die praktischen Aspekte des Problems zu konzentrieren. Eine Art Realitätsflucht. Aber das konnte sie nicht lange tun – früher oder später musste sie auf das Herz des Themas zu sprechen kommen. Ihm ins Gesicht sehen.

Der Regen wurde immer stärker, und Marikani hob endlich den Blick zu Arekh.

Sie musterten einander einen Moment lang schweigend, während die Tropfen eine düstere Melodie auf den Boden klopften.

»Nun gut«, flüsterte sie. »Ich glaube, dass ich erst einmal genug Geschichten gehört habe. Schade, dass diese hier Euch nicht von Hathot eingegeben wurde …«

Arekh nickte. »Schade, in der Tat. Aber es ist keine bloße Geschichte. Und Euer Cousin wird nicht lange brauchen, das alles herauszufinden, wenn er Nachforschungen über mich anstellt. Eigentlich bin ich sicher, dass er das bereits getan hat. Er kennt meinen Namen; es wird ihm nicht schwergefallen sein herauszufinden, woher ich komme, oder sich im Justizregister in Reynes zu informieren, und dann … Könnt Ihr Euch vorstellen, wie Ihr im Um-Akr-Tempel steht, Aya Marikani, und Euch auf mich als Zeugen beruft, um Eure Unschuld zu beschwören? Halios wird den rechten Augenblick abwarten, um mich als Vatermörder – ja, als Mörder meiner ganzen Familie – zu enttarnen … die Verkörperung des absoluten Bösen«, fügte er mit einem kleinen Auflachen hinzu. »Das könnte Euch jegliche Chance rauben. Es könnte gar der Beweis für Eure Schuld sein. Wer würde sich schon mit einem Vatermörder abgeben, wenn nicht ein Gespenst aus den Abgründen? Das Böse zieht das Böse an.«

»Der Schatten zieht den Schatten an«, sagte Marikani leise.

»Was?«

Marikani musterte Arekh einen Moment lang zögernd; dann wandte sie den Blick ab.

»Ich habe daran gedacht abzureisen«, fuhr Arekh schließlich fort, »den Hof zu verlassen, um zu vermeiden, als Zeuge auftreten zu müssen. Aber der Schaden wäre in jedem Fall angerichtet: Halios würde sagen, dass Ihr versucht, Euch bedeckt zu halten, meine wahre Natur zu verbergen. Und wenn ich morgen sterben würde, würde er behaupten, Ihr hättet mich ermordet.« Er schüttelte den Kopf. »Ich sehe keine Lösung.« Er lauschte dem Geräusch des Wassers auf den Steinen. »Es tut mir sehr leid.«

Marikani dachte noch immer nach. »Das Beste«, sagte sie dann, »wäre es, ihm den Überraschungseffekt zu nehmen. Wir werden ganz einfach die Wahrheit sagen – nein, wir werden die Wahrheit *veröffentlichen*, Eure Zustimmung vorausgesetzt. Es ist Sitte, bei der Ernennung eines neuen Ratgebers bei Hofe diese Information schriftlich allen Staatssekretären zukommen zu lassen, samt den Gründen für die Ernennung, dem Namen und den Titeln des Neuankömmlings. Ich werde die Gründe für meine Wahl – Eure Kenntnisse über die Innenpolitik von Reynes – erläutern und mit Eurem Namen erwähnen, dass Ihr in den Fürstentümern als Vatermörder und wegen anderer Morde verurteilt seid. Das wird die Ratssitzungen ein wenig beleben«, sagte sie mit einem dünnen Lächeln.

Arekh nickte.

»Ihr müsst bereit sein«, sagte Marikani sanft. »Die Neuigkeit wird sich wie ein Lauffeuer am Hof verbreiten. Ihr werdet Eure Verurteilung in allen Augen lesen – wie damals, als Ihr noch ein Kind wart. Aber wenigstens wird Halios im Prozess das Überraschungsmoment verloren gehen.«

»Gut.« Arekh wich Marikanis Blick aus. »Einverstanden. Ich … Es war mir lieber, dass Ihr Bescheid wisst.«

Er hob den Blick zu ihr und sah, dass sie sehr blass war. Draußen senkte sich die Abenddämmerung herab. »Ihr müsst Euch ausruhen und essen.«

Er hatte vergessen, dass er Hunger hatte, aber als er das Wort »essen« aussprach, fühlte er sich wie betäubt. Ein Umhang bleierner Müdigkeit senkte sich aufs Neue auf seine Schultern. Er wollte nicht gehen, aber er musste sich zurückziehen, bevor sie ihn wegschickte. Bei dem Gedanken, sich draußen den Höflingen und ihren Blicken stellen zu müssen, fühlte er sich krank.

»Es geht schon«, sagte sie lediglich.

Sie war eisig ... Nun, wie konnte er ihr das zum Vorwurf machen? Arekhs Unwohlsein wuchs. Er begann aufzustehen, als sich eine Hand auf sein Handgelenk legte.

»O nein, Ihr flüchtet nicht! Wir haben noch zu tun.«

Arekh rührte sich nicht, aber die Hand blieb nur einen winzigen Augenblick lang liegen, bevor Marikani den Sekretär hereinrief, um ein Abendessen zu bestellen.

Der Abend verging mit Treffen, während derer Marikani Berichte ihrer Sekretäre anhörte, sich mit Banh beriet und ihnen Arekh mit wenigen Worten vorstellte. »Arekh es Morales von Miras, ehemaliger Experte in Untergrunddiplomatie aus den Fürstentümern«, sagte sie nur. Arekh schloss daraus, dass sie sich die Enthüllung für später aufhob. Arekh würde in alle förmlichen Verhandlungen und sämtliche Intrigen einbezogen werden, die eine gute Kenntnis der politischen Geheimnisse von Reynes und der angrenzenden Länder voraussetzten.

Obwohl niemand um den Tisch herum etwas sagte, waren alle Blicke auf Arekh gerichtet. Die Sekretäre mussten sich fragen, woher er stammte und ob er eine Gefährdung für sie und ihre Karriere darstellte.

Arekhs äußere Erscheinung trug sicher nicht dazu bei, ihnen Vertrauen einzuflößen. Er hatte in der Botschaft von Reynes neue Kleider angelegt, aber auch die waren grob im Vergleich zu den feinen, gut geschnittenen Kleidern der Mitglieder des Geheimen Rats der Krone. Außerdem waren Erschöpfung und Reisestaub auf seinem Gesicht und seinen Kleidern so sichtbar wie auf denen Marikanis.

Am Ende war es Banh, der sie zur Ordnung rief. »Ayashinata, erlaubt mir, Euch respektvoll zu bitten, Euch in Eure Gemächer zurückzuziehen. Ihr benötigt Ruhe und müsst Euch umkleiden – Gewänder anlegen, die Eurer Stellung würdig sind. Ihr wisst, wie die Höflinge sind. Die Anzahl der Stickereien und das Funkeln des Schmucks beweisen besser als alle Worte, dass Ihr das Sagen habt.«

Marikani nickte matt, schloss die Sitzung und erhob sich. Die Sekretäre taten es ihr nach und sprachen leise über das Treffen, während Marikani Banh beiseitenahm und ihm ein paar Worte ins Ohr flüsterte, bei denen sie auf Arekh deutete. Banh nickte, gab einige Befehle und bat Arekh dann, im Schreibzimmer zu warten.

Arekh setzte sich zögernd wieder hin. Marikani ging wortlos zur Tür. Dann, im letzten Augenblick, wandte sie sich um und schenkte ihm ein blasses Lächeln.

Im Anschluss folgte sie Banh und verschwand in den Gängen des Palasts.

Draußen jagten Wolken an den Monden vorbei. Eine halbe Stunde später holten zwei Diener mit Laternen Arekh ab, um ihn in seine Gemächer zu führen, drei große, komfortable Zimmer im Ostflügel. Die Diener entzündeten die Kerzen in den Leuchtern und zogen sich dann zurück. Arekh sah einen Geldbeutel auf dem Tisch liegen. Er öffnete ihn und fand fünfzig Goldstücke darin, einen »Vorschuss auf das Gehalt«, wie eine kleine Notiz von Banh besagte.

Er hätte sicher nach einem Diener läuten können, um heißes Wasser und neue Kleider zu verlangen, aber er wagte es nicht. Ohne die schmutzige Kleidung oder auch nur die Stiefel auszuziehen, ließ er sich auf die Satinsteppdecke fallen und sank in einen traumlosen Schlaf.

Am folgenden Morgen wurde eine von Marikani unterzeichnete Mitteilung an alle Würdenträger des Hofs herausgegeben. Darin wurde Arekhs Ernennung zum Geheimen Rat bekannt gegeben und darauf hingewiesen, dass er für Vatermord und Meuchelmorde in den Fürstentümern von Reynes verurteilt worden war.

Am Nachmittag rief sie der Hohepriester zur ersten Anhörung in den Tempel des Um-Akr.

Der Tempel lag etwas abseits vom Westflügel des Palasts neben dem großen Kuppelbau zu Ehren des Arrethas. Die Kuppel erhob sich angeblich genau über dem Ort, an dem Arrethas die Prinzessin abgesetzt hatte, die Harabec gegründet hatte – die Prinzessin, die natürlich mit seinem Kind schwanger gewesen war.

Der Kuppeltempel des Arrethas war einer der größten der Königreiche – nur der von Reynes übertraf ihn noch an Größe und Reichtum. Die Säulenhalle, die Um-Akr, dem Hüter der Gerechtigkeit, geweiht war, wirkte dagegen klein. Um-Akrs Priester, ein hochgewachsener, bärtiger Mann, der sie am Eingang mit vielen Verbeugungen empfing, hatte zu diesem Anlass seinen Platz dem Hohepriester überlassen.

Sie durchquerten den Gebetsraum, um in den dahinterliegenden Gerichtsgraben zu gelangen. Um-Akr war der Hüter der Gerechtigkeit; daher wurden seine Priester häufig in die großen Städte gerufen, um über zivilrechtliche Fälle zu urteilen, wenn die Bürger beschlossen, das göttliche Urteil anzurufen. Die Priester des Um-Akr maßten sich auch das Recht an, über Häresieanklagen und alle sonstigen Anschuldigungen zu richten, die religiöse Angelegenheiten betrafen.

Hier, im Palast von Harabec, wurde der Gerichtsgraben sicher nur selten genutzt. Soweit Arekh wusste, hatte es hier seit Jahrhunderten keine Häresieanklage mehr gegeben.

So würde Halios' Anklage trotz ihrer Unangebrachtheit und Lächerlichkeit in die Geschichte des Landes eingehen. Halios zweifelte die Identität einer Erbin des Arrethas an – einer Töchter der Götter. Schlimmer noch: Er warf ihr vor, eine Dämonin der Abgründe zu sein, eine Inkarnation des absoluten Bösen, der sterneverschlingenden Dunkelheit. Ja – kein anderer als der Hohepriester des Landes konnte sich mit dieser Sache befassen, und der Blick des Gottes musste angerufen werden, um ein Urteil zu fällen.

Er glaubt nicht daran, dachte Arekh, als er zusah, wie der dünne Mann mit den harten Zügen die Stufen am Ende des Gerichtsgrabens emporstieg, um seinen Richtersitz einzunehmen. Er glaubte nicht daran, und wie hätte er auch daran glauben können? Es musste allen bekannt sein, wie ehrgeizig Marikanis Cousin war, und sein Plan war offensichtlich.

Aber Halios hatte geschickt gespielt. Man scherzte nicht mit Dämonen und dem Blut des Arrethas. Er würde seinen Prozess bekommen.

Der Graben war wie ein Amphitheater beschaffen: Hölzerne Bänke waren für mögliche Zuschauer vorgesehen, aber an diesem Tag gab es keine. Bis auf den Hohepriester, seine beiden Assistenten und den Priester des Um-Akr, der sich diskret ans Ende des Raums gesetzt hatte, um die Sitzung zu verfolgen, waren nur vier Menschen anwesend: Marikani, Lionor, Arekh und Halios.

Halios baute sich zur Rechten im Graben auf, auf dem

Stern aus weißem Stein, der in den Boden eingelassen war, um den Platz des Anklägers zu markieren. Marikani stellte sich zur Linken auf den Stern aus schwarzem Stein.

Der Hohepriester eröffnete das Verfahren und forderte dann Halios auf, sich zu erklären. Dieser wiederholte, was er bei Marikanis Ankunft gesagt hatte: Er hatte durch das Nachrichtennetz von Harabec Gewissheit erlangt, dass Marikani in den Bergen von einem Offizier der Armee des Emirs getötet worden war, noch vor dem Pass, nachdem sie von der kiranyischen Galeere entkommen war. Die Hexenmeister in seiner Begleitung hatten danach einen Dämon der Abgründe beschworen und ihm durch Magie das Aussehen Marikanis verliehen. Halios verkündete, dass er Zeugenaussagen mehrerer Soldaten erhalten hätte, die alle das Ritual mit angesehen hätten, ebenso wie die des Offiziers, der Marikani geköpft hätte.

Bei diesen Worten betastete Marikani betont ihren Hals, wie um sich zu vergewissern, dass ihr Kopf noch festsaß. Lionor lächelte, und einer der Assistenten verbarg seine Erheiterung, indem er den Blick abwandte. Der Hohepriester seinerseits zuckte nicht mit der Wimper. Er verkündete, dass er die Briefe der Zeugen aufmerksam gelesen hätte.

Marikani legte in einfachen Worten dar, was geschehen war, seit sie den Strand betreten hatte. Sie hielt sich nicht damit auf zu schildern, wie sie die Galeerensträflinge gerettet hatte, sondern sagte nur, dass es drei Überlebende des Schiffbruchs gegeben hätte und dass zwei von ihnen sich entschlossen hätten, sie zu begleiten. Dann fasste sie ihre Reise zusammen. Als sie fertig war, ließ der Hohepriester Lionor aufrufen. Sie trat zwischen Halios und Marikani.

»Ehari Lionor Mar-Arajec, Tochter des Pagins Astour«, sagte der Hohepriester.

Die junge Frau verneigte sich.

»Könntet Ihr uns wohl, indem Ihr Euer Herz Um-Akr öffnet, Stück für Stück jedes einzelne Ereignis des Tages erzählen, an dem ihr mit der Angeklagten den Pass überschritten habt?«

Lionor tat mit klarer, volltönender Stimme wie geheißen, und Arekh spürte, wie ihn Übelkeit überkam. Seit seiner Ankunft bei Hofe hatten ihn andere Sorgen beschäftigt, aber trotz des stummen Waffenstillstands erschien ihm die Lüge über Lionors Abstammung immer noch so schwarz wie zuvor. Ja, er war ein Verbrecher, ja, seine Taten hatten schon vor langer Zeit dafür gesorgt, dass die Götter den Blick von ihm abgewandt hatten, aber wenigstens war er ein Mensch, ein Kind, das wie alle anderen unter Lâs Segen geboren war. Lionor … Lionor war – wenn er denn recht hatte, und all seine Sinne riefen ihm zu, dass er recht hatte – die Tochter von Sklaven, eines verfluchten Volks mit schwarzer Seele. Ihre Natur war von Grund auf schlecht, und selbst, wenn sie Marikani aufrichtig liebte, selbst, wenn sie ihr treu ergeben war, konnte ihr Einfluss nur schädlich sein.

Und nun stand sie hier, verschleierte ihre wahre Natur an einem heiligen Ort, den Mitglieder ihres Volkes noch nicht einmal tot betreten durften. Und der Hohepriester sprach einen Namen aus, der nicht der ihre war, und sie verneigte sich, als hätte sie das Recht, diesen Namen zu tragen, obwohl die Statue des Gottes nur einige Schritte entfernt stand.

Darin lag etwas so abgrundtief Böses, dass Arekh die Vorstellung verabscheute. Und wenn er dann noch darüber nachdachte, was *er* getan hatte … Halios hätte sich ins Fäustchen gelacht, wenn er die Wahrheit gekannt hätte. Die beiden Zeugen, die einzigen lebenden Wesen, die beweisen konnten, dass seine Behauptungen falsch waren, waren eine verkleidete Sklavin und ein Vatermörder.

Als Lionor zu sprechen aufgehört hatte, wandte sich der Priester Arekh zu. Er trat vor und rechnete mit allem.

Halios ließ ihn nicht warten. »Dieser Mann hat seine Familie niedergemetzelt!«, rief er und deutete auf Arekh. »Von allen Verbrechen hat er das schlimmste begangen, sich das schwärzeste aller Vergehen ausgesucht – und doch wollt Ihr ihn heute anhören? Aus dem Munde dieses Mannes kann nur die Schlange der Lüge hervorkommen!«

Arekh warf ihm einen finsteren Blick zu. »Die Lüge ist die Frucht des Ehrgeizes – nicht die der Gewalt«, verkündete er. »Warum sollte ich es nötig haben, meine Feinde zu belügen, wenn ich sie doch töten kann?«

Kurz herrschte Schweigen; Halios starrte Arekh mit offenem Mund an. Sein Gesicht war hasserfüllt. Ein Gesicht, in dem sich noch der Bluterguss befand, den der Fausthieb vom Vorabend verursacht hatte.

»Die Verbrechen, die der Zeuge begangen hat, hindern das Gericht nicht daran, sein Zeugnis anzuhören, sofern der Zeuge vor Um-Akr schwört, die Wahrheit zu sagen«, verkündete der Hohepriester. »Arekh es Morales von Miras, wir fordern Euch hiermit auf, vor dem Gott zu schwören, dass Ihr nach bestem Wissen und Gewissen aussagen werdet.«

Arekh wiederholte langsam die rituellen Worte und spürte, wie sie in der Luft rings um ihn vibrierten und an diesem geweihten Ort unter dem Blick des Gottes Kraft erlangten. Er begann seinen Bericht seltsam gerührt. Er hatte sich immer gesagt, dass irgendwann ein Tag, an dem er vor Gericht stand, sein Ende sein würde und dass das

Urteil der Götter irgendwann auf ihn herabfahren würde, um ihn in den Abgrund zu werfen, den er so sehr verdiente.

Und nun stand die Um-Akr-Statue neben ihm, und seine Verbrechen waren allen bekannt – und doch war sein Ende noch nicht gekommen, und doch konnte er sprechen, ohne zu lügen, und sogar jemanden verteidigen, der es verdiente.

Um-Akr galt bei manchen Völkern auch als Gott der zweiten Chance. Wurde Arekh heute eine geschenkt?

Die Sitzung dauerte noch mehrere Stunden, während derer Lionor und Arekh mit Fragen gequält wurden und Marikani Halios beschuldigte, sich alles aus den Fingern gesogen zu haben. Sie forderte, die Echtheit der Briefe und Zeugenaussagen zu überprüfen. Schließlich unterbrach der Hohepriester die Sitzung – und zur Verzweiflung Marikanis, die gerne alles rasch geregelt sehen wollte, wurde die nächste Sitzung erst fünf Wochen später angesetzt. Der Hohepriester wollte die Echtheit der Beweismittel überprüfen lassen, den Lauf der Sterne und die Vorzeichen betrachten, spezielle Gegenstände aus dem Großen Tempel von Reynes kommen lassen – sakrale Objekte, die, wie es hieß, erlaubten, die Natur der Seelen zu lesen, so dass er Marikanis Seele würde sehen können.

Kurz und gut, Arekh kam zu dem Schluss, dass der Hohepriester dafür sorgte, dass er nicht sofort eine Entscheidung fällen musste. Er hörte – finster, aber kaum erstaunt –, wie Lionor den Hohepriester darum bat, von der Wahrheitszeremonie, die für den folgenden Tag geplant war, ausgenommen zu werden. Die Zeugen mussten Wahrhaftigkeit geloben, indem sie ihre Hand in die der Statue von Um-Akr legten … Aber sie konnte, wie sie erklärte, nicht anwesend sein, weil sie aufbrechen musste, um ihrer Familie im Süden von Harabec einen Besuch abzustatten.

Sie würde natürlich vor der nächsten Gerichtssitzung zurück sein.

Arekh wandte den Blick ab. Natürlich. Lionor konnte nicht die Hand des Gottes berühren und den Schwur ablegen, weil ihre Natur selbst Lüge war. Man konnte sich denken, was ein verhöhnter Gott mit jemandem tun würde, der in seinem Tempel bei der Berührung seiner Statue einen Meineid schwor.

Lionor konnte dieses Risiko nicht eingehen.

Der Hohepriester stimmte zu, und Arekh schluckte seinen Zorn hinunter.

Als er zur Tür ging, sah er, dass noch jemand alles mit angesehen hatte – Harrakin, Halios' Bruder, der junge Mann im purpurroten Wams, den er bemerkt hatte, als sie den Palast erreicht hatten. Harrakin lehnte am Ende des Grabens an der Wand und hatte das Gespräch mit angehört. Aber Lionor schien ihm völlig gleichgültig zu sein – Arekh war derjenige, den er mit einer gewissen Aufmerksamkeit musterte.

Halios verließ den Raum und ignorierte Marikani betont. Harrakin dagegen wartete, bis sie auf ihn zutrat, und küsste ihr zum Gruß die Hand. »Cousine, Ihr seid noch immer genauso hinreißend und redegewandt wie immer«, verkündete er, als er sich wieder aufrichtete.

Er schenkte ihr ein breites Lächeln, und Arekh erlebte die unangenehme Überraschung, Marikani in Reaktion darauf erröten zu sehen. Ohne ihre Hand loszulassen, fuhr Harrakin fort: »Wenn die Hexer des Emirs Euch verändert haben, haben sie gute Arbeit geleistet. Es kann nicht einfach gewesen sein, all Eure Vorzüge zu kopieren, und ich hätte nicht gedacht, dass die Dämonen der Abgründe so viel Charme haben.«

»Cousin, wie gewöhnlich ruiniert ihr den Effekt, indem Ihr es zu weit treibt«, sagte Marikani, ohne ihr Lächeln abzulegen. »Und trotz all Eurer Komplimente habt Ihr Halios' Anklageschrift unterzeichnet.«

»Nun, Ihr wisst ja, wie mein Bruder ist«, sagte Harrakin mit einem Schulterzucken. »Ihr wisst, dass meine familiäre Situation mir bestimmte Freiheiten verwehrt. Soll mich das daran hindern, mit Euch zu sprechen? Sind wir jetzt Feinde?«

»Aber keineswegs, Cousin.«

Sie verließen den Tempel; Arekh und Lionor gingen zwei Schritte hinter Marikani und Harrakin.

»Eure Rückkehr ist nicht sehr glücklich verlaufen«, sagte Harrakin. »Ich habe im Roten Salon ein kleines Essen vorbereitet. Vashni wird anwesend sein, auch der Botschafter von Sleys, Herradon und seine Schwester und natürlich Banh. Kommt, wir können das Ende unserer Schwierigkeiten endlich feiern, wie es sich gehört … Fräulein Mar-Arajec«, fügte er an Lionor gewandt hinzu, »es wäre eine Ehre, wenn Ihr uns die Freude Eurer Anwesenheit machen könntet.«

Sein Blick huschte über Arekh, aber er sagte nichts weiter, bevor er sich wieder umdrehte und Marikani am Arm nahm.

»Cousine, erlaubt mir auch, Euch dorthin zu bringen«, sagte er mit plötzlich ernster Stimme. »Mein Bruder ist … Nun ja, sagen wir es so: Es könnte alles geschehen. Ihr braucht für ein paar Tage einen Mann, auf den Ihr Euch verlassen könnt, falls …«

Marikani wandte sich zu Arekh um.

»Ich bin da«, sagte dieser schlicht.

Harrakin ließ Marikanis Arm los, und die beiden Männer musterten sich einen Moment lang, bevor Harrakin sich mit einem völlig natürlich wirkenden Lächeln wieder umdrehte. »Sehr gut! Dann bin ich ja erleichtert.«

Er zog Marikani mit sich in die Gärten und erzählte ihr mit heiterer Stimme den neuesten Hofklatsch.

Kapitel 13

Das Hofleben ging bald wieder seinen gewohnten Gang. Marikani war am Morgen, der nach den Traditionen Harabecs dem Privatleben vorbehalten war, unsichtbar. Im Palast verlief dementsprechend alles gemächlicher, zumindest für die Adligen und ihre Gäste, die langsam in ihren Gemächern erwachten; die Sekretäre, Assistenten, Mitglieder des Gefolges, Diener, Sklaven und andere einfache Leute waren bereits beschäftigt, lasen, putzten, verhandelten, kochten oder gärtnerten, je nachdem, worin ihre Aufgabe bestand. Dann kamen die Mittagessen, die generell privat eingenommen wurden, bevor im Laufe des Nachmittags der Palast zu einem Bienenstock wurde, während die Temperatur stieg. In anderen heißen Regionen markierte der Beginn des Nachmittags den Beginn der Ruhephase, zu der man sich in die dunklen, kühlen Innenräume zurückzog. Nicht so in Harabec. Der Palast war Verella geweiht, und überall floss Wasser in kleinen Rinnen aus rosa Marmor, die manchmal ein oder zwei Fuß breit waren, sprudelte in Springbrunnen oder ruhte in Becken, bevor es wieder zurückfloss.

Viele Adlige lebten freiwillig das ganze Jahr über im Palast und ließen ihr eigentliches Zuhause irgendwo auf dem Lande zurück, um hier, im politischen Zentrum des

Staates, ihren Geschäften nachzugehen. Sie arbeiteten also in der Sonne, geschützt von riesigen Baldachinen, in den Gärten oder auf den Höfen. Die Korridore und Schreibzimmer waren überlaufen. Boten, Diener und Sekretäre trafen sich unter Bäumen, um die Handelsströme des Landes zu regeln. Marikani hatte sich in ihr Schreibzimmer zurückgezogen und sah die Sonnenstrahlen nur durch die Fenstertüren, die auf kleine, private Höfe hinausgingen, die niemand betreten durfte.

Wenn die Sonne unterging, verlangte die Tradition, dass die Adligen und Würdenträger des Hofs sich in den Bädern trafen – Männer und Frauen gemeinsam – und sich nackt zu Ehren Verellas reinigten. Die Diener trugen schmackhafte Speisen und Getränke auf, aromatisierte Tees, Honig- und Früchtekuchen, kaltes Fleisch, Obst und Brot, und die Höflinge räkelten sich neben steinernen, mosaikenverzierten Schwimmbecken, unter dem Schutz offener Säulenhallen, zwischen deren Pfeilern hindurch sie die Abenddämmerung herabsinken sahen und die ersten Nachtinsekten singen hörten.

Düfte stiegen aus dem Garten auf, Intrigen wurden gesponnen, Liebschaften kamen in einem Blick oder einem Lächeln zum Ausdruck, und politische Bündnisse wurden in Gesprächen geschlossen oder aufgekündigt. Danach musste man sich entscheiden, womit man die Nacht beginnen wollte, ob bei einem Ball, einer Abendgesellschaft in den großen königlichen Sälen des Hauptgebäudes oder einem der privaten Feste, die von diesem oder jenem, der Rang und Namen hatte, gegeben wurden – oder noch besser, in den verschwiegenen Gemächern, in denen Halios oder Marikani einige Vertraute empfingen, nachdem sie sich auf den Bällen hatten sehen lassen, die ihnen wichtig erschienen. Man ging im Park spazieren, verlor sich in

Bosketten oder im Wald des zweiten Mauerrings, sah dem Tanz der Monde zu oder unterhielt sich über den Lauf der Sterne und versuchte, die Zukunft daraus zu lesen.

Die Kühnsten warteten, bis zwischen den Statuen die Morgendämmerung anbrach, bevor sie in ihre Zimmer zurückkehrten, die für die am meisten vom Glück begünstigten luxuriös waren, für die, die noch nicht in hoher Gunst standen, dagegen nur aus Kammern unter dem Dach bestanden. Diese hatten vielleicht Grundstücke in der Hauptstadt, Ländereien und eine Burg in der Provinz, aber sie zogen es vor, in einer Mansarde zu hausen, statt sich von dem Ort zu entfernen, an dem die wahre Macht wohnte.

Der Prozess warf seine Schatten voraus. Halios und Marikani teilten sich offiziös den Palast. Halios hielt im Ostflügel Hof und beschwor seine Anhänger, Geduld zu haben, da die Wahrheit nicht lange brauchen würde, um ans Licht zu kommen. Er tat, als müsse er sich gegen den »schädlichen Einfluss dieser Kreatur der Abgründe« schützen, indem er mächtige Talismane an einer Halskette trug. Er war der Einzige. Sogar die, die lauthals seinen Kampf unterstützten, fürchteten sich nicht davor, Marikani auf den Korridoren zu begegnen; sie machten noch nicht einmal die Schutzgeste, mit der man Fìr anrief.

»Ich verstehe nicht, worauf Halios hofft«, verkündete Vashni, die wunderschöne Frau, die Arekh gleich am ersten Tag bemerkt hatte, als sie Marikani zugerufen hatte, sie solle Halios mit einem Blitz erschlagen.

Vashni saß halbnackt auf den bläulichen Mosaiken, während heiße Dampfschwaden aus dem warmen Becken neben ihr aufstiegen. Diener gossen regelmäßig Kellen kochenden Wassers hinein, um es wieder aufzuwärmen. Vashni warf gedankenverlorene Blicke zu ihnen hinüber, sah ihnen aber nie in die Augen. Für sie hatten sie keine Konsistenz, waren nicht wirklich. Das war kein Standesdünkel – auch die Adligen hatten für sie keinen höheren Wirklichkeitsgrad, solange sie der Macht nicht nahestanden. Und der geringste Sekretär hatte – selbst, wenn er ein Bauernsohn war – das Recht auf ihre volle Aufmerksamkeit, wenn er eine Schlüsselposition in Marikanis Gefolge innehatte. Dann spielten seine Herkunft oder sein Vermögen keine Rolle …

Oder seine Vergangenheit.

Sie schenkte Arekh ein höchst verführerisches Lächeln. »Niemand glaubt seine Geschichte. Der Hohepriester ist gezwungen, diesen Prozess zu führen, das ist normal. Er würde sich ins Unrecht setzen, wenn er angesichts solch einer schwerwiegenden Anklage nicht ermitteln würde. Aber sie ist lächerlich, und das wissen alle. Marikani hat nichts von einem Gespenst an sich, dessen sind sich die Höflinge sehr wohl bewusst! Der Prozess wird allerdings Wochen dauern, wird das Leben des Hofes erschweren, wird eine Reihe wichtiger Entscheidungen aufhalten … Dann wird der Hohepriester Marikani im Amt bestätigen, und Halios wird sich noch unbedeutender als zuvor wiederfinden. Er wird nichts gewonnen haben, abgesehen davon, dass er den Spott einer ganzen Generation auf sich gezogen haben wird! Und Marikani wird die Prüfung bestehen, das weiß ebenfalls alle Welt. Sie ist stark. Stärker, als die meisten Könige Harabecs es in letzter Zeit gewesen sind.«

Arekh dachte daran, wie Marikani außer sich vor dem Leichnam der kleinen Sklavin unterhalb der Stadtmauer der Tränenstadt gestanden hatte. Stark? Ja, das war sie. Aber er hatte an ihr bestimmte Züge und seltsame Schwächen wahrgenommen, die am Hof ohne Zweifel niemand kannte. Sie trug in diesem Palast eine Maske. *Wie über-*

haupt alle, dachte er. Alle Menschen trugen Masken und ließen sie nur in den schwersten Momenten fallen, die sie mehr als alle anderen auf die Probe stellten.

Er hatte gesehen, was sich unter Marikanis Maske verbarg.

»Ihr wisst das vielleicht nicht, weil Ihr aus Reynes stammt, Eheri Arekh«, fuhr Vashni in verschwörerischem Ton fort, »aber Marikanis Onkel, der letzte König, war vollkommen verrückt! Ich erinnere mich, ihn im Ballsaal des rosafarbenen Gebäudes gesehen zu haben, als ich noch ein kleines Mädchen war: Seine Augen waren blutunterlaufen, und er hatte fürchterliche Tobsuchtsanfälle. Seine Sekretäre führten die Regierung, so gut sie irgend konnten, die Armen. Und seine Söhne waren nicht besser. Das hat man davon, wenn man seine Schwester heiratet, dunkles Blut hin oder her!« Vashni senkte die Stimme. »Ich kann Euch sagen, dass in Sleys Ehen zwischen Mitgliedern derselben Familie von den Priestern verboten sind. Man sagt, dass sie verflucht seien. Aber hier ist das den Leuten gleichgültig, zumindest, wenn sie zur Königsdynastie von Harabec gehören.«

»Sie wollen das Blut des Arrethas bewahren«, sagte Arekh, »das versteht sich von selbst.«

»Vielleicht, aber wir können den Göttern danken, dass die Seuche einen ganzen Zweig der Familie hinweggerafft hat – möge Fîr mir verzeihen! Unsere kleine Marikani ist ein wahres Geschenk des Himmels oder wäre es zumindest, wenn dieser Dummkopf Halios sie nur regieren lassen würde …«

Niemand außer Vashni konnte es sich erlauben, mit solcher Vertraulichkeit über die Mitglieder der Königsfamilie zu sprechen – die entzückende Hofdame hatte einen Sonderstatus, der nicht zuletzt ihrem gewaltigen Vermögen geschuldet war. Ihr Vater, der zur Herrscherfamilie von Sleys gehörte, hatte eine Nichte des letzten Königs von Harabec geheiratet, und ein gutes Viertel des fruchtbaren Bodens in den Ebenen gehörte ihnen. Vashni ihrerseits hatte auch eine sehr gute Partie gemacht und sich, nachdem ihr Mann gestorben war, am Hof niedergelassen, wo sie ihre Zeit damit verbrachte, ihr Vermögen zu verwalten und zu intrigieren. Obwohl sie in allen sonstigen politischen oder privaten Bindungen unzuverlässig war, war sie Marikani treu ergeben. Warum? Schwer zu sagen. Vielleicht, weil Marikani eine Frau war. Auf jeden Fall durfte man Vashnis Einfluss nicht vernachlässigen – ebenso wenig, wie man ihre Intelligenz unterschätzen durfte, nur weil sie ohne rechtes Ziel daherzureden schien.

Ja, dachte Arekh erneut, *bei Hofe tragen alle Masken …*

Da erschien Marikani, in ein leichtes, tiefrotes, goldbesticktes Badekleid gehüllt; ihre langen braunen Haare fielen ihr aufgelöst bis zu den Hüften. So einfach gekleidet war sie eine atemberaubende Schönheit – und das, obwohl andere Frauen am Hof regelmäßigere Züge oder eine üppigere Figur hatten, die vielleicht der derzeitigen Mode eher entsprachen.

Nachdem sie einige Worte an die nächsten Höflinge gerichtet hatte, ließ Marikani ihr Kleid zu Boden gleiten und trat nackt in ein Becken, um mit der Reinigung zu beginnen.

Arekh wandte den Blick ab.

»Ihr solltet Euch in Acht nehmen«, sagte Vashni hinter ihm.

Arekh wandte sich wieder ihr zu und sah, dass Vashni ihn beobachtete; ihre schwarzen Augen funkelten. Jeder Anflug von Leichtigkeit war aus ihrem Gesicht verschwunden.

»Ich höre«, sagte er mit einer Kopfbewegung, die anzeigte, dass er die Veränderung bemerkt hatte.

»Harrakin kennt zahlreiche Meuchelmörder«, erklärte sie mit gesenkter Stimme und wies mit dem Finger auf ein Detail des Mosaiks, um den Anschein zu erwecken, dass sie sich über Kunst unterhielten. »Und dieser Palast hat viele Gänge, die dunkel und verlassen sind. Manchmal verschwinden Leute« – sie schnippte mit den Fingern – »einfach so.«

»Warum sollte Harrakin mir etwas Böses wollen?«

»Ihr wisst um seine Heiratspläne.«

Arekh nickte erneut. Er war erst seit drei Wochen am Hof und hatte doch schon den Eindruck, über alle Gerüchte und Intrigen des Palastes auf dem Laufenden zu sein. Darunter waren einige, um die er lieber nicht gewusst hätte – etwa der Klatsch, der sich auf Marikani und Harrakin bezog. Harrakin war weitaus beliebter als sein Bruder, und die Priester drängten, genau wie Banh, Marikani seit Jahren, ihn zu heiraten. Der Plan war kein Geheimnis, und der Hof scherzte oft darüber. Man wusste nicht, ob die beiden Verwandten je darüber gesprochen hatten, und niemand kannte Harrakins letztes Wort in der Angelegenheit. Er schwankte anscheinend dazwischen, für seinen Bruder oder für seine mögliche Verlobte Partei zu ergreifen, und obwohl er bei dem Prozess offiziell Halios unterstützte, erwies er Marikani allen schuldigen Respekt.

Mit einem Wort: Er war unentschlossen.

Marikani schritt anmutig durchs Bad. Sie tauchte ihre langen Haare ins Wasser und schüttelte dann lachend den Kopf, bevor sie sich mit den Armen auf den Beckenrand stützte und ein Gespräch mit einem Höfling begann, der sich gebückt hatte, um mit ihr zu reden.

»Nun?«, fragte Arekh und sah Vashni wieder an.

Die Hofdame seufzte. »Für einen Mann Eures Rufs erweist Ihr Euch als recht naiv, Eheri Arekh. Ihr seid wochenlang mit Marikani auf Reisen gewesen, und das in einer Nähe, die … durch die Umstände erzwungen war. Ihr seid ein Mann von äußerst zweifelhaftem Ruf – und nun nimmt Euch Marikani gleich bei Eurer Ankunft am Hof als Ratgeber und Leibwächter an. Ihr weicht ihr nicht von der Seite. Was glaubt Ihr, was die Leute da denken?«

Arekh starrte sie mit offenem Mund an. Vashni hatte recht; er war naiv. »Oh. Ich verstehe«, sagte er schließlich.

»Bemüht Euch nicht erst, den Ruf der Dame zu verteidigen, ich weiß, dass Ihr sie nicht angerührt habt. Das merkt man an der Art, wie Ihr sie anseht … Und das ist eine weitere Gefahr«, fügte Vashni mit einem seltsamen Unterton hinzu, während Marikani aus dem Becken stieg und das Wasser von ihrer braunen Haut abperlte. »Seid vorsichtig – auch in der Hinsicht. Andere haben sich schon die Flügel verbrannt.«

Marikani zog sich zurück, um sich wieder anzukleiden, und ließ Arekh zuvor noch wissen, dass sie sich danach in den Festsaal begeben würde, in dem der große Ball des Abends stattfinden sollte. Sie hatten keine Abmachung getroffen, und doch hatte Arekh, wie Vashni erwähnt hatte, nach und nach die Rolle des Leibwächters neben der des Ratgebers übernommen.

Marikani hatte ihm alles anvertraut, was sich aus dem Vertrag ergab, den sie mit Viennes in der Tränenstadt unterzeichnet hatte. Der Vertrag musste vom Hohen Rat der Fürstentümer ratifiziert werden. Um das zu erreichen, war eine ganze Reihe von diskreten diplomatischen Missionen nötig: Bestechungsgelder, heimliche Zusicherungen … Das war eine Aufgabe, für die Arekh in der Tat alle notwendigen Fähigkeiten mitbrachte.

Arekh war Marikani zu den meisten Veranstaltungen gefolgt, an denen vielleicht auch Halios teilnehmen würde, nur für den Fall, dass Halios sich zu einer unbedachten Tat hinreißen ließ.

Da gleich am Tag nach ihrem Gespräch in der Anzeige von Arekhs Ernennung erwähnt worden war, dass er in den Fürstentümern für Vatermord und Meuchelmorde verurteilt worden war, hatte Arekh mit dem Schlimmsten gerechnet, aber die Reaktionen waren sehr unterschiedlich ausgefallen. Ganz gleich, welches Entsetzen seine Vergangenheit hervorrufen mochte, er nahm nun eine Schlüsselposition in Harabec ein, die weitaus wichtiger war, als er es sich vorgestellt hatte, und die meisten Höflinge fühlten sich gezwungen, mit ihm auf gutem Fuß zu stehen.

In ihren Blicken hatte er alles gelesen: Faszination, Ablehnung, Neugier und sogar eine gewisse Bewunderung. Und Furcht. Ja, Furcht. Arekh hatte mit einem gewissen Erstaunen bemerkt, dass man ihn für weitaus gefährlicher hielt, als er in Wirklichkeit war.

Die Umstände hatten ihm eine Aura verliehen, die über seine Person hinausging.

Er war plötzlich an Marikanis Seite aufgetaucht, als sei er aus dem Nichts erschienen. Seine Vergangenheit war kriminell, seine Handlungen rätselhaft. Er hatte Halios geschlagen. Er folgte Marikani wie ein Schatten. Ja, die Höflinge hatten Angst, und es fehlte nicht viel, und sie hätten ihm noch übernatürliche Kräfte zugeschrieben.

Warum nicht? Furcht war immer noch angenehmer als Abscheu.

Aber Arekh erkannte sich in diesem Spiegelbild nicht wieder – oder besser gesagt nicht *mehr*. Vor einigen Jahren hätte er es zu schätzen gewusst, gefürchtet zu werden, hätte sogar damit gespielt …

Jetzt war er sich da nicht mehr so sicher.

Marikani war noch nicht eingetroffen, als Arekh den Ballsaal betrat und den Raum in Augenschein nahm. Weder Halios noch Harrakin waren anwesend, aber ein neues Gerücht machte die Runde im Saal: Der Hohepriester würde den Prozess vorverlegen.

Lor Mestina, der von allen auf dem Fest Anwesenden den höchsten Rang bekleidete, war mit einigen anderen Adligen in ein angeregtes Gespräch darüber verstrickt. Sie schwiegen sofort, als Arekh sich ihrer Gruppe näherte. Arekh sprach mit niemandem. Er schenkte sich Tee ein und wartete nahe an einer Wand, während die Adligen Karten spielten und miteinander plauderten. Ein wenig weiter entfernt erklang Musik, aber nur drei Paare tanzten bisher; die anderen waren zu sehr mit den Neuigkeiten beschäftigt.

Ein Mann mittleren Alters, gut gekleidet, aber mit nach Alkohol stinkendem Atem, trat auf Arekh zu – um ihm ohne Einleitung zu verkünden, dass er die Heimatgegend der Morales gut kannte und dass die Familie erst seit zweihundert Jahren adlig sei, was aus Arekh einen Emporkömmling mache. Er wiederholte dieses Wort noch zwei Mal und berauschte sich geradezu an seiner Beleidigung. Arekh fragte sich gerade, ob er sich gekränkt fühlen sollte, als ein Bote erschien, um ihm zu sagen, dass Marikani ihn in ihr Amtsschreibzimmer bat.

Sie hatte, wie der junge Mann sagte, einen wichtigen Brief erhalten, dessen Inhalt sie mit ihm besprechen wollte.

Da Arekh nicht wusste, wo sich das Amtsschreibzimmer befand, bot ihm der Bote an, ihn hinzuführen, und Arekh folgte ihm auf den Hof hinaus.

Der junge Mann kannte den Palast gut. Er ging auf einen der Nebeneingänge des Südflügels zu und schloss ihn mit einem Schlüssel auf, den er um den Hals trug. Arekh folgte ihm hinein und lernte so einen der vielen Teile des Palastes kennen, die er noch nicht gesehen hatte. Sie gingen einen endlosen, dunklen Korridor hinauf und erblickten hinter halboffenen Türen Räume, die im Schatten lagen und in denen sich Schreibzimmer, Bänke und gelegentlich kleine Amphitheater befanden – ein Labyrinth der Verwaltung, das ohne Zweifel seit Jahrzehnten nicht mehr genutzt wurde.

Das Licht der Monde drang kaum durch die staubigen Fensterscheiben, und Arekh vertrieb sich die Zeit damit, sich die Arbeit eines Baumeisters vorzustellen, der einen Grundriss des Gebäudes zeichnete. Generationen von Herrschern waren in diesem Palast aufeinandergefolgt; jeder hatte versucht, eine Spur zu hinterlassen, indem er ein neues Gebäude, einen neuen Tempel, einen neuen Palastflügel, neue Weinkeller oder Waffenkammern hatte anlegen lassen. Der Palast wäre ein wahrer Albtraum für jeden gewesen, der die wahnsinnige Idee gehabt hätte, Ordnung hineinbringen zu wollen.

Arekh war so in Gedanken gewesen, dass der Bote einen Vorsprung gewonnen hatte; die Schritte des jungen Mannes entfernten sich und hallten seltsam in dem verlassenen Korridor wider.

Verlassen.

Arekh erstarrte und hielt den Atem an; ein eisiger Schauer lief ihm über den Rücken.

Wie töricht er doch war! Vashni hatte recht: Er war einfach naiv. Früher hätte er sich nie so leicht in die Falle locken lassen – besonders, da er vor weniger als zwei Stunden in Worten, die keinen Raum für Zweifel ließen, gewarnt worden war.

Vashni hatte ihm *gesagt*, was geschehen würde. Sie hatte es ihm Wort für Wort erklärt. Ihr Spionagenetz musste ziemlich gut funktionieren, wenn sie Wind von dem, was sich abzeichnete, bekommen hatte, und da sie wohl glaubte, er sei für Marikani unentbehrlich, hatte sie ihn gewarnt.

Und er, Tor, der er war …

Er war es nicht wert zu leben.

Aber er hatte dennoch Lust darauf, und trotz des Entsetzens, das seine Glieder lähmte, versuchte er nachzudenken. Wie hätte er jemanden unter diesen Umständen ermorden lassen?

Der Bote hatte das Ende des Ganges erreicht und drehte sich um. Er sah Arekh reglos dastehen, weit hinter sich, und sagte kein Wort. Ihre Blicke begegneten sich, der Bote wandte die Augen ab und ging weiter, beschleunigte seine Schritte unmerklich, hastete auf die Tür zu.

Arekhs Herz pochte. Sollte er umkehren? Nein. Wenn er Männer hergeschickt hätte, um jemanden zu töten, hätte er sie an beiden Enden des Korridors postiert.

Er musste sich nicht erst umdrehen, um zu wissen, dass er nicht allein war. Hinter ihm oder in einem der Zimmer, an denen sie vorbeigekommen waren, befanden sich Meuchelmörder. Vielleicht schlichen sie bereits lautlos im Korridor näher. Und vor ihm waren auch welche, die sicher abwarteten, bis der »Bote« hinaus war, um dann einzugreifen.

Kein Bogen, keine Armbrust an solch einem beengten Ort. Sie würden ihn mit dem Messer töten, wie jeder zivilisierte Meuchelmörder es tun sollte.

Arekh machte einen Schritt vorwärts. In jedem Raum standen Bänke, wo Kläger darauf warten konnten, vorgelassen zu werden, aber die Füße der Bänke waren im Boden verankert – die Götter wussten, warum. Die Fenster waren mit Holzgittern versehen, die Scheiben waren klein, und die Holzsprossen würden einem einzigen Fausthieb nicht nachgeben.

Ein wenig weiter entfernt stand zwischen zwei Bänken ein Sessel. Arekh machte noch einen Schritt, dann noch einen, und war sich bewusst, dass jede verlorene Sekunde sein Ende bedeuten konnte. Aber er durfte sich seine Furcht nicht anmerken lassen, um den Verlauf des Geschehens nicht zu beschleunigen.

Dem Sessel fehlte ein Bein; er war in unsicherem Gleichgewicht an die Wand gelehnt. Eine hohe, dunkle, mit schön gearbeiteten Schnitzereien verzierte Holzlehne …

Etwas knackte hinter ihm, und Arekh begann zu laufen, so schnell ihn seine Beine trugen, ohne sich umzudrehen. Das Blut rauschte ihm in den Ohren und hinderte ihn, zu hören, ob er verfolgt wurde. Er erreichte den Sessel, hob ihn hoch und zerschmetterte, indem er alle Muskeln anspannte, das nächstgelegene Fenster, bevor er das Möbelstück fallen ließ und kopfüber ins Freie sprang.

Er rollte sich ab, um seinen Sturz abzufangen, und fand sich auf dem Pflaster eines kleinen Hofs wieder. Sein Herz setzte einen Moment lang aus. Abgeschlossen. Der Hof war in sich abgeschlossen.

Er hörte nichts hinter sich, und einige Sekunden lang schoss ihm der Gedanke durch den Kopf, dass er sich alles vielleicht nur eingebildet hatte … dass er sich gerade völlig lächerlich gemacht hatte und dass sich am Ende des Korridors der junge Bote fragte, was wohl in ihn gefahren war.

Nein. Da war jemand gewesen, das hatte sein Instinkt ihm zugeschrien. Er sah sich erneut um. Es gab keinen erkennbaren Ausgang: Alle Gebäude waren dunkel und verlassen, die Türen sicher verriegelt. Er eilte über den Hof auf eine Säulenreihe zu. Trotz der Dunkelheit hatte er dort einen Gang erspäht, der durch einen Torbogen ins Innere des Gebäudes führte.

Er rannte ...

... und plötzlich kamen sie über ihn.

Drei Männer, schwarz gekleidet, völlig stumm. Der erste riss Arekh zu Boden. Er spürte, wie eine Kordel um seinen Hals zugezogen wurde und ihm ins Fleisch schnitt. Der Schmerz war fürchterlich, und er verlor beinahe das Bewusstsein, doch in einem letzten Reflex gelang es ihm, sich herumzuwälzen und den, der ihn festhielt, mitzuziehen. Die Kordel lockerte sich ein wenig, und es gelang Arekh, sie seinem Gegner aus der Hand zu reißen, aber ein weiterer versetzte ihm mit dem Handgelenk einen Schlag gegen die Kehle, und er brach zusammen, während eine neue Kordel sich um seinen Hals schlang.

Er würde sterben, das begriff er plötzlich. Sehr präzise Gedanken huschten ihm durch den Sinn. Er hatte es nicht mit Schlägern zu tun, die für einen einfachen Mord angeheuert worden waren, sondern mit echten Meuchelmördern, die großes Talent hatten. Sicher stammten sie aus der Schule des Inyas-Tempels, dachte er, während eine Welle des Zorns über ihn hinwegschwappte und er sich wütend wehrte, indem er auf alles einschlug, was er erreichen konnte. Seine Hand berührte irgendetwas Weiches – ein Auge –, und er rammte die Finger hinein. Ein Schmerzensschrei ertönte, und zum zweiten Mal lockerte sich die Kordel.

Arekh spürte, dass man versuchte, seine Handgelenke zu fassen zu bekommen, aber so leicht würde er sich nicht überwältigen lassen. Er rappelte sich auf, riss sich los, indem er einfach geradeaus rannte, hörte einen Schwall von Flüchen und nahm die Beine in die Hand, wieder auf den Gang zu, so schnell es ihm außer Atem und mit den Schmerzen in Kehle und Muskeln möglich war.

Diesmal hörte er Schritte hinter sich – leicht, aber durchaus wirklich. Der Gang, dessen Boden von Mosaiken bedeckt war, führte quer durchs Gebäude und an einer imposanten Steintreppe vorbei, bevor er an einer breiten Holztür endete. *Wenn sie verschlossen ist, ist das das Ende*, dachte Arekh, der schon die Bewegung vorwegnahm, die er würde machen müssen, um herumzuwirbeln und die Treppe zu erreichen. Aber er hob den Riegel an, die Tür öffnete sich, und er fand sich in den Gärten wieder, auf der Kiesfläche, die das Gebäude umgab. Eine Gruppe Adliger, die von fünf fackeltragenden Soldaten begleitet wurde, starrte ihn verblüfft an.

Arekh kam wieder zu Atem und krümmte sich aufgrund seiner krampfartigen Bauchschmerzen, während erstauntes weibliches Gelächter aus der Gruppe ertönte.

Arekh drehte sich um. Niemand.

Das Gebäude war dunkel und verlassen.

Die Höflinge gingen weiter, und er folgte ihnen, blieb im Fackelschein, während die Adligen sich regelmäßig nach ihm umsahen und sich offenbar scheuten, ihm zu sagen, dass er sich entfernen sollte.

Schließlich erreichten sie das Hauptgebäude. Die Räume waren von flackerndem Licht erhellt; Höflinge und Diener kamen und gingen, während Musik aus den geöffneten Fenstern tönte.

Von plötzlicher Furcht ergriffen eilte Arekh im Laufschritt zu Marikanis Gemächern. Er fand dort nur zwei Dienerinnen auf dem Korridor vor, die ihm sagten, dass Marikani, nachdem sie sich für den Ball angekleidet hatte, in eines ihrer Schreibzimmer hinübergegangen sei, um sich dringenden Staatsgeschäften zu widmen.

Arekh eilte sogar noch schneller davon und stürmte geradewegs auf Marikanis Lieblingszimmer zu, das Herbstschreibzimmer; trotz des entsetzten Hüstelns des Wachsoldaten riss er einfach die Tür auf, ohne auch nur zu klopfen.

Marikani hob den Kopf. Kerzenschein erhellte flackernd ihre goldbraune Haut und ihr langes Haar.

Gegenüber von ihr saß Harrakin.

Kurz schwiegen alle. Dann fragte Marikani mit aufgerissenen Augen: »Arekh? Bei Fîr, was ist geschehen? Was ist mit Eurem Hals?«

Arekh fuhr sich mit der Hand über die Haut; als er sie ansah, war sie blutbefleckt. »Das ist nichts«, sagte er schließlich. »Eine Auseinandersetzung mit einem der Ballgäste. Er hat mich als Emporkömmling beschimpft. Ihm geht es gut«, fügte er hinzu, als er den besorgten Blick der jungen Frau sah. »Ich töte nicht zum Zeitvertreib Eure Höflinge, Ayashinata.«

»Ihr solltet Auseinandersetzungen vermeiden«, sagte Harrakin mit einem schönen Lächeln. »Eure Hemdbrust ist ganz fleckig, und mit Eurer Hose sieht es kaum besser aus.«

Die beiden Männer musterten einander eindringlich.

»Es tut mir sehr leid, dass ich Euch habe warten lassen, Arekh«, sagte Marikani, indem sie sich wieder über ihre Papiere beugte. »Harrakin hat mich im letzten Moment aufgehalten, da es beunruhigende Neuigkeiten aus dem Emirat gibt. Es scheint, dass unser Freund Truppen an seiner Südgrenze zusammenzieht.«

»Wirklich?«

»Ja, *wirklich*«, sagte Harrakin mit einem amüsierten Funkeln im Blick. »Aber es ist sehr liebenswürdig von Euch, dass Ihr hergekommen seid, um sicherzugehen, dass alles in Ordnung ist. Ihr könnt Euch jetzt zurückziehen. Ich kümmere mich um Marikani – nicht wahr, reizende Cousine?«

Diesmal hob Marikani den Blick. »Nun ja«, erwiderte sie, »mir wäre es lieber, wenn Arekh zu uns stoßen würde. Seine Meinung wird wertvoll für uns sein; er kennt die Gegend schließlich gut.«

Arekh setzte sich wortlos an den Tisch. Kurzes Schweigen trat ein, und Marikani versenkte sich wieder in den Bericht, während Harrakin Arekh taxierte.

Das ist eine Sache zwischen Euch und mir, schienen seine Augen zu sagen. *Und Ihr könnt mir nicht das Wasser reichen.*

Wir werden sehen, antwortete Arekh stumm.

Kapitel 14

Arekh verbrachte einen Teil des Tages damit nachzudenken. Er hatte einen Verdacht, und sein Verdacht wies ihm vielleicht den Weg, wie er gegen Harrakin vorgehen könnte. Sollte er nach einer Bestätigung suchen? Seinen Gegner zum Reden bringen?

Er stellte Nachforschungen an, schickte einige dringende Briefe ab, auf die er binnen zweier Tage Antwort erhielt, und sammelte genug Indizien, um zwar keinen Beweis, aber doch eine so starke Überzeugung zu haben, dass sie ihm nützlich sein konnte.

Und dann … Was tun? Erpressung war die offensichtlichste Lösung: Er konnte Harrakin damit drohen, die Wahrheit zu enthüllen, wenn dieser jemals irgendetwas gegen ihn unternahm. So konnte er sein Überleben aushandeln – und warum nicht auch ein wenig Geld zum Dank für sein Schweigen? Das wäre das Sicherste. Das wäre das, was er am Hofe von Reynes getan hätte.

Es war das, was er *früher* getan hätte.

Doch er wählte eine andere Lösung: die, Marikani aufzusuchen und ihr seinen Verdacht mitzuteilen.

Ehrlich zu sein. Die Wahrheit zu sagen. Arekh konnte ein Lächeln nicht unterdrücken, als er das Schreibzimmer betrat. Das war etwas Neues!

»Ich glaube, dass Harrakin die Hunde geschickt hat, die Euch in den Bergen verfolgt haben, und nicht der Emir«, sagte er, als er sich auf seinen gewohnten Platz gegenüber von Marikani setzte.

Marikani hob den Blick und musterte ihn einen Moment lang schweigend. Dann erhob sie sich, überzeugte sich, dass niemand vor der Tür stand, und verriegelte sie.

Sie setzte sich wieder, verschränkte die Arme und nickte Arekh zu fortzufahren.

»Als wir in den Brunnen hinabgestiegen sind …«

Er unterbrach sich, da er Marikanis Augen flackern sah, als ob eine Bilderflut über sie hereinbrach. Auch Arekh spürte, wie sich sein Herz ein wenig zusammenzog. Die Erinnerung an die aggressivere und zugleich aufrichtigere Beziehung, die sie auf der Flucht miteinander gepflegt hatten, war beinahe schmerzhaft. Alles hatte sich so abrupt verändert. Sie hatten einen Fuß auf den Kies vor dem Palast gesetzt … und eine Kluft hatte sich zwischen ihnen aufgetan.

Bekümmerte sie das? Schließlich waren ihre Gespräche damals auch von Gewalt und Verständnislosigkeit geprägt gewesen.

Und dennoch …

Bekümmerte es sie?

Sie machte wieder eine Kopfbewegung, und Arekh begann erneut: »Als wir in den Brunnen hinabgestiegen sind, habe ich die Stimmen der Hundeführer über meinem Kopf gehört. Ich erinnere mich, dass mir damals irgendetwas auffiel … Ich vergaß es schnell, wir hatten andere Sorgen. Aber sie sprachen ein bisschen so wie Ihr. Sie hatten einen Akzent aus dem Süden.«

Marikani nickte nachdenklich. »Einverstanden. Aber es gibt viele denkbare Erklärungen dafür. Diese Männer standen vielleicht in den Diensten des Emirats, ohne von dort zu stammen.«

»In der Tat. Der Verdacht ist mir auch erst gekommen, als ich ... als ich erfahren habe, dass Harrakin Meuchelmörder einsetzt, um seine privaten Konflikte zu lösen, keine Soldaten, sondern echte Meuchelmörder, die gewiss in einem Inyas-Tempel ausgebildet wurden.«

Inyas war ein Sohn des Arrethas und der Herr des Krieges und des Todes. Seine Diener und Hexer durchliefen eine ganz besondere Ausbildung.

Marikani runzelte die Stirn. »Inyas-Assassinen? Wann habt Ihr das erfahren? Wen hat er zu töten versucht?«

Arekh zögerte. »Aya Marikani, gestattet mir, diese Information nicht zu enthüllen. Ich habe meine Gründe.«

Zögernd nickte Marikani am Ende erneut, und Arekh war ihr dankbar dafür. Er konnte sich nicht vorstellen, ihr zu enthüllen, dass Harrakin versucht hatte, ihn ermorden zu lassen. Das hätte wie ein Hilferuf geklungen, so als ob ein Kind seinen großen Bruder, der es verprügelte, verpetzte, um den Schutz seiner Eltern zu erflehen.

Und vor allem konnte er ihr die Motive dafür nicht eingestehen. *Er will sich meiner entledigen, weil er mich für Euren Geliebten hält.* Nein. Er fühlte sich einfach außerstande, diese Worte auszusprechen. Die Stimme hätte ihm versagt.

»Auch die Hexenhunde werden in Inyas-Tempeln gezüchtet«, fuhr er fort. »Ich stimme Euch zu, das ist kein Beweis. Aber Harrakin hat Spione im Emirat, nicht wahr? So konnte er vor allen anderen wissen, dass der Emir Truppen im Süden zusammenzieht.«

»Ja. Eine der Favoritinnen des Emirs ist eine seiner ehemaligen Geliebten, glaube ich.« Marikani winkte ab. »Seine Methoden spielen keine Rolle, immerhin kommt etwas dabei heraus.«

»Ja, das tut es. Auf dem Wege hätte er beispielsweise auch erfahren können, dass der Emir Eure Spur im Gebirge verloren hatte. Und hätte die Inyas-Hunde auf Euch hetzen können. Euer Tod wäre dem Emir zugeschrieben worden – oder dem Schnee.«

Stille senkte sich über das kleine Zimmer. Draußen war der Himmel strahlend blau, und ein leichter Wind blies dann und wann durch die halboffene Fenstertür herein. Es war ein schöner Tag an einem der wohlhabendsten Orte der Welt mitten in üppiger Natur …

Marikani fuhr sich mit der Hand über die Stirn. Arekh spürte ihr Unbehagen und reagierte sofort. »Es sind nur Mutmaßungen«, zwang er sich zu sagen. »Ich habe die Bestätigung dafür erhalten, dass während unserer Reise durch die Berge häufig Kuriere zwischen Harrakin und dem Inyas-Tempel hin und her gegangen sind. Aber …«

»… nichts ist sicher. Es sind nur Hypothesen. Ich verstehe. – Das Problem«, fuhr sie nach kurzem Schweigen fort, »besteht darin, dass Harrakin in beiden Fällen gewinnt. Das weiß er, darauf setzt er. Wenn er mich heiratet, wie die Hälfte des Hofes es wünscht, gelangt er durch mich an die Macht. Ich bin keine Tyrannin … Ich kenne seine Talente und würde ihm wichtige Aufgaben anvertrauen. Das stand zwischen uns schon immer fest.«

Arekh wandte den Blick ab. Es war das erste Mal, dass Marikani so deutlich auf die Heiratspläne zwischen ihr und Harrakin anspielte.

»Aber wenn er mich aus dem Weg schafft, wäre seine Situation vielleicht noch besser. Nach meinem Tod wird Halios den Thron besteigen. Harrakin ist beliebter und angesehener. Sein Bruder hätte ihm nichts entgegenzusetzen, wenn er einen Staatsstreich anzetteln oder sich seiner diskret entledigen würde. Dann würde Harrakin allein über Harabec herrschen, ohne eine Ehefrau, die ihn gängeln könnte.« Marikani schüttelte mit einem bitteren Lächeln den Kopf. »Ich glaube, dass Harrakin zögert. Er mag mich gern, und der Gedanke an eine Heirat widerstrebt ihm nicht gerade – wenigstens solange er mich leibhaftig vor Augen hat. Aber ich war fern … Er muss sich gesagt haben, dass die Gelegenheit zu günstig war, mein Tod zu leicht erreicht werden konnte. Also hat er versucht, dem Schicksal etwas nachzuhelfen.«

»Wenn ich denn recht habe«, wiederholte Arekh. »Ich habe keine Gewissheit.«

»Ja.« Der Schmerz war ihren Augen deutlich anzusehen.

»Es tut Euch weh«, sagte Arekh. »Ihr schätzt diesen Mann. Ihr habt … nun ja … Ihr beiden …« Er ließ den Satz in der Luft hängen, aber Marikani verstand dennoch.

»Natürlich«, sagte sie. »Er ist der charmanteste Mann am ganzen Hof. Es ist fünf Jahre her, dass wir uns auf *die* Weise nähergekommen sind. Er versteht es, anziehend zu wirken. Unwiderstehlich.«

Marikani schwieg einen Moment lang; Arekh spürte, wie Hass in ihm aufkeimte. »Ich kann ihn töten«, sagte er schlicht.

Marikanis kleines Auflachen klang noch nicht einmal erstaunt. »Daran zweifle ich nicht. Aber nein … Ich werde ihn heiraten.«

»Was? Er hat versucht, Euch ermorden zu lassen!«

»Ja, vielleicht. Und das überrascht mich nicht einmal. Aber was spielt das schon für eine Rolle? Er ist der Gatte, den eine Königin von Harabec braucht. Unsere Heirat wird den Priestern gefallen: Zwei Nachkommen des Arrethas vereinen ihr dunkles Blut. Unsere Kinder werden doppelt von den Göttern gesegnet sein«, verkündete sie mit einer Ironie, die fast mit Händen zu greifen war. »Wir sind sehr beliebt; man mag uns. Das Volk wird sich freuen, wir werden unsere Parteigänger vereinigen, statt das Land zu spalten. O ja, ich habe keine Wahl. Das ist der einzige Weg, den ich beschreiten kann.«

»Aber natürlich habt Ihr eine Wahl!«, rief Arekh angeekelt. »Heiratet jemand anderen!«

»Wen?«

Kurzes Schweigen trat ein.

»Irgendwen«, sagte Arekh schließlich. »Jeder andere wäre besser! Vashnis Bruder meinetwegen oder ein Mitglied der Königsfamilie von Sleys. Oder einen Sohn des Emirs, warum nicht? Ihr könntet so einen Waffenstillstand schließen.«

»Der Emir will keinen Waffenstillstand«, erwiderte Marikani und schob Arekh einen Brief hin, dessen Siegel geöffnet war. »Und die Tradition von Harabec verlangt, dass die Herrscher sich nicht mit fremden Prinzen und Prinzessinnen verbinden. Harabec muss unabhängig bleiben, so hat es der große Arrethas bestimmt.«

Wieder diese Ironie. Arekh machte eine rasche Bewegung, um Unheil abzuwehren. Ganz gleich, wie aufgeregt Marikani war, sie durfte nicht leichtfertig von den Göttern sprechen.

»Lest den Brief«, sagte sie.

Das Schreiben war von einem Berater des Emirs unterzeichnet und lehnte jegliche Verhandlungen oder Gespräche ab. Die Tatsache, dass der Brief, den Marikani persönlich an den Emir geschickt hatte, nur von einem Untergebenen beantwortet wurde, war an sich schon eine schwere Beleidigung.

»Es werden weitere Truppen im Süden zusammengezogen«, erklärte sie. »Natürlich schützen uns die Freien Städte. Ob der Emir wohl so weit gehen wird, ohne

Erlaubnis über das Territorium einer der Städte zu marschieren oder gar in eine einzufallen? Das wäre ein Bruch des beiderseitigen Vertrags.«

»Er hat keine Kriegserklärung ausgesprochen?«, fragte Arekh.

»Noch nicht.«

»Der Emir hat noch keine Kriegserklärung ausgesprochen«, wiederholte Marikani, als sie unter dem aufmerksamen Blick des Hohepriesters im Gerichtsgraben des Tempels stand. »Aber der Brief kann jederzeit eintreffen – er ist vielleicht jetzt schon nach Harabec unterwegs!«

Die beiden Assistenten schwiegen und wahrten eine unbewegte Miene. Arekh, der neben Lionor saß, sah einen Hauch von Beunruhigung über das Gesicht des Hohepriesters huschen.

»Wir brauchen einen starken Herrscher«, fuhr Marikani fort. »Warum greift der Emir Eurer Meinung nach gerade jetzt an? Weil wir das Gespött der Königreiche sind, das ist der Grund. Weil jeder weiß, dass ich keine volle Handlungsgewalt habe, solange meine Unschuld nicht anerkannt ist – deshalb ist es der ideale Moment, sich mit Harabec anzulegen … Ich verstehe Eure Besorgnis«, fügte sie hinzu, indem sie die Priester ansah. »Wenn Halios angeklagt worden wäre, ein Geschöpf der Abgründe zu sein, würde ich der Sache ebenfalls nachgehen, bevor ich ihn in meinen Rat bitten würde, das könnt Ihr mir glauben!«

Lionor warf einen amüsierten Blick auf Halios. Arekh musterte kurz die junge Frau, die neben ihm saß.

Es war seltsam, sich nach diesen Wochen des Hoflebens und der Diplomatie Seite an Seite mit ihr wiederzufinden. Wie vorgesehen war Lionor in den Süden Harabecs gereist, um ihre Familie zu besuchen, und zurückgekehrt, um an der zweiten Gerichtssitzung teilzunehmen.

Vor kaum einem Monat hatte sie noch versucht, Arekh im schlammigen Wasser der Tränenstadt zu ertränken. Jetzt waren Perlen und Silberschnüre in Lionors Haar geflochten; ihr blaues Samtkleid hob ihren blassen Teint hervor, und sie wirkte vollkommen … zivilisiert.

Sie sah kurz zu ihm herüber, und Arekh fragte sich, ob ihr das Gleiche durch den Kopf ging.

Auf der anderen Seite des Raums saß mit übereinandergeschlagenen Beinen, als ob ihn das alles sehr amüsierte, Harrakin. Er betrachtete Marikani mit einem ironischen, genießerischen Lächeln, über das Arekh sich ärgerte.

»Ich unterziehe mich gern jeder Prüfung, die Ihr mir auferlegen wollt«, sagte Marikani. »Aber ich flehe Euch an: Beeilt Euch. Das Schicksal Harabecs hängt vielleicht davon ab.«

Der Hohepriester gab einem seiner Assistenten ein Zeichen, der daraufhin ein schweres, ledergebundenes Buch vom anderen Ende des Raums holte.

»Ayashinata, wir verstehen Eure Unruhe. Ihr könnt uns glauben, dass sie uns nicht unberührt lässt. Aber wir müssen jede nur mögliche Vorsichtsmaßnahme ergreifen.«

»Ich verstehe …«

»Nein, Ayashinata, bei allem Respekt: Ihr versteht nicht. Es gibt Neuigkeiten.«

Der Hohepriester hatte die Stimme nicht erhoben, aber irgendetwas an seinem Tonfall ließ alle aufblicken. Sogar Harrakin runzelte die Stirn.

Das ist also etwas, das er nicht weiß, dachte Arekh. *Interessant …*

»Ich habe letzte Woche zahlreiche Tiere geopfert«, erklärte der Arrethas-Priester. »Ich habe selbst in ihren

Eingeweiden gelesen, um nach einer Lösung für das Problem zu suchen, das uns gerade beschäftigt. Die Antworten sind uneindeutig …«

»Seht Ihr?«, rief Halios. »Die Götter sehen die Lüge! Diese Frau ist eine Betrügerin!«

»Ich habe gesagt, dass die Antworten *uneindeutig* sind«, wiederholte der Hohepriester in kaltem Ton. »Wenn ich zu einer Überzeugung gelangt wäre, hätte ich Euch das gesagt.«

Halios warf Marikani einen hasserfüllten Blick zu; sie sagte kein Wort, sondern beobachtete nur mit zusammengezogenen Brauen den Hohepriester.

»Aber ich habe etwas anderes gelesen«, fuhr der Priester mit einer Stimme fort, die er neutral zu halten versuchte. »Etwas, das mich so verstört hat, dass ich einen Seher aus dem Großen Tempel von Reynes habe kommen lassen, um meine Visionen zu bestätigen. Wir haben geweihtes Blut getrunken und die gesegneten Dämpfe des Götterkrauts eingeatmet. Wir sind aufs Dach des Tempels gestiegen, um zu lesen, was die Sterne uns mitteilen.«

Im Graben war es vollkommen still. Arekh spürte, wie Lionor sich neben ihm anspannte.

»Der Augenblick naht«, verkündete der Hohepriester. »Der prophezeite Augenblick: *Und eines Tages wird aus Harabec eine große Flamme hervorgehen, und diese Flamme wird die Königreiche in Brand setzen. Und der Augenblick der Entscheidung wird kommen. Und von dieser Entscheidung wird das Schicksal aller abhängen, und die Vergangenheit wird auf ewig verändert werden, und niemand darf versagen …*«

Die Prophezeiung. Arekh hatte wie so viele andere schon davon gehört, ohne wirklich darauf zu achten. Aber jetzt … Ein seltsames Gefühl nistete sich tief in seinem

Bauch ein. Er hatte nicht gewusst, dass die Prophezeiung so genau und so harsch war: *Und diese Flamme wird die Königreiche in Brand setzen … Und von dieser Entscheidung wird das Schicksal aller abhängen …*

Was hatten die Götter für sie aus den Fäden der Zukunft gewebt? Was hatten sie im Sternenalphabet niedergeschrieben? Vor dem Fenster flogen mit heftigem Flügelschlagen und unter heiserem Krächzen schwarze Vögel auf. Arekh erschauerte. Raben, die Boten des Schicksals – und das in der Nähe des Arrethas-Tempels in einem solchen Moment.

Wie konnte man dieses Vorzeichen ignorieren?

Der Hohepriester hatte einen Blick aus dem Fenster geworfen, und Arekh sah, wie er blass wurde. Auch er wusste, dass es keine Zufälle gab.

Einen Moment lang sprach niemand. Marikani dachte mit gesenktem Blick nach. Halios wirkte irritiert von den Neuigkeiten. Plötzlich sprang Harrakin auf und schritt durch den Graben. Er blieb vor dem Priester stehen – gleich weit entfernt von Halios und Marikani. Hatte er das mit Absicht getan? War auch das ein Symbol?

Aber zum ersten Mal strahlte Harrakins Gesicht keinen Anflug von Ironie aus. Der junge Mann wirkte … besorgt. Betroffen. Aufrichtig, wie Arekh sich eingestehen musste. Harrakin war eindeutig eine noch schillerndere Persönlichkeit als sein Bruder. Und auch schillernder als Marikani. Aber als die junge Frau den Blick hob, bemerkte Arekh in ihren Augen ein Aufblitzen von Stahl, an das er sich zu gewöhnen begann.

»Vergebt, Hohepriester«, sagte Harrakin, bevor sie sprechen konnte. »Seid Ihr Euch Eurer Interpretation sicher? Habt Ihr noch weitere Seher zurate gezogen? Neue Opfer dargebracht?«

»Der Seher aus Reynes hat die Bestätigung seiner Amtsbrüder angefordert«, erläuterte der Hohepriester. »Und als der Brief bei mir eintraf, flog eine Sternschnuppe über den Himmel und geradewegs über den Kopf des Gottes hinweg. Ich habe dann die Botschaft geöffnet, um darin all unsere Befürchtungen bestätigt zu finden.«

»Was die Zukunft auch bringen mag, wir werden uns ihr stellen«, sagte Marikani mit eisiger Ruhe. »Harabec ist stark, und sein Herrscher wird dem Sturm zu widerstehen wissen. Ganz gleich, ob dieser Herrscher nun Halios oder Harrakin heißt oder ob ich es bin. In uns brennt das Blut des Arrethas, und wir werden unsere Feinde das Fürchten lehren. Möge das Schicksal zuschlagen. Ich warte darauf.«

Der Hohepriester nickte, und Arekh spürte, dass Marikani einen Teilerfolg errungen hatte. Vielleicht würde ihre Reaktion auf die Neuigkeit im Prozess berücksichtigt werden. Vielleicht wurde jede Bewegung der jungen Frau beobachtet, um herauszufinden, ob sie ein Dämon in der Maske einer Frau war oder nicht …

»Wohl gesprochen, Ayashinata«, sagte der Hohepriester. »Euer Mut ist herzerwärmend. Aber Ihr müsst verstehen, dass schwere Verantwortung auf mir lastet – schwerer vielleicht als die, der sich all meine Vorgänger stellen mussten.

Ich habe heute Nacht sehr lange über die Prophezeiung und über unsere Ursprünge nachgedacht. Wer weiß, ob die Liebe zwischen Arrethas und Prinzessin Elia-Nashira, Eurer fernen Vorfahrin, nicht den Zweck hatte, uns auf diesen Augenblick hinzuführen? Wer weiß, ob die Schicksalsfäden des Arrethas uns nicht heute binden? Ayashinata, Ihr müsst verstehen, dass meine Entscheidung in diesem Prozess von außerordentlicher Bedeutung ist. Ich habe nicht das Recht, mich zu täuschen, denn der nächste Herrscher von Harabec wird die Prophezeiung erfüllen, und wenn er dessen nicht würdig ist, wenn das Blut des Arrethas nicht in seinen Adern glänzt und er nicht über die Kraft und Macht des Gottes verfügt – was wird dann geschehen?«

Der Hohepriester musterte die drei Verwandten einen nach dem anderen, und Arekh konnte sich vorstellen, welche Last auf seinen Schultern ruhte. Durch seine Entscheidung und die darauffolgende Prüfung würde er in der Tat einen Herrscher bestimmen.

Und die Flamme würde erscheinen, um die Königreiche zu verzehren.

Jeder Fehler würde tödlich sein.

Marikani verneigte sich. »Ich stehe Euch zur Verfügung, Hohepriester.«

Der Priester gab ein Zeichen, und die beiden Assistenten schlugen das große Buch auf. Nun würde eine unendliche Reihe von Fragen folgen, die dazu diente, die Aufrichtigkeit, den Glauben, die Reinheit und die Kraft desjenigen, der sie beantwortete, auf die Probe zu stellen. Harrakin kehrte zu seinem Sitz zurück. Halios blickte auf seine Stiefel hinab.

Der Nachmittag würde lang werden.

Marikani verließ den Tempel erst kurz vor der Badezeit, als die Sonne langsam unterging und den Palast in Feuerschein tauchte. Sie war bleich und erschöpft und zog sich in ihr Schlafzimmer zurück, um sich umzuziehen und Kraft zu sammeln. Der Tag war nämlich längst noch nicht vorüber. Lâ und zwei Monde standen heute in Konjunktion und bildeten so die Konstellation des Wassers; daher würden die beiden folgenden Nächte einer rituellen Orgie zu Ehren Verellas geweiht sein.

Wie jeden Abend würden sich Adlige und Höflinge in den Bädern treffen, aber diesmal würden die Priester, die zu dem Zweck aus dem Tempel der Göttin in der Stadt angereist waren, die Zeremonie segnen. Zwei Abende lang würde es den Teilnehmern, nachdem sie einen geweihten Trank genossen hatten, freistehen, unter dem wohlwollenden Blick Verellas, die die körperliche Liebe, den Frohsinn und das freie Wasser schützte, ihren Begierden nachzugeben.

Arekh hatte mit Erstaunen aus Vashnis Mund vernommen, dass solche Zeremonien in Harabec nicht selten waren. Günstige Konjunktionen der Himmelskörper traten zwei bis drei Mal im Jahr ein. Ab dem fünfzehnten Lebensjahr konnten hochrangige Knaben und Mädchen sich, wenn sie wollten, im Rahmen dieser Zeremonien in die Liebe einführen lassen. Trotz ihres geheiligten Charakters waren die Verella-Orgien wie alles andere eine Gelegenheit zu intrigieren, und zahlreiche Ehen, Eifersüchteleien und Feindschaften waren dabei schon zustande gekommen oder hatten sich aufgelöst.

Die Verella-Priester segneten die Räume, um sicherzustellen, dass während dieser Liebesspiele keine Kinder gezeugt wurden, aber wenn die Frauen dennoch welche empfingen – denn die Priester waren fehlbar wie alle Menschen, und ihre Macht war nur ein ferner Abglanz derer der Götter –, wurden die Kinder im Verella-Tempel aufgenommen und dort mit besonderer Sorgfalt aufgezogen. Deshalb waren, wie Vashni dem entsetzten Arekh erklärt hatte, die meisten hochrangigen Priester Bastardkinder adliger oder gar königlicher Abstammung.

Arekh beobachtete mit Unbehagen, wie sich die Höflinge zum Bad entkleideten. Die Kulisse war dennoch großartig. Girlanden aus Schlingpflanzen und versilberten Blumen – Silber war die Farbe Verellas – waren an der Decke und an den Säulen befestigt worden. Lange

Tücher aus Organza und bunter Seide flatterten an Seilen befestigt in der Luft, um die vielen Farben und Gesichter des Wassers zu feiern. Die Priester hatten ihr Opfer auf einem langgestreckten Holzaltar dargebracht, der in der Nähe des großen Mosaikbeckens aufgestellt war, aber nur Wohlgeruch lag in der Luft. Verella wies jegliches Lebewesen als Opfer zurück, und nur Ackerwinden, Seerosen und Wasserpflanzen starben unter den Messern. Ihre zerschnittenen Blütenblätter wurden dann in alle vier Winde verstreut, um den wohlwollenden Blick der Göttin so weit wie möglich schweifen zu lassen.

Ja, die Kulisse war wunderbar.

Aber Arekh war trotz seines wenig gewöhnlichen Lebenswegs in den regnerischen Regionen des östlichen Reynes aufgewachsen. Die Tabus, die ihm in seiner Kindheit beigebracht worden waren, waren ihm noch immer sehr gegenwärtig: In Reynes war der Geschlechtsakt nichts, was man leichtnahm, und man vollzog ihn nicht so ungehemmt, selbst zu Ehren der Götter nicht. Natürlich war das Begehren Teil des Göttlichen, und Verella hatte ihm den Legenden nach mit häufig wechselnden Liebhabern gehuldigt. Aber, so dachte Arekh, sie war auch eine Göttin. Die Menschen waren anders.

Es war ihm unbegreiflich, wie sich Ehepaare, die sich gegenseitig Treue geschworen hatten, und junge Leute, die noch unberührt waren, so gehen lassen konnten. Das wäre unmoralisch gewesen, wenn die Göttin nicht alle Sünden, die in ihrem Namen begangen wurden, vergeben hätte.

Das Fest begann langsam. Die Höflinge ließen sich wie jeden Abend Zeit damit, sich zu reinigen und zu plaudern. Die wichtigen Adligen trafen später ein, in schöne Gewänder gehüllt, die sie länger als an anderen Tagen anbehielten – wenn sie schon so viel Zeit damit verbrachten, sich anzukleiden, wollten sie sich nun auch ausgiebig bewundern lassen.

Da die Zeremonie wichtig war, würden Halios und Marikani beide daran teilnehmen, was seit Marikanis Rückkehr an den Hof nicht vorgekommen war. Halios erschien sehr bald in ein schwarzes, silberbesticktes Gewand gehüllt. Er trug eine schwere Halskette, was den Klatsch der Höflinge anregte: Die Kette hatte einem früheren König von Harabec gehört, und nur der Erbe hatte das Recht, sie zu tragen. Dies war also eine Provokation, die eine gute Stunde lang das Gespräch beherrschte, bis Marikani eintraf.

Als sie erschien, war sie sorgfältig frisiert. Sie trug eine weite Hose und eine orangefarbene Samtjacke. Lächelnd schritt sie an Lionors Arm einher, gefolgt von einem Dutzend entzückter Höflinge. Sie begrüßte den Verella-Priester und machte ihm ein Kompliment zu der schönen Zeremonie, begrüßte Halios und lobte seinen Schmuckgeschmack, verglich minutenlang den Schnitt ihrer Kleider mit denen Vashnis, sprach ein wenig zu laut von Mode und Stoffen, um zu zeigen, dass sie keine einzige Sorge im Kopf hatte. Als sie dann näher kam, sah Arekh, vielleicht als Einziger, dass ihr Gesicht sich kurz vor Erschöpfung verzerrte, als sie sich mit dem Rücken an eine Säule gelehnt auf einem Teppich niederließ.

Silbertabletts standen auf dem Boden; in verzierten Flaschen befand sich der heilige, mit Alkohol versetzte Trank, der dazu diente, Geist und Körper zu enthemmen. Arekh durchschaute rasch, dass die Trinkgläser zu Angeboten genutzt wurden. Ein Mann goss immer zwei Gläser ein, eines für sich, eines für die Dame, für die er sich interessierte. Er bot es ihr an, und wenn die Dame trank, statt höflich abzulehnen, bedeutete das, dass sie bereit war, Verella mit ihm zu verehren.

Der Mann konnte sich sodann zu gewagteren Schritten hinreißen lassen.

Der Rauch der Kerzen und des zu Ehren Verellas verbrannten Weihrauchs sorgte für eine angemessen vernebelte Atmosphäre, und erste Paare gaben sich auf den Teppichen ihren Liebesspielen hin, ohne dass sich irgendjemand daran gestört hätte. Das bildete einen seltsamen Kontrast zu den noch angekleideten Höflingen, die vollkommen ernst über Politik und Geschäfte sprachen, während nur einige Schritte entfernt nackte Körper lagen oder sich ineinander verschlungen bewegten.

Manche Höflinge plauderten heiter in den Becken. Andere, die sich nach dem Reinigungsritual entkleidet hatten, schienen vergessen zu haben, dass es sich um eine Orgie handelte, und tratschten nackt wie alte Freunde miteinander, während sie den Alkohol tranken.

Die Liebespaare bestanden nicht in jedem Fall aus einem Mann und einer Frau. Arekh zuckte entsetzt zusammen, als er sah, wie Lionor mit zwei Gläsern auf Marikani zutrat und ihr eines reichte, bevor sie sich bückte, ihr einen langen Kuss auf die Lippen drückte und sich schließlich lachend entfernte.

Als sie dann aus ihrem Glas trank, hob Lionor den Blick zu Arekh, als wisse sie ganz genau, dass er die Szene beobachtet hatte, und trank ihm ironisch zu, um ihm Verellas Segen zu wünschen.

Arekh wandte sich ab und entfernte sich einige Schritte; er fühlte sich immer unbehaglicher. Banhs Neffe, Behia Varin, der ebenfalls zu Marikanis Geheimem Rat gehörte und sich oft mit Genehmigungen befasste – um diese sehr lukrative Aufgabe wurde er beneidet –, bedeutete ihm, zu der Gruppe, in der er stand, hinüberzukommen. Es waren fünf Leute, die noch angekleidet waren und irgendwo eine

Flasche Wein aufgetrieben hatten, deren Inhalt sie langsam aus Silberbechern schlürften.

»Der Trank ist zu stark, ich lasse es lieber langsam angehen«, erklärte eine junge Frau mit langen roten Haaren, die ihr in einem Zopf bis zur Taille fielen.

Arekh, der sich nicht an ihren Namen erinnern konnte, wusste immerhin noch, dass er ihr in den ersten Tagen nach seiner Ankunft vorgestellt worden war. Er verneigte sich förmlich. In Reynes galten rote Haare als Zeichen ausgesprochener Hässlichkeit, aber er wusste, dass sie im Süden häufiger waren und akzeptiert wurden.

»Ihr wirkt schockiert, Arekh«, sagte Behia und hob seinen Becher. »Ich hätte eigentlich gedacht, dass Ihr schon Schlimmeres gesehen habt.«

Behia und seine Freunde gehörten zu denjenigen, die taten, als wüssten sie nichts über Arekhs Vergangenheit, und ihn wie einen der Ihren behandelten. Arekh ließ sich von dieser geheuchelten Natürlichkeit nicht täuschen, aber es war manchmal entspannend, ein normales Gespräch zu führen, ohne ständig Furcht in den Augen seines Gegenübers zu lesen.

»Ich habe wirklich schon Schlimmeres gesehen«, sagte er langsam. »Aber da handelte es sich um Perversionen … Dinge, die insgeheim hinter hohen Mauern geschahen. Aber in den Säulengängen, vor aller Augen – ja, ich muss zugeben, dass ich daran nicht gewöhnt bin.«

»Was?«, sagte eine andere junge Frau und schüttelte ihre kurzen schwarzen Haare. »Ist die Liebe etwa akzeptabler, wenn sie im Verborgenen geschieht?«

»Man hat mich in der Tat dazu erzogen, das zu glauben, *Elamisi*«, erwiderte Arekh und griff, da er sich über ihren Rang nicht im Klaren war, auf einen Titel zurück, der den unverheirateten Frauen des Hochadels vorbehalten war.

»Aber Ihr müsst wissen, dass ich selbst über meine Reaktion erstaunt bin. Ihr habt recht, hier geschieht nichts, was nicht auch anderswo geschieht.«

»Angesichts Eures Berufs habt Ihr sicher häufig hochgestellte Damen in Reynes aufgesucht«, sagte die rothaarige Frau mit funkelnden Augen. »Habt Ihr da vielleicht einige ihrer … Geheimnisse erfahren? Verzeiht mir meine Fragen, ich bin von Natur aus neugierig. Ich liebe Neues …«

Sie lächelte ihm liebenswürdig zu, und Arekh musterte sie einen Moment lang; er brauchte einige Sekunden, um zu begreifen, dass dies hier eine Einladung war und dass er ohne Zweifel jetzt ein Glas von dem Trank holen und es ihr anbieten sollte. Sie würde es annehmen. War das nicht der Zweck des Abends?

Aber irgendetwas in ihm sperrte sich dagegen, diese Frau zu berühren, die er nicht kannte – »naiv« hatte Vashni ihn genannt –, und außerdem hatte er das Gefühl, wie ein fremdländisches Tier betrachtet zu werden, wie eine Raubkatze im Käfig: der Verbrecher, mit dem man Umgang hatte, weil die Erbin ihn einem aufgezwungen hatte, der Galeerensträfling, an dem man sich rieb, um einen Schauder zu spüren, wenn man die Tatsachen der Welt streifte. Eine abrupte Aufwallung von Zorn überkam ihn, und er wollte schon eine bissige Antwort geben, als eine sanfte Stimme hinter ihm erklang: »Arekh …«

Er drehte sich um. Marikani stand im Becken, die Arme auf den Rand gestützt. Sie trug ein leichtes, leinenes Badegewand, das dank des Wassers an ihrer Haut klebte. Arekh zuckte beinahe zusammen und fühlte sich plötzlich nervös und bis zum Zerreißen gespannt.

»Kommt«, sagte sie mit einer Kopfbewegung, um ihn zur anderen Seite des Schwimmbeckens zu befehlen.

Arekh ging am Rand entlang; ihm war schwindlig.

Er hockte sich auf Marikanis Zeichen hin, und die junge Frau zog sich am Rand empor, um sich neben ihn zu setzen. Ihre Haare waren tropfnass; das nasse Leinen schmiegte sich um ihre Brüste.

Sie musterte ihn; ihre großen, dunklen Augen leuchteten, und Arekh glaubte, dass er darin ertrinken würde.

»Ich habe Neuigkeiten über den Emir«, sagte sie plötzlich. »Angeblich steht er in Verhandlungen mit der Freien Stadt auf den Hochebenen. Und einige ihrer Truppen sind im Norden im Hügelland gesehen worden, auf neutralem Gebiet … Arekh? Ist alles in Ordnung?«

Arekhs Schwindelgefühl war verschwunden, weggeschwemmt von einer eisigen Welle.

Dummkopf. Womit hatte er gerechnet? Seine Kehle war zugeschnürt. Er verachtete sich für seine Reaktion.

»Mir geht es gut«, flüsterte er, ohne die Wut in seiner Stimme bezähmen zu können. »Der Emir ist schlau, daran habe ich nie gezweifelt. Darf ich vielleicht erfahren, warum Ihr mir das erzählt?«

Marikani starrte ihn verblüfft an. »Weil Ihr mein Ratgeber seid«, sagte sie leise. »Ich halte Euch auf dem Laufenden, wie sich die Dinge entwickeln, das ist alles!«

»Und dafür bin ich Euch unendlich dankbar«, entgegnete er mit zorniger Ironie. »Ich bin auch unendlich dankbar dafür, dass Ihr überhaupt das Wort an mich richtet. Ihr tut dem Unberührbaren, der ich bin, zu viel Ehre an.«

Das war lächerlich, unerklärlich und erbärmlich, und Arekh hätte am liebsten den Kopf in die Hände gestützt und über seine eigene Torheit geweint, aber er hatte nicht widerstehen können. Er war so zornig, und Marikani konnte es nicht verstehen …

»Was ist in Euch gefahren?«, zischte Marikani mit

zusammengebissenen Zähnen und sah sich unauffällig um, um festzustellen, ob jemand den Vorfall beobachtet hatte. »Habt Ihr den Verstand verloren? Seid Ihr nicht in der Lage, Euch in solcher Gesellschaft korrekt zu verhalten?«

»Weil es das ist, was Ihr von mir erwartet?«, knurrte Arekh. »Dass ich mich beruhige? Korrektheit? Ihr wollt, dass ich einem Eurer heuchlerischen, honigsüßen Höflinge ähnlich werde, dass ich freundlich dreinblicke und insgeheim Meuchelmorde und Intrigen in die Wege leite? Oh, dann seid doch alle verflucht!«, sagte er, während er aufstand und mit großen Schritten auf die Gärten zuging. Er stieg über Paare hinweg, die sich mit einer Leidenschaft umschlungen hielten, die dem Alkohol geschuldet oder natürlich sein mochte.

Niemand warf ihm auch nur einen Blick zu – der Dampf, der Weihrauch und die Kerzen hatten alle zu benommen gemacht –, und er fand sich unter dem Nachthimmel wieder, nahe bei den dunklen Fenstern des Ostflügels des Palasts, während Musik, Stimmen und unterdrücktes Gelächter hinter den Stoffbahnen hervordrangen, die das Geschehen vor indiskreten Blicken von außen schützten.

Die kühle Nachtluft ließ ihn wieder zur Besinnung kommen, und er verfluchte sich aufs Neue; seine Verzweiflung wuchs, als er sich seines unlogischen Verhaltens, seiner Torheit, seiner Unvernunft und seines Zorns bewusst wurde. Ihm tat alles weh, als habe er sich gegeißelt, und er litt viel mehr als damals, als Harrakins Meuchelmörder ihn verfolgt hatten – wenn er denn dafür verantwortlich gewesen war.

Warum kommen sie nicht jetzt?, dachte er bitter und schlug so heftig auf einen Holzladen, der ein Fenster verdeckte, dass das Schloss aufsprang.

Ein Diener, der gerade mit einem Tablett vorbeikam,

starrte ihn mit großen, entsetzten Augen an, bevor er weiter auf die Bäder zuhastete.

Warum kommen sie nicht jetzt? Ich würde sie schon zu empfangen wissen!

Er zögerte mehrere Minuten lang, kehrte dann um und hob eine der Stoffbahnen an, die zwischen den Säulen aufgespannt waren.

Marikani saß mittlerweile nackt da, den Rücken gegen eine Verella-Statue gelehnt.

Arekh erstarrte.

Harrakin saß lächelnd neben ihr; er hielt zwei Gläser in der Hand.

Arekh hatte den Eindruck, Fieber zu haben. Seine Stirn brannte, er zitterte aus unvernünftigen, wütenden Gefühlen heraus. Er entfernte sich, kehrte dann doch um und warf wieder einen Blick hinein. Marikani redete noch immer mit Harrakin, und Vashni kam hinzu – und dann hatte er nicht mehr den Mut, weiter hinzusehen, und ging eilig davon, zu seinen Gemächern, zu den Schreibzimmern, zu den Wäldchen, ganz gleich wohin, solange es dort nur dunkel und kühl war und niemand ihn sehen konnte.

Kapitel 15

Arekh stand am folgenden Morgen mit immer noch zornigem Herzen auf. Es ging ihm so schlecht, als hätte er getrunken – obwohl er seit seinem siebzehnten Geburtstag kaum einen Tropfen Alkohol angerührt hatte. Er wusste, dass er sich lächerlich verhielt, aber deshalb tat es nicht weniger weh … Warum? Es hatte keinen Zweck. Es war hoffnungslos.

Er kleidete sich an und verließ seine Gemächer – nur, um sich fünfzehn auf dem Haupthof aufgebahrten Leichen gegenüberzufinden. Ein Priester erklärte ihm, was geschehen war: Es war im Nordosten zu einem Scharmützel zwischen den Soldaten des Emirs und einer Patrouille aus Harabec gekommen, auf umstrittenem Gebiet. Es herrschte noch kein Krieg, und der Herold des Emirats konnte zu Recht behaupten, dass die Patrouille aus Harabec den Vorfall ausgelöst hatte: Sie war jenseits ihrer Grenze gewesen. Aber die Situation spannte sich immer weiter an. Fahnur, eine der sieben Freien Städte, hatte die Truppen des Emirs passieren lassen und ihnen so ein Einfallstor in den Süden geöffnet.

Die Leichen waren in den Palast geschafft worden, um von den Priestern untersucht zu werden, die sehen wollten, ob Magie am Werk war, um sich auf einen Angriff vorbereiten zu können. Arekh sah sich die Toten aus der Nähe an. Seiner Meinung nach war die einzige Hexerei die Geschicklichkeit, mit der manche Soldaten des Emirs ihre Waffe führten, den *Hâsir*, ein zweischneidiges Krummschwert. Riesige Wunden klafften in Brust und Kehle der armen Soldaten aus Harabec, um die schon die Fliegen kreisten.

Arekh wandte sich ab.

Drei Hofdamen in bestickten Gewändern waren auf den Hof getreten; die Ankunft der Karren, auf denen die Leichen aufgebahrt waren, musste sie geweckt haben. Sie stießen bei dem Anblick kleine, spitze Schreie aus, beruhigten sich aber rasch wieder und blieben fasziniert neben den Leichen stehen, um ungerührt zuzusehen, wie drei junge Priester in der zunehmenden Wärme mit der Autopsie begannen.

Arekh holte sich Tee aus der Küche. Er hatte Kopfschmerzen; das Herz war ihm schwer. Er fühlte sich von der ganzen Menschheit angeekelt. Dennoch war er über die Reaktion der Hofdamen nicht entsetzt. Bauern dachten manchmal, dass die Adligen in einer beschützten Welt lebten und der Anblick des Todes ihnen nicht vertraut war. Die Annahme war so falsch wie nur irgendetwas. Oh, gewiss, es brachte viele Vorteile mit sich, adlig und reich zu sein, aber Krankheiten schlugen dennoch zu, Frauen starben ausgeblutet auf Satinlaken im Kindbett, fieberkranke Säuglinge wurden tot in ihren Wiegen aus geschnitztem Holz gefunden, Sklaven und Diener gerieten auf der Straße in Schlägereien und starben dann langsam in ihren Quartieren, krümmten sich vor Schmerzen, während ihre Wunden sich entzündeten …

Leben und Tod waren miteinander verwoben wie die Fäden der Stickereien auf den Gewändern, und selbst das leichtfertigste Flittchen am Hof war sich dessen bewusst.

Auch über der Hauptstadt Harabec lag der Schatten des Krieges. Arekh traf dort nach einem Morgen im Sattel ein, band sein Pferd in einem gepflasterten Hof an und machte trotz des leichten Nieselregens einen Spaziergang durch die Straßen. Der Himmel war grau, die Steine rutschig. Die Einwohner versammelten sich unter den über den Märkten aufgespannten Zeltbahnen und unterhielten sich über die neuesten Gerüchte. Schiffer, die den Fluss heruntergekommen waren, hatten angeblich gesehen, dass Truppen auf die Tränenstadt vorrückten. Ein Dorf war im Süden des Gebirges niedergebrannt worden, seine Einwohner massakriert. Ein großer Hexenmeister aus dem Emirat sollte angeblich in der kleinen Stadt Palis im Herzen des Landes gesehen worden sein, wo er ein Ritual vorbereitet hatte, das dem Zweck diente, das Königshaus zu vernichten. Noch schwerer wog es in den Augen der Einwohner von Harabec allerdings, dass der Emir angeblich Boote geplündert hatte, die den Joar abwärtsgefahren waren.

Letzteres wollte Arekh gern glauben. Er fragte sich, wie es den Verbannten dort unten im Herzen der Tränenstadt jetzt wohl erging. Soweit er wusste, war die Stadt noch immer frei, aber die Lage verlangsamte sicher den Handel und verschärfte die Spannungen.

Aber als er an die Verbannten dachte, trat ihm Marikanis Bild vor Augen, das er rasch verscheuchte.

Er kehrte um und begab sich in die Reynes-Botschaft in Harabec, in der er eine Verabredung hatte. Ihre Architektur ähnelte der der Botschaft in der Tränenstadt, und das gleiche Wappen zierte das Tor. Ein Mann in schwarzsilberner Livree begrüßte Arekh, als er eintrat, aber Arekh zuckte nicht einmal zusammen. Er würde auf dem Territorium von Harabec nicht verhaftet werden, ganz abgesehen davon, dass es vonseiten der Fürstentümer nicht sehr diplomatisch gewesen wäre, ihm nun, da er zu Marikanis Geheimem Rat gehörte, Scherereien zu machen.

Offiziell war Arekh hier, um die Meinung des Rats über den Seidenhandel zu verkünden, aber das Gespräch drehte sich in Wirklichkeit um den Emir und seine Beziehungen zu Reynes. Der Sekretär, mit dem Arekh sprach, bestätigte, was Marikani schon erfahren hatte: Die Fürstentümer würden keine Truppen schicken, wenn der Konflikt ausartete, aber sie würden alles tun, um die Truppen des Emirs aufzuhalten, indem sie ihnen den Zugang zu sämtlichen Häfen verwehrten, die sie kontrollierten.

Im Laufe des Nachmittags wurden ein leichtes Essen und Wein aus Reynes aufgetragen. Arekh übergab dem Sekretär danach einen Beutel voll Gold, um ihm dafür zu danken, dass er »Verständnis für die Interessen beider Länder« gezeigt hatte: Er bestach ihn also, damit er nicht zu verschwiegen war, was die Befehle anging, die er aus den Fürstentümern erhielt.

Der Inhalt der Börse war wohl reichlicher bemessen als gewöhnlich, denn der Sekretär schenkte Arekh ein breites Lächeln, nachdem er das Gold gezählt hatte. »Ich bin immer etwas unruhig, wenn ich es mit einem neuen Ratgeber zu tun habe«, erklärte er, »aber Ihr erscheint mir vernünftig … Ich hoffe, dass unsere Zusammenarbeit sich als fruchtbar erweisen wird.«

»Das hoffe ich auch«, sagte Arekh, der andere Dinge im Kopf hatte.

»Und außerdem stammt Ihr aus den Fürstentümern«, fuhr der Sekretär fort. »Wir sind Landsleute.« Der Mann musterte ihn einen Moment lang. »Damit unsere Beziehungen auch weiter unter einem günstigen Stern stehen, werde ich Euch nicht bis zum Einbruch der Nacht aufhalten, wie man es von mir verlangt hat.«

Arekh starrte ihn an. »Was …? *Wer?*«, fragte er verblüfft.

»Oh, heute Morgen hat mich einer der Offiziere der Leibwache des verehrten Eheri Halios, den Arrethas vor dem Blick seiner Feinde schützen möge, aufgesucht«, erläuterte der Sekretär. »Der Offizier war aus ganz anderen Gründen hier, aber er hat mir hundert Res in Gold zugesteckt und mich wissen lassen, dass Eure Anwesenheit im Palast vor Einbruch der Nacht nicht erwünscht sei und dass er es zu schätzen wissen würde, wenn unser Treffen sich in die Länge zöge.« Der Sekretär nickte zur Tür hinüber. »Aber da ich sehe, dass Ihr, all meinen Bemühungen zum Trotz, aufbrechen wollt, kann ich Euch nicht länger festhalten, ohne Argwohn zu erwecken.«

Arekh stand auf; ihm war eiskalt.

»Hundert Res in Gold«, sagte der Sekretär. »Das ist eine bedeutende Summe. Haltet die Augen offen.«

Das Pferd lief nicht schnell genug, so als hätten sich alle Umstände gegen Arekh verschworen. Das Nieseln hatte sich zu einem strömenden Sommerregen ausgewachsen, und das Straßenpflaster war noch rutschiger als zuvor. Arekh musste sein Pferd mehrere Male zügeln, um nicht zu riskieren, dass es sich ein Bein brach. Dann versperrte ihm eine Karawane den Weg, Bürger aus dem Norden, die infolge der Kriegsgerüchte verängstigt ins Herz von Harabec flohen. Am Ende waren da auch noch die Soldaten, die bei den Statuen am Eingang zum zweiten Ring des Palastes wachten und sich genau diesen Moment ausgesucht hatten, um alle, die kamen und gingen, genau zu kontrollieren.

Eine schreckliche Vorahnung krampfte Arekh den Magen zusammen. »Ich bin da«, hatte er vor einigen Wochen zu Marikani gesagt, als Harrakin von den Gefahren des Hofes gesprochen hatte.

Aber er war nicht da. Er war nicht da gewesen, und wenn etwas geschehen war … wenn gerade etwas geschah …

Er parierte sein Pferd vor dem Hauptgebäude, dass der Kies aufstob. Es regnete noch immer, und der Hof war fast verlassen, wenn man von den Leichen absah, die nun im Schutze eines großen Zelts lagen. Ein Adliger schrieb an einem Gartentisch einen Brief; das Wasser trommelte auf seinen Sonnenschirm.

Keine Massenpanik, keine Zeichen der Trauer, keine Hysterie unter den Dienern … Noch konnte nichts geschehen sein – doch nicht in diesen paar Stunden, nicht wahr? Aber Arekh wusste, dass er sich belog. Eine Situation konnte binnen weniger Augenblicke umschlagen.

Er betrat das Verwaltungsgebäude und riss die Tür dabei so heftig auf, dass er einen dösenden Wachsoldaten aufscheuchte. Die Räume wirkten verlassen. Was hatte Marikani an diesem Nachmittag vor? Er versuchte, sich zu erinnern. Es war ein Treffen mit Gesandten aus Sleys angesetzt, ein Ritual zu Ehren Lâs …

Niemand war im Herbstschreibzimmer. Am Ende begegnete er Behia Varin, der eine Reihe von Schriftrollen unter dem Arm trug, auf dem Korridor.

»Wo ist sie?«, fragte Arekh brüsk, und Behia starrte ihn verständnislos an. »Ayashinata Marikani«, sagte Arekh. »Wo ist sie?«

»Das Treffen mit Sleys ist abgesagt worden«, erklärte Behia, der schlecht gelaunt zu sein schien.

»Warum?«

Der junge Mann zuckte die Achseln. »Ich weiß es nicht! Peran ist mit einer Botschaft gekommen, und Marikani ist zu Banh gegangen.«

Peran war einer von Halios' Vertrauten. Arekh spürte, wie sein Herz aussetzte.

»Ich hoffe, dass der Krieg nicht ausgebrochen ist«, fuhr Behia fort. »Wisst Ihr, dass alle Ratsmitglieder zugleich Offiziere der Armee sind? Wir werden uns an der Front wiederfinden, wenn der Emir angreift. Unter Harrakins Befehl!«

Das war Arekh gleichgültig. »Wohin ist sie gegangen?«

Der Ratgeber wandte ihm den Rücken zu. »Es gibt nur einen Palast, und sie ist dessen Herrin – wenn sie vorbeikommt, bleibt das nicht unbemerkt. Ihr werdet sie schon finden.«

Arekh eilte ins Freie und hielt den nächstbesten Diener auf, aber der wusste nichts. Es regnete noch immer. Im Inneren des Rosafarbenen Gebäudes zündete man bereits Kerzen an. Eine junge Frau kam die Stufen herab – Vanales, eine Gesellschafterin aus Vashnis Gefolge. Sie gehörte zu denen, die große Angst vor Arekh hatten, und als sie sah, wie er die Treppe hinauf auf sie zueilte, erstarrte sie und stieß ein kleines Quieken aus.

»Wo ist Marikani?«, fragte Arekh. Vanales starrte ihn entsetzt an. »Ayashinata Marikani«, wiederholte er mit einem gereizten Seufzen. »Wo ist sie? Wo findet die Zeremonie zu Ehren Lâs statt?«

»Am großen Bassin … Priester Irisho ist dort«, sagte das verängstigte Mädchen.

Arekh war schon dabei, die Treppe wieder hinunterzusteigen, als Vanales ihm etwas nachrief: »Aber …«

Er drehte sich um.

»Ayashinata Marikani nimmt nicht daran teil. Der Hohepriester hat sie zu einem Exorzismus bestellt. In den Um-Akr-Tempel.«

Arekh überquerte aufs Neue den Hof und zwang sich, nicht zu rennen, um keine Neugierigen auf sich aufmerksam zu machen. Er mahnte sich zur Vernunft. Der Hohepriester wirkte loyal. Die Tatsache, dass Halios gerade jetzt versucht hatte, Arekh fernzuhalten, war vielleicht ein Zufall.

Hundert Res in Gold.

Ein schwarzer Schatten legte sich langsam über ihn, ohne dass er wusste, warum. Es hieß, dass Vorahnungen die schwarzen Vögel des Schicksals seien, die rings um einen mit den Flügeln schlugen. Arekh hatte den Eindruck, sie jetzt zu hören, wie sie gegen das Geräusch des Regens ankämpften, aber er brauchte diese Vögel gar nicht. Die Erfahrung und die Geschichte genügten ihm. Wie viele Prinzen, Erben, Königskinder waren unter dubiosen Umständen ums Leben gekommen, so dass ihr Name in Vergessenheit geriet, bevor auch nur zwei Mal Schnee auf ihr Grab gefallen war? Man beklagte sie nicht und weinte kaum um sie.

So waren eben die Spielregeln.

Arekh beschleunigte seine Schritte. Der Tempel lag vor ihm, ganz nah; seine Umrisse verschwammen im strömenden Regen. Ein Schatten der Wut des Morgens kehrte zurück – er war Marikani gleichgültig, was kümmerte es ihn also, wenn sie starb? –, aber bei diesem Gedanken schien es ihm, als ob die Raben noch heftiger als zuvor mit den Flügen schlugen, und er begann zu rennen …

Das Tempeltor. Er öffnete es … Der Raum war voll. Kleine Grüppchen unterhielten sich leise.

Sie ist tot, dachte er, *und sie sprechen darüber.* Aber nein – manche lachten, und der Ton der Gespräche war heiter, erwartungsvoll.

Er durchquerte den Raum und zwang sich, langsam zu gehen. Er wollte keinen Skandal verursachen, doch die böse Vorahnung wuchs in seinem Bauch. Es war ihm, als ob Halios – ganz gleich, wo er war – jeden Augenblick sein Schwert ziehen und zustoßen könnte.

Der Gerichtsgraben.

Die Menge stand dicht gedrängt. Die Stufen des Amphitheaters waren voll, und Höflinge beobachteten aufrecht stehend irgendetwas, was in der Mitte geschah. Arekh ging langsam einmal um den Graben herum, hielt sich nahe an der Wand, wie eine Raubkatze, die ihre Beute umkreist. Zwischen den Köpfen der Zuschauer hindurch erspähte er den Hohepriester, der die Zeremonie in den dunkelgrünen Exorzismusroben leitete. Halios. Harrakin, der ernst mit gerunzelter Stirn neben ihm stand. Der Um-Akr-Priester hielt einen silbernen Kelch hoch, der mit Einlegearbeiten aus Jade verziert war. Zwei weitere Priester. Arekh kreiste weiter. All seine Sinne schrien ihm zu, dass irgendetwas nicht in Ordnung war, aber nichts an dem, was er sah, gestattete es ihm einzugreifen. Es gab zahlreiche Arten von Exorzismen – bei manchen musste man ein Getränk zu sich nehmen, das die Götter gesegnet hatten und das aus besonderen Zutaten bestand. Ohne Zweifel hatte der Hohepriester die Bestandteile aus Reynes kommen lassen …

Arekh ging noch immer im Kreis. Vashni war unter den Zuschauern. Sie hatte den gleichen Gesichtsausdruck wie Harrakin: besorgt, ohnmächtig …

Ihr gefällt das auch nicht, stellte Arekh fest; aber auch Vashni konnte nichts tun. Man unterbrach nicht einfach ein geheiligtes Ritual, das Risiko war einfach zu groß. Wenn ein Priester einen der Blasphemie bezichtigte, konnte das den sofortigen Tod bedeuten.

Arekh hielt die Augen fest auf das Zentrum des Grabens gerichtet.

Der Kelch, der Hohepriester.

Alles war in Ordnung. Nein, es gab keinen Grund einzugreifen, doch er fühlte sich immer schlechter …

Die Hände des Um-Akr-Priesters zitterten.

Sie zitterten. Der Mann hob Marikani langsam den Kelch entgegen, und ihm zitterten die Hände. Er stand mit dem Rücken zum Hohepriester, der nichts gesehen hatte. Marikani machte sich bereit, den Kelch zu ergreifen …

Und da warf der Um-Akr-Priester einen unmerklichen Blick zu Halios hinüber.

Es war nichts, eher eine unterdrückte Bewegung als eine echte. Arekh hatte sich vielleicht alles nur eingebildet. Er blieb stehen, zögerte. Man unterbrach nicht einfach ein Ritual, weil dem Priester die Hände zitterten oder wegen eines vielleicht nur eingebildeten Blicks.

Hundert Res in Gold.

Wieder krampfte ihm die Vorahnung den Magen zusammen.

Marikani wollte den Kelch an die Lippen führen.

»Halt!«

Arekhs Schrei hallte im Gerichtsgraben wider. Die Höflinge drehten sich um; Ausrufe und Gemurmel stiegen auf.

Marikani unterbrach ihre Bewegung und sah Arekh. Er las in ihren Augen Erstaunen, vielleicht sogar einen Hauch von Misstrauen, das auf ihren Streit vom Vorabend zurückzuführen sein mochte.

Er drängte sich mit großen Schritten durch die Menge. Halios' Augen waren vor Zorn geweitet.

»Wie kann er es wagen?«, schrie er. »Wie kann er es wagen, diesen Augenblick zu unterbrechen?« Eine Pause, dann: »Das ist ein Winkelzug des Ungeheuers!«

Der Hohepriester sah Arekh mit gerunzelter Stirn an. Arekh stieg die Stufen hinab und überlegte, was er sagen sollte.

Aber wenn Halios Beweise erfand, konnte er das schließlich auch tun.

»Ich kann meine Quellen nicht offenlegen, Hohepriester«, verkündete er mit fester Stimme, »aber ich habe gerade einen Beweis dafür erhalten, dass Verräterei am Werk ist.«

Protestgeschrei erhob sich, und Arekh wurde erst jetzt das volle Ausmaß des Risikos, das er einging, bewusst. Wenn er sich täuschte … Er spielte mit seinem Leben oder wenigstens doch mit seinem Recht, in Harabec zu bleiben.

Halios konnte die Situation in ihr Gegenteil verkehren; er musste einfach nur sagen …

»Das ist ein abgekartetes Spiel! Ein abgekartetes Spiel zwischen dem Verbrecher und dem Gespenst! Dieser Mann weiß, dass die Kreatur den Exorzismus nicht überstehen könnte, deshalb tut er alles, um das Unausweichliche aufzuhalten. Sie ist schuldig, das hier ist der Beweis dafür! – Trinkt!«, rief Halios Marikani mit theatralischer Gebärde zu. »Trinkt, Geschöpf der Abgründe, dann werden wir sehen, wie es um Eure Unschuld bestellt ist!«

Die Höflinge hielten den Atem an, und Marikani zögerte. Arekh wandte sich ihr zu und bat sie mit einem Blick um ihr Vertrauen. Er musste schnell handeln. Der Hohepriester war nahe daran, einen Befehl zu geben.

Arekh packte den Um-Akr-Priester am Handgelenk und zwang ihn, sich umzudrehen. »Dieser Mann hier ist bezahlt worden, um den Trank im Kelch auszutauschen!«

Noch ein Schuss ins Blaue. Aber das war die einzige Chance, den Hohepriester zögern zu lassen, und selbst, wenn Arekh sich täuschte, würde er sicher genug Zeit gewinnen, um …

Der Um-Akr-Priester war leichenblass.

Seine Lippen waren bläulich und zitterten.

Der Hohepriester musterte ihn schweigend. Dann hob er den Blick zu Halios. Dieser war bei weitem der bessere Schauspieler: Er war die empörte Unschuld selbst.

Aber der Hohepriester war alles andere als ein Dummkopf, das begriff Arekh, als er sah, wie Ilisia Marikani den Kelch aus den Händen nahm. Der Mann hatte jahrelang am Hof von Harabec gelebt und *überlebt*. Das war ihm nicht ohne Einsicht in die menschliche Seele gelungen, und so reichte er nun mit einer Bewegung von gefährlicher Sanftheit den Kelch an den Priester weiter.

»Trinkt«, befahl er gemessen.

Mittlerweile herrschte völlige Stille im Raum. Arekh sah, dass Harrakin den Vorgang verblüfft mit offenem Mund beobachtete. Entweder war er ein noch besserer Schauspieler als sein Bruder, oder er wusste wirklich von nichts.

Der Um-Akr-Priester rührte sich nicht. Der Blick des Hohepriesters wurde stahlhart. Mit dem Zögern sprach der Priester sein eigenes Urteil.

»Trinkt«, sagte der Hohepriester, und Arekh begriff erst jetzt, wieso dieser Mann gefürchtet war. »Unter dem Blick Um-Akrs im Herzen des Tempels der Gerechtigkeit: Trinkt.«

Als die Höflinge den Tempel verließen, war der Um-Akr-Priester tot. Er hatte sich unendliche Minuten schreiend in Todesqual gewunden und erbrochen; seine Zunge war steif geworden, und in den Augen, die ihm aus dem Kopf gequollen waren, hatte der Wahnsinn gestanden, bevor er für immer auf den Bodenplatten zusammengebrochen war.

Am Abend fand die letzte rituelle Orgie zu Ehren Verellas statt. Trotz der Ereignisse des Tages wurde die Zeremonie nicht abgesagt. Vielleicht sahen die Adligen darin gerade jetzt eine willkommene Gelegenheit zur Beruhigung unter dem Blick der wohltätigsten und sanftesten aller Göttinnen.

Die Abenddämmerung senkte sich herab, und die ersten Sterne erschienen, während die Höflinge in die Bäder kamen, sich in kleinen Grüppchen zusammensetzten und bei heißem Tee oder Wein die Geschehnisse des Nachmittags besprachen. Arekh wartete ein wenig abseits an eine Wand gelehnt. Er hörte sie spekulieren, wie das Gift wohl beschaffen gewesen war und wie es Halios gelungen sein mochte, den Um-Akr-Priester zu bestechen. Mit Geld? Mit Versprechungen? Oder hatte er ihn bedroht?

Ironischerweise wussten alle, dass Halios der Schuldige war, wussten aber ebenso gut, dass es keinen Weg gab, ihn unter Anklage zu stellen. Niemand konnte irgendetwas beweisen, nicht jetzt, da der wichtigste Zeuge tot war.

Die Menge nahm zu, der Rauch wurde dichter, die Gespräche angeregter. Vashni entkleidete sich und stieg als Erste ins Schwimmbecken, wo sie an ihrem Tee nippte. Zu jedem anderen Zeitpunkt hätte es Arekh amüsiert, wie die Männer sie – wortwörtlich – umkreisten und ängstlich zögerten, ihr das geweihte Glas anzubieten, weil sie die Vorstellung abschreckte, sich mit einem Blick eine Abfuhr zu holen.

Aber er stand noch unter einem Schock, der in gewisser Weise sehr heftig gewesen war. Er hatte Angst gehabt, große Angst, und diese Angst hatte seine letzten Verteidigungswälle eingerissen. Er musste immer wieder an den Anblick des Priesters denken, wie er sich auf dem Boden liegend erbrochen und unartikulierte Schreie ausgestoßen hatte. Marikani hätte beinahe aus dem Kelch getrunken. Er stellte sich vor, wie sie sich unter den Entsetzensschreien der Höflinge auf dem Marmorboden krümmte, während Halios »Dämonin!«, brüllte und der Hohepriester sich entschloss, ihr mit dem geweihten Schwert seines Amtes den Gnadenstoß zu versetzen …

Die Vorstellung war einfach zu furchtbar. Er wandte den Blick ab und sah Marikani zwischen den Säulen näher kommen.

Sie war einfach gekleidet, was in Widerspruch zur Tradition stand, die forderte, dass man sich an einem solchen Abend in seine schönsten Gewänder hüllte. Arekh begriff, dass auch sie noch unter Schock stand. Ihr Gesicht war aschfahl, und ihre Hand zitterte – leichter als die des Priesters vorhin, aber sie zitterte dennoch.

Arekh eilte spontan auf sie zu, machte zwei Schritte und blieb dann stehen. Marikani war unauffällig eingetreten; nur zwei Höflinge hatten sie bisher bemerkt. Sie wechselte einige kurze Worte mit ihnen und suchte mit Blicken nach jemandem …

Suchte nach *ihm*.

Sie sah ihn, wandte den Blick ab und durchquerte den Raum, in dem sich erste Paare zu bilden begannen. Schließlich ließ sie sich bekleidet in der Nähe derselben Säule wie am Vorabend nieder. Arekh ging zu ihr hinüber und kniete sich neben sie.

»Wie fühlt Ihr Euch?«, fragte er sanft.

Marikani antwortete nur mit einem schwachen Lächeln. Arekh spürte Schmerzen in der Brust. Er hätte gehen sollen, aber er war unfähig dazu, und die Tatsache, dass sie ihn ansah, dass ihre großen, braunen Augen auf seinem Gesicht ruhten, half ihm nicht gerade, sich zum Gehen zu entschließen.

Er hob die Hand – ohne zu wissen, warum, was in ihn gefahren war –, und sie hob ihre; ihre Handflächen berührten sich, dann schlossen sich ihre Finger langsam umeinander. Arekh senkte den Blick; seine Kehle war so zugeschnürt, dass er kaum noch atmen konnte. Dann sah er das Silbertablett neben sich.

Das Glas mit dem Trank hochzuheben und es ihr anzubieten war eine einfache Bewegung und wurde doch in diesem Moment zur schwierigsten der Welt. Zwischen dem Tablett und seiner Hand klaffte ein Abgrund, und er wusste nicht, ob er ihn überwinden konnte. Er hob den Blick wieder und sah, dass Marikani ihn noch immer musterte und auf seine Entscheidung wartete.

Es gelang ihm, ihr Lächeln zu erwidern – zumindest andeutungsweise –, und er führte die Finger an ihr langes, braunes Haar heran. Er wollte es gerade berühren, als eine wütende Hand ihn an der Schulter packte und zurückriss.

»Lass sie los!«, knurrte Harrakin mit zornesfunkelnden Augen.

Arekh stand benommen auf, sah die Faust auf sich zukommen und wehrte sie ab, so dass Harrakin zurückstolperte. Harrakin spie ihm vor die Füße, während die Höflinge aufsprangen, entzückt über das Schauspiel.

Das Schauspiel.

Arekh ging auf, dass die Situation sich nicht allein zwischen Harrakin und ihm entscheiden würde.

Sie wollten ein Spektakel? Vielleicht war es das, was er brauchte. Um an diesem Ort auf *sie* Eindruck zu machen …

Mit übertriebener Gebärde, die einen Zorn vorgaukelte, den er nicht empfand, warf er mit großem Gepolter einen Tisch um.

»Duell!«, sagte er mit theatralischer Geste und wies vor

Harrakin auf den Platz außerhalb der Säulen. »Du und ich. Draußen.«

»Hervorragend«, entgegnete Harrakin, der auf seinen Ton einging. Arekh hatte den Eindruck, dass sie beide spielten. »Ich werde dich in den Schlamm zurückstoßen, aus dem du hervorgekrochen bist!«

Arekh hörte, dass Marikani hinter ihm aufstand, aber wenn sie vorhatte zu protestieren, ließ er ihr keine Zeit dazu.

Da er kein Schwert bei sich trug, hob er eines vom Boden auf – das eines Adligen, der es bei seinen Kleidern abgelegt hatte, um sich angenehmeren Tätigkeiten hinzugeben. Der Mann sprang aus dem Bad auf die Steinplatten, um es sich zurückzuholen, aber Arekh stieß ihn gewaltsam zurück.

Harrakin und er gingen auf den Hof hinaus, gefolgt von einem Trupp neugieriger Gaffer. Arekh kam an Banh vorbei, der auf Marikani zueilte. Er sah ihm einen Moment lang nach und ging dann mit Harrakin bis auf eine Steinfläche in der Nähe des Hauptgebäudes.

Auf dem Hof hielten sich viele Leute auf: Manche diskutierten laut in Grüppchen, Diener liefen mit Fackeln in der Hand vorbei. Manche Adlige drehten sich um, als sie Harrakin und Arekh in Position gehen sahen, und machten die anderen auf sie aufmerksam, aber die Neugier, die man ihnen entgegenbrachte, schien nicht der zu entsprechen, die ihr Duell eigentlich hätte hervorrufen sollen – zumindest nach Ansicht Harrakins, der sich über den Lärm zu ärgern schien.

Harrakin hob sein Schwert, und Arekh ging in Verteidigungshaltung – doch als Harrakin sah, dass kaum jemand sie beobachtete, senkte er erzürnt die Waffe und wandte sich der Menge zu. »Was genau geht hier eigentlich vor?«

Vashni trat aus den Bädern, gefolgt von Banh und Marikani. Offiziere eilten auf Harrakin zu.

»Ihr werdet Eure Aussprache auf später verschieben müssen«, sagte Vashni. »Die Truppen des Emirs haben gerade die Nordgrenze überschritten.«

KAPITEL 16

Die Kriegserklärung traf am folgenden Morgen ein, als die feindliche Armee den Kundschafterberichten nach, die stündlich eingingen, schon zwei Meilen weit ins Landesinnere vorgedrungen war. Niemand hatte in dieser Nacht geschlafen. Manche Adlige reisten auf ihre Ländereien zurück, andere zu ihren Regimentern. Die meisten Offiziere brachen sofort in die Stadt Harabec auf, wo die Truppen standen, während Marikani ihren Rat und die hochrangigen Offiziere zusammenrief, um eine Strategie festzulegen.

Natürlich war der Hof gespalten, aber Harabec verfügte über die Unterstützung der Fürstentümer von Reynes, und ein Bruch des Vertrags mit den neutralen Territorien würde zahlreiche Königreiche verstimmen. Außerdem stand die Armee von Harabec keine dreißig Meilen von der Grenze entfernt: Der Gegenangriff konnte rasch erfolgen.

Marikani verlor sich nicht in Spitzfindigkeiten. Der Feind musste aufgehalten werden, bevor er auf die Hauptstadt zumarschieren und die Salzstraße unterbrechen konnte, was eine wirtschaftliche Katastrophe verursacht hätte. Drei Stunden später machte sich die letzte Gruppe Offiziere bereit, den Hof zu verlassen. Unter ihnen befanden sich

Harrakin, der die Armee befehligen würde, drei Männer aus seinem Generalstab, Behia und Arekh.

Behia hatte recht gehabt: Ihr Platz im Rat entsprach einem Rang in der Armee, und sie mussten aufbrechen.

»Das ist nur Eure Schuld!«, verkündete Behia an Arekh gewandt, als sie die Ställe betraten und glaubten, allein zu sein. »Harrakin hätte uns davon entbinden können – der Befehlshaber der Armee befreit häufig Ratgeber von ihren Verpflichtungen, damit sie den Herrscher unterstützen können!«

»Natürlich. Soll ich etwa Morales mit meiner Cousine am Hof allein lassen?«, sagte eine Stimme hinter ihnen.

Behia fuhr zusammen und drehte sich erschrocken um. Harrakin war ebenfalls durchs Stalltor getreten. Er schenkte ihnen ein wölfisches Lächeln, bevor er zu seinem Pferd hinüberging. »Tut mir leid, meine Herren, das kommt nicht in Frage. Ihr werdet kämpfen müssen.«

»Das steckt also dahinter«, sagte Arekh, der Zorn in sich aufsteigen fühlte. »Ihr wollt nicht, dass ich allein mit ihr bin. Und was hofft Ihr zu erreichen, indem Ihr mich zur Armee mitschleift? Mich umzubringen?«

»Das habe ich in der Tat vor«, erwiderte der junge Adlige, während Bedienstete seinen Fuchs sattelten. »Wenn Ihr einen Schwerthieb abbekommen würdet, wäre mir das schon ganz recht ...«

»Ich schlage Euch vor, dass Ihr gleich jetzt versucht, mir einen zu versetzen«, sagte Arekh wutentbrannt und trat auf Harrakin zu. »Wir können unser Problem auch hier, vor der Schlacht lösen. Oder seid Ihr zu feige? Es sei denn natürlich, Ihr schlagt Euch nur, wenn Ihr Publikum habt.«

Harrakin zögerte – zu Behias großem Entsetzen – und zuckte dann mit den Schultern.

»Ein verlockendes Angebot, Morales, das gebe ich zu.

Aber ich habe einen Krieg zu gewinnen. Kommt, meine Herren, auf die Pferde!«

Die nächtliche Reise war kurz. Mit guten Reittieren versehen und von fünfundzwanzig Fackelträgern begleitet, trafen die Offiziere keine zwei Stunden später in der Stadt Harabec ein und begaben sich sofort zur Kaserne. Arekh verlangte und erhielt fünfzig Mann – einen *Rehali*, wie man in Harabec sagte. Er wollte nicht zu Harrakins Stab gehören. Nachdem er ein Kettenhemd und einen Helm angelegt hatte, inspizierte er seine Männer und wurde an ihrer Spitze der Vorhut zugeteilt.

Auf der Ebene waren Feuer entzündet worden, um den Abmarsch der Truppen zu erleichtern. Während die letzten Soldaten ihre Plätze einnahmen, betrachtete Arekh die Landschaft, in deren Osten der Morgen rosafarben heraufdämmerte. Wieder einmal war alles so schnell gegangen. Vor zehn Stunden hatte er noch bis zum Hals in Palastintrigen gesteckt, vor acht Stunden Marikanis Hand berührt und jetzt …

Nicht, dass dieser Moment unangenehm wäre, dachte er, als er sein Pferd unter sich tänzeln spürte. Der Geruch der Feuer stieg in die kühle Nachtluft auf. Am Horizont standen die fernen Hügel im Licht der Morgendämmerung in Flammen. Bei den Soldaten, die hinter ihm schwatzten, erkannte er die euphorische Begeisterung, die mit dem Beginn eines Konflikts einhergeht, wenn alles noch neu und schön ist, die Männer nur daran denken, heldenhaft zu sein, und die Wirklichkeit des Gemetzels ihren Verstand noch nicht getroffen hat.

Die Götter hatten eine seltsame Art, die Schicksalsfäden zu spinnen. Arekh hatte hier nichts zu suchen. Dies war nicht sein Land, dies war nicht sein Krieg. Doch weil er vor mehreren Wochen beschlossen hatte, zwei

Frauen und einen Jungen, die er danach in der Heide hatte zurücklassen wollen, über eine Straße zu bringen, befand er sich heute hier und sah zu, wie die Sonne aufging, während eine Armee um ihn herum in Bewegung geriet …

Er hatte keine Wahl. Oder doch: Er könnte unter dem Vorwand, etwas aus der Kaserne holen zu müssen, umkehren, seine Rüstung ablegen, bis in die Stadt galoppieren und dann das Land verlassen. Aber das hätte ihm auf ewig die Möglichkeit genommen zurückzukehren.

Er beobachtete, wie Harrakin zu seinem Generalstab sprach. Der junge Adlige trug keine Rüstung, sondern bunte Gewänder, und hielt ein Schwert in der Hand, dessen Parierstange mit Edelsteinen übersät war. Auch er konnte unter einer Klinge fallen. Vielleicht konnte er sogar in eine gestoßen werden … Arekh schuldete ihm ja schließlich einen Mordversuch.

Nein, er würde nicht desertieren. Es war ihm lieber, die reine Morgenluft zu atmen und über die seltsamen Umwege nachzusinnen, die sein Leben einschlug.

Die Armee setzte sich in Bewegung, und die Männer rückten in einem Gewaltmarsch quer durch das Land vor. Sie mussten so schnell wie möglich vorankommen, um die Angreifer aufzuhalten, bevor diese zu weit vorstießen. Harabec war ein kleines Land; die Entfernungen waren gering. Die feindlichen Truppen waren zuletzt am Südrand der Hochebenen gesehen worden, aber sie waren ohne Zweifel weiter vorgerückt und mochten jetzt schon Meilen von ihrer vorherigen Position entfernt sein.

Nach einer Marschstunde kam es zu einem ersten Scharmützel. Reiter erschienen zur Linken; sie brachen wie Gespenster aus dem Grau des Morgens hervor. Arekhs Rehali war ihnen am nächsten. Arekh ließ seine Männer ausschwärmen, während hinter ihm mit Hörnern Alarm geblasen wurde.

Es waren etwa zwanzig Reiter des Emirs, die mit dem Hâsir bewaffnet waren. Es handelte sich um *Nâlas*, Elitetruppen. Ihr Anführer, der *Nâla-Di*, zügelte sein Pferd, ebenso überrascht wie seine Gegner.

Auch die Leute des Emirs hatten nicht damit gerechnet, hier auf Feinde zu stoßen.

Einige Herzschläge vergingen, während derer Arekh die anderen Offiziere hinter ihm Befehle brüllen hörte; dann griffen die Nâlas an, indem sie im langgestreckten Bogen anritten und zwei oder drei Mal zuschlugen, bevor sie sich zurückzogen. Sie durchbrachen die Linien nicht, sondern stachen sie nur wie Insekten, ohne sich festbeißen zu wollen. Am Ende stürmte der Nâla-Di mit erhobenem Hâsir direkt auf Arekh zu; Arekh parierte und spürte, wie Jahre der Übung in seiner Kindheit machtvoll in ihn zurückbrandeten.

Der Nâla-Di wich zurück und griff dann erneut an. Arekh führte einen Schwerthieb, während er selbst vorwärtsdrängte, und verwundete ihn am Arm. Der Reiter zog sich erneut zurück und stieß einen an- und abschwellenden Schrei aus; die Nâlas drehten daraufhin um und verschwanden im Nebel.

Arekh beschloss, sie nicht zu verfolgen. Harrakin kam herbei; er lenkte sein Pferd mit betonter Trägheit.

»Ich sehe, Ihr habt beschlossen, kein Risiko einzugehen, Morales!«, sagte er sehr laut, damit die vorderen Reihen es auch hören konnten. »Ihr seid fünfzig Mann, sie waren nur zwanzig. Ihr hättet sie durchaus verfolgen können!«

»Ich war mir sicher, dass Ihr mir das nicht befehlen würdet«, sagte Arekh und salutierte übertrieben. »Ein so talentierter Offizier wie Ihr weiß doch, dass es sich um eine

Falle handeln könnte und dass die Hauptstreitmacht vielleicht hinter dem Hügel dort lauert.«

Harrakin lächelte. »Gewiss. Es wäre mir gar nicht lieb, Euch unnütz in Gefahr zu bringen …«

Die Armee setzte ihren Marsch fort. Der Nebel lichtete sich, aber die Unruhe blieb bestehen; die Begegnung mit den Reitern hatte die Moral getrübt. Man musste mit allem rechnen.

Zwei Stunden später ordnete Harrakin auf einer Ebene einen Halt an. Arekh kannte die geografischen Verhältnisse des Landes nicht gut und hatte keine Ahnung, wo sie sich befanden.

Der Krieg. Er hatte vergessen, wie sinnlos er sein konnte, wenn man nicht zum Generalstab gehörte – in den er natürlich nicht gebeten worden war. Wenn man die Entscheidungen nicht kannte, wirkte alles absurd. Ein Soldat wusste nicht, warum man marschierte oder haltmachte, wie lange man an einem Ort bleiben würde, ob der Feind vor oder hinter einem war, welche Taktik angewandt werden würde. Das Warten und der Tod waren die beiden Kräfte, die das Schicksal bestimmten.

Es war Befehl gegeben worden, das Lager aufzuschlagen, und Zelte wurden rings um ihn aufgebaut. Bestimmte Soldaten organisierten alles, was die Schlafgelegenheit betraf: Viele waren wie Arekh erst am Vorabend zur Armee gestoßen und hatten sich seitdem nicht ausruhen können. Aber Arekh war nicht müde – zumindest noch nicht.

Er ging zu den Zelten des Generalstabs, um Behia zu suchen und Neuigkeiten von ihm zu erfahren.

Er fand den jungen Mann an einem Feuer. Behia bot ihm Brot und geräuchertes Fleisch an; Arekh nahm beides gern.

»Nun?«, fragte er, nachdem er gegessen hatte.

Behia zuckte mit den Schultern. »Harrakin ist besorgt. Er hat zahlreiche Boten und Spione ausgeschickt. Er will wissen, ob der Emir seine Armee geteilt hat, ob wir es mit einer oder mehreren Truppen zu tun haben und wo sie sich befinden.«

Arekh nickte. »Gibt es Neuigkeiten über Halios?«

Halios hätte eigentlich mit ihnen zur Armee stoßen sollen, war aber am Abend nach dem Vorfall im Tempel verschwunden. Marikani hatte sich keine Sorgen gemacht. Er musste wohl seinen Zorn verwinden …

»Immer noch nicht.« Behia nahm einen Schluck aus seiner Feldflasche und fuhr fort: »Den letzten Nachrichten nach hat der Emir ungefähr fünfzehntausend Soldaten. Ohne Zweifel im Nordwesten. Das wird eine hübsche Prügelei werden.«

Arekh kehrte langsam zu seinem Rehali zurück. Eine hübsche Prügelei, in der Tat. Sie waren etwa dreizehntausend.

Der Tag zog sich endlos hin, und Arekh schlief schließlich für zwei Stunden. Er hatte befohlen, ihn zu wecken, wenn es Neuigkeiten gab, aber er schlug ganz von selbst die Augen auf, als die Nacht anbrach. Die Art der Geräusche hatte sich verändert. Die redenden Männer, das prasselnde Feuer, die schnaubenden Pferde, die Waffen, die poliert wurden … All das war Gemurmel und dann Befehlen gewichen.

Arekh verließ sein Zelt. Der Himmel war von einem tiefen, wunderschönen Blau. Die Soldaten waren wach und blickten zum Horizont, an dem man die ersten Feuer der feindlichen Linien sah.

Aus der Ferne wirkten ihre Gegner, als seien sie unzählig viele. Arekh ging bis zu den Zelten des Generalstabs, wo er Harrakin sah, der ein Kettenhemd über sein Wams gestreift hatte und gerade sein Gespräch mit den Offizieren beendete.

»Morales«, sagte er mit dem seltsamen Lächeln, das Arekh zu kennen begann. »Wie es mich freut, Euch zu sehen!« Er machte zwei Schritte, um sich von der Gruppe Offiziere zu entfernen. »Ich wollte Euch gerade Eure Befehle zukommen lassen. Begebt Euch auf die westliche Flanke, und versucht, den Fuß des Hügels dort drüben zu halten.«

Arekh studierte rasch den bezeichneten Ort und schüttelte dann den Kopf. »Das kommt nicht in Frage. Sie haben ihre Armbrustschützen oben aufgestellt, das wäre Selbstmord. Um dem standzuhalten, bräuchte man Männer in voller Rüstung.«

»Gute Analyse. Aber ich ändere meine Meinung nicht. Was für ein Pech, dass Ihr meinen Befehlen nicht widersprechen könnt.«

»Das kann ich – und das tue ich«, sagte Arekh, trat näher an Harrakin heran, zog sein Schwert und spielte beiläufig mit der Klinge. Er senkte die Stimme. »Wenn Ihr Eure Entscheidung nicht ändert, werde ich den Befehl verweigern, wenn ich den Befehl verweigere, werdet Ihr mich festnehmen lassen – und dann werde ich Euch auf derart vulgäre Art und Weise beleidigen und so viele Anspielungen auf Euch, auf Marikani und auf widernatürliche Sexualpraktiken einfließen lassen, dass Ihr gezwungen sein werdet, mich zum Duell zu fordern. Vor so vielen Zeugen und wenn es um Eure Cousine geht, werdet Ihr keine Wahl haben.«

»Und Ihr glaubt, dass Ihr mich zum Zittern bringt?«, fragte Harrakin kopfschüttelnd. Er legte selbst die Hand auf den Schwertgriff. »Nun gut, wir werden uns schlagen, mein Lieber. Das ist ja alles, was ich will. Ich werde Euch in Stücke hacken.«

Die Offiziere begannen, in ihre Richtung zu blicken. Arekh trat mit mörderischem Blick noch näher an Harrakin heran. »Vielleicht, Sohn des Arrethas – vielleicht auch nicht. Ich kämpfe nicht den Regeln entsprechend«, zischte er mit zusammengebissenen Zähnen und spürte befriedigt, wie der junge Adlige leicht zurückzuckte. »Was, glaubt Ihr, habe ich in all diesen Jahren gelernt? Vielleicht werde ich Euch besiegen. Oder verwunden. Könnt Ihr das Risiko eingehen? Wollt Ihr ein zerfetztes Bein und einen halb abgetrennten Arm haben, wenn Ihr den Befehl in einer Schlacht führen müsst? Stellt Euch vor, wie lächerlich das wäre. Wer würde an Eure Stelle treten? – Nein«, schloss er lächelnd, »ich bin vorn bei Euch besser untergebracht. Ihr werdet jede nur mögliche Unterstützung benötigen.«

»Gut«, sagte Harrakin nach kurzem Zögern; das Aufflackern von Furcht war Zorn und Hass gewichen. »Gut, Ihr werdet hier an unserer Seite kämpfen. Aber wisst Ihr was, Morales? Ich werde diese Schlacht gewinnen. Unsere Armee ist besser ausgebildet, und ich kenne die Methoden des Emirs. Ich werde diese Schlacht gewinnen, und sobald die feindlichen Truppen ihren Rückzug begonnen haben, werden wir uns schlagen, Ihr und ich, hier, zu Pferde, mitten im Kampf. Und dann werden wir ja sehen! Wir werden sehen, ob Eure Methoden Euch retten werden …«

Arekh verneigte sich lächelnd. »Zu Befehl.«

Dann wandte er sich ab und kehrte zu seinen Soldaten zurück, wobei er sich einer gewissen Erheiterung nicht erwehren konnte – und auch einer gewissen Bewunderung nicht. Es gab nur wenige Menschen, die er nicht in Angst versetzen konnte. Und ausgerechnet einer von ihnen musste sein Rivale sein …

Eine halbe Stunde später hatten beide Armeen Stellung bezogen.

Wie abgemacht waren Arekh und seine Männer in vorderster Front neben Harrakin platziert worden. Dieser ritt einen prächtigen Fuchs und wartete hoch aufgerichtet, umgeben von dreißig Reitern.

Es waren Truppen nach Westen geschickt worden, Arekh wusste nicht, warum. Aber an dieser Stelle war mit einem frontalen Zusammenstoß zu rechnen.

Eine Viertelmeile trennten die vordersten Reihen des Emirs von den ihren. Fahnen flatterten im Wind, Fackeln brannten im Halbdunkel und ließen die Klingen aufblitzen.

Der Nachthimmel war klar, aber das Warten lastete wie eine Gewitterwolke. Es herrschte völlige Stille, wenn man vom Tänzeln der Pferde, vom Klirren der Kettenhemden und Knarren des Leders absah.

Die Zeit schien stillzustehen. In vorderster Linie einer Armee, die auf den Angriff wartete … Arekh begriff auf sehr abstrakte Weise, dass die Wahrscheinlichkeit groß war, dass er in den nächsten Minuten sterben würde. Doch diese Wahrheit hatte kein Gewicht, war nicht fassbar.

Ein Befehl ertönte in den feindlichen Reihen, und die Truppen stürmten brüllend auf sie zu. Harrakin machte eine Handbewegung, und zur Rechten trat eine erste Reihe Fußsoldaten vor und rammte Piken in den Boden. Ein Teil der Angriffswelle wechselte die Richtung, aber die Übrigen drängten voran.

Binnen weniger Sekunden verlor Arekh den Überblick und ertrank in einem Strudel aus Pferden, Schwertern und Schreien. Er schlug nach rechts und links, versuchte, am Leben zu bleiben, während eine wahre Springflut ihm entgegenbrandete und ihm Schmerzenslaute und das Aufeinanderprallen von Metall in den Ohren klangen. Plötzlich fand er sich, ohne zu wissen, wie das gekommen war, in einen Kampf mit einem schwarzhaarigen Reiter in glänzender Rüstung verstrickt; ihre Schwerter trafen aufeinander, er parierte, schlug zu, parierte wieder, und eine Rückzugsbewegung der Armee schwemmte seinen Gegner von ihm fort. Ein Blick zurück: Seine Männer hielten die Stellung, verloren im Durcheinander. Ein weiterer Reiter hatte einen seiner Offiziere angegriffen. Arekh stürmte schreiend auf ihn zu und spießte den Mann von der Seite auf, bevor dieser auch nur die Zeit hatte, sich umzudrehen. Der Reiter stürzte und wurde von seinem eigenen Pferd niedergetrampelt, während Arekh seines wendete, um sich einem anderen Gegner, einem Nâla, zu stellen … Wo war seine Einheit? Er schien allein zu sein.

Der Nâla schlug als Erster zu und traf Arekh mit einem gewaltigen Hieb an der Brust. Das Kettenhemd rettete ihn, aber er fiel vom Pferd. Als er sah, dass der Nâla auf ihn zuritt, um ihm den Todesstoß zu versetzen, schnitt Arekh in die Beine seines Pferdes, das sich aufbäumte, so dass auch sein Gegner aus dem Sattel glitt. Das Duell ging am Boden weiter, im Staub, während ringsum Soldaten einander erschlugen und beide Gegner Gefahr liefen, im nächsten Augenblick von einem Hieb getroffen zu werden, den sie nicht hatten kommen sehen und der vielleicht noch nicht einmal ihnen galt. Der Nâla traf Arekh an der Schulter, was diesen vor Schmerz aufschreien ließ; zornig führte Arekh einen Gegenhieb und erwischte den Mann mit der flachen Seite der Klinge am Kopf. Der Nâla wich zurück, trat auf einen Leichnam, glitt in Gehirnmasse aus und stürzte auf die Erde, wo Arekh ihn tötete, indem er seinen Körper durchbohrte.

Ein weiteres Zurückströmen: Ringsum leerte sich das Gelände. Arekhs Männer hielten dem Ansturm noch immer stand, hatten von selbst eine neue Formation angenommen, deren Namen Arekh noch nicht einmal kannte. Er hatte keine Zeit, darüber nachzudenken und seine Unfähigkeit zu bedauern, in einer Armee das Kommando zu führen, deren geheime Zeichen er nicht kannte, als ein neuer Angriff begann. Diesmal rannten Fußsoldaten schreiend auf sie zu und schwangen breite, wuchtige Schwerter; sicher waren das Söldner oder Dienstverpflichtete aus den westlichen Ebenen. Und plötzlich fand sich Arekh in vorderster Linie wieder, umgeben von seinen Männern, schlug zu und schnitt, spürte, wie ihm Schweiß und Blut über die Arme strömten, hackte durch Fleisch, schlug Schädel ein, zerschmetterte Kiefer und Gliedmaßen. All das hatte keinen Sinn, aber er konnte nur noch ans Zuschlagen denken – ans Töten in einem Nebel der Blutrünstigkeit.

Arekh nutzte einen Augenblick der Beruhigung, um sich umzusehen, und bemerkte, dass die Masse der Armee zurückgewichen war und sein Rehali sich an der Spitze befand. Er gab ein Signal zum Rückzug, das zunächst nicht verstanden wurde, bis er »Rückzug!«, brüllte und seine Männer endlich in die Linien zurückwichen.

Wenn es einen Rückzugsbefehl gegeben hatte, hatte er ihn nicht gehört. Oder man hatte ihn ihm nicht zugerufen. Harrakin warf ihm zwischen den Soldaten hindurch einen spöttischen Blick zu, und Arekh ging sich das Gesicht waschen.

Eine kurze Pause von etwa einer Stunde trat ein. Die Männer des Emirs formierten sich neu, und Harrakins Truppen taten dasselbe. Zum Glück strahlten die drei Monde am Firmament und erlaubten den Männern, zu sehen, was sie taten, und ohne große Schwierigkeiten zu manövrieren.

Auf der Suche nach etwas zu essen lief Arekh Harrakin

erneut in der Nähe eines Zelts über den Weg. Harrakin unterbrach das Gespräch, das er gerade führte, um Arekh mit einem fast jungenhaften Lächeln zuzurufen: »An vorderster Front, wie? Gewöhnt Euch daran, denn es ist nicht vorüber!«

Arekh kehrte mit zusammengezogenem Magen zu seinem Rehali zurück. Dass er ihn so in den Tod schickte, war einfach Teil des Krieges, schließlich hatte er von ihm verlangt, ganz vorn mit dabei zu sein – aber Harrakin opferte auch fünfzig seiner eigenen Soldaten aus persönlichem Groll. Arekh war sich nicht sicher, wie Harrakin sich künftig verhalten würde – musste er mit dem versprochenen Duell rechnen?

Da ertönten die Hörner des Emirs: Er hatte gerade noch Zeit, zu seinem Rehali zurückzukehren, bevor die Schlacht ihn aufs Neue verschlang.

Der Ansturm war sogar noch heftiger als der erste, und diesmal begann die Erschöpfung, ihr Werk zu tun. Arekh war zu Fuß und hörte den schweren Atem der Männer an seiner Seite. Gleich zu Anfang ritzte ihm ein Hieb leicht den Kopf auf: Er tötete den Mann, aber Blut und Schweiß liefen ihm in die Augen und verklebten in seinen Brauen. Seine Brust schmerzte dort, wo der Reiter ihn getroffen hatte. Ein mit einer Axt bewaffneter Koloss, der wer weiß woher gekommen war, tauchte plötzlich vor ihm auf; er enthauptete Arekh beinahe mit dem ersten Schlag, und Arekh verdankte seine Rettung nur seinen Reflexen. Indem er sich, den Kopf voran, nach vorn warf, konnte er den Riesen zurückstoßen und ihm dann das Schwert in die Brust rammen. Die Klinge blieb stecken, und Arekh musste sie loslassen; er wich zurück und ergriff den Hâsir eines sterbenden Feindes.

Er parierte den Angriff eines Reiters und verlor dann

erneut jegliches Zeitgefühl; er kämpfte in einem höllischen Nebel aus Schmerz und Tod ums nackte Überleben.

Da sah er im aufgewirbelten Staub wie eine Luftspiegelung den Fuchs Harrakins erscheinen. Harrakin ritt elegant durch die Reihen und schlug sich mit großen Schwerthieben den Weg frei. Er kam auf Arekh zu. War der Zeitpunkt für das Duell gekommen? Wich der Feind zurück? Arekh war erschöpft; er würde nicht lange durchhalten. Harrakin würde ihn nur erschlagen müssen – wer würde ihm schon einen unauffälligen Hieb mitten in der Schlacht zum Vorwurf machen?

»Morales!«, schrie Harrakin, stürzte sich zugleich auf einen Nâla, der zu nahe herangekommen war, und drängte ihn zurück.

Arekh spannte sich an, bereit, sich zu verteidigen, mit allen Mitteln zu töten. Wenn er das Pferd traf, würde es sich aufbäumen, dann würde er Harrakin bei den Haaren packen können …

»Morales, zieht Euch zurück!«, rief Harrakin und wies nach hinten. Er machte eine ausladende Bewegung. »Mit Euren Männern! Zieht Euch zurück!«

Arekh fragte sich, ob er recht gehört hatte, aber Harrakin schrie noch einmal, und der Rehali begann, sich zurückzuziehen. Arekh folgte den Männern, während ringsum die Schlacht weitertobte – nein, der Emir war noch nicht besiegt –, und fand sich schließlich in der relativen Ruhe hinter der Front wieder, in der Nähe der Zelte, im Schutz einer Bodenfalte.

Harrakin war verschwunden. Arekh bedeutete seinen Männern, auf ihn zu warten – ihnen war jede Erholung willkommen. Indem er sich das Gesicht abwischte, ging er wieder nach vorn und stieß auf den Leichnam Behias, der mit aufklaffender Brust und verdrehten Augen dalag.

Irgendjemand hatte den Leichnam hinter die Linien getragen, ihm aber nicht die Augen geschlossen. Arekh wollte das gerade tun, als Harrakins Pferd angesprengt kam und der junge Mann aus dem Sattel sprang. Seine Kleidung war kaum blutbefleckt und seine Haltung immer noch untadelig, als hätte der Sturm der Verwüstung ihn kaum gestreift.

Doch etwas an ihm war anders: sein Gesichtsausdruck. Keine Spur von Ironie, Dünkel oder Heiterkeit mehr. Arekh hatte den Eindruck, einen anderen Harrakin kennenzulernen: den Heerführer, den Prinzen, auf dessen Schultern vielleicht die Verantwortung für das Schicksal eines Volkes ruhte.

»In mein Zelt«, sagte Harrakin, nachdem er kurz einen Blick um sich geworfen hatte.

Sein Ton war eher angespannt als aggressiv. Arekh folgte ihm und spürte, wie ein Teil seiner Erschöpfung von Neugier verdrängt wurde. Er trat ins Zelt.

Um sie herum brandete der Schlachtenlärm so heftig wie eine Springflut weiter.

Harrakin musterte Arekh, und dieser hielt seinem Blick stand, auf alles gefasst. Schließlich zog der junge Adlige einen Brief aus seinem Wams hervor.

»Meine Spione haben einen Trupp Soldaten des Emirs tief im Landesinneren gesehen, in der Nähe des Dorfes Palis«, verkündete er.

Arekh runzelte die Stirn. »Palis?«

Harrakin nickte. »In der Nähe von Voalag, auf dem Lehen meines Bruders«, erklärte er. »Sie wissen nicht, wie viele genau es sind – fünfzig, vielleicht hundert Mann. Sie trugen eine neutrale Uniform, aber der Spion ist überzeugt, dass es sich um Männer aus Faez handelt … Palis ist keine zehn Meilen vom Palastgelände entfernt, wenn man den Weg durch den Wald nimmt«, fügte er hinzu, als

Arekh keinerlei Reaktion zeigte. »Es wäre leicht für Halios, sie dorthin zu führen.«

Diesmal begriff Arekh. »Ein Staatsstreich? Halios …? Euer Bruder und die Männer des Emirs?«

Harrakin wies mit angeekelter Geste nach draußen. »Diese Schlacht ist nichts Ernstes, Morales«, erklärte er, während Arekh sich fragte, was die vielen hundert Männer, deren Leichen morgen auf dem geschundenen Boden verwesen würden, wohl von dieser Einschätzung gehalten hätten. »Wir werden gewinnen. Der Emir hätte schneller und weiter vordringen können. Er hätte mehr Männer schicken können. Das hier ist keine Invasion.«

Arekh wusste, was folgen würde, bevor Harrakin es aussprach.

»Es ist ein Ablenkungsmanöver.«

»Hundert Mann«, wiederholte Arekh und begann, im Zelt auf und ab zu gehen. »Halios. Im Palast gibt es eine Garnison …«

»Nur die Ehrengarde. Wir haben alle anderen einberufen. Und die Anzahl spielt keine so große Rolle wie das Überraschungsmoment«, erklärte Harrakin. »Halios muss in einem Moment zugeschlagen haben, in dem niemand damit gerechnet hat.«

»Zugeschlagen *haben*?«, wiederholte Arekh, dem aufging, dass Harrakin in der Vergangenheitsform sprach und was das zu bedeuten hatte. »Wann sind diese Männer bemerkt worden?«

»Vor sechs Stunden. Die Botschaft hat mich gerade erreicht. Ich glaube, dass sie schon dort unten sind.«

Arekh nickte.

Harrakin fuhr fort: »Mit guten Pferden ist der Palast nur drei Stunden von hier entfernt. Ich kann nicht dorthin gehen, ich muss dieses Problem lösen.« Er wies erneut aufs Schlachtfeld. »Und Halios hat nicht allein gehandelt. Jeder könnte sein Komplize sein. Ich kann niemandem vertrauen – nur jemandem, der Marikani gegenüber vollkommen loyal ist.« Er sah Arekh an. »Euch.«

Kurz herrschte Schweigen.

Arekh zögerte. »Dann habt Ihr also Eure Wahl getroffen.«

»Wahl?«

»Zwischen Eurem Bruder und Eurer Cousine. Ihr habt die Hunde auf sie gehetzt, um sie in den Bergen umzubringen«, sagte er aus dem plötzlichen Bedürfnis heraus, das Geschwür aufzustechen. »Ihr habt versucht, sie dort ermorden zu lassen – und von dem versuchten Meuchelmord an mir will ich gar nicht erst reden.«

Er musterte Harrakin und suchte nach Lügen, aber der junge Mann versuchte gar nicht, etwas zu verbergen.

»Natürlich«, sagte er und winkte verächtlich ab. »So etwas spielt doch keine Rolle … Sie war fern, es war der ideale Augenblick für mich, mich ihrer zu entledigen. Das hat nicht funktioniert, umso besser. Marikani ist reizend, und wenn ich es recht bedenke, möchte ich lieber sie heiraten, als mich von meinem Bruder vergiften zu lassen, sobald er auf dem Thron sitzt. Kommt, Morales, Ihr habt doch in Reynes gelebt! So sind eben die Spielregeln, das wisst Ihr genau.«

So sind eben die Spielregeln. Arekh nickte. Das hatte er auch gedacht, als er an jenem Abend zum Tempel gelaufen war.

»Aber das hier – das ist kein Spiel mehr.« Harrakins Blick war hart. »Es ist zweitausendfünfhundert Jahre her, dass Harabec geboren wurde. Zweitausendfünfhundert Jahre, seit Arrethas uns geschaffen hat – und niemals hat ein Feind uns überwunden. König für König haben wir alle

Angriffe abgewehrt: Krieg für Krieg, Jahrhundert für Jahrhundert, haben die Emire versucht, Harabec unter dem Vorwand, die beiden Königshäuser vereinen zu wollen, in die Hand zu bekommen.«

»Unter Verwandten kämpft es sich am besten …«

»Ich bin als Kind in Geschichte unterrichtet worden, Morales – über unsere Schlachten, unsere Helden. Und mein Bruder könnte binnen weniger Stunden durch einen törichten Verrat aus blindem Ehrgeiz die Bemühungen dieser zweitausendfünfhundert Jahre zunichtemachen. Er wird uns dem Untergang weihen. Wenn der Emir erst in Harabec ist, wird er es nicht wieder verlassen. Das wäre das Ende.«

»So weit ist es noch nicht«, sagte Arekh, legte den Hâsir ab und griff nach einem anderen Schwert. »Ich habe nur noch vierzig Männer. Ich nehme zwanzig weitere von Euren mit.«

Harrakin nickte. »Viel Glück. – Tötet meinen Bruder für mich«, fügte er hinzu, als Arekh sich anschickte hinauszugehen.

Arekh lächelte. »Zu Befehl.«

Kapitel 17

Es herrschte strahlender Sonnenschein. Schon zwei Meilen vom Palast entfernt nahm man den Brandgeruch wahr. Arekh trieb seine Männer zum Galopp, und sie verließen die Straße, um quer über Gras und Blumen an den Statuen vorbeizupreschen; die Hufe ihrer Pferde rissen die sorgfältig von den Gärtnern bearbeiteten Erdhügel auf.

Während die Gebäude näher kamen, sah Arekh sich bei jedem Sprung seines Pferdes um und versuchte, die Situation zu analysieren. Der Arrethas-Tempel brannte – seltsam. Warum hatte Halios den Tempel seines Vorfahren in Brand stecken lassen? Die Westseite des Palasts wirkte unberührt, aber im Hauptgebäude flackerten rote und orangefarbene Flammen, und auch weiter entfernt im Hof stieg Rauch auf. Bald sahen sie erste Leichen: fremde Soldaten in graubraunen Uniformen und Palastwachen … etwa zehn Leichen in der Nähe eines Hains. Das erste Scharmützel?

Ja, das Hauptgebäude stand in Flammen, und jetzt hörten Arekh und seine Männer auch Geschrei und Kampflärm. Arekh zwang sich zu denken, dass dies ein gutes Zeichen war: Halios hatte sicher nicht von Anfang an geplant, seinen künftigen Palast zu beschädigen. Er hätte einen weitgehend unblutigen Staatsstreich gewiss vorgezogen.

Der Rauchgeruch wurde stärker, und sie sahen eine Gruppe Flüchtlinge nach Osten rennen. Wenn Halios eine Truppe von hundert Mann hatte, hatte er zweifellos damit gerechnet, der Wachen ohne Schwierigkeiten Herr zu werden und Marikani zu zwingen, sich ihm ohne Widerstand auszuliefern – aber der Rauch und die Schreie bewiesen, dass es Widerstand gab.

Die Pferde sprangen die drei breiten Stufen hinauf, die zum Vorplatz führten; Arekh und seine Männer bogen um die Ecke und erreichten den Haupthof. Ein Trupp Soldaten kam aus dem großen Tor, beladen mit Wandteppichen und Truhen. Plünderungen? Jetzt schon?

Schreie erklangen im Innern des Gebäudes – ebenso wie das Krachen zerschlagener Möbel. Aber das Gebäude konnte noch nicht völlig in der Hand des Feindes sein: Ein Diener in Palastlivree stand mit einem großen Bogen bewaffnet an einem Fenster im ersten Stock und schoss auf die Angreifer. Ein Plünderer brach gerade in dem Moment, als Arekh eintraf, mit einem Pfeil im Rücken zusammen.

»Keine Gnade!«, rief Arekh seinen Männern zu und deutete auf die Plünderer; zehn Reiter lösten sich mit gezogenem Schwert aus dem Rehali.

Manche der Feinde versuchten zu flüchten, andere zogen ihre zweischneidigen Schwerter, um sich zu verteidigen – Hâsirs. Der Spion hatte sich also nicht getäuscht: Es waren wirklich Männer aus Faez. Aber es war zu spät für sie. Gegen bewaffnete Reiter hatten sie keine Chance, und bald waren die Steine blutbefleckt, während der Diener seinen Bogen mit einem Sieges- und Freudenschrei hochreckte.

»Gelobt sei Arrethas!«, schrie er und dann, zu Arekhs Erstaunen: »Morales lebe hoch!«

»Wo sind sie?«, rief Arekh ihm zu. »Wo ist die Hauptstreitmacht?«

»Ich weiß es nicht!«, rief der Diener zurück. »Hier herrscht Chaos, sie sind überall …«

Er wandte sich plötzlich um, als ob jemand in das Zimmer, in dem er sich befand, eingedrungen sei, und verschwand mit einem Wutschrei aus der Fensternische.

»Es ist zu spät!«, rief ein junger Reiter aus Arekhs Rehali verzweifelt. Arekh erinnerte sich, den Mann schon bei Hofe gesehen zu haben. »Wenn sie plündern, dann haben sie längst gewonnen …«

»Nein.« Arekh warf einen weiteren Blick in Richtung des Arrethas-Tempels, aber der war vom Hauptgebäude verborgen, so dass er nur den Rauch sah. »Nicht unbedingt. Das heißt auch, dass sie sich zerstreut haben – so werden wir sie einfacher besiegen können.«

Unlogischerweise fühlte Arekh sich ziemlich selbstsicher. Bei dem Exorzismusritual vor zwei Tagen war er weitaus besorgter gewesen. Er hatte gefürchtet, zu spät zu kommen – und war auch beinahe zu spät gekommen.

Heute …

Heute gab es Hoffnung, solange noch gekämpft wurde. Wäre Marikani tot gewesen, hätten die Höflinge sich ihrem neuen König ergeben.

Arekh gab dem jungen Offizier einen Wink. »Nehmt zehn Mann und säubert das Erdgeschoss«, sagte er, indem er auf den Haupteingang deutete. »Keine Gnade für unsere Gegner … Aber findet heraus, wo Marikani ist. Fragt die Überlebenden. Kehrt zu uns zurück, sobald Ihr Informationen habt oder wenn Ihr auf zu starken Widerstand stoßt.«

Während der junge Adlige mit einem wilden Funkeln in den Augen vom Pferd sprang, führte Arekh seine Männer zur anderen Seite des Westflügels. Eine Gruppe Diener flüchtete gerade schreiend daraus, und Arekh hatte große Mühe, eine Dienerin festzuhalten.

»Da drüben!«, sagte die zitternde Frau, als es Arekh endlich gelang, etwas Zusammenhängendes aus ihr herauszubekommen. »Sie kämpfen!«

»Wer, ›sie‹?«

Aber die Frau entschlüpfte seinen Händen und rannte weiter. Sie hatte auf ein Verwaltungsgebäude gedeutet, und als der kleine Trupp dort ankam, fanden sie sich einem unglaublichen Durcheinander gegenüber. Etwa zwanzig Soldaten in Graubraun kämpften gegen fünf Palastwachen, die von Dienern, Adligen und Gärtnern unterstützt wurden. Ringsum jagten schemenhafte Silhouetten einander durch die Kolonnaden. Frauen lehnten sich aus den Fenstern des zweiten Stocks und bewarfen die Angreifer mit allem, was sie fanden: Möbelstücken, Büchern, Küchengerät. Arekh sah den alten Höfling, der die Morales als Emporkömmlinge bezeichnet hatte. Mit gezogenem Schwert hielt er drei Feinde mit theatralischen Gebärden und wüsten Beleidigungen in Schach. Eine Kommode ging neben dem Adligen nieder und zerbrach; sie war sicher auf seine Gegner gezielt gewesen, verfehlte ihn aber nur knapp.

Arekh drängte sein Pferd vorwärts und ritt über Leichen hinweg; dann ließ er sein Schwert niederfahren, tötete einen der Soldaten und schlug die beiden anderen in die Flucht.

»Wo ist die verdammte Hauptstreitmacht?«, fragte er, während seine Männer den Hof von den letzten Feinden säuberten. »Wo ist Marikani?«

Arekhs Ausdrucksweise schien den alten Höfling nicht zu schockieren. Er wirkte sogar, als ob er sich prächtig amüsierte.

»Ich weiß es nicht«, sagte er und schwenkte sein blutiges Schwert. »Banh hat Barrikaden im ganzen Palast errichten lassen, um Zeit zu gewinnen. Ich glaube, die Kleine hat ein letztes Widerstandsnest im Arrethas-Tempel eingerichtet.«

»Die Kleine?«

Dann begriff Arekh, von wem er sprach. Eine Welle der Furcht schlug über ihm zusammen. Im Arrethas-Tempel. Der Arrethas-Tempel brannte … Er gab seinem Pferd die Sporen, sprengte durch die Kolonnaden und über einen weiteren Hof, während die Hufeisen der Pferde seiner Männer hinter ihm aufs Pflaster trommelten. Schließlich sah er den Arrethas-Tempel vor sich.

Schreie ertönten aus dem Tempelinnern. Arekh spürte, wie sich ihm der Magen umdrehte, bevor ihm aufging, dass der Rauch nicht aus dem Tempel aufstieg, sondern von einem Brandherd davor. Man hatte große Feuer entzündet und …

Eine Barrikade. Irgendjemand – vermutlich Marikani und ihre Mitstreiter – hatte den Tempel mit einem Kreis aus Holz und geweihtem Öl umgeben und beides in Brand gesteckt, um die Eindringlinge aufzuhalten. Ringsum wurde gekämpft, aber Arekh hielt sich nicht auf, sondern ließ sein Pferd aus dem Galopp heraus über die Flammen setzen. Jenseits davon hatte ein Großteil des Gemetzels stattgefunden. Dutzende von Leichen lagen hier auf dem Boden, darunter viele Männer in Graubraun, die von Pfeilen durchbohrt waren. Hervorragende Taktik. Die Verteidiger hatten die Angreifer durch das Feuer aufgehalten und diejenigen, die hindurchgelangt waren, mit Pfeilschüssen getötet. Aber diese Methode hatte nur eine gewisse Zeit lang funktioniert, und weiter entfernt sah Arekh die blutüberströmten Leichen von Adligen und Dienern auf den Stufen des Tempels …

Keine Zeit, vom Pferd zu steigen oder langsamer zu werden. Das Tier sprang die Marmorstufen hinauf, und Arekh und die ersten seiner Reiter drangen durch das große, geöffnete Tempeltor ein.

Im Innern herrschte ein unbeschreibliches Chaos. Hier war doch ein Brand am Ende des großen Saals ausgebrochen, und es wurde im Rauch auf den Mosaiken, zwischen den Bänken und bei den Altären gekämpft. Arekh drängte sein Pferd durch die Menge. Er wusste, dass er ein fürchterliches Sakrileg beging, aber er hoffte, dass Arrethas ihm angesichts der Situation verzeihen würde.

Rioc, einer von Halios' Vertrauten, bemerkte ihn und stieß einen Warnschrei aus. Er gab Befehle, und zwanzig Soldaten in Graubraun lösten sich aus der Menschenmasse, um den Neuankömmlingen den Weg zu verstellen. Hinter Arekh stiegen seine Reiter ab und stellten sich ihnen zum Kampf, aber trotz der Gefahr blieb Arekh im Sattel und suchte die Menge ab.

Irgendwo in diesem Tempel lag vielleicht Marikanis Leichnam am Boden …

Bei dieser Vorstellung stieg Zorn in ihm auf.

»Halios!«, schrie er mit gezogenem Schwert, während der zynische Teil seines Verstandes sich bewusst wurde, wie theatralisch seine Handlungsweise wirken musste. »Halios! Komm her und kämpfe!«

Keine Reaktion. Ohnehin hatte der Lärm seinen Schrei verschluckt. Vielleicht waren ja beide schon tot – Marikani und Halios? Vielleicht erschlugen ihre jeweiligen Anhänger sich weiter gegenseitig, ohne zu wissen, dass sie keinen Grund mehr dazu hatten?

Dann sah er die Treppe, die zur Galerie hinaufführte, die unter der gewaltigen Buntglaskuppel verlief, und entdeckte zwischen den Säulen eine weibliche Gestalt in weißem Kleid. Auch dort oben tobte ein Kampf. Ohne nachzudenken, drängte er sein Pferd weiter über die Bodenplatten voran, während die Kämpfenden ihm schreiend auswichen.

»Ihr da!«, rief er einem Offizier zu, der ihm gefolgt war. »Nehmt fünfzehn Mann und macht die Treppe frei!« Er winkte den Rest der Truppe zu sich. »Hackt Euch einen Weg frei! Da entlang!«

Er hörte von oben den Schrei einer Frau, dann Befehle, von derselben Stimme gesprochen. Wenn das Marikani war, hatte sie noch Anhänger bei sich …

»Marikani!«

Diesmal hatte er laut genug geschrien, um den umgebenden Lärm zu übertönen. Dort oben im Rauch erstarrte die weiße Silhouette und drehte sich dann um.

Arekh sah wieder vor sich, wie ihre Hände sich, Handfläche an Handfläche, verbunden hatten. Damals hatte er ein Versprechen gegeben …

Eine Bewegung – Marikani verschwand aus seinem Blickfeld. Dann sah Arekh Halios gleich einem Gespenst im Rauch zwischen zwei Säulen auf der Galerie.

Die Treppe … Nein, er würde zu spät kommen. Auf jeder Stufe befand sich ein Leichnam, ein Verwundeter oder ein Kämpfer. Vor ihm brach auf den Bodenplatten eine Frau zusammen und spuckte Blut, als der Dolch, der ihr in den Nacken gerammt worden war, zwischen ihren Zähnen wieder hervordrang. Draußen fanden vielleicht manche der Adligen Vergnügen am Kampf, aber hier drinnen war er ein wahres Schlachten. Arekhs Männer drangen weiter vor, und irgendwer fiel auf den Marmorboden und schrie, bevor er niedergetrampelt wurde. Am Ende des Saals loderte das Feuer heller als zuvor. Die Luft war stickig und erschwerte das Atmen.

Er konnte nicht hierbleiben …

Arekh rammte sein Schwert in den Arm eines Kriegers, der seinen Offizier angriff, und ließ es stecken. Er zog die Füße aus den Steigbügeln, sprang auf den Sockel einer großen Arrethas-Statue, die die Hände erhoben hielt, um Blitze zu beschwören. Arekh bat Arrethas erneut, ihm zu vergeben, und kletterte auf den Kopf des Gottes, klammerte sich mit der rechten Hand an einem brüchigen Kalksteinfries fest, spürte es unter seinen Fingern zerbröckeln und hatte gerade noch Zeit, erneut zuzupacken und sich am Boden der Galerie festzuhalten. Er zog einen Fuß hinauf, dann den anderen, und einige Sekunden später war er oben und stieg über Leichen hinweg.

Auf der Galerie hatten die Kämpfer sich an die Wand zurückgezogen, dorthin, wo der Rauch am dichtesten war. Ein Soldat des Emirs wandte ihm den Rücken zu. Arekh brach ihm das Genick, nahm sein Schwert und schlug in die Menge, um sich zu der Silhouette im weißen Gewand durchzudrängen, die einen Moment lang vor ihm erschien, bevor sie aufs Neue von der Menschenmasse verschluckt wurde. Bei Heldenliedern seufzten die Zuhörerinnen immer vor Erleichterung, wenn der junge, schöne Krieger aus adligem Hause mit den langen schwarzen Haaren sich auf eine Galerie schwang, um einer jungen Frau in Gefahr zu Hilfe zu eilen, aber hier hatte die Situation nichts Romantisches an sich. Um Arekh herum stank die Luft nach Blut, Schweiß und Tod. Er hieb einem neuen Gegner in den Rücken, stieß gewaltsam einen Adligen beiseite, obwohl dieser vielleicht auf seiner Seite war … und fand sich ohne Vorwarnung neben Marikani wieder. Sie bemerkte ihn im selben Augenblick, und sie sahen einander einen kurzen Moment lang an, ohne sich zu rühren.

Eine schwitzende Frau, deren blaues Kleid blutverschmiert war, drängte sich zu ihnen durch.

Vashni.

Sie sah Arekh, unterdrückte eine überraschte Bewegung und wandte sich dann an Marikani: »Banh sagt, dass alles bereit ist. Er hat die erste Flamme entzündet.«

Marikani nickte knapp. »Wir müssen raus«, sagte sie zu Arekh. »Schnell.«

Arekh nahm sie beim Handgelenk. Marikani wollte erst zurückweichen, ließ es dann aber geschehen.

»Was ist mit dem Gang, der zum Privataltar führt?«, fragte er. »Ist er gesperrt?«

Er war nur selten hier gewesen, glaubte sich aber zu erinnern, dass es eine weitere Treppe gab, die an der Rückseite des Tempels von der Galerie hinunterführte.

Vashni schüttelte den Kopf. »Nein. Voller Feinde, aber gangbar.«

»Warum seid Ihr nicht ...«

»Wir mussten Halios und seine Männer so lange wie möglich im Tempel halten«, erklärte Marikani.

Arekh nickte. Er würde später verstehen. Und bis dahin ...

Vashni trat einen Schritt zurück, und Arekh ging, ohne Marikanis Handgelenk loszulassen, geradeaus, und tötete ohne nachzudenken alle, die sich ihm in den Weg stellten. Marikani befahl ihren Anhängern mit gesenkter Stimme, den Tempel zu verlassen.

Am Ende der Galerie öffnete sich ein Gang, der zur zweiten Treppe führte. Der Rauch versperrte Arekh die Sicht, aber er kam leichter voran, als er gedacht hätte. Die Kämpfer waren erschöpft, und bald stieg er mit Vashni und Marikani die engen Stufen hinab. Ein paar Soldaten stellten sich ihnen in den Weg; Arekh entledigte sich der Männer mit kaltem Zorn und einem Können, das ihn selbst überraschte. Unten, nahe beim Südtor des Tempels, fand er den Offizier, den er ins Hauptgebäude geschickt hatte.

Der junge Mann war schweißüberströmt und rief ihm zu: »Ayashinata Marikani ist gesehen worden, und zwar …« Er unterbrach sich, als er Marikani sah, und salutierte. »Ayashinata. Mein Herz ist erfreut, Euch am Leben und gesund zu finden, und …«

»Gut, gut«, unterbrach ihn Arekh. »Wo ist Halios?«

»Da! Sie entkommt!«, schrie eine Stimme hinter ihnen.

Halios?

Arekh wollte sich schon in den Kampf stürzen, als Marikani ihn am Arm packte. »Nicht im Tempel. Wir müssen hier raus«, wiederholte sie.

Die kleine Gruppe rannte die Stufen vor dem Tor hinunter und fand sich einige Sekunden später unter der brennenden Morgensonne wieder. Das Licht blendete Arekh, der vergessen hatte, wie hell es draußen war.

Marikani zerrte ihn weiter weg, aber Arekh drehte sich um; er wollte überprüfen, ob ihnen jemand gefolgt war.

»Meine Männer sind dort drinnen«, erklärte er.

»Lasst sie herauskommen«, sagte Marikani und hob den Blick zur Kuppel. »Schnell.«

Arekh gab seine Befehle, und der Offizier rannte zum Haupttor. Hinter Marikani ertönten Rufe: »Da ist sie! Sie lebt!«

Eine Gruppe von Dienern kam begleitet von einem Wachsoldaten und von Lionor auf sie zugelaufen. Lionor warf sich mit Tränen in den Augen in Marikanis Arme.

»Es ist fast vorbei«, flüsterte Marikani außer Atem. »Fast vorbei. Wir haben die Vasen mit dem Fîr-Pulver in der Nähe der Bögen aufgestellt, die die Kuppel tragen. Ich habe Halios und seine Männer in den Tempel gelockt …«

Neue Freudenschreie ertönten bei Marikanis Anblick, und bald hatte sich eine kleine Menschenmenge aus Höflingen um sie geschart. Manche waren verwundet und erschöpft und hatten zerrissene Kleider, aber sie waren glücklich. Arekhs Männer kamen aus dem Tempel. Ohne sich vom Lärm, den Schreien und dem Staub ablenken zu lassen, versuchte Arekh, die Lage einzuschätzen. Marikani war bei ihm, in Sicherheit. Seine Soldaten kamen näher, und Arekh zählte sechs Verwundete. Er hatte noch dreißig einsatzfähige Männer; ein paar mehr waren gewiss noch im Palast.

Halios und seine Anhänger waren nach wie vor im Arrethas-Tempel.

»Die Barrikaden?«, fragte Marikani Lionor.

»Die Plünderer sind fast alle geflohen«, schrie Lionor über das Getöse hinweg. »Es hat Tote gegeben, aber der Brand ist beinahe unter Kontrolle …«

Marikani wandte sich Arekh zu. »Die Kuppel wird einstürzen«, flüsterte sie. »Ein Großteil ihrer Streitmacht ist im Innern. Halios darf nur nicht herauskommen, bevor …«

Halios kam heraus.

Ruhig, durch das Südtor. Er ging zwischen Rioc und einem hochgewachsenen Mann mit hagerem Gesicht, der einen Diamantohrring nach Mode des Emirats trug. Sicher ein hochrangiger Offizier. Obwohl er den Hâsir in der Hand hielt, wirkte der Offizier des Emirs entspannt und betrachtete das Chaos ringsum mit leicht gelangweilter Verachtung.

Vashni wich einen Schritt zurück, ebenso die übrigen Höflinge. Ein großer Kreis bildete sich um die beiden Grüppchen. Hinter Halios kamen einige Soldaten des Emirs ins Freie, nur ein knappes Dutzend. Etwa fünfzig mussten noch im Innern des Tempels sein.

Alle Blicke ruhten nun auf Halios. Er trat einen Schritt vor.

Marikani warf Vashni einen besorgten Blick zu, als wolle sie sie fragen, warum die Kuppel noch nicht zusammengebrochen war. Vashni zuckte hilflos mit den Schultern.

»Ergib dich!«, sagte Halios zu Marikani; er war sich vollkommen bewusst, dass er im Mittelpunkt der allgemeinen Aufmerksamkeit stand. »Wir sind zu zahlreich, und deine Anhänger sind erschöpft!«

Er drehte sich um, und Arekh begriff, dass er seinen Soldaten befehlen würde, den Tempel zu verlassen und zu ihm zu stoßen. Bevor er auch nur den Mund öffnen konnte, hatte Arekh ihn bereits beleidigt.

Es war eine schöne, recht vulgäre Beleidigung, die so gar nicht dem Umgangston bei Hofe entsprach, Halios zusammenzucken ließ und die meisten Höflinge schockierte. *Wie seltsam*, dachte Arekh, als er, das Schwert in der Hand, die Fläche überquerte, die ihn von Marikanis Cousin trennte. *Überall liegen Leichen, ein Staatsstreich ist in vollem Gange – aber Gossensprache, das geht nun wirklich zu weit!*

Die List hatte jedenfalls funktioniert: Halios hatte sich wieder umgewandt, ohne seinen Befehl gegeben zu haben.

»Ein Duell!«, sagte Arekh und blieb fünf Schritte vor ihm stehen. »Euer Bruder hat sich dem zwei Mal entziehen können, aber das wird Euch nicht gelingen! Ihr wollt den Hof beherrschen? Ihr wollt König sein? Nun gut – dann beweist erst einmal, ob Ihr fähig seid, einen gewöhnlichen Verbrecher zu besiegen!«

Er hatte den richtigen Ton angeschlagen. Wie er vor zwei Tagen in den Bädern begriffen hatte, war der äußere Anschein bei Hofe von übergeordneter Bedeutung. Wenn er herrschen wollte, benötigte Halios die Unterstützung der Höflinge. Ihre Wertschätzung. Wenn alle ihn verachteten, würde er sich nicht lange halten können.

Der Offizier des Emirs sah zu und wartete ab. Auch im Emirat war eine Aufforderung zum Duell eine ernste Angelegenheit. Arekhs Männer hatten sich unter die Menge gemischt und verfolgten das Geschehen aufmerksam.

»Ich habe es nicht nötig, mich mit Euch zu schlagen«, sagte Halios.

Arekh lächelte. Halios hatte nichts mit seinem Bruder gemein. Er konnte ihm nicht das Wasser reichen – und das wusste er.

Arekh hob eine Handvoll Kies auf und schleuderte ihn Marikanis Cousin ins Gesicht. Halios wich mit blutendem Gesicht einen Schritt zurück.

Jetzt hatte er keine Wahl mehr. Nach einem raschen Blick in die Runde zog er sein Schwert.

Das Duell begann langsam. Halios blieb in der Defensive, Arekh war müde, und in Wirklichkeit war ihm das Duell völlig gleichgültig: Er wollte nur einige Minuten gewinnen. Hinter sich hörte er Vashni mit Marikani sprechen.

Der Tempel stand noch immer.

Ein Hieb, eine Parade. Noch ein Hieb …

Arekh verwundete Halios leicht an der Schulter. Das schien Halios aufzuwecken. Er schlug mit aller Kraft zu, aber Arekh parierte mit Leichtigkeit.

Halios versuchte eine neue Finte – ohne Erfolg. Da trat er zehn Schritte zurück und unterbrach so das Duell.

Die Höflinge tauschten entsetzte Blicke, und sogar der Offizier des Emirs runzelte die Stirn.

»Das reicht«, sagte Halios. »Dafür bin ich nicht hier.«

Er drehte sich zum Tempel um, hob die Hand …

… und das dumpfe Geräusch einer Explosion ertönte

aus dem Innern, gefolgt von einem fürchterlichen Krachen. Die Höflinge wichen noch weiter zurück, aber Marikani nutzte die allgemeine Verblüffung, um auf Arekh zuzurennen. Er sah, dass sie den Dolch in der Hand hatte – den mit dem Sonnenstein im Griff, den er ihr in den Bergen zurückgegeben hatte.

Noch eine Explosion, ein weiteres Krachen … Ein Teil des Tempeldachs wankte, Rufe wurden laut, Höflinge flüchteten schreiend.

»Halios!«, schrie Marikani. Der Offizier des Emirs wollte eingreifen, aber zu spät. Arekh schlug ihn, um ihn auf Distanz zu halten. Halios drehte sich um, und Marikani rammte ihm den Dolch in die Kehle.

Der Leichnam sank langsam zu Boden, und Arekh bemerkte mit einer gewissen Erheiterung, dass er Harrakins Befehl nicht gehorcht hatte, während die Kuppel des Arrethas-Tempels mit derartigem Getöse einstürzte, als sei das Ende der Welt gekommen.

Kapitel 18

Die folgenden Tage über sammelten die Diener die Leichen ein, streuten Sand und Kies über die Blutspuren und entfernten die angesengten Wandteppiche. Die besten Steinmetze der Hauptstadt begannen, die schrecklichen Wunden des Tempels zu heilen.

Die Kuppel wurde vorerst durch ein rotes Tuch ersetzt; es würde Jahre dauern, das zierliche Buntglasmosaik zu rekonstruieren.

Aber das Mosaik spielte keine Rolle. Die Zerstörung spielte keine Rolle.

Trotz der Zahl der Toten und trotz der Verluste, trotz der Katastrophe, der man nur knapp entronnen war, badete der Hof in süßer Euphorie: der des Sieges. So nahe am Desaster vorbeigeschrammt und doch entkommen zu sein, den Erbfeind noch einmal besiegt zu haben, obwohl er von einem Verräter unterstützt worden war – all das hatte eine Flamme enthüllt, die die Palastbewohner noch nie in sich wahrgenommen hatten, und es gab keinen Höfling, keinen Diener, keinen Botenjungen, der sich nicht zumindest teilweise für den Triumph verantwortlich fühlte. »Sie« hatten gesiegt, und ein Funken von Heldentum fiel sogar für die noch ab, die während der Schlacht zitternd hinter einer Säule Schutz gesucht hatten.

Die Sonne strahlte, der leichte Wind flüsterte von Hoffnungen, Verheißungen und Neuanfängen. An den Wänden erblühte die *Saani*, eine Rankpflanze, die jedes Jahr nur einen halben Mond lang Blüten trug; das wurde von allen als Zeichen der Zufriedenheit der Götter gewertet. Alte Clanfeindschaften und alter Groll wurden begraben, als hätte das Blut Jahre der Intrigen und Verbrechen abgewaschen.

Und Arekh erlebte etwas, was ihm bisher vollkommen unbekannt gewesen war: Er war beliebt. Was zählten schon seine Vergangenheit und die finsteren Verbrechen, die er in einem fernen Land im Norden begangen hatte? Er hatte Marikani gerettet, er hatte sie alle gerettet. Sein Name war in aller Munde – genau wie der Harrakins. Frauen lächelten ihm zu, Adlige aus Familien, von denen er noch nie gehört hatte, klopften ihm auf die Schulter, um ihn zu beglückwünschen, junge Mädchen erröteten und stießen einander an, wenn er vorüberkam. Plötzlich wurden Gespräche nicht mehr unterbrochen, wenn er sich näherte: im Gegenteil, man bat ihn hinzuzustoßen und von seinen Taten zu erzählen. Banh gratulierte ihm persönlich und ernannte ihn dann in einer kleinen Zeremonie, die vor der Tempelruine abgehalten wurde, zum Ehren-*Mereni* der Armee, was ihn – wenn man seinen Platz im Rat hinzurechnete – zu einem der wichtigsten Amtsträger am Hof machte.

Und Harrakin, der einige Tage später ruhmbekränzt heimkehrte, schien sich daran noch nicht einmal zu stören. Er beglückwünschte Arekh aufrichtig und nutzte die Bewunderung, die ihm seine Schlacht eingetragen hatte, um vor einem schon überzeugten Publikum ebenso fröhlich wie theatralisch die Details seiner Strategie auszubreiten.

Auch ein anderes »Detail« hatte sich geklärt, oder zumindest fast: der Prozess. Da der Hauptankläger tot und des Verrats überführt war, brach das ganze Lügengebäude in sich zusammen. Man sprach nun nur noch von der Prüfung. Trotz der Schäden am Arrethas-Tempel schien Marikani ungeduldig darauf zu warten, endlich offiziell den Thron besteigen zu können.

Die Vorbereitungen begannen.

Während dieser hektischen Tage hatte Arekh kaum Zeit, Marikani zu sehen. Die junge Frau versank dank der Nachwehen des Krieges in Arbeit, obwohl die Bezeichnung »Krieg« vielleicht etwas übertrieben für einen Konflikt war, der nur einen Abend lang gedauert hatte. Gesandte gaben sich im Herbstschreibzimmer ein Stelldichein, während Boten unaufhörlich zwischen Harabec, dem Emirat, Reynes und den Freien Städten hin und her pendelten.

Aber Arekh war nicht enttäuscht. Er *wusste es.* Er hatte es in Marikanis Blick gelesen, als die Kuppel eingestürzt war, er las es jedes Mal aufs Neue, wenn sie sich auf einem Korridor inmitten einer Horde von Höflingen begegnete.

Bald, sagten das Lächeln und die Augen der jungen Frau, die selbst im umgebenden Chaos noch heiter und leuchtend blieben.

Bald.

Und Arekh spürte, wie er von der gleichen heiteren Ruhe erfüllt wurde.

Schließlich kam der Tag der Prüfung. Das erste Ritual, das vom Hohepriester abgehalten wurde, war für den Abend vorgesehen; es sollte stattfinden, wenn der Mond, der einst Fîr gewesen war, am Horizont erschien. Ein Dutzend anderer Rituale würden die ganze Nacht lang folgen, bevor Marikani – wenn sie sich als würdig erwiesen hatte – die Erlaubnis erhielt, einen Teil ihres Blutes in die Schale fließen zu lassen, die sie der Arrethas-Statue in die Hände legen würde.

Wenn sie würdig war und Arrethas sie nicht mit einem Blitz erschlug, dann würde sie die fünfhunderteinundzwanzigste Herrscherin von Harabec werden.

Zu Beginn des Nachmittags wurden Lionor, Arekh und die zwanzig wichtigsten Persönlichkeiten des Hofes in den Um-Akr-Tempel bestellt, um einer raschen Abschlusszeremonie des Prozesses beizuwohnen. Der Hohepriester hatte vor zwei Tagen diskret sein Urteil gefällt: Marikani war keine Kreatur der Abgründe, die Anklage war unbegründet, und ihr Name war von jedem Makel reingewaschen. Er wollte jetzt, dass die wichtigsten Betroffenen vor aller Augen – oder zumindest vor den Augen derer, die im Palast etwas zählten – die Schlussakte unterzeichneten, um den Gerüchten ein Ende zu machen.

Der Hohepriester und seine beiden Assistenten führten eine ganze Reihe von Ritualen vor Marikani durch, während das Grüppchen aus Höflingen an der Tür zum Gerichtsgraben wartete und leise plauderte. Die junge Erbin war an diesem Tag ausgesprochen schön, als wolle sie für die Prüfung besonders hell erstrahlen. Ihr scharlachrotes, im Rücken tief ausgeschnittenes Kleid war für einen Tempel alles andere als angemessen, aber niemand schien sich daran zu stören. Gegen die Wand gelehnt, betrachtete Harrakin interessiert die Formen der jungen Frau, die im Graben zwischen den beiden Sternen stand.

Der neue Um-Akr-Priester spielte auf seiner geweihten Flöte eine Melodie, um dem Gott für seine Milde zu danken, und reichte das Instrument an die junge Frau weiter, die der Tradition nach darauf das Lied der Dankbarkeit und erwiesenen Unschuld hätte spielen sollen. Marikani lehnte mit einer höflichen Verneigung ab, und der Priester brachte die Weise selbst zu Ende.

Die Höflinge schwatzten über den Wiederaufbau des

Westflügels. Vashni, die mit einem Auge den Abläufen folgte, beugte sich zu Arekhs Ohr. »Marikani kann nicht Flöte spielen«, erklärte sie. »Sie hat Schwierigkeiten mit dem Handgelenk.«

Arekh nickte abgelenkt und spürte dennoch, wie ihn bei diesen Worten ein seltsames Unbehagen überkam. Bevor er sein Gefühl genauer ausloten konnte, deutete Vashni auf Harrakin.

»Dieser Mann hat es nie verstanden, seine Begierden zu verhehlen«, sagte sie mit schalkhaft funkelnden Augen. »Nun seht Euch das an! Er zieht sie mit Blicken aus – und das an einem geheiligten Ort! Es handelt sich zwar um seine künftige Frau, aber der ein oder andere könnte das doch skandalös finden.« Dann sah sie wieder Arekh an. »Ihr seid aber doch nicht verheiratet?«

»Verheiratet? Nein«, antwortete er erstaunt.

»Keine verlassene Gattin, die mit gebrochenem Herzen irgendwo in einer regnerischen Gegend von Reynes hockt? Bei einem Mann wie Euch weiß man ja nie …«

»Nein, schöne Dame«, erwiderte Arekh und neigte amüsiert den Kopf. »Ich habe zwar einige fürchterliche Fehler begangen, aber den einen nicht.«

»Wisst Ihr, dass es Könige von Harabec gab, die neben ihrer offiziellen Gemahlin noch eine morganatische Ehefrau hatten?« Ein winziges Lächeln huschte über Vashnis Lippen. »Das ist zwar selten vorgekommen, aber durchaus schon geschehen. Nehmt etwa Meruilos den Starken … Er hatte seine Cousine geheiratet, wie es hier Sitte ist, und mit ihr zwei Kinder aus dem Blut des Arrethas gezeugt, aber seine Liebe galt seiner zweiten Gattin, einer jungen Bürgerlichen, der er in Harabec begegnet war. Sie hatte natürlich kein Recht, die Krone zu tragen, aber sie war dennoch sein Liebling. Und alle waren damit sehr glücklich.«

Arekh vergaß über diese Worte Harrakin und sah wieder Vashni an. Es war nicht nötig, dass sie ihm die Gründe für ihren historischen Exkurs erläuterte. Er zögerte und fragte sich, ob sie scherzte, aber er sah nur das übliche amüsierte Funkeln in ihren Augen tanzen.

»Oh, wirklich?«

»Wirklich.« Vashni lächelte. »Werdet Ihr mich nun fragen, ob sich auch schon eine Königin von Harabec dazu entschlossen hat?«

»Edle Vashni, ich habe bereits vor langer Zeit gelernt, Euch keine Fragen zu stellen. Man könnte fast annehmen, dass Ihr immer schon im Voraus wisst, wie ein Gespräch enden wird.«

»Oh, Arekh, Ihr entwickelt ja Manieren! Das Gebaren des Hofstaats färbt wohl auf Euch ab. Nehmt Euch in Acht, sonst werdet Ihr noch gezähmt.« Ihr Lächeln wurde breiter. »Nun gut … Wenn Ihr mir die Frage gestellt hättet, hätte ich Euch gesagt, dass sich ohne Zweifel ein Präzedenzfall finden lassen wird. Und ich bin nicht diejenige, die auf den Gedanken gekommen ist. Manche … Sympathien bleiben nicht unbemerkt, wenn es um wichtige Persönlichkeiten geht, wisst Ihr? Ich wiederhole nur Gerüchte, die gerade im Umlauf sind …«

Arekh nickte und richtete seine Aufmerksamkeit wieder auf Marikani. Er kämpfte darum, die Beherrschung zu wahren, um sich nicht vor den Augen der größten Klatschbase des Palastes zu verraten. Sein Herz klopfte bis zum Zerspringen: Er versuchte, sich zur Vernunft zu mahnen, doch es gelang ihm nicht. Selbst wenn Vashni sich täuschte … selbst wenn sie alle sich täuschten, selbst wenn der Gedanke nie auch nur Marikanis Geist gestreift hatte – er konnte ihr ja noch kommen. Und außerdem war es ihm völlig gleichgültig, ob es eine offizielle Verbindung gab. Was das Gespräch bewies und was allein wichtig war, war, wie er sich mit fast schmerzhaftem Entzücken sagte, dass … dass *irgendetwas* jetzt möglich war, weil es im Hofklatsch schon akzeptiert und erwartet wurde.

Nein, vielleicht verrannte er sich da in etwas. Und dennoch … Er kämpfte darum, seine Gedanken nicht abschweifen zu lassen und seine Hoffnungen unter Kontrolle zu behalten. Ohne Erfolg.

So vieles hatte sich geändert und kulminierte in einem Augenblick, *diesem* Augenblick. Es schien ihm, als sei er nicht mehr derselbe, und er erinnerte sich, wie er vor Wochen in diesem Tempel den Eindruck gehabt hatte, dass er eine zweite Chance bekommen würde. Die Emotionen, die auf ihn einströmten, waren so stark, dass er fast Schmerzen empfand, und um wieder zu sich zu kommen, zwang er sich, sich auf die Wirklichkeit zu konzentrieren, auf das, was sich vor ihm im Gerichtsgraben abspielte.

Der Hohepriester sagte gerade: »Und mit einer Freude ohnegleichen kann ich Euch, Ayashinata, verkünden, dass dieses bedauerliche Possenspiel von einem Prozess endlich zu Ende ist. Ihr müsst wissen, dass es mir sehr leidtut, Euch diese traurigen Gerichtssitzungen auferlegt zu haben, besonders jetzt, da die wahre Natur des Verräters und seine Pläne offen zutage getreten sind.«

»Hohepriester, Ihr habt Eure Pflicht getan«, sagte Marikani mit einem strahlenden Lächeln. »Eine solche Anklage konnte man nicht ignorieren.«

»Wohl gesprochen, Ayashinata. Und deshalb bitte ich Euch auch, uns einen letzten Gefallen zu tun. Bitte leistet vor den Augen der hier anwesenden Adligen und vor denen des Gottes einen Eid. Wenn Ihr so freundlich wärt, hierher vorzutreten, Eure Hand in die Um-Akrs zu legen und zu schwören, dass Ihr wahrhaftig Aya Eola Taryns

Marikani seid, die Tochter der Ayini Eloïne vom schwarzen Blute des mächtigen Arrethas? Möge die Wahrheit Eurer Worte bis zum Firmament steigen, und möge der Gott Euch strafen, wenn im Herzen seines Tempels eine Lüge ausgesprochen wird.«

Und in dem Augenblick schlug alles um.

Wie beim Exorzismusritual waren es nur winzige Details, die Arekh die Augen öffneten.

Das leichte – oh, so unmerkliche, kaum sichtbare – Zurückweichen Marikanis, als der Hohepriester auf die Statue deutete.

Lionors Zusammenzucken … Lionor, die Arekh völlig vergessen hatte, die aber neben Harrakin stand und alles aufmerksam beobachtete. Ja, sie war zusammengezuckt, und schlimmer noch, viel schlimmer: Sie warf einen besorgten Blick auf Arekh, als wolle sie sich vergewissern, dass er nichts bemerkt hatte, dass er nicht protestieren würde, als glaube sie, dass Gefahr bestünde – eine Gefahr, die von ihm ausging …

Marikani konnte nicht Flöte spielen.

Die anderen Höflinge hatten nichts bemerkt. Sie sahen lächelnd zu, wie Marikani mit leicht herausforderndem Blick auf die Statue des Gottes der Gerechtigkeit zutrat und dann hocherhobenen Hauptes die Hand auf den schwarzen Stein legte.

Sie holte kurz Atem.

»Im strengen Schatten Um-Akrs, des Gottes des Ausgleichs und des Scharfblicks, schwöre ich feierlich, dass ich aus den Lenden Ayini Eloïnes, der Nichte des Königs, geboren bin und dass Paris Veraz, der Cousin des Königs, in der Tat mein Vater war …«

Lionor warf erneut einen Blick auf Arekh. Und diesmal

bemerkte sie wohl, dass sich in seinem Gesicht etwas verändert hatte.

Marikani fuhr fort: »In diesem heiligen Tempel schwöre ich, dass ich in der Tat als Aya Eola Taryns Marikani geboren wurde und dass in mir das mächtige Blut des Arrethas fließt – möge Um-Akr mich zerschmettern, wenn ich lüge!«

Sie log.

Oh, Arekh hatte so etwas schon oft genug erlebt – geschickte Politiker, die Meineide leisteten, Frauen, die in heuchlerischem Ton ihre Treue beschworen, Krieger, die entschlossen ihre Loyalität denen gegenüber beteuerten, die sie am selben Abend töten würden.

Arekh wusste Wahrheit von Lüge zu unterscheiden – zumindest hatte der alte Arekh sich darauf verstanden, der sich nicht von trügerischen Gefühlen oder hohlen Idealen hatte blenden lassen – der Arekh, der dem Bösen ins Gesicht sah.

Um-Akr streckte Marikani nicht nieder. Im Tempel schrien die Gesichter auf den Basreliefs nicht auf, keine Säule wankte, kein Balken knarrte auch nur.

Doch für Arekh war die Zerstörung vollkommen.

Alles in ihm brach zusammen, Stein für Stein, wie der Tempel hätte zusammenbrechen müssen und es doch nicht tat, alles in ihm schrie, wie der Gott hätte schreien müssen – aber das Gesicht der Statue blieb verschlossen und eisig wie der Geschmack des Verrats.

Marikani konnte nicht Flöte spielen, weil sie Schmerzen im Handgelenk hatte.

Alles, was Arekh seit Wochen bemerkt hatte, alles, was er erraten, aber falsch gedeutet hatte, all die Vorfälle, die er miterlebt hatte, hatten ihm die Wahrheit zugeschrien, aber er hatte nichts gesehen – oder nichts sehen wollen.

Es war so einfach, so offensichtlich, so niederträchtig.

Sein Entsetzen war so groß, dass er sich nicht rühren und beinahe nicht mehr atmen konnte. Marikani trat lächelnd von der Statue zurück und unterschrieb dann die Akte, die der Hohepriester ihr befriedigt vorlegte. Die Höflinge näherten sich ihr, um sie zu beglückwünschen. Marikani zwinkerte Lionor amüsiert zu, sah deren entsetztes Gesicht, folgte ihrem Blick bis zu Arekhs Miene ...

Und erstarrte.

Weiter hinter scherzte Harrakin mit Vashni. Der Hohepriester schlug die Akte zu, und seine Assistenten räumten das Ritualgerät weg.

Marikani zögerte; sie war sehr blass.

Dann machte sie eine leichte Kopfbewegung und bedeutete Arekh, ihr in den Gang zu folgen, der sich zur Linken des Gerichtsgrabens öffnete und in die Krypta führte, in der die Sarkophage der Könige von Harabec standen.

Sie entfernte sich unauffällig von der Gruppe, und Arekh ging um die Bänke herum, um zu ihr zu gelangen.

Sie betraten den Gang und gingen dann stumm weiter, weg vom Hauptraum, bis hinter ihnen die Stimmen der Höflinge nur noch als fröhliches Gemurmel hörbar waren. Marikani blieb in der Tür eines Vorzimmers stehen, in dem Amphoren mit geweihtem Öl und unfertige Basreliefs gelagert wurden. Die Treppe, die in die Krypta hinabführte, lag zu ihrer Rechten.

Hinter den großen Fenstern des winzigen Raums war der Himmel strahlend blau. Die warme, duftende Brise trug den süßen Geruch der Saani herbei.

Arekh und Marikani sahen einander an.

Er musterte sie eine Weile, ohne zu wissen, was er sagen sollte. Worte formten sich in seinem Mund und erstarben, bevor sie seine Lippen erreichten, als seien sie angesichts der offensichtlichen Scheußlichkeit lächerlich, schwach und unpassend.

Am Ende ergriff Marikani das Wort. »Ich dachte, Ihr wüsstet es«, sagte sie sanft. »Ich dachte, Ihr hättet verstanden.«

Hass und andere unterdrückte Gefühle schnürten Arekh die Kehle zu, aber es gelang ihm dennoch, etwas zu sagen. »Verstanden? Wie hätte ich es verstehen können?«, fragte er mit heiserer Stimme. Er deutete in Richtung des Gerichtsgrabens, der Statue und des Tempels. »Wie konntet Ihr das tun?«

»Wie konnte ich was tun?«, fragte Marikani. »Den Schwur leisten? Das habt Ihr doch gesehen: indem ich die Worte gesprochen habe.«

Ihr Sarkasmus ekelte Arekh an; er wandte sich ab. »Halios hatte recht«, sagte er schließlich. »Er hatte recht. Ihr seid vielleicht kein Gespenst, aber, noch schlimmer, ein menschliches Scheusal. Ihr habt … Ihr habt den Platz dieses kleinen Mädchens eingenommen, als es gestorben ist?«

»Ich habe das nicht wirklich willentlich getan«, sagte Marikani leise. »Azarîn hatte mich bemerkt. Ich habe den Unterrichtsstunden der … des … des anderen Mädchens gelauscht, während ich am Feuer Kleider geflickt habe. Dadurch, dass ich zugehört und abends heimlich einen Blick in die Bücher geworfen habe, habe ich lesen und schreiben gelernt. Allein. Azarîn hat das bemerkt; er hat Zuneigung zu mir gefasst.« Trotz der Situation schien eine gewisse Melancholie in den Augen der jungen Frau auf. »Er hat seine Mahlzeiten mit mir geteilt und mich heimlich unterrichtet.«

»Unterrichtet. Ein Kind vom Türkisvolk.«

»In der Tat«, sagte Marikani eisig. »Und als … als dann die andere … starb …«

»Die echte Marikani …«

Die junge Frau nickte. »Als sie im Alter von sechs Jahren starb, rief er Lionor und mich ins Zimmer. Der kleine Leichnam lag auf dem Bett. Wir streiften ihm meine Kleider über, und ich zog seine an. Die Eltern des kleinen Mädchens hatten sie seit Jahren nicht mehr gesehen, und die Leute im Sommerpalast kannten die Kleine kaum: Sie war sehr schwächlich und verließ ihr Zimmer meist nicht. Und außerdem hatten die Leute andere Sorgen. Die Seuche hatte den Palast in weniger als drei Wochen leergefegt. Überall lagen Leichen. Blut und Erbrochenes befleckten die Böden. Es war … ein Weltuntergang, eine Abscheulichkeit, die nur Frauen und Kinder befiel.« Sie seufzte. »Als die neuen Diener aus Harabec eintrafen, gab es nur noch wenige Überlebende, darunter Azarîn, Lionor und mich. Lionor war die Einzige, die uns hätte verraten können. Aber das tat sie nicht. Wir waren Freundinnen geworden, und sie beschützte mich. Sie hat mich immer beschützt, ganz so, wie sie auch versucht hat, mich vor Euch zu beschützen, als sie dachte, Ihr hättet es herausgefunden.«

Arekh ging zur Tür hinüber und versetzte der Wand wütend einen Schlag; dann drehte er sich um. »Und Eure Eltern?«

Marikani lachte bitter auf. »Meine Eltern waren tot«, zischte sie. »Der Sklavenaufstand … Erinnert Ihr Euch? Sie sind im Hof angekettet und umgebracht worden. Vor meinen Augen. Vor allen, die da waren.«

Der Schmerz ließ ihre Stimme zittern, aber Arekh hörte nicht hin. Zorn, Enttäuschung und Abscheu waren zu stark. Die Worte der Frau mit dem geborgten Namen, die vor ihm stand, spielten keine Rolle. Ihre Lebensgeschichte spielte keine Rolle. Was zählte, waren die Blasphemie, die

Beleidigung der Götter, die Strafe, die eines Tages auf das Land herniedergehen würde …

»Ihr habt kein Recht, den Thron zu besteigen«, stieß Arekh hervor und tigerte auf dem Gang auf und ab wie eine Raubkatze im Käfig. »Ihr belügt Euer Volk, Eure Diener, Eure angebliche Familie, Eure Ratgeber … Ihr seid nichts als Lüge. Jede Eurer Handlungen ist von den Göttern verflucht.«

»Oh, hört doch mit diesem Unfug auf!«, rief Marikani, die ihrerseits in Zorn zu geraten schien. »Habt Ihr Euch je mit der Geschichte Harabecs befasst? Seit zweihundert Jahren hat diese Dynastie nur Schwachsinnige und Jähzornige hervorgebracht. Die Inzucht hat sie vernichtet, sie sind alle verrückt … Ich herrsche seit fünf Jahren über dieses Land, und es ist ihm noch nie zuvor so gut gegangen.«

»Darum geht es nicht …«

»Oh doch, genau darum geht es! Nur das Ergebnis zählt. Die Grenzen, der Handel, das Volk, das volle Bäuche hat, die Kornspeicher, die mit Weizen gefüllt sind …«

»Nein!«, schrie Arekh, und Marikani warf einen Blick zum Gerichtsgraben hinüber, um zu sehen, ob irgendjemand ihn gehört hatte. »All das ist doch nur oberflächlich! Harabec muss einen Herrscher aus dem Blut des Arrethas haben!«

Marikani verdrehte die Augen zum Himmel, und Arekh fuhr zornig fort: »Ihr seid nichts als … als ein Geschöpf aus dem Schlamm! Und das dort, wo das Blut der Götter herrschen sollte!«, flüsterte er und senkte die Stimme, ohne recht zu wissen, warum.

»Ihr fällt stets sehr rasch ein Urteil über andere, Nde Arekh. Erinnert Ihr Euch nicht mehr an das, was Ihr getan habt? Ich bin keine Verbrecherin. Ich habe nur zum Wohle aller gehandelt.«

»Die echte Marikani …«

»*Ich* bin die echte Marikani!«, rief die junge Frau. »Ich trage diesen Namen seit achtzehn Jahren – drei Mal so lange wie das arme Kind, das gestorben ist, ohne mehr als zwei Mal aus seinem Zimmer herausgekommen zu sein. Ich bin die Herrscherin von Harabec, weil ich dieses Land liebe und weil ich dafür kämpfe. Und wenn Ihr das nicht erkennt, seid Ihr ein Dummkopf!«

Arekh hob die Hand, um sie zu ohrfeigen, ballte dann aber die Fäuste und wandte sich ab. »Wie auch immer … Ihr werdet nie Erfolg haben«, flüsterte er hasserfüllt. »Irgendwer wird es bemerken. Das Mal der Verdammnis auf Eurem Rücken …« Da erinnerte er sich, dass er Marikani nackt im Bad gesehen hatte. Die Haut vieler Sklaven war im Laufe der Jahrhunderte aufgrund der häufigen Vergewaltigungen durch die Herren dunkler geworden – so auch ihre. Sie trug kein Mal. »Eure verfluchte Natur wird sich verraten. Früher oder später wird die Wahrheit ans Licht kommen.«

»Die einzige Wahrheit ist die, dass ich eine großartige Königin bin«, erwiderte Marikani wütend. »Das ist die Wahrheit!«

»Die Prophezeiung«, sagte Arekh plötzlich und spürte, wie sich große Kälte über ihn legte. »*Und eines Tages wird aus Harabec eine große Flamme hervorgehen, und diese Flamme wird die Königreiche in Brand setzen …*«

Marikani sah ihn herausfordernd an. »Und?«

»Der Hohepriester hat gesagt, dass die Wahl des nächsten Herrschers von großer Bedeutung wäre. Dass es ein Kind des Arrethas sein müsse, das die Unterstützung des Gottes hat, um sich der Zukunft stellen zu können. Ihr werdet alle verdammen! Ihr werdet durch Eure Lüge die Königreiche gefährden. Ihr seid nicht Marikani …«

»Ich bin Marikani«, wiederholte sie verärgert, aber Arekh hörte ihr nicht zu.

»Die Prüfung heute Abend! Wie wollt Ihr die Prüfung überleben? Wenn Ihr Euer Blut in die Hände des Arrethas legt, wird der Gott Euch niederstrecken, wie er es hätte tun müssen, als Ihr Zauberei gewirkt habt, die Wesen von dunklem Blut vorbehalten ist, wie Um-Akr Euch gerade eben hätte niederstrecken müssen …«

Langes Schweigen folgte; Stück für Stück schwand aller Zorn aus dem Blick der jungen Frau. Sie betrachtete Arekh erst ungläubig, dann wie von einer seltsamen Traurigkeit ergriffen.

Die Brise frischte auf und ließ die Blätter der Rankpflanzen draußen an der Wand erzittern.

»Es tut mir sehr leid«, sagte sie schließlich.

»Sehr leid … Was denn?«, zischte Arekh und hatte abermals Lust, sie zu schlagen.

Draußen vor dem Tempel zog singend ein Trupp Arbeiter vorbei. Ihr Frohsinn tat Arekh weh, als sei auch diese Freude falsch, als müsse das, was er gerade erfahren hatte, die ganze Welt und die Menschen rings um ihn verfaulen lassen.

Marikani winkte matt ab. »Nein. Vergessen wir das. Auch in der Hinsicht dachte ich … Aber es ist wohl besser, wenn …«

»Es reicht«, sagte Arekh mit kaum verhaltener Heftigkeit. »Genug der Lügen! Genug der Heuchelei! Sagt, was Ihr zu sagen habt. Die Götter …«

»Es gibt keine Götter.«

Die Arbeiter entfernten sich. Weiter weg erhoben sich fast unhörbar die Stimmen von Frauen.

Arekh starrte sie verständnislos an. »Was?«

»All das«, sagte die junge Frau mit einer vagen Gebärde,

die den Tempel ringsum einschloss. »Die Götter, die Prophezeiungen, die Magie, das dunkle Blut, die Verfluchung des Türkisvolks … Das ist alles Unfug, Arekh. Das sind nur Dinge, die die Priester sich ausgedacht haben, wenn sie zu häufig in Trance waren … Legenden, Geschichten.«

»Aber … Ihr selbst … Die Rituale?«

Marikani zuckte mit den Schultern. »Welche Rituale? Die bei Hofe sind inhaltsleer. In der Tränenstadt habe ich versucht, die Männer des Emirs fernzuhalten, indem ich ihnen Angst eingejagt und die Bevölkerung angelockt habe, durch Licht und Lärm. Sie konnten vor so vielen Zeugen nicht zuschlagen. Manche Zauberer glauben vielleicht an das, was sie tun, aber ich nicht. Azarîn hat mir beigebracht, die Augen offen zu halten. Mich nicht vom schönen Schein der anderen blenden zu lassen … Und ich dachte, Ihr wärt wie er«, fügte sie hinzu, indem sie ihn bekümmert und mit einer gewissen Zärtlichkeit ansah. »Ich dachte, dass Eure Erfahrung Euch anders gemacht hätte. Dass Ihr verstehen könntet. Dass Ihr Euch nicht mehr von dieser ganzen Komödie täuschen ließet …«

»Das ist nicht wahr«, sagte Arekh; ihm war plötzlich eiskalt, und er zitterte beinahe. »Das ist lächerlich. Die Götter sind überall. Sie sind in uns, sie herrschen über die Sterne und die Erde.« Marikani schwieg; in ihren Augen stand immer noch derselbe verzweifelte Schimmer. »Sie schmieden unser Schicksal …«

»Wir schmieden tagtäglich unser eigenes Schicksal. Jeder von uns. Ich werde mich heute Abend der Prüfung unterziehen und werde sie bestehen. Ich werde Harrakin heiraten und die beste Herrscherin sein, die Harabec seit langem hatte. Und die Götter werden nichts tun, weil sie nur Schatten sind.«

»Nein!« Arekh kämpfte gegen den Zweifel an, gegen

den Wahnsinn der Frau, die vor ihm stand, eine Verrücktheit, die auch ihn zu erfassen drohte. »Nein. Die Herrschaft über Himmel und Erde … Arrethas kontrolliert die Lebensfäden …«

»Arekh«, sagte Marikani schlicht und streckte ihm die Hand mit einer Gebärde der Nähe und Liebe entgegen, damit er sie nahm, damit er an ihre Seite kam …

»Nein«, wiederholte Arekh und wich einen Schritt zurück; sie machte ihm Angst. »Nein.«

Im Graben, nicht weit entfernt, erhoben sich die Stimmen der Höflinge: die amüsierte Harrakins, die leichte, fröhliche Vashnis, die ernste des Hohepriesters. All das war eine Wirklichkeit, die ihren Sinn verloren hatte.

Arekhs neues Leben war in sich zusammengefallen, und es schien ihm, dass damit alles verschwand und dass seine Illusionen zu Asche wurden und nur den bitteren Geschmack der Lüge, der Falschheit und des Verrats zurückließen.

»Arekh«, wiederholte Marikani. Sie hielt die Hand noch immer ausgestreckt, aber er wandte ihr den Rücken zu und verließ den Gang, dessen Mauern ihn erstickten, dann den Tempel, ohne zu sprechen oder auch nur jemanden anzusehen. Er ging in seine Gemächer, nahm seine Habe, begab sich in die Ställe hinunter, wo er sein Pferd holte, und verließ den Hof von Harabec, um niemals zurückzukehren.